GUY GAVRIEL KAY

La tapisserie de Fionavar

★★

Le Feu vagabond

TRADUIT DE L'ANGLAIS
PAR ELISABETH VONARBURG

ÉDITIONS J'AI LU

Collection créée et dirigée
par Jacques Sadoul

Titre original :

THE WANDERING FIRE

« Le Feu vagabond » est dédié à ma femme,
LAURA,
qui est venue le chercher avec moi.

Ce deuxième volume de la Tapisserie a été écrit à la ferme de nos amis, Marge et Antonios Katsipis, près de la ville de Whakatane, en Nouvelle-Zélande. J'ai été aidé sans mesure dans la création de mon propre univers par la chaleur avec laquelle ils nous ont, avec leur fils, accueillis dans le leur.

Les Landes de Barrens
Le Mont Rangat
Chaîne des Skeledarak
Starkadh
Rivière Ungardl
Valgrind
Gwynir
Andarien
Baie de Linden
Eridu
Banir Lök
Banir Tal
Calor Diman
Rivière Célyn
Lac de Célyn
Péninsule de Sennett
DANILOTH
LA PLAINE
Défilé d'Edryn
Akkalze
Teg Veirene
Eridu
Bois de Faëlin
Célidon
Chaîne des Carnevon
Falaises de Rhudh
FORET DE PENDARANE
Rivière Adein
Cynmere
Larak
L'Anor Lisen
Rivière Rienna
Rivière Latham
Khath Meigol
Llewenmere
Rivière Kharn
Chaîne des Carnevon
LLYCHLYN
Forteresse du Nord
BRENNIN
Le Grand Royaume
N
Dun Maura
Aeven
Lac d'Ysanne
Rhoden
Gwen Ystrat
Bois de Mörnir
Paras Derval
Taerlindel
Rivière Glein
Chutes de la Saeren
Rivière Saeren
L'UNIVERS DE
FIONAVAR
Forteresse du Sud
Seresh
Gorges de la Saeren
Cynan
Larai Rigal
Sang Marlen
Palais d'hiver de Shalhassan
Raith
CATHAL
Le pays des Jardins

Personnages

Les Cinq :

KIMBERLY FORD, prophétesse du Brennin
KEVIN LAINE
JENNIFER LOWELL
DAVE MARTYNIUK (dit « Davor »)
PAUL SCHAFER, Seigneur de l'Arbre de l'Été (dit « Pwyll Deux-fois-né »)

Au Brennin :

AILÉRON, le très haut roi du Brennin
DIARMUID, son frère

LORÈN MANTEL D'ARGENT, premier mage du Brennin
MATT SÖREN, sa source, autrefois roi des Nains
TEYRNON, un mage
BARAK, sa source

JAËLLE, grande prêtresse de la Déesse
AUDIART, sa main droite dans la province de Gwen Ystrat
LEÏLA, une jeune prêtresse

COLL, lieutenant de Diarmuid

CARDE ERRON TÉGID ROTHE AVERRÈN	}	Les hommes de la forteresse du Sud, membres de la troupe de Diarmuid

GORLAËS, le chancelier du Brennin
MABON, duc de Rhodèn
NIAVIN, duc de Séresh
CÉRÉDUR, gardien des marches du Nord

VAË, une femme de Paras Derval
FINN, son fils
SHAHAR, son époux
BRENDEL, un seigneur des lios alfar, natif du Daniloth
BROCK, un Nain, natif du Banir Tal

Au Cathal :

SHALHASSAN, seigneur suprême du Cathal
SHARRA, sa fille et héritière (« la Rose Noire »)
BASHRAI, capitaine de la garde d'honneur (eïdolath)

Dans la Plaine :

IVOR, chef de la troisième tribu des Dalreï
LEITH, sa femme

LÉVON CORDÉLIANE (« Liane ») TABOR	}	Leurs enfants

TORC, un Cavalier de la troisième tribu
GÉREINT, chaman de la troisième tribu

Au Daniloth :

Ra-Tenniel, roi des lios alfar

Galèn Lydan Leyse Heilyn Enroth	Des dames et des seigneurs des lios alfar

Les puissances :

Le Tisserand à son Métier

Mörnir du Tonnerre
Dana, la Mère
Cernan des Animaux
Ceinwèn à l'Arc, La Chasseresse
Macha et Nemain, les déesses de la guerre

Owein, le maître de la Chasse Sauvage

Les Ténèbres :

Rakoth Maugrim, Le Dévastateur
Galadan, le Seigneur-Loup des andains, son lieutenant
Métran, autrefois premier mage du Brennin, à présent l'allié des Ténèbres
Avaïa, le cygne noir
Blöd, un Nain, serviteur de Rakoth
Kaèn, frère de Blöd, commandeur des Nains à Banir Lök

Du passé :

IORWETH LE FONDATEUR, premier très haut roi du Brennin
CONARY, le très haut roi de la période du Baël Rangat
COLAN, son fils et successeur (dit « le Bien-Aimé »)
AMAIRGÈN BLANCHEBRANCHE, premier des mages
LISÈN de la Forêt, une déiéna, source et épouse d'Amairgèn
RÉVOR, héros ancestral des Dalreï, premier seigneur (avèn) de la Plaine

Résumé du premier volume

L'Arbre de l'Été raconte comment Lorèn Mantel d'Argent et Matt Sören, un mage et la source de ses pouvoirs, tous deux originaires du Grand Royaume du Brennin dans l'univers de Fionavar, ont invité cinq natifs de notre propre univers à « traverser » avec eux pour se rendre en Fionavar. Leur but avoué est de les faire participer aux festivités accompagnant la célébration du cinquantenaire du règne d'Ailell, le très haut roi. En fait, des inquiétudes plus graves sous-tendent les actions du mage.

Au Brennin, une terrible sécheresse afflige le royaume. Le fils aîné du roi, Ailéron, a voulu se sacrifier dans l'Arbre de l'Été pour essayer de mettre fin à cette calamité, se l'est vu refuser par son père, l'a maudit et a été pour cela exilé.

En Fionavar, les cinq étrangers se trouvent bientôt pris dans une complexe tapisserie d'événements. La vieille prophétesse, Ysanne, reconnaît en Kim Ford la remplaçante annoncée par ses rêves. Kim est initiée au savoir des prophétesses par un esprit des eaux, Eïlathèn, et se voit confier le Baëlrath, la « Pierre de la Guerre » qu'Ysanne avait en sa garde. On lui montre aussi le Bandeau de Lisèn, incrusté d'une pierre précieuse qui émet sa propre lumière ; la belle Lisèn, une puissance de la forêt de Pendarane, était la source des pouvoirs d'Amairgèn Blanchebranche, le premier des mages, et sa compagne bien-aimée ; elle s'est tuée en se jetant dans la mer du haut de sa Tour lorsqu'elle a appris la mort d'Amairgèn. Ysanne confie à Kim la prophétie qui accompagne le Bandeau : « Qui portera ce Bandeau après Lisèn, de tous les enfants de la terre et des étoiles suivra la route la plus obscure. » Plus tard, en un geste d'ultime sacrifice à la veille de la guerre, sachant que Kim aura besoin de tous les pouvoirs d'une prophétesse expérimentée, Ysanne se tue à l'aide de Lökdal, la dague magique façonnée par les Nains — mais non sans dessiner sur le front de Kim endormie un symbole qui lui permet de faire don à celle-ci de son esprit.

Pendant ce temps, Paul Schafer et Kevin Laine subissent une initiation d'un tout autre ordre. Paul joue et perd une partie nocturne d'échecs avec le très haut roi en son palais de Paras Derval, partie pendant laquelle une amitié inattendue se développe entre eux. Le matin suivant, avec Kevin, il se joint à la compagnie du téméraire Prince Diarmuid, le fils cadet d'Ailell ; leur expédition leur fait traverser la rivière Særèn pour se rendre au Cathal, le Pays des Jardins. Diarmuid y mène à bien son projet de séduction de Sharra, la Princesse du Cathal. Après le retour de la compagnie au Brennin, ils passent une nuit mouvementée à la taverne du Sanglier Noir. Tard dans la nuit, Kevin chante une chanson qui rappelle trop à Paul la mort dans un accident de voiture de Rachel Kincaid, la femme qu'il aimait : Paul se croit responsable de l'accident, survenu juste après l'annonce par Rachel de son prochain mariage avec un autre. Il prend une décision radicale : il va trouver le très haut roi, lui propose de se sacrifier à sa place dans l'Arbre de l'Été et reçoit son accord.

La nuit suivante, une bataille épique a lieu dans la clairière du Bois Divin. Paul, attaché dans l'Arbre, impuissant, voit Galadan, le Seigneur des Loups venu réclamer sa vie, se faire repousser par un mystérieux chien gris. La nuit suivante — la troisième et dernière de Paul dans l'Arbre —, une pleine lune écarlate brille dans le ciel, alors que c'est la lune nouvelle ; et Dana, la Déesse Mère, libère Paul de son remords en lui montrant qu'il n'a en fait pas désiré inconsciemment l'accident qui a tué Rachel ; Paul verse enfin des larmes, et la pluie tombe sur le Brennin. Mais Paul ne meurt pas. La grande prêtresse de Dana, Jaëlle, le détache vivant de l'Arbre. Désormais, il portera un autre nom : Pwyll le Deux-fois-né, Seigneur de l'Arbre de l'Été.

Une confrontation qui va faire date va avoir lieu, c'est maintenant clair : Rakoth Maugrim le Dévastateur, défait mille ans plus tôt et enchaîné sous la grande montagne du Rangat, s'est libéré en faisant jaillir de la montagne, dans une explosion de feu, une main ardente qui a proclamé à tous sa libération.

C'est Jennifer Lowell, la quatrième du groupe, qui va en ressentir les conséquences immédiates. Elle a été témoin à Paras Derval d'un incident troublant, lors d'un jeu d'enfants ; une adolescente, Leïla, a « appelé » un garçon nommé Finn à « prendre la Route la plus longue », et c'est la troisième fois cet été-là. Personne, pas même Jaëlle qui observait aussi la ronde, ne sait exactement ce que cela signifie, même si Jaëlle fait sans retard entrer Leïla comme acolyte au Temple. Le jour suivant, lors d'une promenade à cheval à l'extérieur de la ville, Jennifer rencontre Brendel des lios alfar — les Enfants de la Lumière — avec une compagnie de ses gens. Elle passe la nuit dans les bois avec eux et ils se font attaquer dans l'obscurité : inquiet de la présence des cinq étrangers, Rakoth Maugrim fait enlever Jennifer par Galadan et Métran — le premier mage du Brennin, qui est un traître. Ligotée sur le dos d'Avaïa, le cygne noir, elle est emportée vers le nord où se trouve la forteresse de Rakoth, Starkadh.

Entre-temps, la terrifiante explosion de la montagne a causé la mort du vieux roi. Il en résulte une sérieuse confrontation entre Diarmuid et son frère Ailéron — qui vivait chez Ysanne depuis son exil, en feignant d'être son serviteur. Diarmuid met fin à la situation potentiellement génératrice de violence en renonçant volontairement à son titre d'héritier du trône, mais non sans avoir reçu dans l'épaule une dague lancée par Sharra du Cathal venue au Brennin se venger des mensonges qui ont conduit à sa séduction par Diarmuid.

De son côté, Dave Martyniuk, le dernier des visiteurs, a été séparé de ses compagnons lors de la traversée en Fionavar. Il se retrouve très loin au nord avec les Dalreï, les « Cavaliers » de la Plaine, et il est amené à partager la vie de la troisième tribu dont le chef est Ivor.

Le plus jeune fils de celui-ci, Tabor, jeûne dans la forêt afin de voir son animal-totem et rêve d'une créature apparemment inexistante : une licorne ailée à la robe rousse. Trois nuits plus tard, à la lisière de la grande forêt de Pendarane, il rencontre la créature de sa vision, Imraith-Nimphaïs, et vole avec elle ; c'est le don à double tranchant de la Déesse, née de la pleine lune écarlate.

Dave est alors en route vers le Brennin avec une compagnie de Dalreï menée par Lévon, le fils aîné d'Ivor. Ils tombent dans une embuscade tendue par une armée de maléfiques svarts alfar, et seuls Dave, Lévon et un troisième Dalreï, Torc, réussissent à survivre en s'enfonçant dans les ténèbres de la forêt de Pendarane. Les arbres et les esprits de cette forêt haïssent tous les humains depuis la mort de la belle Lisèn, mille ans auparavant, et ils complotent la mort des trois intrus ; mais ceux-ci sont sauvés par l'intervention de Flidaïs, une mini-puissance de la forêt qui déclare, entre autres choses, connaître les réponses à toutes les énigmes du monde, sauf une : le nom qui permet d'invoquer le « Guerrier ». Or c'est justement ce nom qu'Ysanne a chargé Kimberly de découvrir.

Flidaïs alerte Ceinwèn, la capricieuse déesse de la Chasse, toujours vêtue de vert, laquelle manifeste à Dave un certain intérêt. La déesse fait en sorte que les trois amis se réveillent en sécurité à la lisière sud de la Grande Forêt le matin suivant.

Elle fait même plus : elle permet à Dave de découvrir un objet de puissance perdu depuis longtemps : le cor d'Owein. Lévon, instruit par le sage Géreint, le chaman aveugle de sa tribu, découvre alors à son tour, non loin de là, la Caverne des Dormeurs, où reposent Owein et les rois de la Chasse Sauvage.

Forts de ce savoir, les trois amis continuent leur chevauchée vers le sud et Paras Derval, où ils arrivent à temps pour la première réunion du conseil royal d'Ailéron. Le conseil est interrompu deux fois. D'abord par l'arrivée de Brock, un Nain du Banir Tal qui s'agenouille devant Matt Sören — autrefois roi des Nains — et annonce une terrible nouvelle : sous la direction de deux frères, Kaèn et Blöd, les Nains ont aidé le Dévastateur à se libérer en détruisant par traîtrise la pierre de garde d'Éridu, prévenant ainsi l'alarme qui aurait dû se déclencher aux premiers frémissements de Rakoth sous la montagne. Ils ont aussi découvert et livré à Rakoth le Chaudron de Khath Meigol, doté du pouvoir de ressusciter ceux qui viennent de mourir.

Puis, au milieu de ce terrible récit, Kimberly voit soudain, dans une vision suscitée par le Baëlrath, Jennifer violentée et torturée par Rakoth à Starkadh. Elle rassemble Dave, Paul et Kevin, va chercher Jennifer grâce à la puissance déchaînée de son anneau et les arrache tous les cinq à Fionavar pour retourner dans leur propre univers.

PREMIÈRE PARTIE

Le Guerrier

1

L'HIVER ARRIVAIT. LA NEIGE DE LA NUIT PRÉCÉDENTE n'avait pas fondu et saupoudrait les arbres dénudés. À son réveil, ce matin-là, Toronto se retrouvait vêtue et maquillée de blanc, et c'était seulement le mois de novembre.

Devant les volutes symétriques de l'hôtel de ville, Dave Martyniuk traversait la place Nathan Philips en marchant avec la plus grande prudence et en regrettant de ne pas avoir mis ses bottes. Tout en manœuvrant vers l'entrée du restaurant sur le trottoir d'en face, il constata avec une certaine surprise que les trois autres l'attendaient déjà.

« Un nouveau costume, Dave ! dit Kevin Laine dont le regard vif ne manquait rien. Quand est-ce arrivé ?

— Salut, tout le monde, répondit Dave. Je l'ai acheté la semaine dernière. Je ne peux quand même pas porter les mêmes vestes de velours côtelé toute l'année, n'est-ce pas ?

— Profonde vérité », remarqua Kevin, amusé ; il portait quant à lui un jean et une veste en peau de mouton. Et des bottes. Kevin avait terminé dans un cabinet d'avocats le stage obligatoire que Dave venait de commencer, et il était maintenant inscrit au cours tout aussi ennuyeux, bien que moins collet monté, qui menait à l'admission au barreau. « Si c'est un costume trois-pièces, ajouta-t-il, l'image que je me fais de toi va en être irrévocablement compromise. »

Sans un mot, Dave déboutonna son manteau pour révéler la ravageuse veste bleu marine et le gilet qu'il portait en dessous.

« Anges et ministres de la grâce, protégez-nous ! » s'exclama Kevin en se signant de la mauvaise main tout en esquissant de l'autre le signe qui écartait le mal. Paul Schafer se mit à rire. « De fait, ajouta Kevin, c'est très chic. Pourquoi ne l'as-tu pas prise à ta taille ?

— Oh, Kev, laisse-le un peu tranquille ! dit Kim Ford. C'est vraiment très bien, Dave, et ça te va parfaitement. Kevin se sent débraillé, il est jaloux.

— Pas du tout, protesta Kevin. Je casse les pieds à mon copain, c'est tout. Si je ne peux pas taquiner Dave, qui d'autre ?

— Ça ne fait rien, dit Dave. Je suis solide, je peux le prendre. »

Mais ce qu'il se rappelait à cet instant, c'était l'expression de Kevin Laine au printemps précédent, dans une chambre de l'hôtel Park Plaza. Son expression, et sa voix neutre, durement contrôlée, lorsqu'il avait dit en contemplant l'épave gisant sur le sol et qui avait été une femme : « Je répondrai à ceci, même si c'est un dieu qui l'a fait et que j'en meurs. »

On accorde quelque latitude à qui profère un tel serment, songeait Dave, même si l'on trouve souvent son style agaçant ; on la lui accorde parce que, ce soir-là, Kevin avait donné voix à la rage muette qui bouillonnait dans le cœur de chacun d'eux, et ce n'était pas la première fois.

« Très bien », murmura Kim Ford, et Dave savait qu'elle répondait à ses pensées et non à la désinvolture de ses paroles. Ce qui aurait été inquiétant, si elle n'avait été ce qu'elle était, avec sa chevelure blanche, le bracelet vert à son poignet, et à son doigt l'anneau écarlate qui s'était embrasé pour les ramener dans leur univers. « Allons-y, dit-elle, nous avons de quoi discuter. »

Paul Schafer, le Deux-fois-né, avait déjà tourné les talons pour entrer le premier.

Combien de variétés différentes d'impuissance ? se demandait Kevin. Il se souvenait du sentiment qu'il avait éprouvé l'année précédente en regardant Paul se replier sur lui-même pendant les mois qui avaient suivi la mort de Rachel Kincaid. Une période pénible, mais Paul s'en était sorti. Ses trois nuits dans l'Arbre de l'Été, en Fionavar, l'avaient emporté si loin que cela dépassait la compréhension de Kevin, sur le plan qui comptait le plus pour lui. Mais Paul était guéri, et Kevin s'accrochait à cette guérison comme à un présent offert par Fionavar en compensation de ce qu'avait infligé à Jennifer le dieu nommé Rakoth Maugrim, le Dévastateur. Compensation, ce n'était pas le bon terme, à vrai dire ; il n'y avait aucune compensation réelle, dans aucun univers, seulement l'espoir d'une vengeance, une flamme si faible qu'elle brûlait à peine en dépit du serment qu'il avait prononcé. Qu'étaient-ils pour s'opposer à un dieu ? Kim elle-même, avec son don de seconde vue, et Paul, et Dave qui était devenu un autre homme chez les Dalreï de la Plaine et qui avait découvert un cor dans la forêt de Pendarane.

Et lui, Kevin Laine, qui était-il pour jurer vengeance ? Tout cela paraissait si pitoyable, si ridicule, surtout dans cette salle à manger Mackenzie King où ils se trouvaient à déguster des filets de sole au milieu du cliquetis des couverts et du bavardage d'avocats et de fonctionnaires en plein déjeuner.

« Eh bien ? » dit Paul, d'un ton qui ôta aussitôt toute importance à l'endroit ; il regardait Kim. « As-tu vu quelque chose ?

— Arrête, dit-elle, arrête de me pousser. S'il arrive quoi que ce soit, je te le dirai. Tu veux que je te l'écrive ?

— Doucement, Kim, dit Kevin. Il faut comprendre à quel point nous avons l'impression d'être dans le noir. Tu es notre seul lien.

— Eh bien, pour le moment, je ne suis reliée à rien, voilà tout. J'ai un certain endroit à découvrir, et je n'arrive pas à contrôler mes rêves. C'est dans cet univers-ci, voilà tout ce que je sais, et je ne peux aller nulle part ou faire quoi que ce soit avant de le trouver. Penses-tu que je m'amuse ici plus que vous trois ?

— Tu ne peux pas nous renvoyer là-bas ? » demanda Dave ; une question imprudente.

« Je ne suis pas un bon sang de métro ! déclara Kim d'une voix sèche. Je nous ai ramenés ici parce que, pour une raison quelconque, le Baëlrath s'est déclenché. Je ne peux pas le faire sur commande.

— Ce qui veut dire que nous sommes coincés ici, conclut Kevin.

— À moins que Lorèn ne vienne nous chercher », rectifia Dave.

Paul secoua la tête : « Il ne viendra pas.

— Pourquoi ? demanda Dave.

— Lorèn joue à distance, je crois. Il a mis les choses en branle mais il nous laisse faire à présent, nous et quelques autres. »

Kim acquiesça : « Il a introduit un fil sur le métier, murmura-t-elle, mais il ne tissera pas cette tapisserie. »

Elle échangea un regard avec Paul.

« Mais pourquoi ? » insista Dave ; Kevin pouvait entendre la note de frustration qui résonnait dans la voix du grand gaillard. « Il a besoin de nous, ou du moins de Kim et de Paul. Pourquoi ne veut-il pas venir nous chercher ?

— À cause de Jennifer », dit Paul à mi-voix ; après une pause, il reprit : « Il pense que nous avons assez souffert. Il ne nous en imposera pas davantage. »

Kevin s'éclaircit la voix : « À ce que je comprends, pourtant, ce qui arrive en Fionavar se trouvera reflété ici comme dans les autres univers, où qu'ils soient. N'est-ce pas ?

— Oui, dit Kim avec calme. C'est vrai. Pas tout de suite, peut-être, mais si Rakoth l'emporte en Fionavar, il régnera partout. Il n'existe qu'une seule Tapisserie.

— Et pourtant, dit Paul, nous devons agir de notre propre gré. Lorèn n'exigera rien. Si nous voulons revenir tous les quatre, nous devons trouver comment le faire par nous-mêmes.

— Tous les quatre ? » dit Kevin. Une telle impuissance... Il jeta un coup d'œil à Kim.

Elle avait les larmes aux yeux. « Je ne sais pas, murmura-t-elle. Je ne sais vraiment pas. Elle ne veut pas nous voir. Elle ne sort jamais. Elle me parle de son travail, du temps qu'il fait, des nouvelles, et elle, elle...

— Elle va le faire », dit Paul Schafer.

Kimberly hocha la tête.

Jennifer, qui avait été la fille aux cheveux d'or, se rappela Kevin du fond de sa peine.

« Bon, dit Paul. C'est mon tour, maintenant. »

Paul, la Flèche du Dieu.

Elle avait fait installer un judas afin de voir qui frappait à la porte. Elle restait chez elle presque tout le temps, sauf quand elle allait se promener l'après-midi dans le parc voisin. Il y avait souvent du monde : des livreurs, le préposé du gaz, le facteur qui lui apportait du courrier recommandé. Au début, pendant quelque temps, stupidement, des fleurs ; elle aurait cru Kevin plus fin — peu lui importait si ce jugement était ou non équitable. Elle s'était querellée avec Kim à ce propos, quand sa colocataire était rentrée un soir pour trouver des roses dans la poubelle.

« N'as-tu pas la moindre idée de ce qu'il peut ressentir ? Ça ne te fait rien ? » s'était écriée Kimberly.

Réponse : non, et non.

Comment aurait-elle pu désormais éprouver des sentiments aussi humains ? D'infranchissables précipices sans nombre la séparaient de ses quatre amis, de tout être humain ; la puanteur du cygne imprégnait encore tout ce qui l'entourait ; elle voyait le monde à travers l'absence de lumière diffuse de Starkadh. Quelle voix, quel regard pouvait traverser cette distorsion verte et glauque et oblitérer la puissance de Rakoth, lui qui avait taraudé son esprit et son corps comme si elle avait été un misérable tas de scories, elle qu'autrefois on avait aimée ?

Elle savait qu'elle était saine d'esprit. Elle se demandait pourquoi elle l'était.

Une seule chose la tirait vers un futur. Qui ne pouvait être bonne dans les circonstances, mais bien réelle, un fruit du hasard, et qui lui appartenait à elle seule. Elle ne changerait pas d'avis.

Aussi s'était-elle levée pour quitter la pièce lorsque Kim l'avait appris aux autres et qu'ils étaient venus en discuter avec elle en juillet. Et depuis ce jour-là elle n'avait vu ni Kevin ni Dave ni Paul.

Elle porterait cet enfant, l'enfant de Rakoth Maugrim. Elle avait bien l'intention de mourir en lui donnant naissance.

Elle ne l'aurait pas laissé entrer, mais elle vit qu'il était seul : c'était assez inattendu pour lui faire ouvrir la porte.

« J'ai une histoire à te raconter, lui déclara Paul Schafer. M'écouteras-tu ? »

Il faisait froid sous le porche ; au bout d'un moment, elle s'écarta et Paul entra. Elle referma la porte et passa dans le salon. Il mit son manteau dans la penderie de l'entrée et la suivit.

Elle avait pris le fauteuil à bascule. Il s'assit sur le canapé et contempla sa taille élancée, sa blondeur ; elle était encore gracieuse mais avait perdu de sa minceur — c'était son septième mois de grossesse. Elle avait la tête haute, et une expression inflexible habitait ses yeux verts bien écartés.

« J'ai quitté cette pièce la dernière fois, et je le ferai de nouveau, Paul. Je ne changerai pas d'avis là-dessus.

— Une histoire, j'ai dit, murmura-t-il.

— Raconte-la, alors. »

Et il lui raconta, pour la première fois, le chien gris aperçu sur la muraille de Paras Derval, et la tristesse insondable de son regard ; il lui raconta sa deuxième nuit dans l'Arbre de l'Été, alors que Galadan, qu'elle connaissait aussi, était venu le tuer et que le chien avait reparu pour le combattre dans le bois de Mörnir. Il lui raconta comment il avait été attaché dans l'Arbre du Dieu, comment il avait vu se lever la lune écarlate, et le chien chasser le loup du bois.

Il lui parla de Dana. Et de Mörnir. Les puissances qui s'étaient manifestées cette nuit-là pour répliquer aux Ténèbres du Nord. Sa voix était plus profonde que dans le souvenir de Jennifer, des échos y résonnaient.

« Nous ne sommes pas seuls, dit-il. Il peut finir par nous réduire en pièces, mais il ne fera rien sans qu'on lui résiste, et quoi que tu aies pu voir ou subir là-bas, tu dois comprendre qu'il ne peut influencer le dessin exactement selon ses désirs. Sinon, tu ne serais pas là. »

Elle écoutait, presque malgré elle. Ces paroles la renvoyaient à sa propre déclaration de Starkadh : Vous n'aurez rien de moi que vous ne m'aurez arraché, avait-elle dit. Mais c'était avant. Avant qu'il n'eût commencé à tout lui prendre — et puis Kim était venue la tirer de ses griffes.

Elle redressa un peu la tête.

« Oui, dit Paul, dont les yeux n'avaient jamais quitté les siens. Comprends-tu ? Il est plus puissant que n'importe lequel d'entre nous, plus puissant même que le Dieu qui m'a ressuscité. Plus puissant que toi, Jennifer. Ce n'est même pas la peine de le dire. Excepté en ceci : il ne peut t'arracher ce que tu es.

— Je le sais, dit Jennifer Lowell. C'est pour cela que je mettrai son enfant au monde. »

Paul s'adossa dans le canapé. « Tu deviendras sa servante, alors.

— Non. Tu vas m'écouter, maintenant, Paul, parce que tu ne sais pas tout non plus. Quand il m'a quittée... après, il m'a donnée à un Nain. Il s'appelait Blöd. J'étais une récompense, un jouet, mais il a dit quelque chose à ce Nain. Il lui a dit que je devais être tuée ensuite, *et qu'il y avait une raison à cela.* » Une froide résolution vibrait dans la voix de la jeune femme. « Je mettrai cet enfant au monde parce que je suis vivante alors qu'il me voulait morte. Cet enfant est un élément aléatoire, il n'appartient pas à ses desseins. »

Paul resta silencieux un long moment. Puis : « Mais toi non plus tu n'appartiens pas à ses desseins, de toi-même, par toi-même. »

Elle eut un rire brutal : « Et comment le combattrai-je, de moi-même et par moi-même ? Je vais avoir un fils, Paul, et lui répondra pour moi. »

Paul secoua la tête : « Il y a quelque chose de malsain là-dedans. C'est uniquement pour prouver un point qui l'a déjà été.

— Quand bien même », dit Jennifer.

Au bout d'un moment, un sourire en biais étira les lèvres de Paul. « Je ne te presserai pas davantage, alors. Je suis venu pour toi, pas pour lui. Kim a déjà rêvé son nom, de toute façon. »

Les yeux de la jeune femme lancèrent un éclair : « Paul, comprends-moi bien. Je le ferais en dépit de tout ce que Kim pourrait dire. Quels que soient ses rêves. Et je donnerai à l'enfant le nom que j'aurai choisi. »

Paul eut un étonnant sourire : « Reste et fais-le, alors. Reste avec nous, Jen. Nous avons besoin que tu reviennes. »

Après seulement réalisa-t-elle ce qu'elle avait dit ;

il avait triché, décida-t-elle, il l'avait poussée très délibérément à une déclaration qu'elle n'avait pas voulu faire. Mais, pour une raison incompréhensible, elle ne parvenait pas à en être irritée ; si le mince fétu qu'il lui avait lancé avait été un peu plus solide, en fait, elle aurait pu sourire aussi.

Paul se leva. « Il y a une exposition de gravures japonaises à la Galerie d'art. Aimerais-tu venir la voir avec moi ? »

Elle resta un long moment à se balancer dans son fauteuil, les yeux levés vers lui. Sous ses cheveux noirs, il était mince et d'aspect encore fragile, mais moins qu'au printemps précédent.

« Quel était le nom du chien ? demanda-t-elle.

— Je l'ignore. J'aimerais le savoir. »

Après une autre pause, elle se leva, enfila son manteau et, avec précaution, fit le premier pas sur le premier pont.

Le noir fruit d'un dieu noir, songeait Paul en essayant de feindre de l'intérêt pour des gravures du XIXe siècle originaires de Kyoto et d'Osaka. Des grues, des arbres aux branches tordues, des dames élégantes aux coiffures percées de longues aiguilles.

La dame qui l'accompagnait ne parlait guère, mais elle se trouvait là dans la galerie. Ce n'était pas un petit miracle. Il se rappelait sa silhouette affaissée, sept mois plus tôt, lorsque Kim, dans un acte de désespoir, les avait ramenés de Fionavar grâce à la puissance ardente et sauvage du Baëlrath.

C'était le pouvoir dont Kim était investie, il le savait : la Pierre de la Guerre et les rêves où elle errait chaque nuit, avec ses cheveux blancs comme ceux d'Ysanne, habitée par deux esprits et le savoir de deux univers. Ce devait être difficile. Le prix du pouvoir, avait dit le très haut roi Ailell, il s'en souvenait bien, la nuit où ils avaient joué leur partie de ta'baël, en guise d'ouverture aux trois nuits qui étaient devenues son épreuve à lui, sa difficile épreuve. La porte menant à ce qu'il était désormais, quel qu'en fût le sens : le Seigneur de l'Arbre de l'Été.

Quel qu'en fût le sens.

Ils étaient rendus au XXe siècle à présent : encore des grues, des paysages hauts et étroits de montagnes, des barques basses sur de vastes rivières.

« Les thèmes ne changent guère, remarqua Jennifer.

— Non. »

On l'avait renvoyé à la vie, il était la réplique de Mörnir, mais il n'avait pas d'anneau incandescent, il ne faisait pas de rêves où retrouver les secrets de la Tapisserie, il n'avait pas même un cor comme celui qu'avait découvert Dave ; il ne possédait ni le savoir du ciel, comme Lorèn, ni une couronne comme Ailéron. Pas même — mais cette pensée le fit frissonner — un enfant dans son ventre, comme cette femme qui l'accompagnait.

Et pourtant. Des corbeaux s'étaient perchés près de son épaule dans les branches de l'Arbre : Pensée et Mémoire, tels étaient leurs noms. Dans la clairière une silhouette s'était tenue, difficile à distinguer, mais il avait vu sa tête cornue, il l'avait vue s'incliner pour le saluer. Et cette brume blanche qui l'avait traversé pour jaillir dans le ciel où voguait la pleine lune écarlate, en cette nuit de nouvelle lune. Il y avait eu la pluie. Et le Dieu.

Le Dieu était encore là. La nuit, parfois, il pouvait en sentir la présence silencieuse, immense, dans la course chuchotante de son sang, dans le tonnerre assourdi de son cœur humain.

N'était-il qu'un symbole ? Une manifestation, comme il l'avait dit à Jennifer, de la présence d'une opposition aux machinations du Dévastateur ? Il y avait pire, sans doute ; cela lui conférait au moins un rôle à jouer dans ce qui se préparait ; mais intérieurement — et en lui se trouvait un dieu —, quelque chose lui disait qu'il y aurait davantage. Nul, s'il n'est deux fois né, ne sera Seigneur de l'Arbre de l'Été, lui avait dit Jaëlle au sanctuaire.

Il était davantage qu'un symbole ; le prix à payer consistait apparemment à attendre de savoir ce qu'il était, et comment il l'était.

Ils étaient presque arrivés aux dernières pièces de l'exposition et s'arrêtèrent devant une grande gravure représentant une rivière : on faisait avancer des barques à coups de perche, on en déchargeait d'autres à un quai populeux ; il y avait des forêts sur la rive opposée, et plus loin des montagnes couronnées de neige. Mais la gravure était mal accrochée, Paul pouvait voir reflétés dans la vitre les gens qui se trouvaient derrière eux, deux étudiants, le garde somnolent... Puis il aperçut le reflet indistinct d'un loup dans l'embrasure de la porte.

Il se retourna brusquement, le souffle court, et croisa le regard de Galadan.

Le Seigneur-Loup avait revêtu sa véritable forme et, en entendant l'exclamation étranglée de Jennifer, Paul sut qu'elle se rappelait aussi cette forme élégante et puissante, couturée de cicatrices, et la mèche argentée dans les cheveux noirs.

Il saisit la main de Jennifer, fit volte-face et traversa rapidement l'exposition. Un coup d'œil pardessus son épaule : avec un sourire sardonique, Galadan les suivait ; il ne se pressait pas.

Ils tournèrent un coin. En marmonnant une rapide prière, Paul poussa la barre d'une porte où était inscrit SORTIE D'URGENCE. Il entendit un gardien crier derrière eux, mais aucune alarme ne se mit à résonner. Ils se retrouvèrent dans un couloir de service ; sans un mot, ils s'y précipitèrent ; derrière eux, Paul entendit le garde crier de nouveau tandis que la porte s'ouvrait une seconde fois.

Le couloir se divisait en deux embranchements. Paul poussa une autre porte et se hâta de faire passer Jennifer ; elle trébucha et il dut la soutenir.

« Je ne peux pas courir, Paul ! »

Il jura intérieurement. Ils étaient aussi loin que

possible de la sortie : cette porte les avait fait entrer dans l'exposition permanente des œuvres d'Henry Moore, l'orgueil de la Galerie d'art de l'Ontario, une salle qui l'avait mise sur la carte artistique mondiale.

Et c'était apparemment l'endroit où ils allaient mourir.

Il aida Jennifer à s'éloigner de la porte. Ils longèrent plusieurs énormes pièces, une Madone à l'enfant, un nu, une forme abstraite.

« Attends ici », lui dit-il ; il l'assit sur la large base de l'une des sculptures. Il n'y avait personne d'autre dans la salle : un matin de semaine, en novembre...

Bien sûr, pensa-t-il. Il se retourna. Le Seigneur-Loup entra par la même porte qu'eux. Pour la deuxième fois, Galadan et Paul se firent face en un lieu où le temps semblait suspendu.

Jennifer murmura le nom de Paul ; il ne quitta pas Galadan des yeux, mais il entendit la jeune femme déclarer, avec une froideur qui le choqua : « C'est trop tôt, Paul. Quelle que soit ta nature, il te faut la découvrir maintenant, ou je mourrai en te maudissant. »

Encore sous le choc de cette déclaration, il vit Galadan lever l'un de ses longs doigts vers une cicatrice pourpre à sa tempe : « Celle-ci, dit le Seigneur des andains, je la dépose au pied de ton Arbre.

— Vous avez de la chance, dit Paul, d'être encore vivant pour la déposer où que ce soit. »

L'autre sourit de nouveau : « Peut-être, mais pas plus que vous n'en avez eu jusqu'ici. Tous les deux. »

Paul n'avait pas vu le poignard apparaître, mais la lame se trouvait dans la main de Galadan ; il se rappelait bien ce poignard. Galadan se rapprocha de quelques pas. Personne n'allait entrer dans cette pièce, Paul le savait.

Et puis il sut autre chose. Un mouvement s'amorçait en lui, profond comme une mer, et il s'avança aussi, en s'écartant de Jennifer : « Allez-vous combattre le Deux-fois-né de Mörnir ?

— Je ne suis là pour rien d'autre, répondit le Seigneur-Loup, mais je tuerai aussi la fille quand tu seras mort. Rappelle-toi qui je suis : les enfants des Dieux se sont agenouillés pour me laver les pieds. Tu n'es rien encore, Pwyll Deux-fois-né, et tu seras deux fois mort avant que je ne te laisse trouver ton pouvoir. »

Paul secoua la tête. Une marée courait dans son sang. Il s'entendit dire, comme de très loin : « Votre père s'est incliné devant moi, Galadan. N'en ferez-vous pas autant, *fils de Cernan* ? »

Et il sentit une bouffée de pouvoir le traverser quand il vit l'autre hésiter.

Mais seulement l'espace d'un instant. Le Seigneur-Loup se mit à rire, lui qui était une puissance et un Seigneur des puissances depuis plus d'un millénaire, et, en levant de nouveau la main, il plongea la pièce dans l'obscurité totale.

« Quel fils, à ta connaissance, a jamais suivi les pas de son père ? Il n'y a pas de chien pour te protéger, à présent, *et je peux voir dans le noir* ! »

La puissance cessa de monter en Paul.

Remplacée par une sorte de calme, tel un étang dans la forêt, et il sut d'instinct que là se trouvait le véritable accès à ce qu'il était désormais, à ce qu'il allait être. Environné de ce calme, il revint à Jennifer et lui dit : « Reste calme, mais tiens-moi bien. » Il la sentit agripper sa main et se lever pour se tenir près de lui ; quand il s'adressa de nouveau au Seigneur-Loup, sa voix avait changé.

« Esclave de Maugrim, dit-il, je ne peux encore te vaincre, et je ne peux non plus te voir dans l'obscurité. Nous nous rencontrerons de nouveau, et la troisième fois paie pour toutes les autres, comme tu le sais fort bien. Mais je ne m'attarderai pas ici pour toi. »

Et, sur ces paroles, il se sentit plonger dans la calme profondeur de l'étang intérieur qu'une intense nécessité lui avait fait découvrir. Il s'y enfonça plus profondément encore et, en étreignant Jennifer, il traversa avec elle, pour revenir en Fionavar, le froid dont il se souvenait, les interstices du temps, l'espace qui séparait les univers du Tisserand.

2

VAË ENTENDIT FRAPPER À LA PORTE. DEPUIS QUE SHAHAR avait été envoyé dans le Nord, elle entendait souvent des bruits dans la maison, la nuit, et en général elle avait appris à les ignorer.

Mais les coups qui martelaient la porte de l'échoppe n'allaient pas se laisser ignorer, ni se laisser interpréter comme des bruits nés de la solitude hivernale et des craintes suscitées par la guerre. Ils étaient bien réels, obstinés, et elle ne voulait pas en savoir l'origine.

Son fils était pourtant dans le corridor devant sa porte ; il avait déjà passé le pantalon et la veste chaude qu'elle lui avait confectionnés quand la neige avait commencé ; il avait l'air ensommeillé, et très jeune — mais pour elle il avait toujours l'air très jeune.

« Je vais voir ? demanda-t-il bravement.

— Attends », dit Vaë. Elle se leva et passa une tunique de laine par-dessus son vêtement de nuit. Il faisait froid dans la maison, minuit était passé depuis longtemps ; son homme était parti bien loin et elle se retrouvait seule dans l'hiver glacial avec un enfant de quatorze ans et ce martèlement de plus en plus insistant à sa porte.

Elle alluma une bougie et suivit Finn dans l'escalier.

« Attends », répéta-t-elle une fois dans l'échoppe, en allumant deux autres bougies, même si c'était du gaspillage ; on n'ouvrait pas sa porte par une nuit d'hiver sans un peu de lumière pour voir de qui il s'agissait. Quand elle eut allumé la mèche des bougies, Vaë vit que Finn avait pris le tisonnier dans la cheminée de l'étage ; elle hocha la tête et il ouvrit la porte.

Dans la neige amoncelée se tenaient deux étrangers, un homme accompagné d'une femme de haute taille qu'il soutenait d'un bras passé autour des épaules. Finn baissa son arme : ils n'en avaient pas. Vaë se rapprocha en levant sa bougie, et elle vit deux choses : la femme n'était pas une étrangère, en définitive, et elle était sur le point d'accoucher.

« La ta'kiéna ? dit Vaë. La troisième fois. »

La femme acquiesça. Ses yeux se tournèrent vers Finn, revinrent à Vaë. « Il est encore là, dit-elle, j'en suis heureuse. »

Finn ne dit rien ; il était si jeune que Vaë en avait le cœur brisé. L'homme bougea dans l'embrasure de la porte : « Nous avons besoin d'aide. Nous avons fui le Seigneur-Loup depuis notre univers. Je suis Pwyll, et voici Jennifer. Nous avons traversé au printemps dernier avec Lorèn. »

Vaë hocha la tête, en souhaitant que Shahar fût là au lieu de se trouver dans le froid venteux de la Forteresse du Nord avec la lance de son grand-père ; c'était un artisan, pas un soldat, que savait-il de la guerre ?

« Entrez », dit-elle en reculant d'un pas ; Finn referma et verrouilla la porte derrière eux. « Je m'appelle Vaë. Mon homme est parti. En quoi puis-je vous aider ?

— Je vais accoucher prématurément à cause de la traversée », dit la femme nommée Jennifer ; et Vaë vit à son visage qu'elle disait vrai.

« Va faire du feu, dit-elle à Finn. Dans ma chambre, en haut. » Elle se tourna vers l'homme : « Aidez-le. Faites bouillir de l'eau. Il vous montrera où trouver des linges propres. Dépêchez-vous, tous les deux. »

Ils se précipitèrent quatre à quatre dans l'escalier.

Vaë resta seule avec l'autre femme dans l'échoppe illuminée par les bougies, au milieu de la laine brute et des tissus. Elles échangèrent un regard.

« Pourquoi moi ? » demanda Vaë.

La douleur obscurcissait les yeux de l'autre : « Parce que j'ai besoin d'une femme qui sait comment aimer son enfant. »

Quelques brefs instants auparavant, Vaë était plongée dans un profond sommeil ; la femme qui se trouvait avec elle dans la pièce était si belle qu'elle aurait pu appartenir au monde des rêves, s'il n'y avait eu ces yeux.

« Je ne comprends pas, dit-elle.

— Il va me falloir l'abandonner, dit la femme. Pourrez-vous donner votre cœur à un autre fils quand Finn prendra la Route la plus longue ? »

À la lumière du jour, Vaë aurait frappé ou maudit quiconque aurait exprimé aussi explicitement ce qui taraudait sa vie comme une lame acérée. Mais il faisait nuit, c'était presque un rêve, et cette femme pleurait.

Vaë était une femme simple, qui travaillait la laine et le tissu avec son époux ; elle avait un fils qui, sans raison intelligible, avait été appelé trois fois à la Route alors que les enfants jouaient à la ta'kiéna, le jeu de la prophétie, et une quatrième fois juste avant l'explosion de la Montagne qui avait donné le signal de la guerre. Et maintenant, ceci.

« Oui, dit-elle avec simplicité. Je pourrai aimer un autre enfant. C'est un garçon ? »

Jennifer essuya ses larmes : « Oui. Mais ce n'est pas tout. Ce sera un andain, et j'en ignore les conséquences. »

Vaë sentit ses mains se mettre à trembler. L'enfant d'un dieu et d'une mortelle ; les conséquences en étaient nombreuses, et pour la plupart oubliées ; elle prit une profonde inspiration : « Très bien.

— Une dernière chose », dit la jeune femme aux cheveux d'or.

Vaë ferma les yeux : « Dites-moi. »

Elle garda les paupières closes longtemps après avoir entendu le nom du père de l'enfant. Puis, avec plus de courage qu'elle ne s'en connaissait, elle les rouvrit : « Il aura besoin de beaucoup d'amour. J'essaierai. »

En voyant la jeune femme se remettre à pleurer à ces paroles, elle se sentit submergée de compassion.

Jennifer finit par se reprendre, mais fut aussitôt traversée d'un spasme visible de douleur.

« Nous ferions mieux d'aller là-haut, dit Vaë. Ce ne sera pas facile. Pourrez-vous monter les marches ? »

Jennifer hocha la tête. Vaë lui passa un bras autour de la taille et elles s'engagèrent ensemble dans l'escalier. Jennifer s'immobilisa soudain : « Si vous aviez eu un deuxième fils, murmura-t-elle, quel nom aurait-il porté ? »

C'était vraiment le monde des rêves. « Darien, dit Vaë. Le nom de mon père. »

Ce ne fut pas facile, mais le travail ne dura pas trop longtemps non plus. Prématuré de deux mois, l'enfant était évidemment de petite taille, mais pas autant qu'elle l'aurait cru. Quand ce fut fini, on le posa un moment sur sa poitrine. Jennifer regarda son fils pour la première fois et elle se mit à pleurer d'amour et de chagrin pour tous les univers, tous ces champs de bataille, car il était magnifique.

Aveuglée par les larmes, elle ferma les yeux. Puis, une fois seulement, selon le rituel, pour que ce fût fait, et officiel, elle déclara : « Son nom est Darien. Ce nom lui a été donné par sa mère. »

Sur ces mots, elle laissa retomber sa tête sur l'oreiller et tendit l'enfant à Vaë.

Vaë le prit, aussitôt stupéfaite de sentir comme

l'amour lui venait aisément de nouveau. Des larmes emplissaient aussi ses yeux tandis qu'elle le berçait. Elle mit sur le compte de sa vision brouillée, et de la lumière vacillante des bougies, le fait qu'un instant, un bref instant, les yeux si bleus du bébé s'étaient teintés d'écarlate.

Il faisait encore nuit quand Paul s'éloigna dans les rues, et il neigeait. Des congères s'amassaient dans les allées de Paras Derval contre les échoppes et les maisons. Il dépassa une enseigne qu'il se rappelait bien, Le Sanglier Noir ; l'auberge était obscure et bien fermée, l'enseigne se balançait en grinçant dans le vent d'avant l'aube. Il n'y avait personne d'autre dans les rues blanches.

Il poursuivit son chemin vers l'est et les faubourgs de la ville puis, même si la marche devenait plus difficile, vers le nord, pour gravir la colline du palais. Des lumières brillaient au château, des phares de chaleur dans les rafales de vent et de neige.

Paul Schafer éprouvait un profond désir de rejoindre ces phares, de s'asseoir avec des amis — Lorèn, Matt, Diarmuid, Coll, et même Ailéron, le très haut roi à la barbe sévère ; il aurait voulu apprendre ce qui leur était arrivé tout en partageant avec eux le fardeau de ce à quoi il venait d'assister.

Mais il résista à la tentation. L'enfant était le fil introduit par Jennifer dans la Tapisserie, on lui devait au moins cela : il ne lui déroberait pas ce fil en allant répandre partout la nouvelle qu'un fils était né à Rakoth Maugrim.

Darien, tel était le nom qu'elle lui avait donné. Paul pensa à Kim en train de dire : « Je connais son nom. » Il secoua la tête. Cet enfant constituait un élément si imprévisible, si véritablement aléatoire, qu'on en restait presque stupéfait. Quels seraient les pouvoirs de ce dernier-né des andains, et à qui, à qui accorderait-il son allégeance ? Jennifer avait-elle en ce jour mis au monde non seulement un lieutenant mais un héritier des Ténèbres ?

Les deux femmes avaient pleuré ensemble, celle qui venait de donner naissance à l'enfant et celle qui l'élèverait. Toutes les deux. Mais l'enfant n'avait pas pleuré, pas cet enfant blond aux yeux bleus, originaire de deux univers.

Les andains pleuraient-ils ? Paul alla chercher une réponse au fin fond du calme, à la source du pouvoir qui les avait ramenés en Fionavar, et ne fut pas surpris de n'en point trouver.

Il traversa un dernier banc de neige tourbillonnante et atteignit sa destination. Avec une profonde inspiration, pour se centrer, il tira sur la chaîne qui pendait près de la porte voûtée.

Il entendit la cloche résonner dans les profondeurs du temple de la Mère. Puis le silence se fit de nouveau. Paul resta un long moment dans l'obscurité avant de voir les grandes portes s'ouvrir et la lumière d'une bougie dessiner un faible halo dans la nuit enneigée. Il s'avança pour se montrer.

« Pas un pas de plus, déclara une femme. J'ai un poignard. »

Paul garda son calme : « Je n'en doute pas, dit-il. Mais vous avez aussi des yeux, j'espère, et vous devriez savoir qui je suis, car je suis déjà venu ici. »

Elles étaient deux, une adolescente qui tenait la bougie et une femme plus âgée. D'autres, avec d'autres lumières, s'approchaient aussi.

L'adolescente fit un pas vers lui en levant la bougie, et le visage de Paul apparut clairement dans la lumière.

« Par Dana de la Lune ! souffla la femme la plus âgée.

— Oui, dit Paul, et maintenant, je vous prie, mandez vite votre grande prêtresse. J'ai peu de temps et je dois lui parler. »

Il fit mine de s'avancer dans le vestibule.

« Arrêtez ! ordonna de nouveau la femme. Pour entrer ici, tout homme doit payer le prix du sang. »

Mais il n'avait plus de patience pour ce genre de choses.

Il s'avança prestement, saisit le poignet de la femme, le tordit. Le poignard tomba avec fracas sur le sol de marbre. En immobilisant toujours devant lui la femme en tunique grise, il déclara d'une voix sèche : « Amenez-moi la grande prêtresse, maintenant ! »

Aucune des femmes ne bougea. Derrière lui, le vent sifflait par la porte ouverte.

« Lâchez-la », dit l'adolescente, très calme. Il se tourna vers elle. Elle semblait ne pas avoir plus de treize ans. « Elle ne pense pas à mal, continua la fillette. Elle ignore que vous avez donné du sang la dernière fois que vous étiez ici, Deux-fois-né. »

Il avait oublié lui-même : les ongles de Jaëlle sur sa joue, alors qu'il gisait là, impuissant. Ses paupières se plissèrent tandis qu'il considérait cette enfant si surnaturellement sûre d'elle-même. Il relâcha l'autre prêtresse.

« Shiel, dit la fillette, toujours paisible, nous devrions mander la grande prêtresse.

— Inutile », dit une voix plus froide. Et, comme toujours vêtue de blanc, Jaëlle s'avança entre les torches pour s'arrêter en face de lui. Ses pieds étaient nus sur les dalles froides, et les boucles emmêlées de ses longs cheveux roux étaient dénouées dans son dos.

« Désolé de vous réveiller, dit Paul.

— Parlez, répliqua-t-elle, et prenez garde à vos paroles. Vous avez attaqué l'une de mes prêtresses. »

Il ne pouvait se permettre de perdre son sang-froid. Ce serait déjà assez difficile sans cela.

« Je suis désolé », dit-il ; un mensonge. « Et je suis venu pour discuter. Il nous faut être seuls, Jaëlle. »

Elle le dévisagea un long moment, puis se détourna : « Amenez-le dans mes appartements.

— Prêtresse ! Le sang, il doit... »

La voix de Jaëlle claqua sèchement, trahissant sa tension d'une manière tout à fait inhabituelle : « Shiel, garde le silence, pour une fois !

— Je le lui ai dit, déclara la fillette d'un ton mesuré. Il a saigné la dernière fois qu'il est venu. »

Jaëlle n'avait pas eu envie de se le faire rappeler. Elle prit le chemin le plus long, pour obliger Paul à traverser le dôme et à voir la hache.

Le lit, il s'en souvenait ; il s'était éveillé là au matin, dans un bruit de pluie. Bien tiré, le lit, à présent. De bonnes manières, se dit-il, amusé — et des servantes bien dressées.

« Bien, dit Jaëlle.

— Des nouvelles d'abord, je vous prie. La guerre a-t-elle commencé ? »

Elle se dirigea vers la table, se retourna pour lui faire face, les mains posées derrière elle sur la surface cirée : « Non. L'hiver est venu tôt, et il est très rigoureux. Même des svarts alfar ne marchent pas bien au combat dans la neige. Les loups ont fait problème, et nous manquons de vivres, mais il n'y a pas encore eu de bataille.

— Vous avez entendu l'avertissement de Kim, alors ? »

N'attaquez pas, il attend à Starkadh ! avait hurlé Kimberly au moment où ils amorçaient leur traversée.

Jaëlle hésita : « Je l'ai entendu, oui.

— Personne d'autre ?

— Je captais pour elle l'énergie de l'avarlith.

— Je m'en souviens. C'était inattendu. »

Elle esquissa un geste d'impatience.

« Ils vous ont écoutée, alors ?

— Ils ont fini par le faire. » Elle ne laissait rien paraître, cette fois, mais il pouvait deviner ce qui s'était passé, sachant quelle profonde méfiance les hommes présents ce matin-là dans la Grande Salle avaient dû éprouver envers la prêtresse.

Il se contenta de dire : « Et maintenant ?

— Nous attendons le printemps. Ailéron prend conseil de quiconque désire lui parler, mais tout le monde attend le printemps. Où se trouve la prophétesse ? »

L'intonation exprimait une certaine urgence.

« Elle attend aussi. Un rêve.

— Pourquoi êtes-vous ici ? »

Le sourire de Paul s'effaça alors et, sans trace désormais de légèreté, il lui raconta tout, la Flèche du Dieu parlant à la Prêtresse de la Mère. Tout. À voix basse, il lui apprit le nom de l'enfant et, d'une voix plus basse encore, le nom du père.

Jaëlle resta immobile pendant ce récit et ensuite, ne trahissant en rien l'effet que ces révélations avaient eu sur elle, une maîtrise de soi que Paul se sentit obligé d'admirer. Puis elle demanda de nouveau, mais avec une intonation différente : « Pourquoi êtes-vous ici ?

— Parce que vous avez fait de Jennifer une invitée et amie, au printemps dernier », dit-il alors. Elle ne s'y était pas attendue : cette fois, son visage la trahit. Un triomphe relatif pour lui, mais l'instant était trop solennel pour compter mesquinement des points au jeu du pouvoir. Il poursuivit, pour émousser l'aiguillon : « Lorèn trouverait tout cela trop chaotique et s'en méfierait, mais je me suis dit que vous étiez capable de vous en accommoder. Nous avons besoin de vous.

— Vous me confiez cela à moi ? »

Au tour de Paul de faire un geste impatient : « Oh, Jaëlle, n'exagérez pas votre malfaisance. Vous n'êtes pas satisfaite de l'équilibre du pouvoir, n'importe quel imbécile peut s'en rendre compte, mais seul un véritable imbécile confondrait votre impétuosité avec le camp où vous vous tenez dans cette guerre. Vous servez la Déesse qui a envoyé cette lune écarlate dans le ciel, Jaëlle. Je serais bien le dernier de tous les hommes à l'oublier. »

Elle paraissait soudain très jeune. Il y avait une

femme sous cette tunique blanche, une personne et non une simple figure symbolique. Une fois déjà, dans cette même pièce, avec la pluie qui tombait dehors, il avait commis l'erreur d'essayer de le lui dire.

« De quoi avez-vous besoin ? demanda-t-elle.

— De quelqu'un pour surveiller l'enfant, dit Paul d'une voix incisive. Et du secret le plus total, bien entendu, ce qui est mon autre raison de venir vous trouver.

— Je serai obligée de m'en ouvrir aux Mormæ de Gwen Ystrat.

— C'est ce que je pensais. » Il se leva, se mit à marcher de long en large. « Toutes sont égales, je crois, chez les Mormæ ? »

Elle hocha la tête : « Toutes sont égales dans la prêtrise, quel que soit leur rang, mais on restreindra l'information au cercle fermé.

— Très bien. » Il cessa ses déambulations, s'immobilisant tout près de la prêtresse. « Mais dans ce cas, vous avez un problème.

— Lequel ?

— Ça ! » Et il tendit le bras pour ouvrir une porte qui se trouvait dans le dos de la jeune femme, saisit celle qui écoutait derrière et l'attira dans la pièce avec tant de force qu'elle alla s'étaler sur le tapis.

« Leïla ! » s'exclama Jaëlle.

La fillette rajusta sa tunique grise et se releva, une ombre d'appréhension dans les yeux, constata Paul, mais une ombre seulement ; elle se tenait la tête haute devant eux.

« Voilà qui pourrait te valoir la mort. » Jaëlle avait une intonation glaciale.

Leïla déclara avec audace : « Allons-nous en discuter en présence d'un homme ? »

Jaëlle hésita, un instant à peine : « Oui », répliqua-t-elle ; et Paul fut surpris du changement soudain de sa voix. « Leïla, dit la grande prêtresse avec douceur, il ne faut pas me faire la leçon, je ne suis ni Shiel ni Marline. Tu portes la tunique grise depuis seulement dix jours : tu dois comprendre quelle est ta place. »

Voilà qui était bien trop modéré pour Paul : « Au diable ! Que faisait-elle là ? Qu'a-t-elle entendu ?

— Tout », dit Leïla.

Jaëlle était d'un calme stupéfiant. « Je le crois volontiers. Et maintenant dis-moi pourquoi.

— À cause de Finn, répondit Leïla. Parce que je savais qu'il venait de chez Finn.

— Ah », fit Jaëlle avec lenteur. Elle s'approcha alors de la fillette et, après une pause, passa un long doigt sur sa joue, une caresse déconcertante. « Bien sûr.

— Je ne comprends pas », remarqua Paul.

Elles se tournèrent vers lui : « Vous devriez, dit Jaëlle, de nouveau parfaitement maîtresse d'elle-même. Jennifer ne vous a-t-elle pas parlé de la ta'kiéna ?

— Si, mais...

— Et ne vous a-t-elle pas dit pourquoi elle voulait accoucher chez Vaë ? Chez la mère de Finn ? »

Il comprit brusquement. « Oh. » Il observa la mince Leïla aux cheveux clairs : « C'est elle ? »

La fillette lui répondit elle-même : « J'ai appelé Finn à prendre la Route. Trois fois, et une fois encore ensuite. Je suis en résonance avec lui, jusqu'à son départ. »

Il y eut un silence. « Très bien, Leïla, dit enfin Jaëlle, laisse-nous, à présent. Tu as fait ce que tu devais faire. N'en dis pas un mot.

— Je ne crois pas que je le pourrais, dit Leïla d'une toute petite voix. Pour Finn. Parfois, il y a en moi comme un océan. Je crois qu'il m'engloutirait si j'essayais de parler. »

Elle tourna les talons et quitta la pièce en refermant sans bruit la porte derrière elle.

Paul regarda la prêtresse à la lumière des hautes bougies et se rendit compte qu'il n'avait jamais vu auparavant de compassion dans son regard.

« Vous n'allez rien faire ? » murmura-t-il.

Jaëlle secoua la tête, les yeux toujours fixés sur la porte qu'avait empruntée la fillette. « J'aurais tué n'importe qui d'autre, croyez-moi.
— Mais pas elle.
— Pas elle.
— Pourquoi ? »
Elle se retourna vers lui : « Consentez-moi ce secret, murmura-t-elle. Il y a des mystères dont il vaut mieux ne rien savoir, Pwyll. Même pour vous. »
C'était la première fois qu'elle prononçait son nom. Leurs regards se croisèrent et cette fois ce fut Paul qui détourna les yeux ; il pouvait s'accommoder du mépris de Jaëlle, mais ce regard évoquait une puissance plus ancienne et plus profonde encore que celle qu'il avait touchée dans l'Arbre.
Il s'éclaircit la gorge : « Nous devrions être partis au matin.
— Je sais, dit Jaëlle. J'enverrai quelqu'un dans un moment pour aller la chercher.
— Si je pouvais le faire moi-même, je ne vous le demanderais pas. Je sais que cela contribuera à l'épuisement de la racine de la terre, l'avarlith. »
Jaëlle secoua la tête ; la lumière des bougies accrochait des reflets dans ses cheveux. « Vous avez fait quelque chose d'extrêmement important en l'amenant ici par vos propres moyens. Le Tisserand seul sait comment vous y êtes parvenu.
— Eh bien, je ne le sais sûrement pas, quant à moi », dit-il ; et c'était un aveu.
Ils se turent. Un grand calme régnait dans le sanctuaire et dans la chambre de Jaëlle.
« Darien », dit-elle.
Il soupira. « Je sais. Êtes-vous effrayée ?
— Oui, dit-elle. Et vous ?
— Très. »
Ils se regardèrent, séparés par l'espace du tapis, une distance immense, impossible à franchir.
« Nous ferions mieux de nous occuper de tout cela », remarqua enfin Paul.

Elle leva le bras et tira un cordon qui pendait près d'elle ; une cloche résonna quelque part. Quand on se présenta en réponse à son appel, elle donna des ordres rapides et détaillés et, après une durée qui sembla fort brève, les prêtresses revinrent avec Jennifer.

Ensuite, tout alla très vite. Elles se rendirent sous le dôme et bandèrent les yeux de l'homme. Jaëlle offrit son propre sang, ce qui surprit certaines prêtresses ; puis elle alla chercher à l'est, en Gwen Ystrat, trouva d'abord Audiart, les autres ensuite. Elles furent mises au courant, signifièrent leur accord et continuèrent leur route toutes ensemble, pour toucher Dun Maura et sentir en elles la racine de la terre.

Jaëlle entendit Paul dire : « Au revoir », tandis que le courant de force se transformait pour elle, comme toujours — cela l'avait marquée déjà tout enfant —, en un torrent de lune qui la traversait tout entière. Elle le canalisa, exprima sa gratitude à la Mère et fila l'avarlith pour envoyer les voyageurs à destination.

Elle était trop épuisée ensuite pour faire autre chose que dormir.

Assise près du feu, dans la demeure située non loin de la place gazonnée où l'on avait chanté la ta'kiéna, Vaë berçait son nouvel enfant. Les prêtresses en tuniques grises lui avaient apporté du lait et des langes, en promettant davantage ; Finn avait déjà fabriqué un berceau de fortune pour Darien.

Elle lui avait laissé tenir son frère un moment, émue de voir l'éclat de son regard. Peut-être même cela le ferait-il rester là, avait-elle pensé, cet événement stupéfiant serait peut-être assez puissant pour noyer l'appel qu'avait entendu Finn. Peut-être.

Et une autre idée lui était venue : quel qu'en soit le père — et elle en maudit le nom — un enfant apprend l'amour de l'amour qu'il reçoit, et ils lui accorderaient tout l'amour dont il avait besoin, elle et Finn, et Shahar quand il reviendrait chez lui. Comment ne pas aimer un enfant si tranquille et si blond, aux yeux si bleus — bleus comme les pierre de garde de Ginsérat, se dit-elle.

Et puis elle se rappela que les pierres étaient fracassées.

3

PAUL, QUI FAISAIT LE GUET SUR LA ROUTE, SIFFLA POUR signaler que tout allait bien. En appui sur un poteau, Dave sauta la clôture en sacrant à mi-voix quand ses pieds s'enfoncèrent dans la boue printanière.

« O.K., dit-il, les filles, maintenant. »

Kevin aida d'abord Jennifer, puis Kim, à se tenir en équilibre sur le fil de fer rigide, et Dave les fit sauter chacune à son tour par-dessus la clôture ; ils avaient craint que celle-ci ne fût électrifiée, mais Kevin avait vérifié plus tôt, et ce n'était pas le cas.

« Une voiture ! » cria soudain Paul.

Ils s'aplatirent sur le sol froid et bourbeux jusqu'à ce que le faisceau des phares se fût éloigné. Puis Kevin se releva et sauta la clôture. C'était la partie facile de l'exercice ; plus loin, ils le savaient, le sol serait bourré d'alarmes sensibles à la pression : une alarme résonnerait dans la salle souterraine des gardiens quand ils y poseraient les pieds.

Paul prit son élan et passa sans problème par-dessus la clôture. Il échangea un regard avec Kevin. Malgré l'énormité de ce qu'ils allaient faire, celui-ci sentit un courant d'euphorie le traverser : c'était une joie de pouvoir enfin agir à nouveau.

« Très bien, murmura-t-il en maîtrisant sa voix, Jen, tu es avec moi. Prépare-toi à être *sexy* à mort. Dave et Paul, vous savez quoi faire ? » Ils hochèrent la tête ; il se tourna vers Kim : « On est prêts, ma jolie. À toi. Et... »

Il s'interrompit. Kim avait ôté ses gants. À sa main droite, le Baëlrath étincelait, on aurait dit qu'il était vivant. Kim leva le bras :

« Puissent toutes les forces de la mort me pardonner », dit-elle ; et, dépassant la pierre de visée effondrée, elle laissa la lumière la guider jusqu'à Stonehenge.

Une nuit, au début du printemps, elle avait fait des progrès, enfin. Il avait fallu si longtemps, elle commençait à désespérer ; mais comment ordonner à un rêve de se manifester ? Ysanne ne le lui avait jamais enseigné, et les dons de la prophétesse, si généreux eussent-ils été, n'avaient pas inclus ce savoir. La rêveuse du rêve, voilà ce qu'était Kim désormais, mais il fallait souvent attendre ; et on n'avait jamais, mais alors jamais, considéré Kimberly Ford comme un être doué de patience.

La même image n'avait cessé de hanter ses nuits, encore et toujours, pendant l'été de leur retour et le long hiver qui l'avait suivi — et n'était pas encore terminé, malgré le mois d'avril. Mais elle savait de quoi il s'agissait à présent. Depuis une certaine nuit à Paras Derval, elle savait où faire ce premier pas sur le chemin conduisant au Guerrier. Les pierres culbutées et le vent qui sifflait sur l'herbe lui étaient absolument familiers, et elle en connaissait l'emplacement.

C'était l'époque qui l'avait égarée ; tout aurait été facile, sinon, malgré le caractère indistinct de sa vision dans ces premiers rêves où elle avait d'abord pris la mesure de son pouvoir : elle avait vu l'endroit non tel qu'il était à présent mais tel qu'il avait été trois mille ans auparavant.

Stonehenge. Où était enseveli un roi, un géant en son temps, mais petit, bien petit auprès de celui dont, par-delà les murs de la mort, il gardait le nom sacro-saint.

Sacro-saint jusqu'à présent, jusqu'à elle. Comme

toujours, la nature du pouvoir qu'elle détenait la submergea de tristesse : apparemment, les morts eux-mêmes ne pouvaient reposer en paix à l'abri de Kimberly Ford, celle dont la main portait le Baëlrath.

Elle connaissait Stonehenge, le point de départ. Elle avait découvert dans la chaumière au bord du lac le Livre secret de Gortyn, et elle y avait trouvé — avec facilité, car Ysanne habitait en elle — les mots qui tireraient de sa tombe millénaire le gardien défunt.

Mais elle avait eu besoin d'autre chose, car le défunt avait été puissant et ne livrerait pas aisément son secret ; elle avait eu besoin de savoir où se situait l'autre endroit, celui où elle se rendrait ensuite, enfin. Le lieu de l'invocation.

Puis, une nuit d'avril, elle le trouva.

Elle aurait pu la perdre encore, cette image qu'elle avait longuement poursuivie, si elle n'avait été prête aux tours que jouait le temps ; les prophétesses parcourent dans leurs rêves les boucles invisibles que le Tisserand introduit dans son Métier, et elles doivent être prêtes à voir l'inexplicable.

Mais Kim était prête pour cette image, cette petite île verte au milieu d'un lac lisse comme du verre sous le croissant d'une lune qui venait de se lever. Une scène d'une paix si profonde que Kim aurait pu pleurer, un an plus tôt, en ayant conscience des ravages qu'elle y causerait.

Pas même un an. Un an à peine. Mais Kim avait changé et, malgré la tristesse qui l'habitait — aussi profonde que les racines des pierres, et aussi permanente —, la nécessité était trop impérieuse et l'on avait tardé trop longtemps pour qu'elle se permît le luxe des larmes.

Elle avait quitté son lit. Des éclats lumineux palpitaient dans la Pierre de la Guerre, un présage : bientôt le Baëlrath flamboierait, elle le savait ; sa main en porterait de nouveau le feu. À l'horloge de la cuisine, elle vit qu'il était quatre heures du matin ; elle vit aussi Jennifer assise à la table, et la bouilloire qui commençait à bouillir.

« Tu as crié, remarqua sa compagne. Je me suis dit qu'il se passait quelque chose. »

Kim prit une autre chaise ; elle resserra sa robe de nuit ; il faisait froid dans la maison, et ses voyages oniriques la laissaient toujours frissonnante. « Oui, dit-elle avec lassitude.

— Tu sais ce que tu dois faire ? »

Elle hocha la tête.

« Ça va ? »

Elle haussa les épaules. Trop difficile à expliquer. Elle commençait à comprendre, ces derniers temps, pourquoi Ysanne s'était retirée dans la solitude de son lac. Il n'y avait que deux lumières dans la pièce : celle du plafond, et celle qui étincelait à son doigt. « On ferait mieux d'appeler les gars, dit-elle.

— Je l'ai déjà fait. Ils seront bientôt là. »

Kim lui adressa un regard acéré : « Qu'ai-je dit en dormant ? »

Depuis la naissance de Darien, le regard de Jennifer avait retrouvé sa bonté. « Tu as demandé qu'on te pardonne. »

Elle arracherait les morts à leur repos et traînerait les vivants à leur funeste destin.

« Ce serait étonnant qu'on le fasse », remarqua Kimberly.

On sonna à la porte. Ils furent bientôt assemblés autour d'elle, anxieux, ébouriffés, à moitié endormis. Elle leva les yeux vers eux : ils attendaient, mais l'attente était terminée. Elle avait vu une île et un lac aux eaux de verre.

« Qui vient en Angleterre avec moi ? » demanda-t-elle, avec dans la voix une fausse, une fragile légèreté.

Ils y allèrent tous. Même Dave, qui dut pratiquement renoncer à son travail de stage pour pouvoir partir avec vingt-quatre heures de préavis. Un an plus tôt, il avait emporté en Fionavar les notes de Kevin sur la Preuve, tant il était résolu à réussir dans la carrière juridique. Il avait tellement changé... Mais ils avaient tous changé. Après avoir vu Rangat lancer dans le ciel cette démoniaque main de feu, comment ne pas considérer tout le reste comme dépourvu de substance ?

Et pourtant, quoi de plus insubstantiel qu'un rêve ? Et c'était un rêve qui les avait lancés tous les cinq vers Londres dans un 747, puis dans une Renault louée à Heathrow et conduite de façon erratique mais à toute vitesse par Kevin jusqu'à Amesbury, près de Stonehenge.

Kevin exultait. Enfin libéré de l'interminable attente, des mois passés à prétendre s'intéresser aux impôts, aux valeurs immobilières, aux cours de droit civil qui précédaient sa nomination au barreau, il fit ronfler le moteur dans un tournant en ignorant les protestations inarticulées de Dave, et freina en dérapant devant un hôtel-taverne d'un âge vénérable, évidemment dénommé La Nouvelle Auberge.

Il s'occupa des bagages avec Dave — ils n'avaient apporté qu'un sac chacun — tandis que Paul remplissait la fiche d'hôtel ; en passant, ils longèrent le bar, bourré en cette heure de déjeuner, et il entraperçut une jolie barmaid dotée de taches de rousseur.

En attendant que Paul en eût fini avec les chambres, il glissa à Dave : « Sais-tu, je ne me rappelle pas la dernière fois que j'ai fait l'amour. »

Dave, qui ne s'en souvenait pas non plus quant à lui, et qui avait de meilleures raisons à cela, se contenta de grogner : « Sors ta cervelle de ton froc, pour une fois. »

C'était frivole, en effet, supposa Kevin. Mais il n'était pas un moine et ne pouvait pas même feindre d'en être un. Diarmuid aurait compris, mais ce prince aux mœurs légères aurait-il pu comprendre où l'acte d'amour emportait Kevin, ou ce qu'il cherchait en réalité en s'y abandonnant ? Extrêmement peu probable, se dit-il, puisqu'il ne le savait pas vraiment lui-même.

Paul avait les clés de deux chambres adjacentes. Ils laissèrent Kimberly seule dans l'une d'elles, à sa requête, et roulèrent un kilomètre vers l'ouest pour se joindre aux touristes des voyages organisés, avec leurs appareils photo, près du monument. Une fois là, en dépit de la ringardise ambiante, Kevin se calma ; il y avait un travail à faire, afin de préparer ce qui allait se passer cette nuit-là.

Dave avait posé la question dans l'avion ; à cette heure tardive, le film était terminé, on avait baissé les lumières ; Jennifer et Paul dormaient quand le grand gaillard s'était approché de Kevin et de Kim, éveillés mais silencieux. Kim n'avait pas dit un mot de tout le voyage, perdue dans la difficile contrée de ses rêves.

« Qu'allons-nous faire là-bas ? » avait demandé Dave en hésitant, comme s'il avait craint d'être un intrus.

Et la jeune fille aux cheveux blancs avait retrouvé un peu de vivacité pour répondre :

— Vous aurez à faire quelque chose, n'importe quoi, pour me donner assez de temps.

— Assez de temps pour quoi ? » avait demandé Dave.

Kevin avait tourné la tête pour regarder Kim répondre, d'un ton bien trop terre à terre : « Faire revenir un roi d'entre les morts et l'obliger à me livrer un nom. Ensuite, ce sera à moi seule de jouer. »

Kevin avait alors jeté un coup d'œil par le hublot et vu les étoiles au-delà des ailes de l'avion : ils étaient très haut et survolaient des eaux profondes.

« Quelle heure est-il ? demanda Dave pour la cinquième fois, en luttant contre sa nervosité.

— Onze heures passées », dit Paul qui continuait

à jouer avec une cuillère, tout aussi énervé. Ils se trouvaient dans le bar de l'hôtel, Paul, Dave et Jennifer à une table, et l'incroyable Kevin, accoudé au comptoir, en train de faire du plat à la barmaid. Ou bien non, pas si incroyable ; Paul connaissait Kevin depuis longtemps.

« Mais quand diable va-t-elle descendre ? »

La voix de Dave avait une intonation vraiment tranchante, et Paul lui-même pouvait sentir croître sa propre anxiété. Ce serait tout différent de nuit, il le savait, sans la foule des touristes de l'après-midi : sous les étoiles, Stonehenge reculerait dans le temps, très loin ; une puissance secrète habitait encore ce lieu, il pouvait la sentir, et il savait aussi que la nuit la rendrait manifeste.

« Vous savez tous ce que vous avez à faire ? répéta-t-il.

— Oui, Paul », dit Jennifer avec un calme étonnant. Ils avaient élaboré leur plan pendant le dîner, après être revenus du monument. Kim n'avait pas quitté sa chambre depuis qu'ils étaient là.

Kevin revint d'un pas nonchalant, avec une pinte de bière.

« Tu bois ? dit Dave avec brusquerie.

— Ne sois pas idiot. Pendant que vous étiez là à ne rien faire, j'ai obtenu les noms de deux des gardes. Len est le grand barbu, et l'autre s'appelle Dougal, à ce que dit Kate.

— Bien joué », dit Jennifer ; elle eut un léger sourire.

« O.K., dit Kim. *Allons-y.* » Elle se tenait près de la table, en blouson d'aviateur, avec une écharpe. Ses yeux avaient un regard un peu égaré sous ses boucles blanches et son visage était d'une pâleur mortelle ; une unique ride verticale creusait son front. Elle leur montra ses mains : elle portait des gants.

« Ça fait cinq minutes qu'il brille », dit-elle.

Ainsi était-elle arrivée là où elle le devait, et il était temps, en vérité, ici, maintenant, de se déclarer, de laisser éclater la puissance ardente et rouge du Baëlrath. C'était la Pierre de la Guerre, on l'avait trouvée, nul ne l'avait façonnée, le pouvoir en était des plus chaotiques. Mais c'était la guerre à présent et l'anneau commençait à se manifester, poussant Kim à travers les hautes pierres enveloppées de brume, celle qui s'était effondrée et celle qui penchait, jusqu'au grand portail de pierre. Là, elle s'immobilisa.

Des cris s'élevaient derrière elle. Très loin. Le moment était venu. Elle leva les mains et cria elle aussi, d'une voix froide, très différente de celle qu'elle avait quand elle pouvait n'être qu'elle-même, Kim. Et dans le silence, dans le calme vigilant qui l'environnait, elle prononça des mots puissants, et d'autres encore, pour faire traverser aux morts les murailles de la Nuit.

« *Damaë Pendragon ! Sed Baëlrath ridèn log vérenth. Pendragon rabenna, niseï damaë !* »

La lune n'était pas encore levée. Entre les pierres antiques, le Baëlrath brillait, plus étincelant qu'aucune étoile. Rien de subtil ou de retenu dans sa force, aucune beauté. Kim était venue pour contraindre, par le pouvoir qu'elle portait et le secret qu'elle connaissait. Elle était venue commander.

Alors, au vent qui se levait là où nul vent n'avait soufflé auparavant, elle sut qu'elle avait réussi.

Penchée dans la nuit, brandissant le Baëlrath, elle vit, au centre exact du monument, une silhouette qui se tenait sur la pierre de l'autel. De haute taille, indistinct, l'homme était drapé de brume comme d'un suaire, à demi incarné seulement dans la pénombre des étoiles et de la pierre, mais Kim devait lutter contre sa pesanteur, son attraction. Il était mort depuis si longtemps, et elle l'avait obligé à se lever d'entre les morts...

Nulle place pour la tristesse ici, et toute manifestation de faiblesse pourrait contrarier la magie de l'invocation. « Uther Pendragon, dit Kim, entendez-moi, car je commande à votre volonté !

— Ne me commandez point, je suis un roi ! » La voix était claire, tendue à se rompre sur le fil des siècles, mais encore impérieuse.

Pas de place pour la pitié. Aucune. Kim força son cœur à s'endurcir : « Vous êtes mort, dit-elle avec froideur dans le vent glacé, et soumis à la pierre que je porte.

— Pourquoi en serait-il ainsi ? »

Le vent redoublait. « À cause d'Ygraine abusée, et d'un fils engendré grâce à un mensonge. » L'histoire ancienne, si ancienne.

Uther se redressa de toute sa taille au-dessus de sa tombe, et il était très grand. « N'a-t-il pas prouvé sa valeur au-delà de toute mesure ?

— Quand bien même », dit Kimberly ; et il y avait en elle une douleur qu'elle ne pouvait faire taire malgré tous ses efforts pour s'aguerrir. « Je désire l'appeler par le nom dont vous êtes le gardien. »

Le roi défunt tendit les mains sous le regard des étoiles. « N'a-t-il pas assez souffert ? » s'écria le père, d'une voix qui couvrit celle du vent.

Aucune réponse ne convenait à une telle question, aussi Kim dit-elle : « Le temps me manque, Uther, et l'on a besoin de lui. Par le feu de la pierre que je porte, je vous contrains — *quel est le nom ?* »

Elle pouvait distinguer son expression sévère, et elle se raidit elle-même pour ne lui laisser déchiffrer aucune incertitude sur son propre visage. Il luttait contre elle et elle pouvait sentir la terre qui l'entraînait, qui l'attirait pour l'emporter de nouveau dans ses profondeurs.

« Connaissez-vous l'endroit ? demanda Uther Pendragon.

— Oui. »

Elle vit aux yeux du roi qu'il la croyait, et que le Baëlrath finirait par en être victorieux. Elle en fut bouleversée jusqu'au tréfonds de l'âme ; se faire d'acier à ce point, c'était apparemment au-delà de ses capacités.

« Il était jeune lorsque c'est arrivé, dit-il, l'inceste, et le reste. Il avait peur, à cause de la prophétie. Les dieux ne peuvent-ils se montrer cléments ? N'y a-t-il aucune merci ? »

Qu'était-elle donc pour que les fiers rois des morts l'implorent ainsi ? « Le nom ! » dit Kimberly à travers la mélopée funèbre du vent, et elle leva l'anneau au-dessus de sa tête pour contraindre le roi.

Alors, vaincu, il le lui révéla. Et il y eut comme une vaste pluie d'étoiles, et c'était elle, Kim, qui les avait fait tomber des cieux, à cause de ce qu'elle était.

Rouge, elle était, et chaotique, la nuit ne pouvait la retenir, elle aurait pu s'envoler à l'instant même pour retomber comme les rayons d'une lune rouge... mais pas ici. Ailleurs.

Le promontoire était assez élevé pour avoir autrefois été une île au cœur d'un lac de verre ; les eaux s'étaient ensuite retirées du Somerset, laissant derrière elles une plaine dominée par une colline à sept corniches. Mais lorsqu'un endroit a été une île, le souvenir des eaux s'y attarde, le souvenir de la magie des eaux, et peu importe à quelle distance en est désormais la mer, ou depuis combien de temps elle s'est retirée.

Il en était ainsi de Glastonbury Tor, qui s'était appelé en son temps Avalon, et avait vu trois reines emporter un roi mourant jusqu'à ses rives.

Il y avait bien de la vérité dans les légendes qui avaient transpiré jusque-là, mais aussi des mensonges assez vastes pour être tout aussi douloureux. Du haut du Tor, Kim embrassa le paysage d'un coup d'œil et vit le mince croissant de la lune se lever à l'est sur l'étendue de la plaine. L'éclat du Baëlrath commençait à s'éteindre, et avec lui le pouvoir qui l'avait soutenue jusque-là.

Il lui restait une dernière chose à faire pendant

que la pierre brillait encore et, en levant la main, tel un phare, elle se retourna face à Stonehenge qui se trouvait si loin. Elle se tendit de toutes ses forces ; elle l'avait déjà fait une fois auparavant, mais c'était plus facile à présent : en cette nuit, sa puissance était grande. Elle les trouva tous les quatre, les rassembla, Kevin et Paul, Jennifer et Dave, et, avant l'extinction complète de la Pierre de la Guerre, sur le dernier lambeau du pouvoir sauvage engendré par Stonehenge, elle les renvoya en Fionavar.

Puis la lumière qu'elle portait redevint un simple anneau à son doigt, et l'obscurité retomba sur le sommet venteux du Tor.

La lumière de la lune lui suffit pour distinguer la chapelle édifiée là quelque sept cents ans plus tôt. Elle frissonnait à présent, et pas uniquement de froid ; le feu de l'anneau l'avait soulevée, l'avait investie d'une résolution qui dépassait ses capacités normales, mais elle n'était plus que Kimberly Ford à présent, du moins en avait-elle l'impression, et elle se sentait toute petite sur ce tertre ancien où le vent sentait encore la mer en plein milieu du Somerset.

Elle allait commettre un acte terrible, ranimer une malédiction si ancienne que le vent, par comparaison, semblait venir à peine de naître.

Mais il était une montagne, dans le nord de Fionavar, qui avait autrefois emprisonné un dieu. Il y avait eu une explosion si énorme qu'elle ne pouvait avoir qu'une seule signification : Rakoth le Dévastateur n'était plus enchaîné. Une telle puissance allait s'abattre sur eux ! Et si l'univers de Fionavar était perdu, tous les autres tomberaient devant Maugrim, la Tapisserie serait déchirée et dénaturée sur le Métier à Tisser des univers, sans pouvoir jamais être réparée.

Kim songea à Jennifer à Starkadh.

Elle songea à Ysanne.

Sur cette colline obscure, avec l'anneau qui dormait à son doigt, sans plus de pouvoir que le nom terrible et implacable qu'elle détenait, elle trouva dans son besoin la force nécessaire et, de sa propre voix, elle prononça les mots auxquels le Guerrier serait contraint de répondre :

« *Tueur d'enfants !* »

Elle ferma alors les yeux, car une convulsion d'agonie semblait ébranler le Tor et toute la plaine du Somerset. Un son s'éleva : le vent, le chagrin, la musique perdue. Il était jeune et il avait peur, avait dit le père défunt — et les morts disaient la vérité, ou ils ne disaient rien. La prophétie de Merlin avait sonné le glas de son rêve radieux et il avait ordonné de tuer les enfants. Oh, comment ne pas verser des larmes ? Tous les enfants, afin que son propre fruit incestueux et destructeur ne vécût point, selon la prophétie, pour détruire le beau rêve. Un enfant, lui-même était presque un enfant alors, mais son nom s'était vu attribuer un fil dans la Tapisserie, et un univers, et lorsque les enfants étaient morts...

Lorsque les enfants étaient morts, le Tisserand l'avait marqué pour un destin qui se déroulerait sans fin. Un cycle de guerres et d'expiations, où il porterait bien des noms, dans bien des univers, pour que fût payé le prix des enfants, et de l'amour.

Kim ouvrit les yeux et aperçut, bas à l'horizon, le mince croissant de la lune. Et les constellations du printemps comme une main ouverte au-dessus de sa tête ; elle n'avait pas tort de penser que leur éclat était plus intense qu'auparavant.

Puis elle se retourna et, dans la lumière diffuse du ciel, elle vit qu'elle n'était plus seule dans ce haut lieu ensorcelé.

Ce n'était plus un jeune homme. Comment aurait-il pu l'être resté, après tant de guerres ? Au-dessus de sa barbe sombre, mais parsemée d'argent, ses yeux n'avaient pas encore trouvé leur regard ; Kim eut l'impression d'y voir des étoiles. Il s'appuyait sur son épée, les mains nouées autour de la garde comme si c'était la seule réalité, la seule assurance dans cette vaste nuit. D'une voix si douce et si lasse qu'elle lui perça le cœur, il déclara : « J'étais Arthur ici, n'est-ce pas, dame ?

— Oui, murmura-t-elle.

— J'ai porté d'autres noms ailleurs.

— Je sais. » Elle avala sa salive. « Mais c'est votre véritable nom, le premier.

— Pas l'autre ? »

Oh, qu'était-elle donc ? « Pas celui-là. Je ne le dirai jamais à personne, je ne le prononcerai plus jamais. Je vous en fais serment. »

Il se redressa avec lenteur : « D'autres le feront, comme ils l'ont fait déjà.

— Je ne peux rien y changer. C'est notre grand besoin qui m'a fait vous invoquer. »

Il hocha la tête : « Il y a une guerre ici ?

— En Fionavar. »

À ces mots, il finit de se redresser ; il n'était pas aussi grand que son père mais il était vêtu de majesté, et il releva la tête dans le vent comme s'il entendait un cor lointain.

« Est-ce la dernière bataille, alors ?

— Si nous perdons, ce sera la dernière. »

Il sembla se condenser, comme si sa transition depuis le lieu inconnaissable où il s'était trouvé n'avait attendu que cet aveu. Aucune étoile ne brillait plus dans les profondeurs de ses yeux ; c'étaient des yeux bruns, pleins de bonté, telle la vaste terre bien labourée.

« Très bien », dit Arthur.

Et ce fut ce qui brisa enfin le cœur de Kim, le ton mesuré de cet acquiescement ; elle tomba à genoux et baissa la tête en sanglotant.

L'instant d'après, elle se sentit soulevée sans effort et enveloppée d'une telle étreinte que, sur cette colline solitaire, elle eut l'impression d'être revenue chez elle après un long voyage. Elle posa la tête contre cette large poitrine, sentit le battement de ce cœur puissant, et en fut réconfortée alors même qu'elle pleurait.

Au bout d'un moment, il s'écarta. Elle essuya ses larmes et vit sans surprise que le Baëlrath avait recommencé de briller. Pour la première fois, elle prit conscience de son épuisement : tant de puissance la traversait... Elle secoua la tête : pas le temps, absolument pas de temps pour de la faiblesse. Elle regarda l'homme qui se tenait près d'elle :

« Ai-je votre pardon ?

— Vous n'en avez jamais eu besoin », murmura-t-il. Puis, après une pause : « Sont-ils déjà là, les deux autres ? »

Et la souffrance qui perçait dans sa voix révéla à Kim, pour la première fois, la véritable nature de la malédiction qu'il subissait. Elle aurait dû le savoir, elle aurait pu le voir. *Le prix des enfants et de l'amour.*

« Je l'ignore, dit-elle avec peine.

— Ils sont toujours là, reprit-il, parce que j'ai fait massacrer les enfants. »

Impossible de répliquer, et de toute façon Kim ne se fiait pas à sa voix. Elle prit plutôt l'homme par la main et, en portant bien haut le Baëlrath, une fois de plus, avec ce qui lui restait de force, elle traversa les univers en compagnie d'Arthur Pendragon, le Guerrier condamné, pour revenir en Fionavar, et à la guerre.

DEUXIÈME PARTIE

Owein

4

UNE FOIS ENCORE, AIDÉ PAR LA SEULE IRAIMA, RUANA tenta d'émettre le mince filet du chant. La portée n'en serait pas suffisante, sans doute, mais il ne pouvait rien imaginer d'autre ; c'était pourquoi il restait étendu dans le noir à écouter les autres mourir autour de lui, répétant sans cesse le chant d'avertissement et le chant de sauvegarde ; Iraima l'aidait quand elle le pouvait, mais elle était très faible.

Au matin, leurs geôliers découvrirent que Taiéri était mort ; ils sortirent son cadavre de la caverne pour le dévorer. Ceux qui se trouvaient dehors brûlèrent ensuite ses os pour se procurer un peu de chaleur contre le froid mordant. Ruana s'étouffa dans la fumée qui provenait du bûcher ; ils l'avaient allumé juste devant la caverne afin de rendre l'atmosphère plus difficile à respirer pour leurs prisonniers. Il entendit Iraima tousser. On ne les tuerait pas directement, il le savait, par crainte de la malédiction attachée au sang versé, mais cela faisait longtemps maintenant qu'ils étaient sans nourriture dans les cavernes, aspirant la fumée qui avait été leurs sœurs et leurs frères. Ruana se demanda distraitement que serait de ressentir de la haine ou de la rage. Il ferma les yeux et entonna le kanior, une seule fois, pour Taiéri, tout en sachant qu'il n'observait pas strictement les rituels et en se repentant de ce manquement aux règles. Puis il recommença à psalmodier les deux autres chants, en alternance, le chant d'avertissement et le chant de sauvegarde, sans arrêt. Iraima se joignit à lui pendant un moment, et Ikatéré fit de même, mais la plupart du temps Ruana chantait seul.

En foulant l'herbe verte, ils gravirent Atronel, et les seigneurs des trois marches se présentèrent devant Ra-Tenniel ; Brendel seul était absent, parti dans le Sud à Paras Derval, aussi Heilyn représenta-t-elle les Kestrel. Galèn et Lydan, les jumeaux, représentaient la marche de Brein, et Leyse, aux cheveux dorés entre tous, représentait celle du Cygne, vêtue de blanc en mémoire de Lauriel comme l'étaient toujours ceux de cette marche. Enroth se trouvait là aussi, le plus vieux d'entre eux depuis que Laièn Fils de Lance était parti en quête de son chant — il n'appartenait pas à une marche en particulier mais à toutes, comme seuls le pouvaient les anciens et le roi.

Ra-Tenniel fit étinceler le trône d'un bleu éclatant, et la farouche Galèn sourit, si l'on put voir se froncer les sourcils de son frère.

Leyse offrit une fleur au roi : « Des rives du lac de Célyn, murmura-t-elle. Il y a là un magnifique bosquet de sylvains rouges et argentés.

— J'aimerais y aller avec vous pour les voir », répliqua Ra-Tenniel.

Leyse eut un sourire fugace : « Allons-nous ouvrir le ciel cette nuit, très radieux seigneur ? »

Il accepta le changement de sujet ; cette fois, Lydan sourit.

« Nous allons le faire, acquiesça Ra-Tenniel. Na-Enroth ?

— C'est dans la Tapisserie, affirma l'Ancien. Nous allons essayer de faire sortir Maugrim de Starkadh.

— Et si nous y parvenons ? demanda Lydan.

— Alors, nous entrons en guerre, répliqua Ra-

Tenniel. Mais si nous attendons, ou si le Seigneur des Ténèbres attend, comme il semble en avoir l'intention, alors nos alliés pourraient bien mourir de cet hiver avant que Maugrim vienne nous chercher. »

Pour la première fois Heilyn prit la parole : « C'est lui qui a causé cet hiver, alors ? C'est certain ?

— C'est certain, répondit Enroth. Et autre chose encore : le Baëlrath s'est embrasé il y a deux nuits. Il ne se trouvait pas en Fionavar, mais il était en feu. »

Ils s'agitèrent en entendant ces paroles. « La prophétesse ? hasarda Leyse. Dans son propre univers ?

— Il semble bien, dit Enroth. Un nouveau fil passe sur le Métier.

— Ou un fil très ancien », rectifia Ra-Tenniel ; l'Ancien inclina la tête.

« Pourquoi attendons-nous, alors ? » s'écria Galèn. Son ample voix de chanteuse parvint aux autres lios qui se trouvaient sur les pentes d'Atronel ; un murmure musical flotta jusqu'aux six lios qui se tenaient près du trône.

« Nous n'attendrons pas, une fois que nous serons convenus de la marche à suivre, répliqua Ra-Tenniel. N'est-il pas de la plus amère ironie que nous, qui devons notre nom à la Lumière, nous ayons été contraints de dissimuler notre contrée dans l'ombre pendant ces mille dernières années ? Pourquoi le Daniloth devrait-il porter le nom de Pays Obscur ? Ne voudriez-vous pas voir les étoiles briller au-dessus d'Atronel, et votre propre lumière leur répondre ? »

La musique de l'approbation et du désir les environna sur la colline, emportant même le prudent Lydan, qui laissa lui aussi ses yeux se faire de cristal tandis que Ra-Tenniel libérait tout l'éclat du trône et que, en prononçant les paroles rituelles, il dénouait l'enchantement créé par Lathèn Tisseur de Brume après le Baël Rangat. Les lios alfar, les Enfants de la Lumière, chantèrent alors d'une seule voix leur joie de voir les étoiles enfin dévoilées au-dessus de leurs têtes et de savoir que, dans tout le nord de Fionavar, l'éclat du Daniloth allait illuminer la nuit pour la première fois depuis mille ans.

Cela les exposait, bien entendu, c'était là le but vaillant de leur action : ils se faisaient appât, le plus séduisant des appâts, pour attirer Rakoth Maugrim hors de Starkadh.

Ils restèrent éveillés toute la nuit ; personne ne voulait dormir alors qu'on pouvait voir les étoiles, puis le croissant de la lune déclinante — et quand leurs frontières étaient ouvertes au nord où, ils le savaient, le Dévastateur se trouvait au sommet de sa tour dans les glaces pour contempler leur éclat iridescent, moqueur. Ils chantèrent les louanges de la Lumière pour l'exaspérer aussi de leurs voix pures, et Ra-Tenniel chantait encore plus clairement que les autres, lui qui était le Seigneur des lios alfar.

Au matin, ils firent revenir l'obscurité du Tisseur de Brume. Ceux qui veillaient aux frontières vinrent rapporter à Atronel qu'une puissante tempête se précipitait en hurlant vers le sud, à travers la Plaine lugubre et déserte.

La lumière est plus rapide que le vent. Au sud de la Rienna, les Dalreï virent l'éclat qui brillait au-dessus du Daniloth dès qu'il y apparut ; il faudrait à la tempête nouveau-née un peu plus de temps pour les atteindre.

Non qu'il ne fît très froid pour les guetteurs aux portes, quand Navon de la troisième tribu vint y prendre son tour de garde. Il avait rencontré bien récemment son animal-totem et trouvait encore de la gloire à être un Cavalier des Dalreï, mais certains aspects en étaient moins plaisants pour un garçon de quatorze ans qui scrutait la nuit blanche de neige afin d'y repérer éventuellement des loups, tandis que le vent essayait de lui arracher son manteau de peau d'eltor à la recherche des os frêles qu'il protégeait.

Pendant que d'un campement à l'autre on se transmettait avec excitation la nouvelle de la lumière apparue au nord-ouest, Navon se concentrait sur son tour de garde. Il avait commis une faute lors de sa première chasse de Cavalier ; il avait tenté d'abattre son eltor d'une manière extravagante, ce qui avait obligé Lévon dan Ivor à risquer sa vie en s'essayant à la Chasse de Révor — et en la menant à bien. Le maître de chasse de la troisième tribu n'avait jamais fait de remarques à Navon à ce propos mais, depuis, l'adolescent essayait d'effacer le souvenir de sa sottise.

D'autant que chaque membre de la troisième tribu éprouvait un sentiment redoublé de fierté et de responsabilité après ce qui s'était passé à Célidon aux premières neiges, quand les loups avaient commencé à tuer les eltors. Navon se rappelait sa nausée la première fois, au spectacle de toute cette grâce massacrée entre la rivière Adein et Célidon, si près des pierres qui s'élevaient au milieu de la Plaine, comme pour les railler. Les Dalreï peuvent tuer quinze ou vingt de ces bêtes à la course rapide au cours d'une seule chasse, en strict accord avec leur Loi sévère, mais le jour où, lors d'une chevauchée, les Cavaliers assemblés de la troisième et de la huitième tribu étaient arrivés sur une élévation de terrain, ils avaient vu deux cents eltors épars dans la neige, et le rouge choquant de leur sang sur la neige blanche amoncelée dans la Plaine.

C'était la neige qui les avait perdus. Les eltors, si vifs sur l'herbe qu'on parle d'une leste d'eltors et non d'un troupeau, ont des sabots mal adaptés à la neige profonde ; ils y trébuchent, leur élégance fluide s'y transforme en un mouvement maladroit et disgracieux... et ils y étaient devenus la proie des loups.

Les eltors migraient toujours vers le sud en automne, pour échapper à la neige, et les Dalreï les suivaient toujours dans cette contrée d'un climat plus doux, aux lisières des pâturages du Brennin. Mais, cette année-là, la neige avait commencé très tôt, les tempêtes féroces avaient emprisonné les animaux dans le Nord. Et les loups étaient arrivés.

Les Dalreï lancèrent des malédictions vers le nord. Mais les malédictions n'avaient pas servi à grand-chose, pas plus qu'elles n'avaient empêché la catastrophe suivante, car les vents avaient poussé la neige meurtrière jusque dans le Sud, au Brennin : il n'y avait aucun endroit sûr pour les eltors dans la Plaine.

Aussi Dhira de la première tribu avait-il convoqué une Grande Assemblée à Célidon, les neuf Chefs, leurs chamans et leurs conseillers. Le vénérable Dhira s'était levé — tous connaissaient l'histoire, à présent — pour demander : « Pourquoi Cernan des Animaux permet-il ce massacre ? »

Et, dans l'assemblée, un seul homme avait pris la parole pour répondre : « Parce qu'il ne peut l'empêcher, avait déclaré Ivor de la troisième tribu. Maugrim est plus puissant que lui, et je l'appellerai désormais par son nom, Rakoth. »

Un murmure avait salué ce nom qu'on ne prononçait jamais, et la voix d'Ivor s'était faite plus forte pour le dominer :

« Nous devons le nommer par son nom et le connaître pour ce qu'il est, car ce n'est plus un cauchemar ou un souvenir. Il est bien réel, il est là maintenant, et nous devons partir en guerre contre lui pour notre peuple et pour notre terre, nous et nos alliés, ou il n'y aura personne après nous pour chevaucher avec les eltors dans la vaste Plaine. Nous serons des esclaves à Starkadh, les jouets des svarts alfar. Chacun dans cette Assemblée doit prêter serment, par les pierres de Célidon, par ce cœur de notre Plaine, de ne pas vivre pour voir ce sombre jour. Il n'y a pas de Révor parmi nous aujourd'hui, mais nous sommes ses fils, les héritiers de sa fierté et du présent que le très haut roi nous a fait de la Plaine. Hommes des Dalreï, nous prouverons-nous dignes de ce présent et de cette fierté ? »

Navon frissonna dans la nuit en se rappelant ces paroles. Tous savaient le rugissement qui avait salué le discours d'Ivor, explosant de Célidon pour parcourir des lieues enneigées vers le nord, à travers la Gwynir et l'Andarièn, pour aller ébranler les murs mêmes de Starkadh.

Et tous savaient ce qui avait suivi lorsque le sage et modéré Tulgèr de la huitième tribu s'était levé à son tour pour dire simplement : « Les neuf tribus n'ont pas eu de Seigneur unique, de Père unique, depuis Révor. Devrions-nous à présent avoir un avèn ?

— Oui ! » s'était écriée l'Assemblée. (C'était de notoriété publique.)

« Qui sera-t-il ? »

Ainsi Ivor dan Ivor de la troisième tribu était-il devenu le premier avèn de toute la Plaine depuis mille ans, lorsque son nom avait explosé à son tour en cet endroit sacré qu'était Célidon.

Tous en étaient marqués, se dit Navon en refermant mieux son manteau pour se protéger du vent lugubre ; la troisième tribu tout entière participait de cette gloire et de cette responsabilité, et Ivor s'était assuré qu'elle ne bénéficiait d'aucun traitement de faveur dans la répartition des tâches.

Célidon serait assez sûre, avait-il décidé. Aucun loup ne pouvait encore y pénétrer en risquant les foudres de la puissance ancienne et profonde qui liait les pierres levées du cercle à la Maison qui s'y trouvait.

Pour l'instant, les eltors constituaient la priorité des Dalreï. Les bêtes s'étaient enfin rendues dans le Sud, près de la rivière Latham, et à partir de là les tribus les suivraient ; les chasseurs feraient des rondes perpétuelles autour des lestes assemblées (mais quelle moquerie, ce nom, dans la neige), et les camps seraient toujours en alerte contre les éventuelles attaques.

Ainsi en avait-il été. Deux fois déjà les loups s'étaient risqués à attaquer les lestes et leurs protecteurs, et deux fois les aubereï véloces en avaient porté la nouvelle au camp le plus proche, à temps pour repousser les maraudeurs.

En ce moment même, se disait Navon tout en arpentant la muraille extérieure, du sud au nord et du nord au sud, en ce moment même Lévon, le fils de l'avèn, était en train de faire son devoir dans le froid mordant de la nuit, patrouillant autour de l'immense leste qui se trouvait près du camp de la troisième tribu. Navon l'aurait nié en rougissant si quiconque lui avait attribué cette pensée, mais avec Lévon se trouvait celui qui était devenu son héros personnel. Parmi toutes les tribus, aucun homme, pas même Lévon, n'avait tué autant de loups ni passé autant de nuits à veiller que Torc dan Sorcha. Autrefois, on l'appelait « le Paria », se souvint Navon en secouant la tête avec ce qu'il s'imaginait être une incrédulité d'adulte. Mais plus maintenant ; le silence mortel de Torc était proverbial, à présent, dans les tribus.

La tribu avait eu plus que sa part de héros, ces derniers temps, et Navon était bien déterminé à ne pas les décevoir ; sentinelle de quatorze ans, il fouillait d'un regard acéré le sud obscur, et ce n'était pas le plus jeune, au reste.

Mais, le plus jeune ou non, il fut le premier à voir et à entendre l'aubereï solitaire qui arrivait au grand galop, et ce fut Navon qui donna l'alarme tandis que l'aubereï se rendait au campement suivant sans même laisser reposer son cheval.

C'était, de toute évidence, une offensive majeure.

Une offensive tout à fait majeure, c'est ce que comprit Torc en voyant les silhouettes fluides des loups fondre sur l'immense leste que gardaient ensemble la troisième et la septième tribu. Ou qu'elles essayaient de garder, rectifia-t-il intérieurement tout en se hâtant de rejoindre Lévon pour prendre ses ordres. Ce serait une rude bataille. Les loups étaient venus en force, cette fois. Dans le désordre croissant, Torc se redressa sur sa selle pour surveiller la leste ; les quatre eltors de tête étaient toujours entravés, prisonniers — une nécessité déplaisante mais impérieuse, car si cette énorme leste composite devait partir en panique, on perdrait tout espoir de contrôler le chaos. Tant que les eltors de tête restaient là, la leste garderait sa cohésion ; et les eltors avaient des cornes, ils pouvaient se battre.

Ils se battirent bel et bien, Torc put le constater, quand la première ligne d'attaque des loups arriva au contact de la leste. C'était une scène infernale : les grognements des loups, les cris aigus des eltors, la lumière pourpre des torches portées par les Cavaliers et, de nouveau, le sang des eltors sur la neige.

Torc faillit s'étrangler de rage. Il se força à rester calme et vit que les Cavaliers n'étaient pas assez nombreux sur le flanc droit de la leste ; les loups amorçaient un mouvement tournant pour l'attaquer.

Lévon l'avait vu aussi. « Doraid ! cria-t-il au maître de chasse de la septième tribu, mets la moitié de tes hommes sur le flanc le plus proche ! »

Doraid hésita : « Non, j'ai une autre idée, pourquoi ne pas... »

Sur ce, il se fit arracher de son cheval et précipiter dans la neige ; Torc ne s'arrêta pas pour voir où il était tombé. « Cavaliers de la septième tribu, hurla-t-il par-dessus le fracas de la bataille, *suivez-moi* ! »

Tabor dan Ivor servait de porteur de torche à son frère et il vit les chasseurs de la septième tribu suivre Torc, en effet. Son cœur se gonfla, même au milieu de ce carnage, de voir comme la réputation de Torc dan Sorcha imposait l'obéissance. Aucun homme de la Plaine n'éprouvait à l'égard des Ténèbres une haine plus intraitable que le Cavalier de la troisième tribu, toujours vêtu de noir, avec pour unique concession aux vents de l'hiver une veste d'eltor jetée sur son torse nu. Son aura était telle à présent que les chasseurs d'une autre tribu le suivaient sans poser de questions.

Torc arriva sur le flanc de la leste juste avant les loups, chargeant en compagnie des Cavaliers de la septième tribu, l'épée haute. Ils divisèrent la bande des loups en deux groupes et firent promptement volte-face pour effectuer parmi eux un autre passage sanglant.

« Cechtar, déclara Lévon, aussi calme qu'à l'accoutumée, mène vingt hommes de l'autre côté. Garde l'eltor de tête de ce côté-là.

— C'est fait ! » s'écria Cechtar, toujours aussi flamboyant, et il partit au galop dans la neige, un groupe de cavaliers sur ses talons.

Tabor se dressa le plus haut possible sur sa selle, faillit tomber mais reprit l'équilibre et se tourna vers Lévon : « L'aubereï est passé. J'ai vu des torches en provenance du camp !

— Bien, dit sombrement Lévon, qui regardait dans l'autre direction. Nous allons avoir besoin de tout le monde. »

Tabor fit virevolter son cheval pour regarder ce qu'indiquait son frère, et il vit à son tour, le cœur serré comme un poing.

Des urgachs arrivaient du sud.

Les féroces créatures chevauchaient des bêtes telles que Tabor n'en avait jamais vu, d'énormes montures à six pattes, aussi monstrueuses que leurs cavaliers, avec sur le crâne une corne vicieusement recourbée.

« On dirait que nous avons une bataille sur les bras », murmura Lévon comme pour lui-même. Puis, en se tournant vers Tabor avec un sourire : « Viens, mon frère, c'est notre tour. »

Et les deux fils d'Ivor, l'un grand et blond, l'autre encore jeune, nerveux, et brun comme une noix, lancèrent leurs chevaux vers la ligne des urgachs.

Malgré ses efforts, Tabor ne put rester à la hauteur de Lévon, et son frère le dépassa bientôt. Il ne chevauchait pas seul, pourtant, car un Cavalier en culottes noires et veste d'eltor infléchissait sa course pour le rejoindre.

Lévon et Torc fondirent ensemble sur la ligne des urgachs. Il y en avait trop, se disait Tabor en essayant désespérément de les rattraper. C'était lui le plus près, et il vit ainsi mieux que quiconque ce qui se passa. À trente pas des urgachs, sans échanger une parole, Lévon et Torc changèrent de direction, à angle droit, et, en galopant à toute allure le long de la ligne des monstrueuses montures à six pattes, ils décochèrent chacun trois flèches.

Six urgachs s'effondrèrent.

Mais Tabor n'était pas en mesure d'applaudir. Comme il galopait furieusement dans le sillage de Torc et de Lévon, il se retrouva soudain en train de foncer droit sur la ligne des monstres, une simple torche en main.

Il entendit Lévon hurler son nom, ce qui n'était pas d'un grand secours. En étouffant un cri étranglé — il avait seulement quinze ans après tout —, Tabor guida son cheval vers une trouée dans la ligne d'attaque des urgachs. L'un d'eux, énorme et hirsute, modifia sa propre trajectoire pour l'intercepter.

« Cernan ! » s'écria Tabor, et il lança la torche tout en se laissant glisser sous le ventre de son cheval. Un sifflement d'épée à l'emplacement de sa tête, un rugissement guttural de douleur quand sa torche entra en contact avec les poils et la chair, et Tabor se retrouva de l'autre côté de la ligne d'attaque, galopant loin de la bataille dans la vaste beauté de la Plaine blanche sous la lune qui montait et les étoiles.

Pas pour très longtemps. Il arrêta son cheval et

lui fit faire volte-face en tirant sa petite épée de son fourreau de selle. Ce n'était pas nécessaire, aucun urgach ne s'était lancé à sa poursuite. Ils s'écrasaient plutôt dans les eltors terrifiés, en une vicieuse attaque. Puis, tout en taillant et en abattant les bêtes hurlantes comme s'il s'était agi de simple viande, ils changèrent tous ensemble de direction et frappèrent le flanc gauche du contingent des Dalreï avec une force brutale. Les renforts s'en venaient — Tabor pouvait voir les torches qui arrivaient à vive allure depuis les campements distants — mais ce ne serait pas assez, se dit-il avec désespoir, pas contre des urgachs.

Lévon et Torc galopaient de nouveau à l'attaque, mais les urgachs s'étaient profondément enfoncés dans la masse des Cavaliers et leurs énormes épées faisaient des ravages parmi les chasseurs tandis que les loups, sans rencontrer d'obstacle, massacraient les eltors avec férocité.

Tabor entendit derrière lui un bruit de sabots. L'épée haute, il fit follement volte-face. Et un cri de joie lui échappa.

« *Viens-t'en, petit frère !* » lui cria une voix, et Dave Martyniuk passa dans un bruit de tonnerre, brandissant sa hache du Brennin, avec à ses côtés un prince blond, et trente hommes à leur suite.

Ainsi les guerriers du Brennin s'en vinrent-ils à la rescousse des Dalreï, sous le croissant de la lune déclinante, conduits par Diarmuid et celui qu'on appelait Davor, immense et féroce, comme nimbé d'écarlate par sa frénésie guerrière.

Tabor vit ces guerriers aguerris de la troupe de Diarmuid s'écraser à leur tour dans la bande des loups la plus proche, et leurs épées qui s'abattaient en éclairs d'argent pour se relever, noires de sang. Puis ils fondirent sur les denses phalanges des urgachs avec Torc et Lévon, et le brave Cechtar. Au-dessus des cris aigus des eltors mourants et des grognements des loups, au-dessus du carnage illuminé par les torches, Tabor entendit résonner sans cesse le cri du géant, « Révor ! », et, dans la vague de soulagement et de fierté qui le submergeait, il redevint un adolescent.

Mais soudain il ne fut plus si jeune, ce n'était plus un garçon de quinze ans nouvellement appelé parmi les Cavaliers des Dalreï.

D'où il se trouvait à l'arrière de la bataille, dans une petite pente, Tabor vit la masse noire qui arrivait comme l'éclair loin à l'est : les Dalreï n'étaient pas les seuls à recevoir des renforts. S'il pouvait voir les urgachs à cette distance, ils devaient être très nombreux, il y en avait bien trop. Et alors...

Alors, le temps était venu.

Bien-aimée. Il formula cet appel en esprit.

Je suis là, entendit-il aussitôt. *Je suis toujours là. Aimerais-tu chevaucher ?*

Je crois que je le dois, répondit Tabor. *Le moment est venu pour nous, mon éclatante beauté.*

Nous avons déjà chevauché ensemble.

Il se le rappelait bien, il se le rappellerait toujours. *Mais jamais dans une bataille. Nous allons devoir tuer.*

Une intonation nouvelle dans la voix intérieure : *J'ai été créée pour la guerre. Et pour voler. Invoque mon nom.*

Créée pour la guerre. Une vérité affligeante, mais les urgachs étaient proches à présent, et alors...

Alors, Tabor formula intérieurement son nom. *Imraith-Nimphaïs*, appela-t-il, soulevé par une vague d'amour. Il mit pied à terre, car à ces mots elle se trouvait déjà dans le ciel au-dessus de lui, cette créature de son rêve, plus glorieuse qu'aucune créature terrestre.

Elle atterrit. Sa corne était lumineuse, argentée comme la lune, mais sa robe d'un rouge profond, comme l'autre lune qui lui avait donné naissance ; là où elle posait ses sabots, la neige ne portait pas de trace, tant elle était légère.

Bien des jours s'étaient écoulés. Le cœur comme inondé de lumière, Tabor leva la main et elle inclina la tête, l'effleurant du bout de sa corne comme une caresse, pour lui permettre de la caresser à son tour.

Nous n'aurons que nous deux, perçut-il, et il lui transmit en retour acquiescement et approbation. Puis : *Allons-nous voler ?* demanda-t-elle.

Il pouvait percevoir l'intense désir qui la traversait, qui le traversait aussi, et il dit à haute voix : « Volons et tuons, ma bien-aimée. »

Tabor dan Ivor monta sur le dos d'Imraith-Nimphaïs, présent à double tranchant de Dana, qu'il avait rencontrée lors de sa veille d'aspirant Cavalier ; aussi jeune que lui, la créature ailée devait l'emporter dans le ciel, loin du monde des humains, et c'est ce qu'elle fit. Elle abandonna la terre pour les vastes cieux glacés, portant le Cavalier qui, seul de tous les êtres vivants, avait rêvé son nom et, pour les humains qui se trouvaient sous eux, ils devinrent une comète soudaine entre les étoiles et la Plaine.

Tabor demanda intérieurement : *Tu vois ?*

Je vois, répondit-elle.

Il la tourna dans la direction d'où les urgachs arrivaient pour se joindre à la bataille et ils fondirent sur eux telle une lumière de mort. Elle se métamorphosa en plein vol et sa corne étincelante tua une première fois, et bien d'autres fois encore, guidée par la main de son cavalier. Les urgachs s'enfuirent devant eux et ils les poursuivirent de leurs coups mortels. Les rangs des loups se défirent et les bêtes s'enfuirent aussi, vers le sud. Un grand cri de joie monta des poitrines des Dalreï et des hommes du Brennin, stupéfaits et exultants de voir cette étincelante créature céleste venue à leur rescousse.

Elle ne les entendit pas, et Tabor non plus. Ils poursuivaient et exterminaient l'ennemi en fuite, et le sang poissait la corne d'Imraith-Nimphaïs. Il ne resta bientôt plus une seule haïssable créature des Ténèbres à massacrer.

Alors, tremblants d'épuisement et de choc, ils revinrent atterrir dans un espace blanc, loin du sang, et Tabor nettoya la corne d'Imraith-Nimphaïs avec de la neige. Ils se tinrent étroitement serrés l'un contre l'autre ensuite, dans le vaste silence de la nuit.

Nous n'aurons que nous, émit-elle.

Seulement nous, à la fin, répondit-il. Elle s'envola, radieuse. Et, tandis que l'aube se levait sur les montagnes, Tabor entreprit la longue marche qui le ramènerait aux camps des humains.

5

« La première bataille est toujours la pire », dit Carde en rapprochant son cheval de celui de Kevin pour n'être entendu de nul autre.

Ces paroles étaient destinées à le réconforter et Kevin réussit à faire un geste signifiant qu'il avait compris, mais il n'était pas enclin à la malhonnêteté envers soi-même et savait que le choc de la bataille, si réel fût-il, ne constituait pas son problème le plus grave.

Et ce n'était pas non plus de la jalousie à l'égard de Dave Martyniuk, même s'il était obligé d'admettre, toujours par honnêteté, qu'en cet instant cela concourait à son humeur, après l'apparition électrisante de cette radieuse créature ailée et la fin de la bataille. Dave avait été extraordinaire, presque terrifiant. En rugissant et en brandissant l'énorme hache que Matt Sören lui avait trouvée dans l'armurerie de Paras Derval, il s'était lancé dans la bataille, plus rapide que Diarmuid lui-même, et il avait fait des ravages dans les rangs des loups en hurlant de toute la force de ses poumons ; le colosse avait même affronté en combat singulier l'une de ces énormes brutes pleines de crocs appelées urgachs. Et il l'avait tuée, en plus : tout en parant un vicieux coup d'estoc, il avait d'un revers de hache tranché à demi la tête de la créature pour la jeter à bas de sa gigantesque monture ; ensuite, pour faire bonne mesure, il avait abattu l'hexapode cornu.

Et Kevin ? Le rapide et malin Kevin Laine lui avait servi pendant ce temps de porteur de torche. Oh, on lui avait donné une épée pour se battre, mais que savait-il de batailles à cheval contre des loups ? Rester en selle sur sa monture qui se cabrait avait déjà constitué un défi considérable au milieu de l'enfer hurlant de la bataille. Et quand il avait eu le loisir de comprendre à quel point il était inutile, Kevin avait ravalé son orgueil, rengainé son épée et attrapé une torche afin de donner à Dave assez de lumière pour tuer ; il n'y avait même pas été très habile, la hache tournoyante du colosse avait failli le décapiter par deux fois.

Ils l'avaient pourtant gagnée, cette première bataille de la guerre, et une créature magnifique s'était révélée dans le ciel. Tout en s'accrochant à cette image splendide de la licorne ailée, Kevin essaya de mettre son humeur au diapason de ce moment de triomphe.

Quelqu'un d'autre ne semblait pas très heureux, cependant : une confrontation avait lieu au même instant. Avec Carde, Kevin poussa son cheval vers le groupe d'hommes qui entourait un Cavalier à la voix rauque et aux cheveux bruns, ainsi que Torc, l'ami de Dave, que Kevin se rappelait de leurs derniers jours à Paras Derval.

« Et si jamais tu recommences, disait d'une voix forte l'homme aux cheveux bruns, je te mutilerai et je t'attacherai dans la Plaine avec du miel dans les yeux pour attirer les aigèns ! »

Torc ne répliqua pas, impassible sur son cheval gris anthracite, et la menace bravache de l'autre se perdit sottement dans le silence. Dave souriait ; il se tenait entre Torc et Lévon, l'autre Cavalier que Kevin se rappelait de la dernière fois.

Ce fut Lévon qui prit la parole, avec une immense autorité : « Doraid, arrête. Et entends-moi. On t'a donné un ordre direct au combat, et tu as choisi ce moment-là pour discuter stratégie. Si Torc n'avait pas fait ce que je t'avais ordonné de faire à toi, les loups auraient contourné le flanc de la leste. Désires-tu t'expliquer ici ou devant l'avèn et le Chef de ta tribu ? »

Doraid se tourna vers lui avec fureur : « Depuis quand la troisième tribu commande-t-elle à la septième ?

— Ce n'est pas le cas, répliqua Lévon sans perdre de sa sérénité. Mais c'était moi qui commandais pendant ce tour de garde, et tu te trouvais là quand ce commandement m'a été confié.

— Ah oui ! ricana Doraid. Le précieux fils de l'avèn. On doit lui obéir et...

— Un moment ! » Une voix à l'accent familier venait de claquer, et Doraid s'interrompit en plein élan. « Est-ce que je comprends bien ce qui se passe ici ? poursuivit Diarmuid en s'avançant dans le cercle des Cavaliers. Cet homme a refusé un ordre direct ? Et il se plaint, à présent ? » Le ton était mordant.

« Oui, dit Torc, prenant la parole pour la première fois. Oui aux deux questions. Vous comprenez très bien, seigneur prince. »

Kevin fut aveuglé par un accès de déjà-vu : la cour d'une auberge, dans le Sud, un fermier qui s'écriait : « Que Mörnir vous garde, jeune prince ! » Et la suite.

« Coll, dit Diarmuid.

— Non ! » hurla Kevin, et il plongea de son cheval pour heurter de plein fouet son ami, le grand lieutenant de Diarmuid, d'une prise qui les fit tous deux s'écraser par terre entre les pattes des montures des Dalreï qui piétinaient dans la neige.

Il avait été juste un peu trop lent. Un autre homme gisait non loin de là : Doraid, la flèche de Coll enfoncée dans la poitrine.

« Oh, malédiction ! dit Kevin, profondément révolté. Oh, par l'enfer ! »

Et le petit rire qu'il entendit près de lui ne l'apaisa en rien : « Pas mal, remarqua Coll à voix basse, nullement décontenancé. Tu as encore failli me casser le nez.

— Seigneur Dieu, Coll, je suis navré !

— Mais non. » Le grand gaillard se remit à rire : « Je m'y attendais plus ou moins, en fait. Je me rappelle que tu n'apprécies pas la justice du prince. »

Personne ne leur accordait le moindre regard ; le saut extravagant de Kevin semblait avoir été complètement inutile ; d'où il se trouvait au sol, il vit deux hommes se faire face dans le cercle des torches.

« Il y a assez de Dalreï morts cette nuit sans en ajouter un autre », déclara Lévon d'une voix égale.

Diarmuid était également très calme : « Il y aura assez de morts dans cette guerre sans en risquer davantage en permettant un acte comme celui de cet homme.

— Alors, c'était à nous, à l'avèn, d'en juger.

— Que non », répliqua Diarmuid. Pour la première fois, il éleva la voix : « Laissez-moi vous rappeler à tous de quoi il retourne, et mieux vaut maintenant que plus tard. Quand on a fait don de la Plaine à Révor et aux siens, il a prêté serment d'allégeance à Colan. Qu'on ne l'oublie pas. Ivor dan Banor, l'avèn des Dalreï, porte son titre comme Révor lui-même : de par l'autorité du très haut roi du Brennin, qui est Ailéron dan Ailell, et à qui vous avez prêté votre propre serment, Lévon ! »

Lévon s'était empourpré, mais son regard ne se détourna pas : « Je ne l'oublie nullement, dit-il. Mais la justice n'est pas bien servie par des flèches décochées dans la nuit sur un champ de bataille.

— Que non, répéta Diarmuid. On a rarement l'occasion de la servir autrement, en temps de guerre. » Il ajouta à voix basse : « Que dit la Loi des Dalreï pour un acte tel que celui de Doraid cette nuit ? »

Ce fut Torc qui répondit d'une voix claire : « La mort. Il a raison, Lévon. »

Toujours par terre avec Coll, Kevin se rendit

compte que Diarmuid, autrefois l'élève de Mantel d'Argent, le savait fort bien. Et au bout d'un moment, il vit Lévon hocher la tête.

« Je le sais, dit-il. Mais je suis le fils de mon père, et ne puis aussi aisément ordonner la mort. Me pardonnerez-vous, prince ? »

Pour toute réponse, Diarmuid sauta à bas de son cheval et s'approcha de celui de Lévon. D'un geste cérémonieux, quand le Cavalier voulut descendre lui-même de cheval, il lui servit de valet de pied. Et ils s'étreignirent, tous deux jeunes et blonds, tandis que les Dalreï et les hommes du Brennin poussaient des cris d'approbation.

« Je me sens complètement stupide ! dit Kevin à Coll en l'aidant à se relever.

— Ça nous arrive à tous de temps à autre, répliqua le colosse avec sympathie. Particulièrement dans l'entourage de Diar. Allons nous saouler, mon ami. Les Cavaliers fabriquent un alcool mortel ! »

C'était vrai, et il y en avait en quantité. Mais cela ne fit pas grand-chose pour l'humeur de Kevin, pas plus que la réaction indulgente de Diarmuid à son action précipitée.

« Je ne savais pas que tu aimais tellement Coll », avait commenté le prince, déclenchant des éclats de rire dans la vaste maison de rondins où la plupart d'entre eux s'étaient rassemblés.

Kevin feignit de rire aussi ; il n'arrivait pas à imaginer une réplique. Il ne s'était jamais senti superflu de sa vie et il avait de plus en plus l'impression de l'être. Il remarqua Dave — on l'appelait Davor ici — dans un groupe comprenant Lévon, Torc et plusieurs autres Dalreï, y compris un adolescent tout en bras et en jambes, les cheveux en désordre et qui, s'il avait bien compris, avait été le cavalier de la licorne ailée ; Diarmuid se leva et traversa pour les rejoindre un groupe de femmes qui rirent aux éclats. Kevin songea à en faire autant, car il savait qu'on l'accueillerait volontiers, mais pour quelque raison cela lui semblait inutile : il n'avait rien à contribuer.

« Encore du sachèn ? » demanda une voix douce près de son oreille. Il tourna la tête et vit une jolie brunette qui tenait une coupe de pierre ; Coll lui adressa un clin d'œil discret et se déplaça un peu sur le banc pour faire de la place.

Oh, bon. « D'accord », répondit Kevin ; il sourit : « Me tiendrez-vous compagnie ? »

La jeune fille se glissa près de lui d'un geste économe : « Un moment seulement, dit-elle. Je suis censée faire le service. Il faudra que je me lève si ma mère arrive. Je m'appelle Liane dal Ivor. »

Kevin ne se sentait pas dans l'état d'esprit approprié, mais la jeune fille, intelligente et fine, fit presque tout le temps les frais de la conversation ; avec un effort, car il désirait au moins être poli, il flirta avec elle sans grande conviction.

Plus tard, la mère de la jeune fille fit bel et bien son entrée, surveillant la scène d'un œil d'hôtesse, et Liane se hâta de se lever, avec un juron surprenant dans sa bouche, pour servir quelques autres coupes de sachèn. Un peu plus tard, le petit conclave qui se tenait de l'autre côté de la pièce se dispersa et Dave vint trouver Kevin.

« Nous repartons tôt demain matin, dit-il, laconique. Lévon veut aller voir Kim à Paras Derval.

— Elle n'y était pas encore, protesta Kevin.

— Géreint dit qu'elle y sera », répliqua l'autre, et, sans rien ajouter, il s'éloigna dans la nuit en boutonnant son manteau pour se protéger du froid.

Kevin jeta un coup d'œil à Coll ; ils haussèrent les épaules de concert. Le sachèn était bon, au moins : la soirée ne fut pas complètement ratée.

Bien plus tard, un autre élément positif se présenta : Kevin n'était pas couché depuis longtemps et ses lourdes couvertures commençaient seulement à se réchauffer quand la porte s'ouvrit et une mince silhouette se glissa dans sa chambre, une bougie à la main.

« Si vous me demandez une autre coupe de sachèn, dit Liane, je vous la casserai sur la tête. J'espère que vous avez chaud là-dessous. »

Elle posa la bougie sur la table basse près du lit et se dévêtit. Il l'entrevit dans la lumière, mais elle se trouvait déjà sous les couvertures près de lui.

« J'aime les bougies », remarqua-t-elle.

Ce furent les dernières paroles qu'ils échangèrent pendant un bon moment. Et de nouveau, en dépit de tout, l'acte d'amour emporta Kevin dans son orbe, si loin que les couleurs de la lumière en paraissaient métamorphosées. Juste avant l'extinction de la bougie, il vit la jeune fille se tendre au-dessus de lui comme un arc, captive de sa propre transcendance, et il lui aurait parlé alors, s'il l'avait pu.

Plus tard, dans le noir, elle lui dit : « Ne crains rien. Nous sommes allés très loin parce que nous sommes proches de la Gwen Ystrat. Les vieilles histoires sont vraies, après tout. »

Il secoua la tête — un long chemin à parcourir pour revenir faire ce simple geste, et plus encore pour dire : « Partout. Toujours aussi loin. »

Elle se raidit. Il n'avait pas eu l'intention de la blesser. Comment lui expliquer ? Mais Liane lui effleura le front et murmura d'une voix différente : « Alors, tu portes en toi Dun Maura ? » Et elle l'appela par un nom autre que le sien, du moins il en eut l'impression alors qu'il dérivait dans le sommeil. Il aurait voulu l'interroger, il avait des questions à poser, mais la marée se retirait et il partait avec elle, loin, bien loin, trop loin.

Au matin, quand Erron le réveilla en le secouant avec un sourire entendu, la jeune fille était partie, évidemment. Et il ne la revit pas non plus avant de partir lui-même avec les trente hommes de la troupe de Diarmuid, et Dave, en compagnie de Lévon et de Torc.

Pour Dave, le voyage vers le nord-est et les terres en amont de la Latham avait été une promesse de réunion, une promesse qui avait été tenue et à laquelle s'était ajoutée une revanche. Dès le moment où il avait compris que Géreint de la troisième tribu était l'homme que Diarmuid devait ramener, son cœur s'était mis à battre de joyeuse anticipation ; nul n'aurait pu l'empêcher de se joindre à la troupe des hommes du prince. Lorèn désirait sans doute l'aide de Géreint pour essayer d'élucider la nature de l'hiver qui les accablait tous ; Dave ne s'en souciait guère : l'important, c'était qu'il se retrouverait bientôt parmi les Dalreï.

On avait dégagé les routes de l'Est jusqu'au lac Leinan, mais la randonnée devint plus difficile quand ils obliquèrent au nord le matin suivant. Diarmuid avait espéré atteindre les camps des Dalreï avant le coucher du soleil, mais les congères les ralentissaient, comme les dents acérées du vent qui soufflait sans obstacle depuis la Plaine. À Paras Derval, on avait offert à Dave et à Kevin des manteaux tissés merveilleusement chauds, et légers, aussi — on savait y travailler la laine et l'étoffe, de toute évidence. Sans les manteaux, ils auraient gelé. Mais même avec les manteaux, quand le soleil se couchait, c'était très pénible et Dave n'avait pas la moindre idée de la distance à laquelle se trouvaient les camps.

Ils avaient ensuite oublié de penser au froid, car ils avaient aperçu des torches dans la nuit, ils avaient entendu les hurlements des animaux mourants et les cris des hommes qui se battaient.

Dave n'avait pas attendu. Éperonnant son étalon, il avait galopé à toute allure vers une petite élévation de terrain couverte de neige, pour trouver devant lui le champ de bataille et, entre lui et la mêlée, un garçon de quinze ans à cheval, qu'il se rappelait bien.

Diarmuid, l'élégant prince, l'avait rattrapé tandis qu'ils dépassaient Tabor dans la pente, mais Dave avait à peine eu conscience de ceux qui l'entouraient quand il avait plongé dans la bande des loups, frappant de grands coups à droite et à gauche, et fonçant droit sur l'urgach le plus proche, aiguillonné par le souvenir d'un combat mortel au bord du Llewenmere.

Il ne se souvenait pas de grand-chose d'autre, car sa furie guerrière l'avait submergé. À un moment donné, Kevin s'était trouvé près de lui, avec une torche ; on lui apprit ensuite qu'il avait abattu à lui seul un urgach et sa monture. On appelait « slaugs » ces bêtes cornues à six pattes, lui dit-on. Après.

Après que Tabor, les stupéfiant tous, était apparu dans le ciel au-dessus de leurs têtes, chevauchant une dangereuse créature ailée pourvue elle aussi d'une corne étincelante, et qui tuait.

Après que les loups se furent enfuis et que les slaugs eurent emporté les urgachs au loin, quand il avait mis pied à terre pour se retrouver en face de ses frères ; il s'était senti de nouveau complet en sentant la main de Torc se resserrer sur son bras, les bras de Lévon autour de ses épaules.

Il y avait eu un interlude un peu tendu quand Diarmuid avait fait exécuter ce Dalreï pour insubordination et affronté Lévon, mais l'issue en avait été également heureuse ; Dave ne pouvait comprendre pourquoi, mais Kevin avait essayé d'intervenir ; personne ne semblait l'avoir beaucoup remarqué.

Puis ils étaient revenus au camp, auprès d'Ivor qui portait un autre titre à présent mais qui était toujours le même homme trapu aux cheveux gris qu'il se rappelait bien, avec les mêmes yeux profondément enfoncés dans leurs orbites, le même visage tanné par les intempéries. Et Dave s'était senti plus transporté encore lorsque Ivor avait dit : « Tu es de retour, sois le bienvenu chez toi, Davor. Un fil étincelant a été filé dans les ténèbres afin de te ramener à nous. »

Il y avait eu du sachèn, ensuite, de l'excellente nourriture auprès des feux et bien des visages que Dave se rappelait aussi. Y compris celui de Liane.

« Combien de fois vais-je devoir danser ton massacre de l'urgach ? » avait-elle demandé, les yeux brillants, coquine, en posant sur sa joue des lèvres douces quand elle s'était dressée sur la pointe des pieds pour l'embrasser avant de s'éloigner.

Tabor les avait rejoints assez longtemps après et Dave aurait voulu l'étreindre, mais quelque chose l'avait arrêté dans l'expression du garçon. Les avait tous arrêtés, même son père. C'est alors qu'Ivor avait fait signe à Dave de se joindre au groupe qui entourait un petit brasero à l'écart.

Il y avait là sept personnes, avec Dave, et Diarmuid qui portait sa propre coupe s'en vint peu après, légèrement dépeigné, pour être la huitième. Dave n'était pas sûr de ses sentiments à l'égard de ce prince ; Ailéron l'avait bien davantage impressionné, son frère aîné qui était désormais le très haut roi. Diarmuid semblait infiniment trop suave pour le goût de Dave ; d'un autre côté, il n'y avait rien eu de languide dans l'allure qu'il avait imprimée à leur randonnée ou le contrôle affirmé dans l'affaire du Dalreï qu'il avait fait exécuter ; Ivor, remarqua Dave, n'avait d'ailleurs pas abordé le sujet.

Et, malgré toute la boisson ingérée, Diarmuid semblait tout à fait maître de lui tandis qu'il exprimait en termes concis le désir du très haut roi et de son premier mage de voir le chaman Géreint revenir avec lui à Paras Derval. Il s'y joindrait aux autres mages pour investiguer sur la source de l'hiver qui les écrasait lentement sous son talon haineux.

« Cet hiver est bel et bien d'origine maléfique, ajouta vivement le prince, accroupi devant Géreint l'aveugle. Les lios ont confirmé ce que nous soupçonnions tous. Nous aimerions repartir demain. Si cela convient au chaman, et à vous tous. »

Ivor hocha la tête avec approbation devant cette addition courtoise. Nul ne dit mot, toutefois ; ils attendaient la réaction de Géreint.

Dave n'avait pas encore surmonté son inconfort devant cet ancien couvert de rides dont les orbites vides semblaient pourtant scruter l'âme même des humains et les voies obscures du temps. Cernan, le dieu des créatures sauvages, avait parlé à Géreint, Dave s'en souvenait ; il avait convoqué Tabor à son jeûne, à la rencontre de la bête qu'ils avaient tous vue dans le ciel. Cette pensée lui rappela Ceinwèn, et le cerf dans le bois de Faëlinn. Mais cela, c'était sa propre voie obscure.

Il s'en détourna pour entendre Géreint dire : « Nous aurons également besoin de la prophétesse.

— Elle n'est pas encore arrivée », remarqua Diarmuid.

Tout le monde se tourna vers Dave. « Elle va amener quelqu'un, dit-il. Elle nous a envoyés en premier.

— Qui va-t-elle amener ? » demanda Tulgèr, l'homme assis près d'Ivor.

Une discrétion rare chez lui poussa Dave à murmurer : « Je pense que c'est à elle et non à moi de le dire. »

Il vit Ivor hocher la tête avec approbation.

Géreint eut un mince sourire : « C'est vrai. Même si je le sais, et même s'ils sont arrivés à présent. Ils se trouvaient à Paras Derval avant votre départ. »

C'était exactement ce genre de comportement chez Géreint qui rendait Dave fou.

Mais cela ne semblait pas déranger Diarmuid : « Avec Lorèn, sans doute », murmura-t-il en souriant, comme si c'était une plaisanterie ; Dave ne comprit pas de quoi il s'agissait. « Viendrez-vous avec nous, alors ? poursuivit le prince en s'adressant au chaman.

— Pas à Paras Derval, répliqua Géreint, placide. C'est trop loin pour mes vieux os.

— Eh bien, sûrement..., commença Diarmuid.

— Je vous retrouverai, reprit Géreint en l'ignorant. En Gwen Ystrat. Je partirai demain pour le Temple de Morvran. Vous serez tous là-bas aussi. »

Cette fois, Diarmuid sembla déconfit : « Pourquoi ?

— De quel côté se sont enfuis les loups ? demanda le chaman en se tournant de façon alarmante vers l'endroit exact où Torc était assis.

— Au sud », répondit l'homme basané.

Ils restèrent tous silencieux. Il y eut un éclat de rire près du plus grand des foyers ; Dave jeta un coup d'œil involontaire et vit, soudain glacé, que Liane était assise près de Kevin et qu'ils se murmuraient à l'oreille. Sa vue se brouilla. Maudit soit cet extravagant coureur de jupons ! Ce Kevin Laine, cet insouciant à la parole facile, devait-il toujours être là pour tout gâter ? En bouillonnant intérieurement, Dave se força à revenir à la réunion.

« Vous y serez, répétait Géreint. Et la Gwen Ystrat est l'endroit le plus approprié pour ce que nous devrons faire. »

Diarmuid scruta longuement le chaman aveugle. Puis : « Très bien, déclara-t-il, j'en ferai part à mon frère. Y a-t-il autre chose ?

— Une seule. » C'était Lévon. « Dave, tu as ton cor ? »

Le cor de Pendarane, dont la musique était le chant de la Lumière elle-même.

« Oui », dit Dave ; il le portait en bandoulière.

« Bien. Alors, si la prophétesse se trouve à Paras Derval, j'aimerais y retourner avec vous. Je voudrais faire une tentative avant d'aller en Gwen Ystrat. »

Ivor s'anima pour la première fois en entendant ces paroles ; il se tourna vers son fils aîné : « C'est imprudent, dit-il avec lenteur, tu le sais.

— Non, répliqua Lévon. Je sais qu'on nous a donné le cor d'Owein. Pourquoi, sinon pour l'utiliser ? »

C'était un argument assez raisonnable en soi

pour faire taire Ivor — et pourtant, en vérité, tout à fait erroné.

« De quoi parlons-nous, exactement ? s'enquit le prince.

— D'Owein », répondit Lévon d'une voix tendue ; son visage s'était illuminé. « Je veux éveiller les Dormeurs et libérer la Chasse Sauvage ! »

Cela les fit taire, pour un instant du moins.

« Ce serait amusant ! » dit Diarmuid ; mais Dave put voir dans ses yeux le même éclat que dans ceux de Lévon.

Seul Géreint se mit à rire, un son bas, déconcertant : « Amusant ! » répéta le chaman en gloussant tout seul et en se balançant d'avant en arrière.

Ils remarquèrent alors seulement que Tabor s'était évanoui.

Il reprit conscience au matin et vint, pâle mais de bonne humeur, leur dire au revoir. Dave serait resté avec les Dalreï s'il l'avait pu, mais on avait apparemment besoin de lui à cause du cor, et Lévon partait avec eux comme Torc, tout était donc bien. Ils se retrouveraient tous bientôt en Gwen Ystrat. Morvran, c'était le nom indiqué par Géreint.

Il songeait au rire de Géreint tandis qu'ils repartaient vers le sud pour retrouver la route de Paras Derval là où elle s'amorçait à l'ouest du lac Leinan. En temps normal, avait remarqué Lévon, ils auraient traversé les pâturages au nord du Brennin, mais pas avec la neige et la glace de cet hiver à l'origine surnaturelle.

Dans un silence inaccoutumé, Kevin chevauchait avec deux des hommes de Diarmuid, dont celui sur lequel il avait si stupidement sauté la nuit précédente. C'était parfait pour Dave : il ne voulait pas avoir affaire à Kevin. Libre à quiconque d'interpréter cela comme de la jalousie ; il n'y attachait pas assez d'importance pour donner des explications. Il n'allait pas confier à quiconque qu'il avait lui-même renoncé à la jeune fille — devant Ceinwèn la Verte, dans la forêt ; et il n'allait pas raconter non plus ce que la déesse avait répondu.

Elle est à Torc, avait-il dit.

N'a-t-elle pas d'autre choix ? avait répliqué Ceinwèn, et elle s'était mise à rire avant de disparaître.

Cela, c'était l'affaire de Dave.

Pour l'instant, en tout cas, il avait des nouvelles à échanger avec les deux hommes qu'il appelait ses frères depuis un certain rituel dans la forêt de Pendarane. Ces récits finirent par les amener aux champs boueux qui entouraient Stonehenge, quand, dans un français et un anglais bâtards, Kevin avait expliqué aux gardes ce qu'il faisait là à peloter Jennifer en zone interdite. La performance avait été d'une remarquable efficacité, et elle avait duré exactement jusqu'au moment où ils avaient tous les quatre senti le choc soudain de la puissance qui les rassemblait et les lançait dans la froide et obscure traversée des univers.

6

C'ÉTAIT LA MÊME PIÈCE QUE LA PREMIÈRE FOIS, CONSTATA Jennifer tandis que se dissipait le froid désormais familier de la traversée. Mais pas la même que la deuxième fois : Paul et elle avaient alors traversé d'une manière si brutale qu'ils s'étaient tous deux écrasés dans les rues de la ville pleines de neige amoncelée.

Sous l'enseigne du Sanglier Noir qui se balançait dans le vent, elle avait alors éprouvé les premières douleurs d'un accouchement prématuré, tandis que Paul, encore étourdi, s'efforçait de se relever. Et en même temps que ces spasmes, quand elle avait compris où il avait réussi à les emmener, le souvenir lui était soudain revenu d'une femme en pleurs dans l'embrasure d'une échoppe près de la grande place gazonnée, et la voie à suivre lui avait soudain semblé très claire.

Aussi s'étaient-ils rendus à la demeure de Vaë. Et Darien y était né. Jennifer s'était ensuite énormément transformée. Depuis Starkadh, elle était devenue une créature toute en angles discordants et en réactions désordonnées ; l'univers, son univers à elle, était maculé de couleurs menaçantes, et la possibilité de jamais traverser de nouveau un jour vers le monde des interactions humaines ordinaires lui avait semblé d'une abstraction risible et désespérée. Maugrim l'avait ouverte en tranchant dans le vif. Quelle possible guérison, après cela ?

Puis Paul était venu la trouver, il avait dit ce qu'il

avait dit, il avait ouvert un soupçon de chemin, par son intonation autant que par ses paroles. Rakoth était peut-être puissant, mais il n'était pas tout ; il n'avait pas été capable d'empêcher Kim de venir chercher Jennifer.

Et il n'avait pu empêcher son enfant de naître.

C'est ce qu'elle avait pensé, du moins jusqu'à ce que, avec un choc de terreur, elle vît Galadan dans leur univers à eux. Et elle l'avait entendu dire qu'elle allait mourir, ce qui signifiait que l'enfant allait mourir aussi.

Elle avait alors déclaré à Paul qu'elle le maudirait s'il échouait. Comment avait-elle pu dire une chose pareille ? D'où était-ce venu ?

D'une autre personne, apparemment, d'une femme tout à fait différente. Et peut-être était-ce vrai. L'enfant était né, on l'avait nommé, il avait été jeté dans les univers du Tisserand pour constituer la réplique de Jennifer à ce qui lui avait été fait, sa propre trame aléatoire à contre-chaîne. Et depuis, Jennifer avait pu constater avec stupéfaction que tout s'était atténué.

Plus d'angles, plus de discordances. Rien ne paraissait plus douloureux. Tout était trop loin. Elle s'était trouvée capable d'être présente à autrui, d'avoir des gestes d'une étonnante gentillesse. Plus de tempêtes. Nul soleil non plus. Elle se mouvait au ralenti, lui semblait-il, dans un paysage de grisaille, avec des nuages gris dans le ciel ; parfois, mais parfois seulement, un souvenir de couleur vibrante lui revenait comme la houle retenue d'une mer lointaine.

Et c'était très bien. Ce n'était pas la santé, elle était assez sage au moins pour le comprendre, mais c'était infiniment préférable à son état antérieur ; si elle ne pouvait être heureuse, ou entière, du moins pouvait-elle être d'une humeur égale.

La gentillesse était un don inattendu, une sorte de compensation de l'amour qui avait été mutilé à Starkadh, et du désir, qui était mort.

Elle avait encore du mal à accepter un contact

physique ; le problème n'était pas aigu ni douloureux, mais c'était pénible, et à l'occasion elle pouvait sentir sa contraction intérieure, elle qui avait été Jennifer Lowell aux cheveux d'or, devenue maintenant cette petite créature fragile. Même lors de la comédie à Stonehenge, cette nuit-là, quand avec Kevin elle avait trompé les gardiens en leur faisant croire qu'ils étaient des amoureux français en quête de la bénédiction païenne des pierres levées, il lui avait été difficile de sentir la bouche de Kevin sur la sienne. Mais dans cette contrée au gris assourdi où elle vivait, comment dire à un ancien amant, celui qui lui avait manifesté le plus de bonté, qu'il s'était trouvé à Starkadh avec elle, obscène et difforme, avec un sang noir coulant de son moignon de bras pour lui brûler la chair ? Comment expliquer qu'on ne pouvait retourner en deçà de ce point, ni le dépasser pour vivre au présent ?

Elle avait laissé Kevin la tenir, avait simulé une pudeur consternée quand les gardiens les avaient surpris, avait souri et fait la moue en silence, comme on lui avait dit de le faire, tandis que Kevin se lançait avec extravagance dans son explication incohérente.

Et puis elle avait senti la puissance se condenser, et le froid, lorsque Kim les avait saisis pour les faire traverser. Ils se trouvaient à présent dans cette pièce, la pièce où ils étaient arrivés à Paras Derval la première fois, et il faisait nuit de nouveau.

La tapisserie était la même et les torches étaient allumées, cette fois, on pouvait la distinguer clairement : avec une étourdissante habileté l'artisan avait créé un portrait d'Iorweth le Fondateur dans le Bois Divin, devant l'Arbre de l'Été. Jennifer, Kevin et Dave y jetèrent un coup d'œil puis, instinctivement, ils regardèrent Paul.

Il avait à peine accordé un regard à la tapisserie et s'était promptement dirigé vers l'embrasure déserte de la porte ; il y avait eu un garde, la première fois, pensa Jennifer, et Matt Sören avait lancé un poignard.

Cette fois-ci, Paul s'avança dans le corridor et appela à voix basse. Il y eut un bruyant cliquetis d'armes, et l'instant d'après un adolescent terrifié s'avança dans le passage ; il portait un équipement bien trop large pour lui et bandait un arc d'une main manquant de fermeté.

« Je te connais, lui dit Paul en ignorant l'arc. Tu es Tarn. Tu étais le page du Roi. Te souviens-tu de moi ? »

L'arc s'abaissa. « Oui, seigneur. La partie de ta'baël. Vous êtes... »

Son visage exprimait un effroi respectueux.

« Je suis Pwyll, oui, admit Paul avec simplicité. Tu es un garde à présent, Tarn ?

— Oui, seigneur. Dois-je aller...

— Pourquoi ne pas nous conduire à lui ? » Kevin seul reconnut l'intonation tranchante de Paul, qu'il avait déjà entendue : une indéniable tension s'était manifestée entre Paul et Ailéron lors de leur dernière rencontre ; apparemment, elle existait toujours.

Ils suivirent l'adolescent dans le réseau des corridors et descendirent un escalier de pierre plein de courants d'air avant d'arriver à une porte double que Paul se rappelait bien.

Tarn y frappa et se retira ; avec un regard surpris, un garde de haute taille les fit entrer.

La pièce avait changé, constata Paul. On avait ôté les splendides tapisseries murales et à leur place pendaient une série de cartes et de tableaux ; les fauteuils profonds avaient également disparu, remplacés par plusieurs chaises de bois dur et un long banc.

Le jeu d'échecs et ses pièces à la sculpture exquise étaient invisibles ; une énorme table occupait plutôt le centre de la pièce, avec une immense carte de Fionavar. Penché sur la carte, le dos tourné à la porte, se tenait un homme de taille moyenne, simplement vêtu de brun, avec une veste de fourrure sur sa chemise pour se protéger du froid.

« Qui est-ce, Shain ? demanda-t-il sans cesser d'examiner la carte.

— Si vous vous retournez, vous pourrez en juger par vous-même », dit Paul, devançant le garde.

Et il avait à peine cessé de parler qu'Ailéron se retournait en effet d'un mouvement vif. Dans son visage barbu, ses yeux avaient un éclat intense qu'ils se rappelaient tous les trois.

« Mörnir soit loué ! » s'exclama le très haut roi en faisant quelques pas vers eux ; puis il s'immobilisa en changeant d'expression ; son regard passa de l'un à l'autre : « Où est-elle ? » s'écria Ailéron dan Ailell. « *Où est ma prophétesse ?*

— Elle s'en vient, dit Kevin en s'avançant d'un pas. Elle amène quelqu'un d'autre.

— Qui ? » s'enquit Ailéron d'une voix sèche.

Kevin jeta un coup d'œil à Paul, qui secoua la tête. « Elle vous le dira elle-même, si elle réussit. Je pense que c'est à elle de le faire, Ailéron. »

Le roi adressa un regard flamboyant à Paul, comme s'il avait eu envie de poursuivre, puis son expression s'adoucit : « Très bien, dit-il. Pourvu qu'elle vienne. J'ai... grand besoin d'elle. » Après une pause, il reprit, non sans ironie : « Je ne suis pas très doué pour cela, n'est-ce pas ? Vous méritez un accueil plus aimable, tous autant que vous êtes. Et est-ce là Jennifer ? »

Il s'immobilisa devant elle. Elle se souvenait de son frère Diarmuid, et de leur première rencontre. Cet homme-ci, austère et réservé, ne lui déclara pas qu'elle était une pêche et ne s'inclina pas pour lui baiser la main ; il dit plutôt, avec maladresse : « Vous avez souffert pour notre cause, et j'en suis affligé. Vous portez-vous bien à présent ?

— Assez bien, dit-elle. Je suis là. »

Les yeux du roi cherchèrent les siens. « Pourquoi ? » demanda Ailéron.

Une bonne question, personne ne la lui avait posée, pas même Kim. Il y avait une réponse, mais elle n'allait pas la donner maintenant à ce jeune et caustique roi du Brennin. « J'ai tenu jusqu'ici, dit-elle d'un ton égal en soutenant son regard de ses transparents yeux verts, je continuerai. »

Des hommes plus habiles avec les femmes avaient baissé les yeux devant Jennifer ; Ailéron se détourna en disant : « Bien », et revint à sa carte. « Vous pouvez nous être de quelque secours. Vous devrez nous confier vos souvenirs de Starkadh.

— Eh, ce n'est pas juste ! s'exclama Dave Martyniuk. Elle a beaucoup souffert là-bas, elle essaie d'oublier !

— Nous avons besoin de savoir », dit Ailéron ; les hommes, il pouvait leur tenir tête.

« Et peu vous importe la façon dont vous obtenez cette information ? demanda Kevin avec une intonation menaçante.

— Pas vraiment, répliqua le roi. Pas dans cette guerre-ci. »

Ce fut Jennifer qui brisa le silence : « Non, c'est bien, dit-elle. Je vous dirai ce que je me rappelle. Mais pas à vous (elle désignait le roi) ni à aucun d'entre vous, je le crains. J'en parlerai à Lorèn et à Matt. À personne d'autre. »

Le mage avait vieilli depuis la dernière fois qu'ils l'avaient vu. Des fils blancs parsemaient en plus grand nombre le gris de ses cheveux et de sa barbe, des rides plus profondes creusaient son visage ; mais ses yeux étaient les mêmes, impérieux et pleins de compassion à la fois. Et Matt Sören n'avait changé en rien, pas même la grimace tordue qui lui tenait lieu de sourire.

Mais ils savaient tous que c'était un sourire et, après le caractère un peu cassant de l'accueil d'Ailéron, celui qu'ils reçurent du mage et de sa source marqua pour eux tous leur véritable retour en Fionavar. Jennifer se mit à pleurer quand Matt prit sa main entre ses mains calleuses.

« Nous ne savions pas, dit Lorèn Mantel d'Argent d'une voix enrouée. Nous ne savions pas qu'elle vous avait libérée. Et seule Jaëlle avait entendu ses dernières paroles, l'avertissement à propos de Starkadh. Bien des vies en ont été sauvées. Nous aurions attaqué.

— Et puis l'hiver est arrivé, poursuivit Ailéron. Et il n'y avait aucun espoir d'attaquer ou de faire quoi que ce soit. Nous en avons été incapables.

— Nous pouvons offrir du vin à nos hôtes, en tout cas, remarqua le Nain d'un ton acerbe.

— Shain, trouve des coupes et sers quiconque le désire, dit Ailéron d'un ton absent. Nous avons terriblement besoin de Kim, poursuivit-il. Nous devons découvrir comment Maugrim contrôle l'hiver. Il ne l'a jamais fait auparavant. Les lios l'ont confirmé.

— C'est lui qui aggrave l'hiver ? » demanda Paul d'un ton posé.

Il y eut un silence. Lorèn le brisa : « Vous ne comprenez pas, dit-il d'une voix douce. C'est lui qui le crée. Il a complètement perverti les saisons. Ces neiges sont là depuis neuf mois, Pwyll. Dans six nuits, c'est le solstice d'été. »

Ils regardèrent par la fenêtre. La vitre était couverte de glace ; il neigeait de nouveau et le vent mordant soufflait en hurlant autour des murailles ; malgré les deux cheminées qui brûlaient dans la pièce et les nombreuses torches, il faisait très froid.

« Oh, mon Dieu ! s'exclama soudain Dave. Et les Dalreï ?

— Ils se sont rassemblés près de la Latham, dit Lorèn. Les tribus et les eltors.

— Dans ce coin minuscule ? Mais toute la Plaine leur appartient !

— Plus maintenant », dit Ailéron ; et une colère impuissante vibrait dans sa voix. « Pas tant que cet hiver dure.

— Ne pouvons-nous y mettre un terme ? demanda Kevin.

— Pas avant de savoir comment s'y prend Maugrim, répliqua Lorèn.

— Et vous voulez Kim, alors ? » dit Paul ; il se tenait à l'écart des autres près de la fenêtre.

« Et quelqu'un d'autre, acquiesça le mage. Je voudrais avoir Géreint ici, le chaman d'Ivor. Pour voir si tous ensemble nous pouvons percer l'écran de la glace et de la neige pour atteindre leur source. Si c'est impossible, nous pourrions bien perdre cette guerre avant même qu'elle n'ait commencé. Et nous ne devons pas la perdre. »

Ailéron resta silencieux. Tout était dans son regard.

« Très bien, dit Jennifer avec précaution. Kim est en chemin, je pense. J'espère. Entre-temps, je suppose que j'ai quelques détails à confier à Lorèn et à Matt.

— Maintenant ? demanda Kevin.

— Pourquoi pas ? » Elle sourit, même si ce n'était pas chose facile. « Je prendrai un peu de ce vin, Shain, c'est tout. Si personne n'y voit d'inconvénient. »

Elle se retira dans une autre pièce avec le mage et sa source. Les autres échangèrent un regard.

« Où est Diarmuid ? demanda soudain Kevin.

— Où, à votre avis ? » répliqua Ailéron.

Environ une demi-heure plus tôt, peu après le départ de Matt et de Lorèn pour le palais, Zervan de Séresh était étendu sur son lit, dans les quartiers des mages ; il ne dormait pas.

Il ne lui restait pas vraiment de devoir à remplir ; il avait alimenté le feu de façon à le faire durer toute la nuit et il savait que Brock le ranimerait pour les deux autres s'il revenait avant eux.

Ce n'était pas une vie très dure, servir des mages. Il se trouvait avec eux depuis vingt ans, après s'être fait dire qu'il n'était pas doué pour être mage lui-même ; il l'avait perçu lui-même très tôt, ce n'avait pas été une surprise. Mais il les aimait tous les trois, et même Métran, malgré l'amertume de ce souvenir — Métran, qui avait été si habile avant de devenir vieux, avant de devenir un traître. Il aimait aussi Paras Derval, l'énergie de la cité, la proximité du palais ; il trouvait plaisant d'être au cœur des événements.

Quand Teyrnon lui avait demandé de rester, Zervan avait bien volontiers continué à servir les mages.

En vingt ans, l'affection avait fini par ressembler à de l'amour. Les quatre qui restaient, Lorèn et Teyrnon, Matt et Barak, constituaient presque la famille de Zervan, et il se faisait du souci pour eux avec une attention compulsive et tatillonne aux détails.

Il avait été brièvement contrarié quand Brock du Banir Tal était venu vivre avec eux un an plus tôt. Mais, si le nouveau Nain occupait de toute évidence un rang élevé parmi son peuple, il était discret et peu exigeant, et Zervan approuvait tout à fait la dévotion manifeste qu'il vouait à Matt Sören ; Zervan avait toujours pensé que Matt était trop dur envers lui-même : il trouvait bon d'avoir Brock pour le soutenir, puisqu'ils partageaient cette opinion.

Grâce à Brock, Zervan avait enfin compris l'origine des occasionnelles plongées de Matt dans une profonde mélancolie et un silence remarquable même chez un être d'une nature aussi taciturne. C'était clair maintenant pour Zervan : Matt Sören, qui avait été roi sous le Banir Lök, devenait sombre et silencieux lorsqu'il luttait contre l'appel incessant de Calor Diman, le lac de cristal. Tous les rois des Nains, lui avait expliqué Brock, passaient une nuit de pleine lune au bord du lac situé entre les deux montagnes. S'ils survivaient sans perdre la raison à ce qu'ils y voyaient, ils pouvaient réclamer la couronne de diamant ; mais ils ne seraient jamais libres de l'attraction de Calor Diman, qui les appelait comme une marée. C'était cette marée, Zervan le comprenait maintenant, qui réveillait si souvent la source de Lorèn, la nuit, pendant la pleine lune, et lui faisait arpenter sa chambre d'un pas mesuré jusqu'à l'aube sans trouver le sommeil.

Mais cette nuit, c'était Zervan qui ne pouvait dormir. Matt se trouvait au palais avec Lorèn. Brock, avec tact, s'était excusé pour aller au Sanglier Noir ; il faisait souvent ce genre de choses, pour laisser ensemble le mage et sa source. Zervan, seul dans la maison, était éveillé parce que, à deux reprises maintenant, il avait entendu un bruit dehors, à la fenêtre.

La troisième fois, Zervan sauta du lit, s'habilla et alla jeter un coup d'œil. Il traversa la pièce de devant, mit quelques morceaux de bois dans chacun des foyers puis saisit un solide bâton, ouvrit la porte et sortit dans la rue.

Il faisait terriblement froid ; sa respiration se transformait en nuage devant ses lèvres et, malgré ses gants, il pouvait sentir geler le bout de ses doigts. Seul l'accueillit le vent, et cette neige qui n'était pas naturelle. Il longea la maison jusqu'à l'arrière où se trouvaient les chambres, là d'où était venu le bruit.

Un chat, se dit-il tout en marchant dans la neige crissante entre la maison et sa voisine. J'ai sans doute entendu un chat. Aucune trace dans la neige devant lui. Un peu rassuré, il tourna le coin de la maison. Il eut le temps de voir ce que c'était, de sentir son esprit essayer d'embrasser cette impossibilité, et de savoir pourquoi il n'y avait pas eu de traces de pas dans la neige. Il n'eut pas le temps de lancer un cri, un hurlement ou un avertissement quelconque.

Un long doigt se tendit vers lui et le toucha. Et il mourut.

Après le vent qui vous rendait insensible, et les rues à la glace traîtresse, la chaleur du Sanglier Noir frappa Kevin comme un souffle d'enfer. La taverne était bondée de gens hilares et suants ; au moins quatre énormes foyers brûlaient dans la salle, et une myriade de torches étaient plantées haut dans les murs.

Tout correspondait presque exactement à son souvenir : la fumée dense et enveloppante, l'odeur de la viande qui rôtissait sur les feux de cuisine, et le bruit, un rugissement d'une intensité constante et douloureuse.

Tandis qu'ils se frayaient tous trois un chemin depuis la porte, Kevin se rendit compte que le Sanglier semblait encore plus achalandé qu'il ne l'était en réalité parce que la plupart des clients se tenaient au coude à coude dans un large cercle autour d'une zone dégagée : on avait enlevé les tables de leurs tréteaux, on les avait retournées, et on avait empilé les bancs.

Derrière Dave qui faisait office de massif bélier, Kevin et Paul arrivèrent au premier rang de la foule massée près de la porte. Là, dans les coups de coude et les éclaboussures de bière, Kevin aperçut dans le cercle un rouquin solidement charpenté ; l'homme portait sur ses épaules une silhouette plus petite.

En face de lui, avec de belliqueux rugissements de défi qui se faisaient entendre par-dessus le tintamarre de la taverne, se trouvait une vaste montagne humaine, Tégid de Rhodèn ; et sur ses épaules, riant aux éclats, Diarmuid, prince du Brennin.

Kevin lui-même se mit à rire.

Il pouvait entendre les paris voler dans la foule tandis que les deux paires tournaient en rond en s'observant. Même en temps de guerre, se dit-il en examinant le prince. Des gens se tenaient debout sur des tables pour mieux voir, d'autres étaient montés à l'étage pour suivre la bataille d'en haut. Kevin repéra Carde et Erron près du comptoir, tenant chacun une poignée de morceaux de papier où étaient inscrits des paris. À côté d'eux, après une seconde, il reconnut Brock, le Nain qui leur avait apporté la nouvelle de la traîtrise d'Éridu ; il était plus vieux que Matt, avec une barbe plus claire, et il riait tout haut, ce que Matt Sören faisait rarement. Tous les yeux étaient fixés sur les combattants, personne n'avait reconnu les nouveaux arrivants.

« Rendez-vous, intrus de la forteresse du Nord ! » rugit Tégid.

Kevin comprit soudain : « Ce sont des hommes d'Ailéron ! » cria-t-il à Dave et à Paul tandis que Tégid s'élançait d'un pas un peu chancelant vers les deux autres.

Le grand gaillard qui lui faisait face se déroba avec habileté, et Diarmuid, qui hoquetait de rire, parvint de justesse à éviter la prise de l'autre cavalier, qui essayait de le déloger. L'élan de Tégid l'envoya s'écraser dans une table de l'autre côté du cercle, causant des ravages parmi les spectateurs et désarçonnant presque son cavalier.

Il se retourna avec lenteur, en respirant avec bruit ; Diarmuid baissa la tête et murmura une série d'instructions à l'oreille de son instable monture. Cette fois, ils s'avancèrent avec plus de prudence : Tégid se dandinait, les pieds largement écartés pour garder l'équilibre sur le plancher jonché de paille.

« Espèce de baleine ivre ! » lui lança l'autre cavalier pour le railler.

Tégid interrompit sa prudente progression et le dévisagea, écarlate de colère. Puis, gonflant ses poumons tels des soufflets de forge, il hurla d'une voix assourdissante : « De la bière ! » Une fille se précipita aussitôt avec deux pintes mousseuses, que Diarmuid et Tégid vidèrent d'une seule longue gorgée.

« Douze ! » s'écrièrent en chœur Carde et Erron assis sur le comptoir ; la joute durait de toute évidence depuis un moment. Diarmuid lança sa chope à la serveuse tandis que Tégid jetait la sienne par-dessus son épaule. En l'évitant, l'un des clients renversa la table où il se tenait debout avec quatre autres spectateurs. S'était tenu.

C'en était trop pour Kevin Laine.

Un moment plus tard, le duo de la forteresse du Nord se trouva inexcusablement jeté à terre par une attaque tournante, manquant de subtilité : on les avait simplement renversés en les heurtant de plein fouet. Les hurlements et les cris atteignirent un nouveau paroxysme d'intensité. Kevin grimpa sur les larges épaules de Dave et il se tourna vers la paire qui restait dans le cercle.

« À l'attaque ! » s'écria-t-il.

Mais Tégid avait d'autres intentions. Avec un beuglement de joie, il se précipita les bras ouverts sur Dave, le saisit dans une énorme étreinte d'ours et, absolument incapable de s'arrêter, ce qui aurait été trop compliqué, les renversa tous les quatre sur le plancher en un amas confus de bras et de jambes ivres.

Une fois à terre, il se mit à leur lancer de grands coups de poing pour leur signifier son affection et son plaisir de les voir, Kevin n'en doutait pas, mais assez formidables pour faire tournoyer la salle devant ses yeux ; il riait, à bout de souffle, en essayant de repousser l'exubérance de Tégid, quand il entendit Diarmuid lui murmurer à l'oreille :

« Joliment fait, ami Kevin. » Le prince n'était même pas légèrement essoufflé. « J'aurais détesté perdre. Mais ici sur le plancher, nous avons un petit problème.

— Lequel ? » L'intonation de Diarmuid avait modifié l'humeur de Kevin.

« J'ai passé toute la dernière heure perché sur Tégid à surveiller quelqu'un près de la porte. Un étranger, je le crains. Je ne me faisais pas trop de souci : j'avais quelque espoir de lui voir rapporter notre fort mauvaise préparation à la guerre.

— Quelle sorte d'étranger ?

— J'espérais le découvrir plus tard. Mais vous êtes là, ce qui change un peu les choses. Je ne veux pas qu'il rapporte le retour de Kim et de Paul.

— Pas Kim. Mais Paul est là.

— Où ? demanda vivement le prince.

— Près de la porte. »

Il y avait beaucoup de monde autour d'eux à ce moment-là : Carde et Erron, Coll, et bon nombre de femmes. Le temps de se frayer un chemin vers la porte, il était trop tard pour une action quelconque.

Paul observait le combat avec une certaine stupeur. Rien, semblait-il, ne pouvait donner à Diarmuid le sens des responsabilités ; et pourtant le prince était bien plus qu'un propre-à-rien, il l'avait prouvé trop souvent pendant la courte période de leur premier séjour, au printemps, pour laisser subsister aucun doute.

Au printemps. Le printemps de l'année précédente, en fait, car on approchait du solstice d'été ; tel était le sujet des réflexions de Paul, tout comme le sens du féroce hiver qui leur était infligé. Et plus particulièrement ce qu'il avait remarqué en parcourant le chemin verglacé qui séparait le palais de la taverne.

Aussi était-il absorbé par des déductions et des abstractions, même en plein charivari. À demi distrait, il regarda Kevin grimper sur les épaules de Dave et charger avec lui, par-derrière, la paire de la forteresse du Nord. Le rugissement qui s'ensuivit mérita son attention et il sourit en observant la scène : Kevin Laine, le maniaque de la blague, aussi irrépressible que Diarmuid à sa façon, et aussi débordant de vie.

Son sourire se transforma en rire quand il vit Tégid s'élancer en grondant pour saisir Dave dans sa vaste étreinte, puis il fit une grimace en les voyant s'écrouler tous les quatre par terre.

Ainsi occupé, préoccupé, il n'aperçut même pas la silhouette emmitouflée et encapuchonnée — malgré la chaleur de rôtissoire régnant au Sanglier — qui se frayait un chemin vers lui. Mais juste au moment où elle arrivait à sa hauteur, quelqu'un s'interposa.

« Un instant, ma sœur ! Celui-ci est à moi en premier, dit la brune Tiène. Tu peux avoir les autres pour ton lit, où qu'il se trouve, mais celui-ci m'appartient, au premier étage, cette nuit. »

Paul se retourna pour voir la mince et avenante jeune fille dont, après l'amour, les larmes l'avaient chassé dans la nuit, un an auparavant, et envoyé de cette nuit étoilée à l'Arbre de l'Été après avoir entendu une chanson qu'il n'aurait pas dû entendre.

Et c'était parce qu'il avait été attaché dans l'Arbre et avait survécu, parce que le Dieu l'avait renvoyé au monde des vivants, que l'inconnue à la cape — une femme, en vérité, si elle n'était la sœur d'aucune mortelle — était venue le tuer.

Si cette fille stupide n'avait interféré en s'avançant entre eux. Une main sortit de sous la cape et toucha Tiène d'un seul long doigt. Rien de plus, mais la jeune fille poussa une exclamation étranglée tandis qu'au contact son bras s'engourdissait d'une douleur glaciale. Elle se sentit tomber et, en tombant, elle leva l'autre bras, que le froid n'avait pas encore atteint, pour arracher le capuchon qui masquait le visage de l'inconnue.

C'était une face humaine, mais tout juste : la peau si blanche qu'elle en semblait bleue, on sentait qu'on s'y gèlerait les doigts ; le crâne complètement dénudé, et des yeux couleur de lune sur la glace, celle des glaciers, assez froids pour plonger dans l'hiver le cœur de quiconque les contemplait.

Mais non celui de Paul. Il soutint ce regard et l'inconnue recula un instant devant ce qu'elle lisait dans les profondeurs de ces yeux ; c'était incroyable, mais personne autour d'eux ne semblait avoir rien remarqué, pas même la chute de Tiène ; on tombait à vrai dire un peu partout dans la taverne, cette nuit-là.

Paul seul entendait les paroles d'un corbeau. *Pensée, Mémoire*. Tels étaient les noms de ces corbeaux, il le savait, ils s'étaient trouvés tous deux dans l'Arbre, à la fin, quand la Déesse était venue, puis le Dieu.

Et au moment où l'apparition reprenait ses esprits et s'apprêtait à le frapper comme elle avait frappé Tiène, Paul entendit les corbeaux et il psalmodia les paroles qu'ils lui offraient :

Blanche la brume qui m'a traversé
Plus blanche que là d'où tu viens
C'est ton nom qui peut t'arrêter
Je le dirai car il est mien

Il se tut. Autour de ces puissances du premier univers et de tous les autres, la bousculade et le tohu-bohu continuaient ; personne ne leur prêtait la moindre attention. Paul avait parlé à voix basse, mais il pouvait voir comme chacune de ses paroles avait porté. Alors, tout aussi bas, mais en prononçant chaque syllabe avec une intensité renouvelée, car c'était là une magie ancienne et profonde entre toutes, il déclara : « Je suis le Seigneur de l'Arbre de l'Été, mon nom n'est pas un secret, tu ne peux m'enchaîner avec lui. » Elle avait le temps, elle aurait pu bouger, le toucher, et ce contact lui aurait gelé le cœur, mais ses paroles la paralysaient. Ses yeux de glace toujours rivés aux siens, elle l'entendit ajouter : « Tu es loin de tes Landes et de la source de ton pouvoir. Maudit soit celui qui t'envoie ici et va-t'en, Reine des glaces, *car je t'appelle par ton nom, et je te nomme Fordaëtha de Rük* ! »

Un cri retentit qui n'était pas un cri, issu d'une gorge humaine et pourtant inhumaine. Il s'éleva telle une créature blessée, prit son monstrueux envol et fit taire tous les autres bruits du Sanglier Noir.

Lorsque la dernière vibration de ce hurlement se fut éteinte dans le silence terrifié, il n'y avait plus par terre en face de Paul qu'un manteau vide. Le visage de Paul était pâle et tendu d'épuisement, et ses yeux attestaient qu'il avait contemplé une terrible manifestation du mal.

Kevin et Diarmuid, Dave et les autres sur leurs talons, se précipitèrent vers lui tandis que la taverne revenait à la vie dans une explosion de questions effrayées. Aucun d'eux ne dit mot ; ils regardaient Paul.

Il s'était accroupi près de la jeune fille affaissée sur le sol. Elle était déjà bleue de la tête aux pieds, saisie par une mort de glace à lui destinée...

Il se releva enfin. Les hommes du prince leur avaient dégagé un espace. Diarmuid hocha la tête et deux d'entre eux soulevèrent la jeune morte pour l'emporter dans la nuit, qui était froide, mais pas autant qu'elle.

« Les fruits de l'hiver, seigneur prince, dit Paul. Avez-vous entendu parler de la Reine de Rük ? »

Le visage de Diarmuid ne trahissait rien d'autre qu'une intense concentration : « Fordaëtha, oui. Les légendes en font la plus ancienne puissance de Fionavar.

— L'une d'elles. » Ils se retournèrent tous pour voir le visage sombre du Nain Brock. « L'une des plus anciennes, reprit le Nain. Pwyll, comment Fordaëtha est-elle venue des Landes ?

— Avec la glace », répliqua Paul ; et il répéta avec amertume : « Les fruits de l'hiver.

— Tu l'as tuée, Paul ? » C'était Kevin, les traits animés d'une expression difficile à saisir.

Une puissance, se disait Paul en se rappelant le vieux roi dont il avait pris la place dans l'Arbre. « Non, répondit-il simplement. J'ai invoqué son nom et l'ai ainsi repoussée. Elle ne s'incarnera pas de sitôt, à présent, et elle ne quittera pas les Landes avant plus longtemps encore. Mais elle n'est pas morte, et elle sert Maugrim. Si nous nous étions trouvés plus au nord, je n'aurais pu m'en défaire. Je n'aurais pas eu la moindre chance. » Sa lassitude était profonde.

« Pourquoi le servent-ils ? » demanda Dave Martyniuk ; un intense désir de comprendre perçait dans l'intonation du colosse.

Paul connaissait la réponse à cette question : il l'avait vue dans les yeux de Fordaëtha. « Il lui a promis la glace. La glace, loin au sud. Un vaste monde hivernal dont elle serait la maîtresse.

— Sous ses ordres, murmura Brock. La maîtresse, mais sous ses ordres à lui.

— Oh oui », acquiesça Paul ; il songeait à Kaèn et à Blöd, les frères qui avaient fait passer les Nains au service de Maugrim ; il pouvait voir à l'expression de Brock que celui-ci avait eu la même pensée. « Sous ses ordres, et pour l'éternité. Nous ne pouvons pas nous permettre de perdre cette guerre. »

Seul Kevin, qui d'eux tous connaissait le mieux Paul, entendit le désespoir qui perçait dans sa voix ; il le regarda, comme les autres, se détourner pour se diriger vers la porte. Paul fit alors une pause assez longue pour enlever sa veste et la laisser tomber par terre ; il ne portait dessous qu'une chemise au col déboutonné.

« Autre chose, dit-il. Je n'ai pas besoin de veste. L'hiver ne me touche pas. Pour ce que ça vaut.

— Pourquoi ? » demanda Kevin, en leur nom à tous.

Paul s'immobilisa dans la neige avant de se retourner pour répliquer dans l'embrasure de la porte : « Parce que j'y ai goûté dans l'Arbre, comme à toutes les autres formes de la mort. »

À peu près au moment où Paul quittait la taverne, Lorèn Mantel d'Argent et sa source retournaient chez eux en ville au quartier des mages. Ni l'un ni l'autre n'était immunisé contre le froid et, si la neige avait cessé, le vent soufflait toujours, et par endroits les congères arrivaient à la poitrine du Nain.

Les étoiles de l'été étincelaient dans le ciel audessus d'un monde hivernal, mais ni l'un ni l'autre des deux hommes ne levait la tête, et ils ne disaient mot.

Ils avaient entendu le même récit et ils partageaient donc les mêmes émotions : rage devant ce qui avait été infligé à la femme qu'ils venaient de quitter au palais, compassion pour sa souffrance qu'ils ne pouvaient guérir, amour pour sa beauté au défi obstiné, même dans le plus épouvantable des lieux. Matt éprouvait de surcroît une émotion plus violente encore, car c'était un Nain nommé Blöd qui avait profané Jennifer après Maugrim.

Ils ne savaient rien de Darien.

Ils rejoignirent enfin leurs quartiers. Teyrnon et Barak se trouvaient ailleurs et Brock était sorti, sans doute avec Diarmuid, aussi disposaient-ils sans obstacle de toute la place. Par politique délibérée, ils couchaient en ville chaque nuit, pour assurer les gens de Paras Derval que les hauts dignitaires du royaume ne se cachaient pas derrière les murailles du palais. Zervan avait alimenté les feux avant d'aller se coucher, aussi faisait-il divinement chaud, et le mage alla se placer devant la plus grande des cheminées dans la pièce de façade, tandis que le Nain remplissait deux verres d'une liqueur couleur d'ambre.

« "De l'usheen pour se réchauffer le cœur", cita Matt en donnant un verre à Lorèn.

— Le mien est bien froid cette nuit », répliqua le mage ; il prit une gorgée et fit une ironique grimace. « Une chaleur fort amère.

— Ça te fera du bien. » Le Nain se laissa tomber sur une chaise basse et commença d'enlever ses bottes.

« Devrions-nous aller chercher Teyrnon ? »

Matt releva la tête : « Pour lui dire quoi ?

— La seule chose que nous avons apprise. »

Ils échangèrent un regard en silence.

Le cygne noir a dit à Métran que le chaudron leur appartenait et qu'il devait se rendre au centre du tourbillon, leur avait confié Jennifer, livide, exerçant sur elle-même un contrôle rigide tandis qu'elle retournait en paroles à la clairière du bûcheron où Avaïa était venue la chercher. C'était là l'unique information qu'ils avaient obtenue.

« Que va-t-il faire là avec les morts ? » demanda alors Matt Sören ; sa question vibrait d'une haine aussi profonde qu'un abîme.

Le mage avait une expression lugubre : « Je l'ignore. Je ne sais pas tout, apparemment. Sinon que nous ne pouvons pas nous lancer à sa poursuite avant d'avoir vaincu l'hiver, et que nous ne pouvons pas vaincre cet hiver.

— Nous le ferons, affirma le Nain. Nous le vaincrons parce que nous devons le vaincre. Tu le feras, je n'en doute pas un instant. »

Le mage eut un sourire qui adoucit les lignes rudes de son visage : « N'es-tu pas fatigué, après quarante ans passés à m'encourager ? »

« Non », répondit simplement le Nain ; après une pause, il sourit aussi, ce sourire qui lui tordait un coin de la bouche.

Lorèn vida son verre d'usheen, en faisant de nouveau une grimace : « Très bien, dit-il. Je veux contacter Teyrnon avant d'aller dormir. Il doit savoir que Métran possède le Chaudron de Khath Meigol et qu'il est allé avec... à Cadèr Sédat. »

Il énonça ces paroles de la façon la plus prosaïque possible, mais au nom de l'île ils sentirent tous deux un frisson les secouer ; nul dans leur ordre n'aurait pu s'en empêcher : Amairgèn Blanchebranche, le premier de tous les mages, avait trouvé la mort dans cette île un millénaire auparavant.

Matt rassembla ses forces et Lorèn établit le lien ; ils trouvèrent Teyrnon par l'intermédiaire de Barak, à une journée de cheval, en compagnie des soldats de la forteresse du Nord. Ils leur apprirent ce qui était arrivé, et ils se confièrent des doutes qui ne devaient pas sortir du Conseil des Mages.

Puis ils rompirent le lien qui les unissait. « Ça va ? demanda Mantel d'Argent à sa source, au bout d'un moment.

— Facile, répliqua Matt. Ça m'aidera à dormir. »

On frappa alors violemment à la porte. Ce ne pouvait être Brock : il avait une clé. Ils échangèrent un seul coup d'œil, prémonitoire, car ils étaient ce qu'ils étaient et depuis fort longtemps. Puis ils allèrent ensemble ouvrir la porte de devant.

Dans la nuit, dehors, avec les étoiles qui brillaient derrière lui en compagnie d'une moitié de lune, se tenait un homme barbu aux larges épaules, pas très grand, avec dans le regard des infinités de temps, et dans les bras une femme évanouie.

Pendant un instant, personne ne bougea. Lorèn avait l'impression que les étoiles elles-mêmes s'étaient immobilisées, comme la lune tardive. Puis, d'une voix vibrante et basse, l'homme déclara : « Elle est seulement épuisée, je pense. Elle m'a désigné cette maison avant de s'évanouir. Êtes-vous Lorèn Mantel d'Argent ? Matt Sören ? »

C'étaient des hommes fiers, le mage et sa source, qui comptaient parmi les grands de Fionavar. Ce fut pourtant avec une reconnaissance et une gratitude respectueuses qu'ils mirent tous deux genou en terre dans l'embrasure de leur porte, devant Arthur Pendragon et celle qui l'avait invoqué — et ils s'agenouillaient tout autant devant elle que devant lui.

Une autre porte, à laquelle on frappait aussi. Dans sa chambre au palais, Jennifer était seule et ne dormait pas. Elle se détourna du feu qu'elle contemplait ; la longue tunique qu'on lui avait donnée effleura le sol et ses tapis de haute laine. Elle s'était baignée, avait lavé ses cheveux, les avait peignés devant le miroir en regardant fixement son propre visage qui lui semblait étranger, ses yeux verts qui avaient vu tout ce qu'ils avaient vu. Elle se tenait depuis longtemps devant le feu, elle ne savait depuis quand, quand on frappa à sa porte.

En même temps, une voix se fit entendre de l'autre côté : « Ne soyez pas alarmée, vous n'avez meilleur ami que moi. »

Une voix semblable à des clochettes, posée au bord du chant. Jennifer ouvrit la porte pour voir Brendel des lios alfar. Une émotion lointaine la saisit devant sa grâce délicate et radieuse.

« Entrez, dit-elle. Mais le temps des larmes est passé. »

Elle referma la porte derrière lui, s'émerveillant de voir comme la danse palpitante des flammes dans le feu, de la bougie près de son lit, semblait plus vive depuis qu'il était entré dans la pièce. Les Enfants de la Lumière, tels étaient les lios alfar ; leur nom même signifiait lumière, et la lumière leur parlait, répondait à leur essence profonde.

Le Seigneur des Ténèbres les haïssait d'une haine si absolue que tout semblait infime par comparaison. C'est une mesure du mal, songea Jennifer, elle qui, entre tous les mortels, avait bien besoin d'une telle aune, qu'il pût vouer une haine aussi profonde à la créature qui se tenait devant elle, et dont les yeux sans larmes viraient à l'ambre.

« On aurait du mal à le croire, remarqua Brendel, mais ce roi n'est pas dépourvu de bonnes manières. Il m'a fait avertir que vous étiez là. »

Kevin avait appris à Jennifer ce qu'avait fait Brendel, comment il avait suivi Galadan et ses loups et prêté un terrible serment dans la Grande Salle. « Vous n'avez aucune raison de vous faire des reproches. À ce qu'on m'a rapporté, vous avez fait bien plus que quiconque.

— Ce n'était pas assez. Que puis-je vous dire ? »

Elle secoua la tête. « Vous m'avez donné de la

joie, aussi. Mon dernier souvenir de plaisir est de m'être endormie en entendant chanter les lios.

— Ne pouvons-nous vous en donner encore, maintenant que vous êtes revenue parmi nous ?

— Je ne sais si je puis le recevoir, Brendel. Je ne suis pas... tout à fait entière. »

D'une certaine façon, la situation était plus facile pour elle que pour lui. Il y eut un long silence pendant lequel elle accepta de soutenir son regard ; il ne la sonda point, même s'il en était capable tout comme Lorèn s'était livré sur elle autrefois à un contact mental ; aucun d'eux n'oserait être indiscret, elle pourrait ainsi cacher l'existence de Darien, oui, elle la cacherait.

« Ne voulez-vous pas reprendre ces paroles ? » demanda-t-il ; et si la musique résonnait profondément en lui, elle n'offrait que de la souffrance.

« Vais-je vous mentir ? »

Il se détourna pour aller à la fenêtre ; ses vêtements mêmes semblaient tissés de fils dont les couleurs changeaient quand il se mouvait. La lumière des étoiles illuminait ses cheveux d'argent qui scintillaient de leur propre lumière : comment refuser l'offre d'un être dont la chevelure aurait pu tenir des étoiles captives ?

Et comment ne pas refuser ? Je prendrai tout, avait dit Rakoth, et il avait trop bien failli réussir.

Brendel se retourna ; ses yeux étaient d'or, leur couleur la plus véritable, semblait-il. « J'ai attendu ici longtemps, selon le désir de Ra-Tenniel et le mien, déclara-t-il. Le sien était de me permettre d'aviser ce jeune roi et d'apprendre les intentions des hommes du Brennin. Le mien, de vous voir de retour ici, et vivante, afin de vous faire un présent, et de vous en demander un.

— Et c'est ? »

Elle était très grande, plus blonde encore qu'auparavant, marquée par le chagrin et l'ombre qui lui avaient conféré une essence indéfinissable.

« Que vous me suiviez au Daniloth pour redevenir entière. Si c'est possible, ce sera là-bas. »

Elle le regarda, comme de très haut ou du fond d'un vaste abîme — de très loin, de toute façon. Elle dit : « Non », et vit une flamme de chagrin s'allumer dans les yeux du lios ; mais elle ajouta : « Je suis mieux ainsi. Paul m'a soutenue jusque-là, Paul et autre chose encore. Laissez-moi reposer. Je suis ici, et sans être malheureuse. Essayer de trouver plus de lumière m'effraie : j'ai peur qu'elle ne signifie davantage de ténèbres. »

À cela — telle avait bien été l'intention de Jennifer — il ne pouvait rien répondre. Il effleura sa joue avant de partir, et elle l'endura, navrée qu'une telle caresse ne lui apportât point de joie, mais c'était ainsi, et que pouvait-elle dire, que pouvait-elle faire ?

À la porte, le lios alfar reprit la parole, et sa voix avait presque perdu toute musicalité : « Il reste la vengeance, alors, dit Brendel de la marche de Kestrel. La vengeance seule, mais du moins toujours la vengeance. »

Il referma la porte avec douceur derrière lui.

Des serments, songea Jennifer en retournant à pas lents près du feu. Kevin, Brendel, et qui d'autre jurerait de la venger ? Et cela signifierait-il jamais rien pour elle ?

Alors même qu'elle se tenait ainsi dans sa contrée grise aux ombres assourdies, Lorèn et Matt ouvraient leur porte pour voir deux silhouettes dans la neige, et derrière elles les étoiles et la lune.

Une dernière porte, tard dans la nuit au froid mordant. Il restait peu de monde dans les rues couvertes de verglas. Le Sanglier était fermé depuis longtemps. Kevin et Dave se rendaient aux baraquements de la forteresse du Sud avec Diarmuid et ses hommes. Dans l'heure qui précédait l'aube, alors que le nord semblait plus proche et le vent plus sauvage encore, les gardes restaient près de leurs postes, penchés sur les petits feux qu'on leur avait permis d'entretenir. Rien n'attaquerait, rien ne pouvait attaquer ; il était parfaitement clair pour tous que ce vent et cette neige, cet hiver aux visées malfaisantes, constituaient une attaque suffisante en soi. Il faisait assez froid pour tuer, c'était déjà arrivé ; et le froid devenait plus intense encore.

Un seul homme ne le sentait pas. En chemise et en jean, Paul Schafer parcourait seul les allées et les rues de la ville. Le vent passait dans ses cheveux mais ne le troublait point, et il avait la tête haute quand il regardait vers le nord.

Il marchait presque sans but, essentiellement pour se fondre à la nuit, pour confirmer son étrange immunité au froid et réfléchir à la façon dont elle le séparait d'autrui. C'était un écart immense.

Comment pouvait-il en être différemment pour qui avait goûté la mort dans l'Arbre de l'Été ? Avait-il réellement espéré demeurer un membre ordinaire du groupe ? L'ami de Carde et de Coll, leur égal, et même celui de Kevin ? Il était le Deux-fois-né. Il avait vu les corbeaux, entendu leurs paroles et celles de Dana dans la forêt. Il avait senti Mörnir en lui. Il était la Flèche du Dieu, sa Lance. Il était le Seigneur de l'Arbre de l'Été.

Et il ne savait comment capter un pouvoir à cette source dont, ignorance douloureuse, il ignorait aussi la signification profonde. Il avait été contraint de fuir devant Galadan, ne comprenait pas même comment il avait effectué la traversée avec Jennifer. Il avait dû implorer Jaëlle de les renvoyer dans leur univers ; elle s'en servirait plus tard au cours de la conversation qu'ils venaient à peine d'amorcer entre la Déesse et le Dieu. Cette nuit même, il avait été aveugle à l'approche de Fordaëtha ; seule la mort de Tiène lui avait donné le temps d'entendre les corbeaux. Et même : il ne les avait pas appelés, ne savait ni d'où ils venaient ni comment les faire revenir.

Il se sentait comme un enfant, un enfant intraitable qui marchait dans l'hiver sans son manteau. Et il y avait trop en jeu. Tout était en jeu, absolument tout.

Un enfant, se dit-il de nouveau, tout en prenant graduellement conscience du fait que sa promenade n'avait en définitive pas été sans but : il se trouvait dans la rue qui menait à la place, il se tenait devant une porte qu'il se rappelait bien. L'échoppe au rez-de-chaussée, l'habitation à l'étage. Il leva les yeux. Pas de lumière, bien entendu, il était très tard. Ils seraient en train de dormir. Vaë et Finn, et Darien.

Il tourna les talons, prêt à s'éloigner, mais se figea sur place, glacé pour la première fois de la nuit quand il prit conscience de ce que lui avait montré la lueur de la lune.

Il s'avança et poussa la porte ouverte de l'échoppe ; elle s'ouvrit plus largement, en grinçant. À l'intérieur, c'étaient toujours les étagères pleines de rouleaux de tissu, de balles de laine, et de l'autre côté les tissus et lainages. Mais il y avait de la neige dans l'allée, empilée contre les comptoirs. De la glace sur les marches qu'il gravit dans le noir. Tout le mobilier était en place, comme il s'en souvenait, mais la maison était déserte.

Il entendit un bruit et fit volte-face, saisi de terreur. Il vit ce qui avait fait ce bruit : dans le vent qui soufflait par une fenêtre cassée, un berceau vide se balançait lentement.

7

Tôt le matin suivant, l'armée du Cathal traversa la rivière Særèn pour pénétrer dans le Grand Royaume. Son commandeur se permit une certaine satisfaction ; la planification avait été excellente, et même d'une exquise précision. Ils étaient arrivés à Cynan de nuit, sans fanfare, puis avaient fait envoyer un message de l'autre côté de la rivière une demi-heure seulement avant de traverser eux-mêmes pour se rendre à Séresh sur les barges spécialement construites à cet effet.

Il avait supposé qu'on maintiendrait déneigée la route principale de Paras Derval, et il avait eu raison. À travers le froid mordant et la blancheur du paysage, sous le ciel d'un bleu éclatant, ils avançaient en direction de la capitale. Le messager envoyé au très haut roi nouvellement couronné ne pouvait avoir que deux heures d'avance sur eux ; Ailéron n'aurait pas le temps de préparer une réception.

Ce qui était bien entendu le but recherché. Des rumeurs s'étaient échangées de part et d'autre de la Særèn, il y avait eu des barges entre Séresh et Cynan, des messages lumineux codés plus à l'est au-dessus de la rivière : la cour du Brennin savait que des soldats du Cathal étaient en route, mais elle en ignorait le nombre.

Les hommes du Brennin paraîtraient bien dépenaillés, bien mal préparés quand cette armée aux armures étincelantes, forte de deux mille cinq cents soldats, arriverait au galop du Sud-Ouest. Et pas seulement des cavaliers. Que diraient les hommes du Nord en voyant les deux cents légendaires chariots de guerre du Cathal arriver devant les portes de Paras Derval ? Et dans le tout premier, tiré par quatre magnifiques étalons de Faille, se trouverait non pas un chef de guerre ni un simple capitaine des eïdolath, la garde d'honneur, mais Shalhassan lui-même, seigneur suprême de Sang Marlèn, de Laraï Rigal et des neuf provinces du Pays des Jardins.

Que le jeune Ailéron se débrouille avec cela, s'il le pouvait.

Il ne s'agissait pas non plus d'une ostentation triviale. Shalhassan régnait depuis trop longtemps sur un pays modelé par les intrigues de cour pour se complaire dans une simple flamboyance. Une froide volonté guidait chaque étape de cette manœuvre, un but précis déterminait la vitesse qu'il exigeait du conducteur de son chariot, et il y avait une raison à la splendeur de sa propre apparence, depuis sa barbe ondulée et parfumée jusqu'au manteau de fourrure artistiquement fendu pour lui donner accès à son épée courbe à la garde incrustée de pierres précieuses.

Un millier d'années auparavant, Angirad avait mené les hommes du Sud au combat contre le Dévastateur ; ils avaient marché et chevauché sous la bannière du Brennin frappée de la lune et du chêne, sous les ordres de Conary, puis de Colan. Mais le Cathal n'existait pas encore vraiment à cette époque : pas de drapeau portant la fleur et l'épée, seulement neuf provinces querelleuses. Lorsque Angirad était revenu, couvert de gloire pour s'être trouvé en Andarièn et en Gwynir, à la bataille désespérée devant le pont de Valgrind, et enfin au rituel qui avait emprisonné Maugrim sous le mont Rangat, alors seulement avait-il pu montrer à tous la pierre de garde qu'on lui avait confiée, créer un royaume et faire bâtir une forteresse dans le Sud, puis le palais d'été au bord du lac, à Laraï Rigal.

Mais il avait réussi. Le Sud n'était plus un nid de principautés toujours en guerre les unes contre les autres. C'était le Cathal, le Pays des Jardins, et il n'était plus soumis au Brennin, quel que fût le titre dont se paraient les héritiers d'Iorweth. Quatre guerres en quatre cents ans l'avaient bien prouvé ; comme on s'en vantait dans le Sud, si le Brennin avait son Arbre, Laraï Rigal en avait dix mille autres.

Et le Cathal avait aussi un véritable monarque, un homme qui siégeait sur le Trône d'Ivoire depuis maintenant vingt-cinq ans, subtil, inscrutable, dominateur, à qui la bataille n'était pas étrangère car il avait combattu dans la dernière guerre contre le Brennin quarante ans plus tôt, alors que ce jeune roi Ailéron n'était pas même né. Il aurait pu s'en remettre à Ailell, mais pas à son fils, revenu d'exil depuis un an à peine pour porter la Couronne de Chêne.

Les batailles se gagnent en route, se dit Shalhassan du Cathal. Judicieuse pensée. Il leva la main, fit un certain geste ; l'instant d'après, Raziel arriva au galop, fort incommodé sur un cheval lancé à cette vitesse, et le seigneur suprême du Cathal lui fit écrire ce qui lui était venu à l'esprit. Devant eux, les cinq membres de la garde d'honneur assemblée en hâte par le duc de Séresh encore sous le choc de la surprise cravachaient leurs chevaux pour rester en avant des chariots. Shalhassan songea un instant à les dépasser mais en décida autrement ; dans la mesure où il se permettait de tirer plaisir de ce genre de choses, il trouverait plus satisfaisant d'arriver à Paras Derval sur les talons de la garde d'honneur du Brennin, comme si elle avait fui devant lui.

Tout était bien, conclut-il. À Sang Marlèn, Galienth surveillerait les décisions de sa fille Sharra. Il était bon pour elle de commencer à exercer ce pouvoir auquel on la formait depuis la mort de son frère ; Shalhassan n'aurait jamais d'autre héritier ; on ne pouvait plus tolérer des escapades comme celle du printemps précédent, alors qu'elle avait devancé ses envoyés à Paras Derval ; il n'en avait jamais reçu de rapport complet ou même marginalement satisfaisant, au reste — non qu'il en attendît un, compte tenu de la personne à laquelle il avait affaire. La mère de Sharra avait été exactement comme elle. Shalhassan secoua la tête. Il était temps pour Sharra de prendre époux, mais chaque fois qu'il soulevait le sujet, elle se livrait à d'habiles évasions. Jusqu'à leur dernière discussion, où elle avait souri de son sourire respectueux et menteur (il le connaissait bien : la mère de la princesse avait souri de même) et murmuré dans son plat de m'raë glacé que s'il abordait la question une fois de plus elle se marierait, en vérité... et choisirait Venassar de Gath comme consort.

Seules des décennies de savoir-faire avaient empêché Shalhassan de se lever de sa couche et de laisser la cour entière ainsi que les eïdolath constater sa déconfiture. Il trouvait déjà insupportable la perspective de voir Venassar sur le trône auprès de Sharra, ce simulacre d'être humain dégingandé et seulement à demi doué de raison, mais voir son père, le bestial Bragon de Gath, se tenir derrière eux !

Shalhassan avait changé de sujet, passant à la manière dont Sharra devrait s'occuper des impôts pendant son absence ; l'hiver sans précédent qui avait gelé même le lac de Laraï Rigal et dévasté les Jardins de T'Varèn avait étendu partout ses ravages, avait-il expliqué, elle aurait un équilibre délicat à maintenir avec la compassion et l'indulgence. Elle l'avait écouté avec toutes les apparences de l'attention, mais il avait vu l'ombre d'un sourire dans ses yeux baissés. Il ne souriait jamais lui-même : c'était trop révélateur. Mais il n'avait jamais été beau non plus, alors que Sharra était belle, infiniment belle ; c'était un outil pour elle, et même une arme, il le savait alors même qu'il luttait pour conserver un maintien royal.

Il devait s'y contraindre en ce moment même, tandis qu'il filait vers Paras Derval, en se rappelant le sourire supérieur de son impossible enfant. Il y avait là une autre pensée, se dit-il, et au bout d'un moment il en avait trouvé une formulation assez abstraite ; il leva de nouveau sa main à demi close et Raziel fut bientôt près de lui pour la consigner, bringuebalé sur sa selle et fort malheureux de l'être, ce qui était tout à fait plaisant. Après quoi Shalhassan détourna ses pensées de sa fille, examina l'inclinaison du soleil de l'après-midi et décida qu'ils se trouvaient assez près. Il se redressa, secoua son lourd manteau, peigna sa barbe à deux pointes et se prépara à lancer les cavaliers et les chariots de guerre du Cathal, éblouissants et en bon ordre, dans la capitale désorganisée de ses alliés qui ne s'y attendaient pas. Et alors, on verrait ce qu'on verrait.

À une lieue environ de Paras Derval, tout se mit à aller de travers.

D'abord, la route était bloquée. La garde qui chevauchait en avant ralentit, les conducteurs de chars en firent bientôt autant, et Shalhassan essaya de voir ce qui se passait, les yeux plissés dans l'éclat aveuglant du soleil sur la neige. Le temps pour tout le monde de s'arrêter, les chevaux piétinant et s'ébrouant dans le froid, et il jurait intérieurement avec une intensité dont sa sérénité apparente ne trahissait absolument rien.

Une vingtaine de cavaliers se trouvaient devant eux, en beaux uniformes brun et or, présentant les armes avec la plus grande cérémonie. Un cor résonna derrière leurs rangs, une note douce et claire, et les cavaliers firent prestement tourner leurs chevaux pour s'aligner de chaque côté de la large route, faisant place à six enfants vêtus de rouge, éclatants sur la neige. Deux d'entre eux traversèrent la garde d'honneur de Séresh et, en signe de bienvenue, indifférents aux piaffements des chevaux, offrirent des fleurs du Brennin à Shalhassan du Cathal.

Avec une expression pleine de gravité, il les accepta. *Comment ont-ils des fleurs avec cet hiver ?* Puis il se détourna, pour voir une tapisserie tenue bien haut sur des hampes par les quatre autres enfants. Devant lui, digne d'un roi, se trouvait une œuvre d'art absolument exquise : sur cette route exposée aux éléments, on avait déroulé pour lui une tapisserie représentant le Baël Rangat. Dessinée en teintes évanescentes, comble de l'art du tisserand, Shalhassan pouvait reconnaître la bataille du pont de Valgrind. Et pas n'importe quelle partie de la bataille, mais ce moment unique, chanté et célébré partout depuis au Cathal, où Angirad, au premier rang de cette armée étincelante, avait mis pied sur le pont qui enjambait l'Ungarch pour la conduire jusqu'à Starkadch.

On lui faisait doublement honneur. En baissant les yeux, ému malgré tous ses efforts, Shalhassan vit sous la tapisserie une silhouette qui marchait vers lui ; il comprit qu'on lui faisait triplement honneur et que ses calculs avaient complètement échoué.

Dans un manteau du blanc le plus pur, une splendeur de fourrure épaisse qui retombait de ses épaules sur ses bottes immaculées, se tenait Diarmuid, le frère et héritier du roi. Le propre-à-rien, se dit Shalhassan en luttant pour ne pas se laisser submerger par une impression d'élégance totale et sans effort. Diarmuid portait également des gants blancs, et sur ses cheveux blonds un chapeau de fourrure blanche. La seule touche de couleur dans cet éclatant prince des neiges, c'était une plume rouge de djéna à son chapeau — et le rouge en était exactement de la même nuance que les habits des enfants.

La magnificence étudiée de ce tableau était telle que nul être vivant ne pouvait se méprendre sur sa signification, et nul homme présent en cet instant, de l'une ou de l'autre contrée, manquer d'en répandre la nouvelle autour de lui.

Le prince bougea à peine un doigt et, dans le vaste paysage recouvert de neige, résonnèrent les sonorités délicates et émouvantes du rénabaël, le chant de bataille des lios alfar, créé bien longtemps auparavant par Ra-Termaine, le plus grand de leurs seigneurs et de leurs tisseurs de musique.

Puis le prince blanc fit un autre geste, encore à peine un doigt levé, et tandis que la musique se taisait, que ses échos s'effaçaient peu à peu dans l'air froid et calme, celui qui l'avait jouée s'avança, plus gracieux encore que le prince. Pour la première fois de sa vie, dans l'incrédulité totale, Shalhassan du Cathal vit un lios alfar.

Le prince s'inclina. Le lios s'inclina. Au-dessus de leurs têtes, Angirad, dans le sang jusqu'au genou, se proclamait maître du pont de Valgrind au nom de la Lumière.

Shalhassan descendit de son chariot et s'inclina à son tour.

Les cinq gardes de Séresh étaient partis en avant, sans aucun doute soulagés d'avoir été remplacés. Sur la dernière lieue avant Paras Derval, la garde d'honneur constituée par les hommes du prince Diarmuid précéda l'armée formidable et bien rangée du Cathal. Le prince lui-même marchait près du chariot de Shalhassan, et de l'autre côté du chariot marchait Na-Brendel du Daniloth, très haut seigneur de la marche de Kestrel.

Et tous allaient au pas, car à mesure qu'ils s'approchaient de la capitale une énorme foule bordait la route malgré les bancs de neige, lançant des acclamations, et Shalhassan fut contraint d'incliner la tête et d'agiter la main en réponse, d'un geste digne et mesuré.

Et dans les faubourgs de la ville, les soldats attendaient. Tout au long des lacets de la route qui montait vers la place du palais, à égale distance les uns des autres, se tenaient les fantassins, les archers et les cavaliers de Paras Derval, tous revêtus de leurs plus beaux uniformes.

Lorsqu'elle arriva sur la place même, bondée sur tout son pourtour d'autres multitudes réjouies, la procession s'immobilisa et, avec une courtoisie sans faute, le prince Diarmuid présenta à Shalhassan le premier mage du Brennin et sa source, avec un autre Nain que le prince présenta comme Brock du Banir Tal, puis la grande prêtresse de Dana, elle aussi éblouissante en blanc, elle aussi couronnée de rouge par la lourde cascade rutilante de ses cheveux. Et finalement celui dont il avait entendu parler, un jeune homme aux cheveux noirs, mince et de taille moyenne, que le prince désigna sobrement comme Pwyll Deux-fois-né, Seigneur de l'Arbre de l'Été.

Et Shalhassan put entendre la réaction de la foule alors même qu'il croisait le regard bleu-gris de ce jeune homme d'un autre univers qui était l'élu du Dieu.

Sans échanger un autre mot, ils se joignirent au prince et au lios alfar. Shalhassan descendit de son chariot, car il n'y avait pas assez de place pour arriver majestueusement dans un char triomphal, et il se rendit à pied jusqu'aux portes du palais pour y rencontrer le très haut roi Ailéron. Qui avait accompli cela, tout cela, avec au plus deux heures de préavis.

Sharra lui avait fait rapport à Sang Marlèn, lui avait donné une idée de ce à quoi il devait s'attendre. Mais une idée seulement, bien insuffisante, car lorsque Ailéron s'avança pour le rencontrer à mi-chemin, Shalhassan, qui avait vu ce que le Brennin pouvait faire lorsqu'il choisissait de le faire, vit ce que le Brennin s'était choisi comme roi.

Sous ses cheveux noirs en désordre, le très haut

roi avait des yeux farouches et scrutateurs. Son sévère visage barbu — il n'était pas aussi jeune que l'avait cru Shalhassan — était aussi impassible que celui de Shalhassan, et aussi dénué de sourire. Vêtu de brun et de noir, et sans apprêt — bottes tachées, culottes élimées —, Ailéron portait une simple chemise sous une épaisse veste courte, complètement dépourvue d'ornements. Et à son côté ne pendait pas une épée de cérémonie mais une épée de combat au long pommeau.

Il s'avança, tête nue, et les deux rois se firent face. Shalhassan entendait le rugissement de la foule, dans lequel il pouvait percevoir quelque chose que son propre peuple ne lui avait jamais accordé en vingt-cinq ans de règne, et il comprit alors ce que le peuple du Brennin comprenait aussi : l'homme qui se tenait devant lui était un roi-guerrier, rien de plus, et certainement rien de moins.

On l'avait manipulé, il le savait, mais il savait aussi quel contrôle impliquait une telle manipulation. L'austérité délibérée de l'aîné qui était roi compensait plus que largement l'éclat éblouissant du cadet. Et Shalhassan du Cathal saisit en cet instant, entre le frère aux cheveux blonds et le frère aux cheveux noirs, qu'il n'allait pas, après tout, être celui qui mènerait cette guerre.

Ailéron n'avait pas encore dit un mot.

Des rois ne s'inclinent pas l'un devant l'autre, mais Shalhassan n'était pas un homme mesquin ; ils avaient un ennemi commun, un ennemi terrifiant ; ce qu'on lui avait montré n'avait pas été destiné à le remettre à sa place mais à le rassurer : il le comprit aussi, et fut dûment rassuré.

Abandonnant alors tous les stratagèmes qu'il avait envisagés pour cette rencontre, Shalhassan déclara : « Très haut roi du Brennin, voici l'armée et les chars du Cathal, à votre disposition. Comme l'est tout conseil que vous pourriez requérir. La bienvenue que vous nous avez offerte nous honore, comme nous touche le rappel des hauts faits de nos ancêtres, ceux du Brennin comme ceux du Cathal. »

Il n'eut pas même le maigre plaisir de distinguer du soulagement ou de la surprise dans les yeux noirs de son vis-à-vis. Seulement une approbation des plus tranquilles, comme s'il n'y avait jamais eu le moindre doute sur ce qu'il dirait.

La réplique d'Ailéron, ce fut : « Merci. Seize de vos chariots ont des roues déséquilibrées, et nous aurons besoin d'au moins mille hommes de plus. »

Shalhassan avait vu le nombre des soldats à Séresh et à Paras Derval, connaissait celui des garnisons de Rhodèn et de la forteresse du Nord. Il déclara sans une hésitation : « Il y en aura deux mille de plus avant la nouvelle lune. » Un peu plus de trois semaines ; c'était faisable, mais Sharra aurait à agir vite. Et le maître des chariots serait fouetté.

Ailéron sourit : « C'est bien. » Il s'avança alors, le plus jeune des rois vers le plus vieux, ainsi qu'il convenait, et saisit Shalhassan dans une étreinte de soldat, tandis que tonnait l'assentiment des deux armées et du peuple assemblé.

Ailéron recula d'un pas, les yeux à présent brillants ; il leva les bras pour obtenir le silence et, quand la foule se tut, sa voix claire et sèche s'éleva dans l'air glacial : « Habitants de Paras Derval ! Comme vous le voyez, Shalhassan du Cathal est venu nous trouver en personne avec deux mille cinq cents hommes, et il nous en a promis deux mille de plus ! Les accueillerons-nous bien ? Les logerons-nous, les nourrirons-nous ? »

L'accord massif de la foule ne résolvait pas le problème et Shalhassan, obscurément touché, décida qu'il était temps de faire lui-même un geste, afin que les gens du Nord ne se trompent pas sur la véritable grandeur du Cathal. Il leva la main, et l'éclat du soleil fit étinceler l'anneau de son pouce ; quand il eut à son tour obtenu le silence, il déclara : « Nous vous remercions nous-mêmes, très haut roi. Nous aurons besoin d'un abri, car nous sommes bien loin de nos jardins, mais le peuple du Cathal nourrira les soldats du Cathal et le peuple du Brennin, dans la mesure où nos réserves d'hiver le permettront. »

Que le roi du Nord trouve des paroles pour susciter une ovation égale à *celle-ci*, se dit triomphalement Shalhassan tout en restant impassible ; il se tourna vers Ailéron : « Ma fille verra aux provisions et aux nouvelles troupes. »

Ailéron hocha la tête. Shalhassan entendit alors une voix légèrement moqueuse se détacher sur le rugissement de la foule, qui n'avait pas encore cessé.

« Un pari ? » avait dit Diarmuid.

Shalhassan perçut un éclat de colère incontrôlé dans les yeux plissés du jeune roi, avant de se tourner vers le prince : « De quelle sorte ? » demanda-t-il d'un ton frigorifiant.

Diarmuid sourit : « Je ne doute pas que provisions et soldats seront bientôt là, mais je ne doute pas non plus que ce sera le formidable Galienth, ou peut-être Bragon de Gath, qui verra à nous les faire parvenir. Certainement pas votre fille.

— Et pourquoi cette opinion ? demanda Shalhassan d'une voix douce, tout en dissimulant un tressaillement intérieur à la mention de Bragon.

— Parce que Sharra se trouve dans votre armée », répliqua le prince avec une aimable assurance.

Ce serait un plaisir pour Shalhassan, et un plaisir qu'il allait se permettre, que de donner une leçon à ce prince trop sûr de lui. Et il le pouvait, en effet, parce que, dans son appréhension d'un tel acte de la part de Sharra, il avait fait vérifier deux fois, entre Séresh et Paras Derval, qu'il ne se trouvait pas de princesse déguisée parmi ses soldats. Il connaissait assez bien sa fille pour avoir prévu le coup. Et elle ne se trouvait pas avec l'armée.

« Qu'avez-vous à parier ? demanda le seigneur

suprême de Sang Marlèn, très doucement, pour ne pas effrayer sa proie.

— Mon manteau contre le vôtre », répliqua promptement l'autre. Les yeux bleus dansaient de malice ; le manteau blanc était le meilleur des deux, ils le savaient l'un et l'autre ; Shalhassan en fit la remarque. « Peut-être, répondit Diarmuid, mais je ne compte pas perdre. »

Dresser cet impertinent serait un très grand plaisir. « Un pari, dit Shalhassan, tandis que les nobles murmuraient autour d'eux. Bashrai », ajouta-t-il, et son nouveau capitaine de la garde s'approcha aussitôt ; il regretta brièvement l'ancien, tout en se rappelant comment Dévorsh était mort ; mais là-bas à Sang Marlèn, Sharra allait un peu compenser sa responsabilité dans ce trépas. « Ordonne aux hommes de s'avancer par groupes de cinquante, commanda-t-il.

— Et d'enlever leurs casques, ajouta Diarmuid.

— Oui », confirma Shalhassan.

Bashrai fit un demi-tour réglementaire pour exécuter les ordres.

« Voilà qui est d'une totale frivolité, déclara sèchement Ailéron, avec un regard froid à l'adresse de son frère.

— Cela nous fera du bien », intervint une voix musicale. Brendel des lios alfar avait un sourire communicatif ; ses yeux étaient dorés, remarqua Shalhassan avec une soudaine excitation puis, juste à temps, il empêcha les coins de sa bouche de se relever en un sourire.

La rumeur du pari s'était répandue dans la foule et un friselis d'anticipation amusée courait à travers la place ; on pouvait voir des paris griffonnés passer de main en main. Seule la prêtresse aux cheveux roux et le sombre très haut roi semblaient imperméables à la soudaine légèreté de l'humeur ambiante.

Il ne fallut pas longtemps. Bashrai se montra d'une plaisante efficacité, et en peu de temps toute l'armée du Cathal avait défilé nu-tête devant les deux rois. Les hommes de Diarmuid les examinaient au passage, et avec soin, mais Shalhassan les avait déjà fait vérifier lui-même avec soin auparavant.

Sharra ne se trouvait pas dans leurs rangs.

Shalhassan se tourna avec lenteur vers le prince vêtu de blanc. Diarmuid avait réussi à garder le sourire. « Avec les chevaux, peut-être ? » essaya-t-il de dire. Shalhassan se contenta de hausser les sourcils, une expression que sa cour connaissait bien, et Diarmuid, avec un geste gracieux et un éclat de rire, se défit dans le froid de son riche manteau. Il était vêtu de rouge en dessous, assorti à la plume de son bonnet et aux enfants à la tapisserie.

« Le bonnet aussi ? » offrit-il en tendant l'un et l'autre.

Shalhassan fit un geste à l'intention de Bashrai, mais tandis que le capitaine s'avançait en souriant en lieu et place de son roi, Shalhassan entendit une voix trop familière s'écrier : « Ne les prends pas, Bashrai ! Le peuple du Cathal réclame seulement les gains de victoires légitimes ! »

Il comprit alors, un peu trop tard. Une garde d'honneur de cinq hommes avait été assemblée en hâte à Séresh ; non loin de lui sur la place, l'un de ces gardes sortait maintenant de leur groupe. Et s'avançait tout en ôtant le bonnet serré qu'il avait porté sous son casque, laissant se dérouler jusqu'à sa taille les cheveux noirs et brillants qui faisaient sa renommée.

« Désolée, père », dit Sharra, la Rose Noire du Cathal.

La foule explosa en cris et en rires devant ce rebondissement inattendu ; quelques soldats du Cathal applaudissaient même comme des imbéciles. Leur roi jeta un regard glacial à son enfant unique. Comment pouvait-elle avec tant de légèreté lui faire honte ainsi en pays étranger ?

Mais quand elle reprit la parole, ce ne fut pas

pour s'adresser à lui : « J'ai pensé que je le ferais moi-même, cette fois », dit-elle à Diarmuid, sans la moindre chaleur ; le prince avait une expression difficile à déchiffrer. Sans faire de pause, cependant, Sharra se tourna vers le frère du prince : « Seigneur roi, je suis navrée de devoir vous rapporter un certain laxisme parmi vos troupes, à Séresh et ici. Je n'aurais pas dû pouvoir me joindre à cette garde, si chaotique qu'ait été la matinée. Et j'aurais certainement dû être démasquée en arrivant à Paras Derval. Ce n'est pas à moi de vous donner conseil, mais je dois rapporter les faits. »

Sa voix candide et très claire portait aux quatre coins de la place.

Dans le cœur granitique de Shalhassan, un soudain brasier s'enflamma. Quelle femme splendide ! Une future reine, et digne de son royaume ! Elle avait transformé un instant d'extrême embarras pour lui en un embarras pis encore pour le Brennin, en un triomphe pour elle et pour le Cathal.

Il s'empressa de consolider ce gain et s'écria : « Hélas ! Ma fille semble l'emporter sur nous tous. Si quelqu'un a gagné un pari aujourd'hui, c'est elle. » Et avec l'aide prompte de Bashrai, ignorant la morsure du vent, il enleva son propre manteau pour aller le déposer aux pieds de sa fille.

Exactement à sa hauteur, ni devant ni derrière, se trouvait Diarmuid du Brennin. Ils s'agenouillèrent ensemble et quand ils se relevèrent, les deux grands manteaux, le blanc et le noir, étaient étendus dans la neige devant la princesse et l'écho de son nom résonnait sur la place.

Shalhassan imprima à son regard le plus de bonté possible, afin de faire savoir à Sharra que, pour l'instant, elle lui avait plu ; mais elle ne le regardait pas.

« Je croyais vous avoir économisé un manteau, dit-elle à Diarmuid.

— C'est le cas. Comment mieux l'utiliser qu'en en faisant présent ? »

Il y avait une expression fort étrange dans le regard du prince.

« La galanterie compense-t-elle adéquatement l'incompétence ? s'enquit Sharra, aimable. Vous êtes responsable du Sud, n'est-ce pas ?

— Comme l'expression de mon frère devrait vous l'indiquer », acquiesça-t-il avec gravité.

Elle pressa son avantage : « N'a-t-il pas une bonne raison d'être irrité ?

— Peut-être », répliqua le prince d'un ton presque distrait.

Il y eut un silence. Quelque chose de très étrange, dans ce regard... Et juste avant que le prince ne reprît la parole, il y eut de nouveau cet éclair malicieux dans les yeux bleus et, tel un abîme s'ouvrant à leurs pieds, une hilarité dont le père et la fille pouvaient constater qu'il était incapable de la contenir plus longtemps.

« Averrèn », dit Diarmuid. Tous les regards se tournèrent vers une autre silhouette qui se détachait du groupe des gardes de Séresh. Celle-là aussi enleva son bonnet, révélant des cheveux courts couleur de cuivre. « Au rapport, ordonna Diarmuid d'une voix soigneusement neutre.

— Oui, seigneur. Lorsque nous avons appris que l'armée du Cathal marchait vers l'ouest, je vous ai envoyé un message à la forteresse du Sud, selon les ordres. Également selon les ordres, je me suis rendu moi-même à Séresh et j'ai traversé hier pour aller à Cynan. J'y ai attendu l'armée puis, sous l'uniforme du Cathal, j'ai cherché la princesse. Je l'ai vue circonvenir l'un des marins pour qu'il lui fasse traverser cette nuit-là, et j'en ai fait autant.

— En gaspillant mon argent, remarqua le prince. Continue. »

Un silence total régnait sur la place.

Averrèn se racla la gorge : « Je voulais savoir quel était le prix en cours, mon seigneur. Euh... À Séresh, j'ai retrouvé sa trace sans peine. Je l'ai presque perdue ce matin, mais j'ai, euh, suivi vos indications, seigneur prince, et je l'ai trouvée sous l'uniforme de Séresh avec les autres gardes. J'ai parlé au duc Niavin puis aux trois autres gardes, et nous avons simplement chevauché avec elle devant l'armée toute la journée, mon seigneur. Selon les ordres. »

Après le silence, un son. Celui d'un nom répété en crescendo pour devenir si perçant qu'il menaçait de traverser la voûte du ciel et celle de la terre, pour faire entendre à Mörnir et à Dana combien le Brennin aimait son prince radieux et rieur.

Shalhassan, en réfléchissant furieusement, réussit à sauver des cendres de l'après-midi une miette de réconfort : ils avaient été tout du long au courant de son arrivée et, bien que ce fût déplorable, il était compréhensible et il valait bien mieux qu'ils eussent fait tout cela dans ces conditions, plutôt qu'en deux heures et sans avertissement. C'était... ç'aurait été tout simplement trop impressionnant.

Puis il se trouva apercevoir le visage d'Ailéron et, tout en inscrivant une autre victoire au compte de Diarmuid pour la journée, il sentit sa dernière miette se transformer elle aussi en cendre. Il était tout à fait clair à l'expression du très haut roi... *qu'Ailéron n'avait rien su*.

Diarmuid regardait Sharra, l'air benoît : « Je vous ai bien dit que ce manteau était un présent, et non un pari perdu. »

Empourprée, elle s'enquit : « Pourquoi avoir agi ainsi ? Pourquoi avoir prétendu ne rien savoir ? »

Avec un soudain éclat de rire, Diarmuid répliqua : « La plus totale frivolité », une imitation acceptable de son frère. Puis, toujours en riant, il se retourna pour faire face au regard noir que lui adressait le très haut roi, presque un regard mortel ; c'était peut-être là plus que ce qu'il avait escompté : le rire s'éteignit lentement dans ses yeux. Enfin, songea Shalhassan avec ironie, même si ce n'était pas lui qui l'avait effacé, ce rire. La foule, quant à elle, continuait à acclamer.

« Tu le savais tout du long », déclara Ailéron ; ce n'était pas une question.

« Oui, répondit simplement Diarmuid. Nous faisons les choses de façon différente, toi et moi. Tu avais tes cartes et des plans.

— Mais tu ne m'as rien dit. »

Les yeux de Diarmuid s'étaient élargis, avec une expression interrogative et, si l'on avait su quelle nuance y chercher, nostalgique ; de tous les gens présents sur la place, seul Kevin Laine, qui le regardait parmi la foule, avait déjà vu cette expression, mais cette fois il était trop loin pour la distinguer. La voix du prince était égale, quoique très basse, quand il dit : « Comment aurais-tu pu savoir, autrement ? Comment aurais-tu été capable de mettre tes plans de mobilisation à l'épreuve ? Je m'attendais que tu réussisses, mon frère. Nous gagnions sur toute la ligne. »

Un long silence. Trop long, tandis qu'Ailéron fixait sur son frère le regard glacial de ses yeux aux paupières à demi baissées.

Les acclamations de la foule s'étaient épuisées. Un moment passa. Un autre. Un vent très froid frémit sur la place.

« Bellement tissé, Diar », dit Ailéron.

Et il les éblouit tous de la chaleur de son sourire.

Ils commencèrent à entrer dans le palais. Sur toute la ligne, se disait Shalhassan, confondu. Ils avaient su tout du long *et* ils avaient tout préparé en deux heures. Quelle sorte d'hommes étaient donc ces deux fils d'Ailell ?

« Soyez heureux, souffla une voix près de lui, ils sont de notre côté. »

Il se retourna et reçut un clin d'œil doré du lios alfar, avec un sourire amusé de Brock, le Nain qui se tenait à ses côtés.

Avant même de savoir ce qu'il faisait, Shalhassan sourit.

Paul avait voulu intercepter immédiatement la prêtresse, mais elle se trouvait devant lui dans la procession et tourna à gauche dès qu'elle eut franchi les grandes portes du palais ; il la perdit de vue dans la foule à l'entrée. Puis, alors qu'il pensait pouvoir se libérer et la suivre, Kevin vint le trouver et il dut s'arrêter.

« Il a été brillant, n'est-ce pas ? sourit Kevin.

— Diarmuid ? Oui, très. » Paul se haussa sur la pointe des pieds pour voir par-dessus la tête des gens qui circulaient autour d'eux. On préparait un banquet ; serviteurs et courtisans se bousculaient en se croisant dans le vestibule ; Gorlaës, l'avenant chancelier, prenait en charge le groupe du Cathal, lequel incluait à présent, de façon inattendue, une princesse.

« Tu ne m'écoutes pas, dit Kevin.

— Oh. Hein ? » Paul prit une inspiration : « Navré. Tu me donnes une autre chance ? » Il trouva moyen de sourire.

Kevin lui adressa un regard pénétrant : « Tu vas bien ? Après la nuit dernière ?

— Je suis très bien. J'ai beaucoup marché. Que disais-tu ? »

Kevin hésita de nouveau, mais avec une expression différente, plus vulnérable. « Seulement que Diarmuid s'en va sur l'heure chercher ce chaman des Dalreï. Dave part avec lui, et moi aussi. Veux-tu venir ? » Et comment expliquer alors à quel point il aurait aimé aller avec eux ? Aller avec eux et savourer, même en pleine guerre, la richesse de l'amitié et du rire que le prince et Kevin pouvaient tous deux engendrer. Comment l'expliquer, même s'il en avait eu le temps ?

— Je ne peux pas, Kev. J'ai trop à faire ici.

— Hum. Oui. Je peux t'aider ?

— Pas encore. Peut-être plus tard.

— Bon, dit Kevin, feignant la nonchalance. Nous serons de retour dans trois ou quatre jours. »

Paul aperçut des cheveux roux sous une arche. « Bien, dit-il à son ami le plus intime, prends soin de toi. » Il aurait dû en dire davantage, songea-t-il, mais il ne pouvait pas tout faire ; il n'était même pas sûr de ce qu'il pouvait *être*.

Il serra l'épaule de Kevin et s'éloigna en hâte pour intercepter Jaëlle en fendant la foule qui se dispersait ; il ne jeta pas un regard en arrière. L'expression de Kevin, il le savait, l'aurait contraint à s'arrêter et à donner des explications, et il ne se sentait pas en mesure d'expliquer à quel point l'épouvante l'accablait.

À mi-chemin, il vit, avec un choc, que Jennifer se trouvait en compagnie de la prêtresse. Avec un calme feint, il s'approcha d'elles.

« J'ai besoin de vous deux. »

Jaëlle le fixa de son regard froid : « Il vous faudra attendre. »

Quelque chose, dans cette voix... « Non », dit Paul. Il lui agrippa le bras d'une poigne de fer, et celui de Jennifer avec plus de douceur, puis, avec un faux sourire à l'adresse de la foule, les propulsa toutes deux d'abord dans l'entrée, puis dans un corridor qui se divisait en deux, puis, presque sans avoir ralenti, dans la première pièce rencontrée.

Heureusement, elle était vide. Plusieurs instruments de musique étaient posés sur les deux tables et le rebord de la fenêtre ; une épinette se trouvait au milieu de la pièce et, à côté d'elle, ce qui semblait une harpe couchée à l'horizontale, montée sur des supports et munie de pieds non encastrés.

Il referma la porte.

Les deux femmes l'observaient. En toute autre circonstance, il aurait pris le temps d'admirer la beauté qui était entrée avec elles dans cette pièce, mais il n'y avait rien moins que de la froideur dans les yeux verts de l'une et de l'autre, et celle qui avait les cheveux les plus sombres flamboyait de colère.

Il avait fait mal à Jaëlle en lui prenant le bras, il le savait, mais elle n'allait pas le lui laisser voir ; elle lui dit plutôt, sèchement : « Vous feriez mieux de vous expliquer. »

C'était un peu beaucoup.

« *Où est-il ?* » Il lança la question comme on lance un poignard.

Et se retrouva à la fois déconcerté et désarmé quand, après un instant, les deux femmes sourirent en échangeant un coup d'œil indulgent.

« Vous avez eu peur », déclara Jaëlle d'un ton péremptoire.

Il ne nia pas. « Où ? » répéta-t-il.

Ce fut Jennifer qui répondit : « Tout va bien, Paul. Jaëlle m'en parlait justement. Quand t'en es-tu rendu compte ?

— La nuit dernière. Je suis allé à la maison. » *Le berceau qui se balançait dans le vent glacé... dans la maison déserte.*

« J'aurais préféré que tu vérifies d'abord avec moi ou Jaëlle avant de faire ce genre de choses », remarqua Jennifer d'un ton mesuré.

Il sentit qu'il allait exploser, fit un effort brutal pour s'en empêcher, y parvint de justesse. Les deux femmes n'avaient plus l'air aussi suffisant. En mesurant soigneusement ses paroles, il reprit : « Il semble y avoir un malentendu. Je ne sais si vous êtes, l'une et l'autre, capables de saisir, mais nous ne parlons pas ici de quelque mignon bébé qui bave. Nous avons affaire au fils de Rakoth Maugrim, et *je dois savoir où il se trouve* ! » Il sentit sa voix se briser sous l'effort qu'il faisait pour ne pas crier.

Jaëlle avait pâli, mais ce fut encore Jennifer qui répondit hardiment : « Il n'y a pas de malentendu, Paul. Je ne vais sûrement pas oublier qui en est le père. »

Ce fut comme une gifle d'eau glacée ; il sentit fondre sa colère, remplacée par une écume de tristesse et de profonde souffrance.

« Je le sais, dit-il après un moment difficile. Je suis désolé. J'ai eu peur, l'autre nuit. La maison, c'était la deuxième raison.

— Et la première ? demanda Jaëlle, sans dureté à présent.

— Fordaëtha de Rük. »

Avec une certaine satisfaction, il vit trembler les mains de la prêtresse. « Ici ? murmura-t-elle. Si loin au sud ? » Elle enfonça ses mains dans les poches de sa robe.

« Ici, acquiesça-t-il à mi-voix. Je l'ai repoussée. Mais pas avant qu'elle ne tue. J'ai parlé avec Lorèn ce matin. Leur serviteur Zervan est mort. Ainsi qu'une des filles, à la taverne. » Il se tourna vers Jennifer : « Une ancienne puissance de l'hiver se trouvait à Paras Derval. Elle a également essayé de me tuer et... elle a échoué. Mais le mal rôde, en abondance. Je dois savoir où se trouve Darien, Jennifer. » Elle secouait la tête ; il insista : « Écoute-moi, je t'en prie ! Il ne peut désormais n'appartenir qu'à toi, Jen, c'est impossible. Les enjeux sont trop élevés, et nous ne savons même pas ce qu'il est !

— Il doit être chaotique, répliqua-t-elle avec calme en se redressant de toute sa taille, couronnée de ses cheveux d'or, au milieu des instruments de musique. Ce ne sera pas un outil, Paul. »

Des ténèbres si profondes, et où donc se trouvaient ses corbeaux, à présent ? C'étaient des paroles dures et cruelles, mais il devait les prononcer : « Ce n'est pas réellement la question ici. La question, c'est si on doit l'arrêter ou non. »

Dans le silence qui suivit, ils purent entendre un bruit de pas dans le couloir, et le bourdonnement continu de la foule, pas très loin ; une fenêtre était ouverte ; pour ne pas avoir à constater l'effet de ses paroles sur Jennifer, il s'y rendit. Même à l'étage principal du palais, ils se trouvaient très haut ; en contrebas, au sud-est, un groupe d'une trentaine de cavaliers s'apprêtait à quitter Paras Derval. Diarmuid et sa troupe. Avec Kevin, qui aurait peut-être fort bien compris si Paul avait lui-même su ce qu'il voulait lui expliquer.

Derrière lui, Jaëlle se racla la gorge et prit la parole avec une hésitation inhabituelle : « Il n'y en a encore aucun signe, Pwyll. C'est ce que dit Vaë, et son fils aussi. Et nous le surveillons. Je ne suis pas aussi stupide que vous le croyez. »

Il se retourna : « Je ne vous crois nullement stupide », dit-il ; il soutint son regard peut-être un peu plus longuement qu'il n'était nécessaire, avant de se tourner à regret vers l'autre femme.

Jennifer avait le teint pâle depuis longtemps, elle n'avait pas été sainement bronzée depuis un an au moins, mais il ne l'avait jamais vue aussi livide. Un instant, désorienté, il pensa à Fordaëtha. Mais Jennifer était une simple mortelle, une femme à qui avaient été infligés d'inimaginables dommages. Dans la pâleur de son visage, le relief de ses hautes pommettes ressortait d'une façon étrange. Il se demanda si elle allait s'évanouir. Elle ferma les yeux, les rouvrit : « Il a dit au Nain que je devais mourir. Qu'il y avait une raison à cela. » Sa voix était rauque de douleur.

« Je sais, dit Paul avec toute la douceur dont il était capable, tu me l'as expliqué.

— Quelle autre raison de me tuer sinon... sinon l'enfant ? » Comment réconforter une âme qui avait subi pareille torture ? « Quelle raison, Paul ? Pourrait-il y en avoir une autre ?

— Je ne sais pas, murmura-t-il. Tu as probablement raison, Jen. Arrête, je t'en prie. »

Elle essaya ; elle essuya ses larmes à deux mains. Jaëlle s'avança avec un carré de soie et le lui tendit d'un geste maladroit. Jennifer leva de nouveau les yeux : « Mais si j'ai raison... s'il avait peur de l'enfant... alors, Darien n'est-il pas du côté du bien ? »

Il y avait tant d'espoir dans cette question, tant de désir dans cet esprit. Kevin aurait menti, se dit Paul ; tous ceux qu'il connaissait auraient menti.

Il dit, très bas : « Du côté du bien, ou un rival,

Jen. Nous ne pouvons savoir laquelle de ces deux hypothèses est la bonne, et je dois donc connaître l'endroit où il se trouve. »

Quelque part sur la route, Diarmuid et ses hommes galopaient ; dans cette guerre, ils frapperaient à coups d'épée et de hache, ils lanceraient flèches et lances ; ils seraient braves, ou lâches, ils tueraient ou mourraient, ils seraient liés les uns aux autres et à tous les autres humains.

Mais pas lui. Il marcherait seul dans les ténèbres pour trouver sa propre bataille, sa dernière bataille. Lui qui était revenu de l'Arbre, il pouvait proférer de froides, d'amères vérités et faire pleurer une femme blessée comme si s'effondraient à présent les derniers remparts de son âme.

Deux femmes : des larmes ignorées brillaient aussi sur les joues de Jaëlle. « Ils sont allés au lac, au lac d'Ysanne, dit-elle. La chaumière était déserte, alors nous les avons envoyés là.

— Pourquoi ?

— C'est un andain, Pwyll. Je le disais à Jennifer quand vous êtes arrivé. Ils ne vieillissent pas comme nous. Il n'a que sept mois mais a déjà l'apparence d'un enfant de cinq ans. Et il grandit encore plus vite, à présent. »

Les sanglots de Jennifer se calmaient ; Paul alla s'asseoir près d'elle sur le banc où elle s'était laissé tomber. Avec une réelle hésitation, il lui prit la main et la porta à ses lèvres.

« Je ne connais personne d'aussi merveilleux que toi, lui dit-il. Les blessures que je t'inflige me blessent moi-même plus profondément encore. Tu dois me croire. Je n'ai pas choisi ce que je suis devenu. Je ne suis même pas certain de ma nature. »

Il pouvait sentir qu'elle l'écoutait.

Il ajouta : « Tu pleures parce que tu crains d'avoir mal fait ou d'avoir lâché dans le monde une autre créature maléfique. Je dirai seulement que nous ne pouvons le savoir. Il est possible que Darien soit notre dernier espoir de lumière, le plus profond. Et rappelons-nous... (il leva les yeux et vit que Jaëlle s'était approchée)... rappelons-nous tous les trois que Kim a rêvé son nom, et qu'il a donc sa place. Il se trouve dans la Tapisserie. »

Jennifer avait cessé de pleurer. Elle lui avait abandonné sa main, et il ne la lâcha pas. Elle releva enfin la tête. « Dites-moi, comment le surveillez-vous ? » demanda-t-elle à Jaëlle.

La prêtresse parut mal à l'aise : « Leïla.

— La petite ? » Paul ne comprenait pas. « Celle qui nous espionnait ? »

Jaëlle hocha la tête. Elle s'approcha de la harpe montée à l'horizontale et en pinça deux cordes avant de répondre : « Elle est en résonance avec Finn, murmura-t-elle. Comment, exactement, je ne le comprends pas, mais elle *voit* Finn et il tient presque toujours compagnie à Darien. Nous leur apportons aussi de la nourriture une fois par semaine. »

Paul avait la gorge sèche de terreur : « Et une attaque ? Ne peuvent-ils tout simplement s'emparer de lui ?

— Pourquoi attaquerait-on une mère et deux enfants ? répliqua Jaëlle en effleurant distraitement l'instrument. Qui connaît même leur présence là-bas ? »

Il respira profondément ; cela semblait tellement fou, tellement nu, cette absence de défenses. « Des loups ? insista-t-il. Les loups de Galadan ? »

Jaëlle secoua la tête : « Ils n'y vont jamais. Ils n'y sont jamais allés. Une puissance protège le lac.

— Quelle puissance ?

— Je l'ignore. Vraiment. Personne ne le sait en Gwen Ystrat.

— Kim le sait, je parie », remarqua Jennifer.

Ils restèrent silencieux un long moment en écoutant la prêtresse qui jouait de la harpe ; elle pinçait les cordes au hasard, comme l'aurait fait une enfant.

Finalement, quelqu'un frappa à la porte.

« Oui ? » dit Paul.

La porte s'ouvrit et Brendel s'avança : « J'ai entendu de la musique, dit-il, je vous cherchais. » Il regardait Jennifer. « Quelqu'un est arrivé. Je crois que vous devriez venir. »

Il n'ajouta rien d'autre. Ses yeux étaient noirs.

Ils se levèrent tous. Jennifer s'essuya la figure, rejeta ses cheveux en arrière, se redressa de toute sa taille ; aux yeux de Paul, elle avait vraiment l'air d'une reine. Côte à côte, Jaëlle et lui la suivirent. Derrière eux, le lios alfar referma la porte.

Kim était toute crispée d'inquiétude. Ils avaient prévu de présenter Arthur à Ailéron dans la matinée, mais Brock avait alors découvert le corps gelé de Zervan dans la neige. Ils n'avaient pu réagir, ni même le pleurer de façon appropriée : quand on avait rapporté de Séresh la nouvelle de l'arrivée imminente de Shalhassan, ville et palais avaient explosé de la même activité frénétique.

Frénétique, mais ordonnée. Lorèn était parti avec Matt et Brock, tous d'humeur également sombre ; Kim et Arthur, seuls dans les appartements des mages, montèrent contempler les préparatifs depuis la fenêtre du second étage. Il y avait un but à ce chaos, c'était aussi clair aux yeux inexpérimentés de Kim qu'à ceux d'Arthur, expert en la matière. Elle vit passer, à pied ou à cheval, des gens qu'elle reconnut : Gorlaës, Coll, Brock de nouveau ; Kevin, tournant un coin à la course, une bannière à la main ; et même la silhouette bien reconnaissable de Brendel, le lios alfar. Elle les désigna tous à l'homme qui se tenait à ses côtés, en forçant sa voix à rester aussi égale et calme que possible.

Mais c'était difficile. Car elle n'avait à peu près aucune idée de ce qui se passerait quand les gens du Cathal auraient été formellement accueillis et qu'il serait temps de présenter Arthur Pendragon à Ailéron, le très haut roi du Brennin. Pendant trois saisons — l'automne, l'hiver, et ce printemps semblable à un hiver — elle avait attendu le rêve qui lui permettrait d'invoquer cet homme maintenant à ses côtés, perspicace et réservé. Elle avait su, avec cette certitude profonde qui la saisissait parfois, que c'était une invocation nécessaire, ou elle n'aurait pas eu le courage — ou le détachement — nécessaire pour suivre le chemin qu'elle avait emprunté la nuit précédente, dans des ténèbres uniquement illuminées par la torche qu'elle portait.

Ysanne l'avait rêvé aussi, elle s'en souvenait, ce qui était rassurant, mais elle se rappelait un autre détail qui ne l'était pas. Ce doit être ma guerre, avait déclaré Ailéron. Au tout début, lors de leur première conversation, avant qu'il ne fût le roi, avant qu'elle ne devînt sa prophétesse ; il s'était approché de la cheminée en boitant, feignant d'être Tyrth, le serviteur mutilé d'Ysanne, mais il en était reparti prince, qui tuerait pour regagner sa couronne. Et elle se demandait avec anxiété ce que ferait ce jeune roi fier et intolérant, ce qu'il dirait, confronté au Guerrier qu'elle avait ramené. Ce Guerrier qui avait été roi lui-même, qui avait combattu dans d'innombrables batailles contre les formes multiples des Ténèbres, qui était revenu de son île, de ses étoiles, avec son épée et le destin qui était sien, pour combattre dans cette guerre qu'Ailéron réclamait comme sienne.

Ce n'allait pas être facile. Kim n'avait rien vu après l'invocation et elle ne voyait rien maintenant. Rakoth libéré de ses chaînes en Fionavar exigeait une réplique ; pour cette raison au moins, elle le savait, on lui avait accordé le feu que portait sa main. C'était la Pierre de la Guerre, et elle avait ramené le Guerrier. Dans quel but, à quelles fins, Kim l'ignorait. Tout ce qu'elle savait, c'était qu'elle avait capté une puissance par-delà les murs de la Nuit, et que cet acte impliquait dans son essence même une grande peine.

« Il y a une femme dans le premier groupe », remarqua-t-il de sa voix vibrante. Elle jeta un coup d'œil. Les Cathaliens étaient arrivés ; les hommes de Diarmuid, qu'elle voyait en uniforme pour la première fois, avaient remplacé les gardes de Séresh. Puis elle regarda mieux. Le premier groupe était justement celui des gardes de Séresh. Incroyable, elle en reconnaissait un !

« Sharra ! souffla-t-elle. Encore ! Oh, mon Dieu ! » Après avoir contemplé la princesse travestie dont elle était devenue l'amie un an plus tôt, elle se détourna de la fenêtre pour regarder avec stupeur l'homme qui se tenait près d'elle, et qui avait remarqué le déguisement d'un unique cavalier dans cette vaste foule tumultueuse.

Il lui rendit son regard, une expression aimable dans ses yeux noirs bien écartés : « C'est ma responsabilité, dit Arthur Pendragon, de voir ce genre de choses. »

C'était le milieu de l'après-midi ; le souffle des hommes et des chevaux se matérialisait en nuages de vapeur dans l'air froid ; le soleil, haut dans le ciel clair et bleu, scintillait sur la neige. Le milieu de l'après-midi et, à la fenêtre, en contemplant les yeux du Guerrier, Kimberly songea de nouveau aux étoiles.

Elle reconnut le garde de haute taille qui lui ouvrit la porte : il l'avait escortée au lac d'Ysanne la dernière fois qu'elle s'y était rendue ; son regard lui indiqua qu'il la reconnaissait aussi. Puis son expression changea quand il vit l'homme qui se tenait en silence à ses côtés.

« Bonjour, Shain, dit-elle avant qu'il ne pût ouvrir la bouche. Lorèn est là ?

— Oui, dame, ainsi que le lios alfar.

— Bien. Allez-vous me laisser entrer ? »

Il recula avec un empressement qui aurait été amusant en d'autres circonstances : on la craignait, comme autrefois on avait craint Ysanne ; mais ce n'était pas amusant à présent, pas même ironique ; ni le temps ni le lieu ne se prêtaient plus à de telles subtilités.

En prenant une profonde inspiration, Kim rejeta en arrière son capuchon, libéra sa chevelure blanche et s'avança avec Arthur. Elle aperçut Lorèn en premier et en reçut un bref regard d'encouragement — qui ne dissimulait pas sa propre tension. Puis elle vit Brendel, le lios alfar aux cheveux d'argent, et Matt, avec Brock, l'autre Nain, et le chancelier Gorlaës.

Elle se tourna enfin vers Ailéron.

Il n'avait pas changé en un an, sinon pour devenir davantage ce qu'il avait toujours été. Les mains jointes derrière le dos, les pieds largement écartés, il se tenait devant une table où se trouvait déroulée une grande carte de Fionavar ; ses yeux aux orbites profondes, comme dans le souvenir de Kim, fixaient sur elle un regard scrutateur. Mais elle le connaissait bien : elle était sa prophétesse, la seule dont il disposait.

Elle put voir enfin son expression de soulagement.

« Bonjour, dit-elle avec calme. On m'a appris que vous aviez bien reçu mon dernier avertissement.

— Oui. Soyez la bienvenue », dit Ailéron. Puis, après une pause : « On marche sur la pointe des pieds autour de moi depuis une demi-heure, Lorèn et Matt en tout cas. Allez-vous me dire pourquoi, et qui vous avez ramené ? »

Brendel le savait déjà : elle pouvait voir l'émerveillement et la stupeur dans ses yeux aux nuances argentées. Elle éleva la voix, la voulant aussi claire et décisive que devait l'être la voix d'une prophétesse, et elle déclara : « Je me suis servie du Baëlrath comme l'avait rêvé Ysanne il y a bien longtemps. Ailéron, très haut roi, voici Arthur Pendragon, le Guerrier des anciens récits, venu se joindre à notre cause. »

Ces belles paroles furent accueillies par un grand silence, comme des vagues qui se seraient brisées autour du visage pétrifié du roi. N'importe qui d'autre dans cette pièce s'en serait mieux tiré, se dit-elle, douloureusement consciente que l'homme qui l'accompagnait ne s'était pas incliné ; on ne pouvait espérer qu'il le ferait, nul homme vivant ne le mériterait, mais Ailéron était jeune, couronné roi depuis bien peu de temps, et...

« Mon grand-père était nommé d'après vous, déclara Ailéron dan Ailell dan Art, et si j'ai un jour un fils, il le sera aussi. » Et, tandis que tous les hommes de la pièce, et une femme, étranglaient une exclamation de stupeur, un sourire joyeux éclata sur le visage du roi : « Aucune aide, pas même celle de Colan ou de Conary, ne pourrait être plus magnifique, seigneur Arthur. Oh, bellement tissé, Kimberly ! » Il lui serra l'épaule avec vigueur et s'avança pour étreindre farouchement, comme un frère, l'homme qu'elle avait amené.

Arthur lui rendit son étreinte et, quand Ailéron recula, les yeux du Guerrier eurent pour la première fois un éclat amusé. « On m'a fait comprendre, dit-il, que vous pourriez n'être pas tout à fait heureux de ma présence.

— Je suis servi par des conseillers aux capacités limitées, dit Ailéron en martelant ses mots. La triste vérité, c'est que...

— Attendez un peu ! s'exclama Kim. C'est injuste, Ailéron. C'est... injuste. » Elle se tut, car elle ne pouvait imaginer quoi dire d'autre, et parce qu'il plaisantait.

« Je sais, dit Ailéron. Je sais bien. » Il se contrôla, dit d'une voix toute différente : « Je ne veux pas même savoir ce que vous avez dû subir pour nous amener cet homme, mais Lorèn m'a instruit quand j'étais enfant, et je crois que je peux le deviner. Vous êtes tous deux sans réserve les bienvenus. Il ne saurait en être autrement.

— Bien dit, déclara Lorèn Mantel d'Argent. Seigneur Arthur, vous n'avez jamais combattu en Fionavar ?

— Non, répondit la voix profonde. Pas contre Rakoth lui-même, mais j'ai vu des ombres de son ombre, bien des fois.

— Et vous les avez vaincues, dit Ailéron.

— Je ne l'ai jamais su, répliqua calmement Arthur.

— Que voulez-vous dire ? murmura Kim.

— Je meurs avant la fin, dit-il, très terre à terre. Il vaut mieux que vous le compreniez dès à présent, je pense. Je ne serai pas là à la fin — c'est l'un des aspects de ce qui m'a été imposé. »

Il y eut un silence, puis Ailéron reprit la parole : « Tout ce qu'on m'a appris, c'est que si Fionavar tombe, tous les autres univers tomberont aussi, et très vite — aux mains des ombres de l'ombre, comme vous disiez. »

Kim comprit : il se protégeait de l'émotion en plongeant dans l'abstraction.

Arthur hocha gravement la tête : « Ainsi le dit-on en Avalon, et parmi les étoiles de l'été.

— Et chez les lios alfar », ajouta Lorèn. Ils se tournèrent tous vers Brendel et remarquèrent pour la première fois qu'il s'était absenté ; Kimberly sentit frémir en elle une très vague anticipation, à peine perceptible, et bien trop tardive, de l'unique chose qu'elle ne pouvait savoir.

Na-Brendel de la marche de Kestrel éprouvait la même sensation d'éveil tardif, mais de façon plus nette, car les lios alfar avaient des traditions et des souvenirs plus lointains et plus profonds que ceux des prophétesses. Ysanne autrefois et Kim désormais pouvaient bien parcourir le futur ou en rêver certains fils, mais les lios vivaient assez longtemps pour connaître le passé et ils étaient souvent assez sages pour le comprendre. Or Brendel, le plus noble des Kestrel, n'était pas le moindre d'entre eux en âge et en sagesse.

Un an plus tôt, dans la forêt à l'est de Paras Derval, il avait eu le sentiment d'un accord à demi entendu, et le voilà qui revenait, plus sonore. Partagé entre tristesse et émerveillement, il suivit le son de la harpe jusqu'à une autre porte et, en l'ouvrant, il demanda aux trois personnes qui se trouvaient là de le suivre. L'une au nom du Dieu, l'autre au nom de la Déesse, et la troisième au nom des enfants, et de l'amour le plus amer.

Il ne s'était pas trompé, et Kimberly non plus. En entrant dans la salle du roi avec Pwyll et les deux femmes, Brendel vit au visage soudain figé du mage qu'il comprenait aussi. Lorèn et sa source se tenaient avec Kim et Brock du Banir Tal près de la fenêtre ; avec Gorlaës, Ailéron et Arthur étaient penchés sur une carte déroulée.

Le roi et le chancelier se retournèrent quand ils entrèrent. Arthur ne se retourna pas. Brendel le vit relever vivement la tête comme s'il avait senti un parfum ou entendu un son qu'eux ne percevaient pas ; les articulations de ses mains, qui tenaient les bords de la table, blanchirent brusquement.

« Nous avons reçu une aide insurpassable, déclara Brendel aux trois personnes qu'il avait amenées. Voici Arthur Pendragon, que Kimberly a mandé pour nous. Seigneur Arthur, j'aimerais vous présenter... »

Il ne poursuivit pas. Brendel avait vécu longtemps, il avait vu bien des jours, et bien d'autres encore en partageant les souvenirs des Anciens du Daniloth. Mais rien, jamais, ne pouvait approcher de ce qu'il vit dans les yeux du Guerrier lorsque celui-ci se retourna. Devant ce regard, il sentit la voix lui manquer. Aucune parole n'était possible, aucune compassion assez profonde.

Kim le vit aussi, ce regard de l'homme qu'elle avait fait revenir d'une île disparue, des étoiles de l'été. Pour guerroyer, avait-elle pensé, parce que leur besoin était grand. Mais elle comprit en cet instant la plénitude de la malédiction qui avait été infligée à cet homme et elle sentit le cœur lui manquer, comme si elle dégringolait dans un abîme. L'abîme du chagrin, de l'amour le plus profondément ressenti de part et d'autre, et le plus profondément trahi — l'histoire la plus triste de toutes les longues histoires jamais racontées. Elle se tourna vers l'autre partie du couple fatal. Oh, Jen, pensa-t-elle. Oh, Jennifer.

« *Oh, Guenièvre,* dit Arthur. *Oh, ma bien-aimée.* »

Elle n'avait rien prévu en parcourant les longs couloirs et l'escalier de pierre ; dans leurs couleurs assourdies, les pierres des murs s'accordaient bien avec la grisaille qu'elle avait édifiée en elle. Tout irait pour le mieux, et sinon, c'était écrit ; il y avait une chance pour Darien d'être ce qu'elle avait si profondément désiré, au temps où elle pouvait encore désirer profondément. Une chance. Et d'autres en avaient conscience. Elle avait fait ce qu'elle avait pu, et c'était tout ce qu'elle pouvait faire.

Elle entra dans la salle et sourit à la vue de Kim, en constatant qu'elle avait apparemment réussi à ramener celui qu'elle avait espéré. Puis Brendel prononça le nom de cet homme. Arthur se retourna avec lenteur, elle vit ses yeux, elle l'entendit la nommer de cet autre nom, et il y eut une flamme soudaine, le souvenir, tant d'amour, tant de désir : une explosion dans sa poitrine.

Puis un autre souvenir, une autre explosion. Les flammes de Rangat escaladant les cieux pour les dérober à sa vue, et la main, la main coupée, le sang noir comme l'avait été la forteresse de Rakoth, la lumière verte, et rouges les yeux de Rakoth, à Starkadh.

Et ici. Ils étaient là aussi. Oh, trop férocement interposés entre elle et tout le reste. Elle n'avait qu'à traverser la pièce pour s'approcher de la table auprès de laquelle se tenait Arthur. Qui l'aimait, même à présent, et qui la protégerait. Mais le Dévastateur se dressait entre eux.

Elle ne pouvait aller à lui, jamais, aller quérir cet amour si parfait, elle ne l'avait pas fait la première fois, ni aucune de celles qui l'avaient suivie. Pour une autre raison que maintenant, toutefois. Ce n'avait jamais été en Fionavar. Il y avait eu des ombres de l'ombre, et l'autre épée de Lumière, l'autre, l'amour le plus éclatant, le plus amer. Mais jamais Rakoth, auparavant. Elle ne pouvait passer, pas à travers cette flamme, pas à travers la brûlure de ce sang sur son corps. Oh, elle ne pouvait s'élever au-dessus des Ténèbres et regarder ce qu'ils lui avaient fait.

Pas même pour aborder au rivage où se tenait Arthur.

Elle voulait du gris. Ni feu ni sang, aucune des nuances du désir, aucune voie de l'amour. Elle dit, et sa voix était très claire : « Je ne peux traverser. C'est mieux ainsi. J'ai été mutilée, mais au moins je ne trahirai pas. Il n'est pas ici. Le troisième n'est pas là. Que les dieux accompagnent votre épée dans la bataille et vous accordent votre repos final. »

Tant d'étoiles sombraient dans ses yeux, tant d'étoiles avaient déjà sombré ! Elle se demanda s'il en restait dans le ciel.

« Et à vous, dit-il après un long silence, qu'ils accordent la paix. »

Tant d'étoiles qui sombraient, tant d'étoiles déjà englouties.

Elle se détourna et quitta la salle.

8

ELLE N'AVAIT PERSONNE D'AUTRE À BLÂMER QU'ELLE-même, bien entendu ; Shalhassan le lui avait très clairement fait comprendre. Si l'héritière du trône du Cathal choisissait de s'en venir là où l'on préparait la guerre, elle devait se conduire d'une manière digne d'une jeune femme de lignée royale. Il fallait également sauver la face, après le désastre de la veille.

Aussi, toute la matinée et tout l'après-midi, Sharra avait-elle été assise à une table dans l'antichambre du très haut roi, planifiant l'ennuyeux travail qui consistait à lever et à approvisionner des troupes. Son père se trouvait là avec Ailéron, calme et efficace ; non loin d'eux, Bashrai et Shain, les capitaines des gardes, enregistreraient les ordres et les transmettraient par l'entremise des coureurs qui se tenaient dehors à la porte.

L'autre homme, celui qu'elle observait avec le plus d'attention, était une figure issue du royaume obscur des histoires qu'on racontait aux enfants. Sharra se rappelait son frère Marlèn, à dix ans, faisant semblant d'être le Guerrier, jouant à tirer la lance du roi du flanc de la montagne. Marlèn était mort depuis maintenant cinq ans, mais près d'elle se tenait Arthur Pendragon, qui donnait son avis d'une voix profonde et claire, en lui adressant de temps à autre un coup d'œil et un sourire aimables. Ses yeux ne souriaient pas, toutefois ; elle n'avait jamais vu des yeux pareils ; même ceux de Brendel, le lios alfar.

La séance se poursuivit tard dans l'après-midi ; ils mangèrent sur la carte et les innombrables tableaux préparés par Ailéron. C'était nécessaire, elle le savait, mais d'une certaine façon tellement absurde... Il n'y aurait pas vraiment de guerre tant que durerait l'hiver ; Rakoth était responsable de cet hiver-dans-l'été, mais ils ne savaient comment et ils ne pouvaient donc rien pour l'en empêcher ; il allait les tuer par la glace ou les affamer quand les réserves s'épuiseraient. C'était déjà commencé : les vieillards et les enfants, toujours les premières victimes, commençaient à mourir au Cathal, au Brennin et dans la Plaine.

En regard de cette brutale réalité, à quoi pouvaient bien servir des plans abstraits pour l'utilisation de chars comme de barricades si Paras Derval subissait une attaque ?

Mais elle ne le dit pas. Elle se taisait et elle écoutait et, vers le milieu de l'après-midi, elle s'était tue depuis si longtemps qu'ils avaient oublié sa présence ; elle se glissa dehors et partit à la recherche de Kim.

Ce fut Gorlaës, l'omniscient chancelier, qui lui indiqua où la trouver. Elle alla chercher un manteau dans ses appartements et remarqua que le manteau blanc avait déjà été retouché à sa taille. Sans manifester d'émotion particulière, elle s'en vêtit et, gravissant les marches jusqu'au dernier étage, arriva dans une tourelle qui dominait le palais. Kim s'y tenait, en manteau et gants de fourrure, mais sans son capuchon, ses étonnants cheveux blancs dans les yeux, fouettés par le vent. Au nord, un long banc de nuages occupait tout l'horizon ; et le vent qui soufflait venait aussi du nord.

« Une tempête arrive, remarqua Sharra en s'accoudant au parapet près de la jeune femme.

— Entre autres choses. » Kim réussit à sourire, mais elle avait les yeux rougis.

« Racontez-moi. »

Et Sharra écouta les confidences de Kim, un flot

trop longtemps contenu. Le rêve. Le roi mort et son fils qui ne l'était pas. Les enfants massacrés et Jennifer saccagée à Starkadh. Et ce qu'elle n'avait pas vu : Guenièvre. L'amour trahi. La désolation partout, au cœur de tout.

Quand l'histoire fut finie, elles restèrent dans le vent, glacées. Glacées, silencieuses, face au nord amer. Elles ne pleuraient ni l'une ni l'autre, c'était le vent qui mettait sur leurs joues des larmes de gel. Le soleil sombrait à l'ouest. Devant elles, les nuages s'appesantissaient à l'horizon.

« Il est là ? demanda Sharra. L'autre ? Le troisième ?

— Je ne sais pas. Elle dit que non.

— Où se trouve-t-elle à présent ?

— Au Temple, avec Jaëlle. »

De nouveau le silence, à l'exception du vent. En fait, bien que pour des raisons très différentes, leurs pensées à toutes deux accompagnaient loin au nord-est un prince aux cheveux clairs, à la tête de ses trente hommes.

Un peu plus tard, le soleil ayant sombré dans les arbres derrière le bois de Mörnir, le froid devint trop mordant. Elles retournèrent à l'intérieur.

Trois heures plus tard, elles étaient revenues sur cette tour avec le roi et, apparemment, la moitié de sa cour. Il faisait noir, le froid était féroce, mais personne ne le remarquait à présent.

Loin au nord, très, très loin, une luminescence couleur de perle commençait à monter dans le ciel.

« Qu'est-ce que c'est ? demanda quelqu'un.

— Le Daniloth », répondit Lorèn Mantel d'Argent à mi-voix.

Brendel se tenait près de lui, et ses yeux avaient la même nuance que la lumière.

« Ils essaient, murmura le lios alfar. Il y a mille ans que le Daniloth n'est pas sorti de l'ombre. Il n'y a plus d'ombres au Pays de la Lumière, cette nuit.

Ils regarderont les étoiles plus tard, quand elles atténuent la lumière. Il y aura des étoiles au-dessus d'Atronel. »

C'était presque un chant, sa voix était si belle, si lourde de nostalgie... Tous contemplèrent cette lueur lointaine et, émerveillés, ils comprirent qu'il en avait été ainsi chaque nuit avant la venue de Maugrim, avant le Baël Rangat, avant que Lathèn eût tissé la brume qui avait fait du Daniloth le Pays Obscur.

« Pourquoi ? demanda Sharra. Pourquoi le font-ils ? »

Ce fut encore Lorèn qui répondit : « Pour nous. Ils essaient de l'attirer hors de Starkadh pour divertir sa puissance de la création de l'hiver. Les lios alfar s'offrent pour que nous puissions mettre fin à ce froid.

— La fin pour eux aussi, sûrement ! » protesta Gorlaës.

Sans détourner un instant les yeux de la lumière qui montait au nord, Na-Brendel lui répondit : « Il n'y a pas de neige au Daniloth. Le sylvain est en fleur comme lors de tous les solstices d'été, et l'herbe est verte sur Atronel. »

Ils continuèrent à regarder en imaginant la verdure, réconfortés, en dépit du vent coupant, par cette lueur qui signifiait courage et vaillance, un jeu de lumière dans les cieux aux portes mêmes des Ténèbres.

Tout en la contemplant, Kim fut distraite par un bruit, très léger, presque un frisson de statique dans son esprit plutôt que de la musique et, autant qu'elle pût en juger, en provenance de l'est. Elle leva la main : le Baëlrath dormait, une bénédiction : elle commençait à en craindre le feu. Elle repoussa ce murmure sonore — ce n'était pas difficile — et orienta tout son être vers la lumière du Daniloth en essayant d'y puiser des forces et quelque allégement à sa culpabilité et à sa peine. Moins de quarante-huit heures s'étaient écoulées depuis Stonehenge, et une profonde lassitude la pénétrait à la pensée de tout ce qui lui restait encore à faire.

Et à faire sans délai, apparemment.

Quand ils retournèrent dans la Grande Salle, une femme en gris les y attendait. Le gris des robes des prêtresses, et ce fut Jaëlle qui s'avança vers elle à grands pas, en écartant les rois, pour lui parler.

« Aline, que se passe-t-il ? »

La femme en gris plongea dans une profonde révérence devant Jaëlle ; elle en offrit une version très rudimentaire à Ailéron. Puis elle se retourna vers la grande prêtresse et s'adressa à elle en termes soigneusement choisis, comme de mémoire.

« Je viens vous transmettre l'obéissance des Mormæ et les excuses d'Audiart. Elle envoie ce message en personne parce qu'on a pensé que les hommes d'ici apprécieraient mieux l'urgence de la situation si nous ne nous servions pas de notre lien mental. »

Jaëlle resta parfaitement immobile ; son visage prit une expression glacée, formidable. « Quelle urgence ? » demanda-t-elle, un velours menaçant dans la voix. Aline s'empourpra. Je ne voudrais à aucun prix être à sa place, se dit soudain Kim.

« Encore une fois, les excuses d'Audiart, haute dame, murmura Aline. C'est en tant que gardienne de la Gwen Ystrat qu'elle m'envoie et non en tant que seconde des Mormæ. Elle m'a dit de vous en faire part. »

D'une façon presque imperceptible, Jaëlle se détendit : « Très bien... », commença-t-elle ; mais elle fut interrompue avant de pouvoir conclure sa phrase.

« Si c'est ma gardienne qui vous envoie, c'est à moi que vous devez vous adresser », déclara Ailéron d'une voix tout aussi glacée que celle de Jaëlle. La grande prêtresse resta immobile, impassible. L'autre ne trouverait là aucun secours, se dit Kim ;

elle éprouva une certaine pitié pour Aline, pion dans une partie complexe, mais brièvement : d'une certaine façon, les pions avaient la vie facile.

Aline prit sa décision ; elle fit devant le roi la révérence appropriée et, en se relevant, elle déclara : « Nous avons besoin de vous, très haut roi. Audiart vous prie de vous souvenir que nous avons bien rarement demandé votre aide, et de considérer notre situation avec compassion.

— Au fait ! » gronda le très haut roi ; Shalhassan, juste derrière lui, absorbait avidement tout ce qui se passait. Il fallait contrôler les dommages, il n'y avait de temps pour rien d'autre.

Aline jeta de nouveau un coup d'œil à Jaëlle, ne trouva là de nouveau aucune assistance. « Des loups, dit-elle. Plus gros que nous n'en avons jamais vu. Des milliers, très haut seigneur, dans la forêt au nord du lac Leinan, et ils chassent la nuit dans les fermes. Les fermes de vos gens, mon seigneur.

— Morvran ? demanda soudain Jaëlle. Qu'en est-il de nous ? »

Aline secoua la tête. « Ils se sont approchés de la ville, mais pas encore des terrains du temple, haute dame. S'ils l'avaient fait, m'a-t-on instruite de dire...

— Les Mormæ se seraient réunies pour m'en faire part. Audiart est l'habileté même », murmura Jaëlle ; elle secoua la tête et ses cheveux roux ondulèrent sur ses épaules telle une rivière.

Les yeux d'Ailéron étincelaient dans la lumière des torches. « Elle veut que je vienne la débarrasser des loups ? Qu'en dit la grande prêtresse ? »

Jaëlle ne lui accorda pas même un regard : « C'est votre gardienne, Ailéron, et non mon bras droit chez les Mormæ. »

Il y eut un silence, puis une toux polie, et Paul Schafer s'avança vers la messagère d'Audiart.

« Un moment, dit-il. Ailéron, vous avez parlé de les débarrasser des loups. Il se peut qu'il y ait davantage. » Il fit une pause. « Aline, Galadan se trouve-t-il dans la forêt de Leinan ? »

Il y avait de la crainte dans les yeux de la prêtresse : « Nous n'y avions pas songé. Je l'ignore. »

Il était temps, alors ; c'était là son signal d'entrer en scène, si jamais il y en avait eu un ; Kim contrôla son expression et, à ce moment, le regard d'Ailéron vint la chercher.

S'y habituerait-elle jamais ? Ysanne s'était-elle jamais habituée à ce va-et-vient de la navette du temps ? La nuit précédente, inquiète et malade de chagrin pour Jennifer, elle avait sombré dans un demi-sommeil, dans un rêve insubstantiel de chasse dans la forêt, une forêt, quelque part, le sol qui tonnait sous une galopade effrénée.

Elle croisa le regard du roi : « Il y a quelque chose là-bas, dit-elle d'une voix nette. Ou quelqu'un. J'ai vu une chasse. »

Ailéron sourit en se tournant vers Shalhassan et Arthur : « Irons-nous tous les trois chasser les loups des Ténèbres en Gwen Ystrat ? »

Le sévère roi du Cathal hocha la tête.

« Ce sera plaisant, maintenant, d'avoir un ennemi à exterminer », remarqua Arthur.

Ces paroles avaient un autre sens que celui que leur prêtait Ailéron, Kim le savait, mais le chagrin n'avait pas place ici, car un autre détail de son rêve avait soudain fusionné avec les paroles du très haut roi.

« Ce sera davantage qu'une chasse », murmura-t-elle ; une prophétesse n'avait jamais besoin de parler bien fort. « Je vais venir, avec Lorèn, et Jaëlle aussi, si elle le veut bien.

— Pourquoi ? » C'était Paul, sur un ton de défi, lui qui portait son propre fardeau.

« J'ai rêvé de l'aveugle, expliqua-t-elle. Géreint des Dalreï se rendra demain à Morvran. »

Un chuchotement salua ces paroles. Des paroles troublantes, sans aucun doute. Kim n'y pouvait pas grand-chose et ne s'en souciait guère pour le moment. Elle était très lasse, et cela n'allait pas s'améliorer.

« Nous partirons demain, alors », déclara Ailéron d'un ton décisif.

Lorèn regardait Kim.

Elle secoua la tête puis rejeta ses cheveux en arrière : « Non, dit-elle, trop épuisée pour être diplomate. Attendez Diarmuid. »

Pas d'amélioration en vue, non, pas avant longtemps, et peut-être jamais.

La maîtrise des événements lui échappait. Lorèn Mantel d'Argent l'avait senti depuis longtemps, d'une certaine façon il l'avait voulu ainsi, mais il trouvait pourtant difficile de voir autrui endosser son fardeau. Plus difficile encore parce qu'il pouvait constater le prix qu'ils payaient tous pour leurs nouvelles responsabilités. C'était manifeste chez Kim, aussi manifeste que son pouvoir : une prophétesse munie du Baëlrath et du présent que lui avait fait Ysanne de son esprit même ; elle devait tituber sous ce poids accumulé.

C'était une journée de préparatifs. Cinq cents hommes, la moitié du Cathal et l'autre du Brennin, allaient partir à cheval pour la Gwen Ystrat dès le retour de Diarmuid. On attendait parce que Kim avait dit d'attendre ; autrefois, les mages en auraient décidé ainsi, mais les choses leur échappaient. Il avait déclenché cette séquence d'événements quand il avait amené ces cinq jeunes gens de leur univers dans le sien ; il était assez sage, malgré tous les regards de reproche que lui adressait Matt, pour la laisser se dérouler sans interférence, dans la mesure du possible. Et il était assez capable de compassion pour les plaindre tous : Kim, et Paul qui portait le fardeau de son nom, Deux-fois-né, avec toutes ses implications, mais qui n'avait pas été encore à même de découvrir son propre pouvoir ; il était là, ce pouvoir, n'importe quel imbécile pouvait le voir, peut-être un plus grand pouvoir que tout ce qu'ils pouvaient imaginer, mais seulement latent pour l'instant : un pouvoir suffisant pour mettre Paul douloureusement à part, mais pas assez pour lui donner des compensations, ou un but.

Et il y avait Jennifer ; pour elle, Lorèn aurait pu pleurer. Elle n'avait pas même le rêve d'une compensation, nulle chance d'agir, seulement la souffrance, toutes les nuances de la souffrance. Il l'avait vu, tout au début lui semblait-il, avant même leur traversée, quand il avait déchiffré un message dans sa beauté et dans ses yeux un noir destin. Il l'avait emmenée quand même, il s'était dit qu'il n'avait pas le choix, et ce n'avaient pas été de fausses raisons — l'explosion du Rangat, au moins, l'avait rendu très clair.

Ce qui ne diminuait en rien son chagrin. Il comprenait la beauté de Jennifer, à présent, ils comprenaient tous, et ils la connaissaient par son nom le plus ancien. *Oh, Guenièvre*, avait dit Arthur. Existait-il un destin plus terrible que le leur dans tous les univers ? Le leur, et celui du troisième.

Il passa la journée seul, plongé dans des pensées inquiètes. Matt et Brock visitaient les armureries, faisant bénéficier les deux capitaines des gardes de leur expérience militaire ; Teyrnon, dont le bon sens pragmatique aurait été bien utile, se trouvait à la forteresse du Nord. Ils le contacteraient la nuit même : Barak et lui auraient leur place en Gwen Ystrat.

Si l'on pouvait dire qu'un mage, un disciple du savoir du ciel, aurait jamais sa place aux environs de Dun Maura. Le grand mage secoua la tête et jeta une autre bûche dans le feu ; il avait froid, et l'hiver n'en était pas le seul responsable. Deux mages seulement au Brennin : comment en était-on arrivé là ? Il ne pouvait jamais y en avoir plus de sept, ainsi l'avait décrété Amairgèn quand il avait constitué le Conseil. Mais seulement deux, et à un moment pareil ? Tout leur échappait, oui, et apparemment de bien des manières.

Deux mages seulement au Brennin pour partir guerroyer contre Maugrim. Il y avait pourtant trois mages en Fionavar — et le troisième s'était allié aux Ténèbres ; il se trouvait à Cadèr Sédat, l'île enchantée depuis longtemps profanée ; il était là, et il possédait le Chaudron de Khath Meigol : il pouvait ressusciter les morts.

Tout le reste leur échappait peut-être, mais celui-là lui appartenait. À lui et à Matt. Nous aurons notre bataille à la fin, avait-il promis au Nain.

Si l'hiver cessait jamais. Ils auraient Métran.

La nuit tomba, et avec elle une autre tempête pire que les précédentes. Le vent hurlait et sifflait depuis la Plaine jusque dans le Grand Royaume, poussant devant lui une muraille de neige. Il enterrait fermes et habitations, il engloutissait les forêts, il voilait la lune et, dans la noirceur inhumaine, des silhouettes terrifiantes semblaient accompagner l'ouragan et rire avec les hurlements du vent.

Darien était dans son lit, et il l'écoutait. Il avait d'abord pensé que c'était un autre cauchemar, mais il savait maintenant qu'il était bien réveillé. Il avait toujours peur, pourtant. Il tira les couvertures sur sa tête pour essayer d'assourdir les voix qu'il entendait dans le vent.

Elles l'appelaient. Elles lui disaient d'aller dehors jouer avec elles dans la danse frénétique et noire de la tempête. De se joindre à elles dans cet assaut du vent et de la neige. Mais il n'était qu'un petit garçon, il avait peur, il mourrait s'il allait dehors. Même si la tempête n'était pas aussi terrible là où ils se trouvaient.

Finn lui avait expliqué. Même si la véritable mère de Darien ne pouvait être avec eux, elle le protégeait tout le temps, et elle rendait l'hiver moins dur autour de son lit parce qu'elle l'aimait. Ils l'aimaient tous : Vaë, sa mère, et même Shahar, son père, qui était revenu de la guerre une seule fois avant leur départ pour le lac ; il avait lancé Darien dans les airs et l'avait fait rire ; ensuite, il avait dit que Dari serait bientôt plus grand que Finn en riant lui aussi, même s'il n'avait pas vraiment été amusé.

Finn était son frère, Finn surtout aimait Dari. C'était l'être le plus merveilleux du monde, et en plus il savait tout.

C'était Finn qui avait expliqué ce que Shahar avait voulu dire, quand Dari était venu le trouver par la suite, en larmes, parce qu'il ne trouvait pas bien d'être plus grand que Finn — et bientôt, avait dit Shahar.

Finn lui avait passé son manteau et ses bottes et l'avait emmené se promener dehors. Dari aimait cela plus que tout. Finn lançait Dari dans la neige, mais seulement quand elle était fraîche et moelleuse, il s'y lançait lui-même ensuite, ils s'y roulaient en devenant tout blancs, et Dari riait tellement fort qu'il en avait le hoquet.

Mais cette fois, Finn avait été très sérieux ; quelquefois il était sérieux, il obligeait Dari à bien l'écouter. Dari était différent des autres petits garçons, avait-il dit ; il était spécial parce que sa véritable mère l'était, et il allait devenir plus grand et plus fort et plus intelligent que tous les autres garçons. Plus même que Finn — c'était ce qu'il avait dit. Et ce que cela voulait dire, avait ajouté Finn, c'était que Dari devait être meilleur aussi, plus gentil, plus brave, pour mériter ce que sa véritable mère lui avait donné.

Il devait essayer de tout aimer, avait dit Finn, tout sauf les Ténèbres.

Les Ténèbres, c'était ce qui causait la tempête, là, dehors, Dari le savait. Et la plupart du temps il les détestait, comme Finn le lui avait dit. Il essayait de les détester tout le temps, d'être exactement comme Finn, mais parfois il entendait les voix et, si le plus souvent elles lui faisaient peur, quelquefois ce n'était pas le cas ; quelquefois, il se disait que ce serait peut-être plaisant d'aller dehors les rejoindre.

Mais cela aurait voulu dire abandonner Finn, et il ne le ferait jamais. Il se leva et mit ses chaussons en tricot ; il écarta le rideau et, en passant près de sa mère endormie, il se rendit jusqu'au lit de Finn.

Finn était réveillé : « Pourquoi as-tu mis si longtemps ? murmura-t-il. Viens, petit frère, nous allons nous tenir chaud. » Avec un soupir de plaisir, Dari se débarrassa des chaussons et se glissa près de Finn, qui se poussa pour lui laisser la chaleur de son coin de lit.

« Il y a des voix », lui confia Dari.

Son frère ne dit rien ; il se contenta de lui passer un bras autour des épaules et de le tenir serré contre lui ; les voix ne parlaient pas aussi fort quand il était avec Finn. Tandis qu'il glissait dans le sommeil, il entendit Finn lui murmurer à l'oreille : « Je t'aime, petit frère. »

Dari l'aimait aussi. Quand il s'endormit, il rêva de nouveau et, dans son rêve, il essayait de le dire aux silhouettes fantomatiques qui l'appelaient dans le vent.

9

L'APRÈS-MIDI QUI SUIVIT LA TEMPÊTE, UNE JOURNÉE D'UNE clarté si éclatante qu'elle en semblait presque une moquerie, Diarmuid, prince du Brennin, s'en revint à Paras Derval. Il fut introduit avec d'autres dans l'antichambre du très haut roi où nombre de gens l'attendaient, et son frère Ailéron le présenta à Arthur Pendragon.

Et il ne se passa rien.

Paul Schafer se tenait près de Kim et l'avait vue pâlir quand Diarmuid était entré. Mais, tandis que le prince s'inclinait avec cérémonie devant Arthur et que le Guerrier, impassible, acceptait cet hommage, il l'entendit prendre une inspiration un peu tremblante et murmurer, du fond du cœur : « Oh, Dieu soit loué ! »

Elle échangea un regard avec Lorèn, qui se trouvait de l'autre côté de la pièce, et Paul put lire le même soulagement dans le maintien du mage. Il lui fallut un moment, mais il finit par comprendre.

« Tu pensais que c'était le troisième ? Le troisième angle du triangle ? »

Kim hocha la tête, encore pâle. « J'avais peur. Je ne sais pas pourquoi, maintenant. Je ne sais même pas d'où me venait cette certitude.

— C'est pour cela que tu voulais nous faire attendre ? »

Elle le fixa de ses yeux gris, sous sa chevelure blanche. « Je le pensais. Je savais que nous devions attendre avant d'aller à la chasse. Maintenant, je ne sais plus pourquoi.

— Parce que tu es une amie sincère et loyale, dit une voix près d'eux, et que tu ne voulais pas que je rate ce plaisir.

— Oh, Kev ! » Elle se retourna avec vivacité et l'embrassa d'une façon tout à fait indigne d'une prophétesse. « Tu m'as manqué !

— Bien, dit Kevin avec un grand sourire.

— À moi aussi, ajouta Paul.

— C'est bien aussi », murmura Kevin d'un ton moins désinvolte.

Kim recula d'un pas : « On ne se sent pas apprécié à sa juste valeur, matelot ? »

Il lui adressa un demi-sourire : « Un peu superflu. Et voilà Dave qui se force pour ne pas me pourfendre de sa hache.

— Rien de nouveau, remarqua Paul avec ironie.

— Quoi encore ? demanda Kim.

— J'ai fait l'amour avec qui je n'aurais pas dû. »

Paul se mit à rire : « Pas la première fois !

— Ce n'est pas drôle. Je n'avais pas la moindre idée de ses sentiments à l'égard de cette fille, et de toute façon, c'est elle qui est venue me trouver. Les femmes des Dalreï sont ainsi. Elles décident de coucher avec qui leur plaît jusqu'à leur mariage.

— L'as-tu expliqué à Dave ? » demanda Kim ; elle aurait bien plaisanté, mais Kevin avait réellement l'air soucieux ; il y a quelque chose de plus sérieux, décida-t-elle.

« Ce n'est pas quelqu'un à qui il est facile d'expliquer ce genre de choses. C'est difficile pour moi, en tout cas. J'ai demandé à Lévon de le faire. C'était sa sœur. » D'un petit signe de tête, il indiqua quelqu'un qui se trouvait là.

Et c'était cela, bien sûr.

Kim se tourna vers l'avenant Cavalier aux cheveux blonds qui se tenait derrière eux. Elle avait eu une raison d'attendre leur retour, et ce n'était ni Diarmuid ni Kevin. C'était cet homme-là.

« Je le lui ai expliqué, dit Lévon. Et je recommencerai aussi souvent que nécessaire. » Il sourit ; puis son expression se fit plus grave : « Prophétesse, il y a quelque temps je vous ai demandé si nous pouvions avoir un entretien, vous et moi. »

Elle se rappelait. Le dernier matin, avant le flamboiement du Baëlrath à son doigt et l'explosion dans sa tête des hurlements de Jennifer, quand elle les avait tous emmenés avec elle.

Elle jeta un coup d'œil à sa main ; l'anneau pulsait, faiblement, mais il était de nouveau éveillé.

« Très bien, dit-elle presque avec sécheresse. Toi aussi, Paul. Kev, voudrais-tu aller chercher Lorèn et Matt ?

— Et Davor, dit Lévon. Diarmuid aussi. Il sait.

— Ma chambre. Allons-y. »

Elle sortit en leur laissant le loisir de la suivre. Elle, et le Baëlrath.

La flamme s'éveillera
Les Rois le cor invoquera
Du sol profond ils répondront
Mais nul jamais n'asservira
Les cavaliers de la forteresse d'Owein
Et l'enfant qui devant marchera

La voix de Lévon se perdit dans le silence. Kim, avec agacement, prit conscience de cette même statique diffuse qu'elle avait perçue deux nuits plus tôt. En provenance de l'est. De la Gwen Ystrat, décida-t-elle ; elle était en résonance avec les transmissions qu'échangeaient là-bas les prêtresses. Elle écarta cette nuisance de son esprit ; elle avait bien assez d'autres soucis, à commencer par tous ces hommes dans sa chambre. Un rêve de femme frustrée, se dit-elle, incapable d'en éprouver de l'amusement.

Ils attendaient sa réaction. Elle resta silencieuse et les laissa attendre. Au bout d'un moment, Lévon résuma la situation — c'était son idée, après tout : « J'ai appris ces vers de Géreint dans mon enfance. Je m'en suis souvenu au printemps dernier, quand

Davor a trouvé le cor. Et puis nous avons découvert l'arbre et le rocher. Nous savons où se trouvent Owein et les Dormeurs. » Il ne pouvait maîtriser son excitation. « Nous avons le cor qui les invoque et... et je crois que le Baëlrath est la flamme qui les éveille, quand il est lui-même éveillé.

— Ça correspondrait », remarqua Diarmuid ; il s'était débarrassé de ses bottes et étendu sur le lit. « La Pierre de la Guerre est chaotique aussi. Lorèn ? »

Le mage, prenant avantage de son ancienneté, s'était emparé du fauteuil proche de la fenêtre ; il alluma sa pipe avec des gestes méthodiques et tira une profonde bouffée avant de répondre.

« Oui, répondit-il enfin. Je serai honnête et dirai que j'ignore à quel dessin cela correspond. »

Cet aveu tranquille leur rendit à tous leur gravité. « Kim ? » demanda Diarmuid en prenant le débat en main depuis le lit où il s'étalait.

Elle avait envie de leur rendre les choses difficiles, mais elle était trop fière pour être mesquine : « Je ne l'ai pas vu, murmura-t-elle. Absolument rien de tout cela.

— Tu es sûre ? demanda Paul depuis la porte auprès de laquelle il se tenait avec Matt Sören. Tu attendais Lévon, non ? »

Terriblement perspicace, celui-là ; mais c'était un ami, et il n'avait pas révélé son appréhension initiale au sujet de Diarmuid ; Kim hocha la tête avec un demi-sourire : « J'ai senti qu'il arrivait. Et j'ai deviné ce qu'il voulait demander, à cause de notre première rencontre. Je ne pense pas qu'on puisse en tirer de grandes conclusions.

— Non, acquiesça Diarmuid. Nous avons encore une décision à prendre.

— Nous ? » C'était Kevin. « L'anneau de Kim. Le cor de Dave. C'est à eux de choisir, vous ne croyez pas ?

— Ces objets ne leur appartiennent pas vraiment, dit Lévon. C'est seulement...

— Quelqu'un ici a l'intention de les leur prendre et d'en user ? demanda Kevin, laconique. Quelqu'un va les y forcer ? » insista-t-il pour être bien clair.

Il y eut un silence. Un autre ami, se dit Kim.

Une toux embarrassée résonna : « Eh bien, remarqua Dave, je ne vais pas m'élever contre ce qui sera décidé ici, mais j'aimerais en savoir un peu plus sur ce à quoi nous avons affaire. Si j'ai reçu ce cor pour appeler ces... euh, Dormeurs, je préférerais savoir qui ils sont. »

Il regardait Lorèn avec un certain embarras. Ils se tournèrent tous vers le mage qui se découpait à contre-jour sur la fenêtre ensoleillée : il avait une expression difficile à déchiffrer. Quand il prit la parole, c'était presque une voix désincarnée.

« Ce serait mieux, en vérité, dit-il entre le soleil qui se couchait et la fumée de sa pipe, si je pouvais offrir une bonne réponse à la question de Dave. Je ne le puis. Owein et la Chasse Sauvage reposent depuis des temps immémoriaux. Des centaines et des centaines d'années avant l'arrivée d'Iorweth d'au-delà des mers, ou la traversée des montagnes de l'Est par les Dalreï, avant même que des humains arrivent au vert Cathal depuis les contrées lointaines du Sud-Est. On connaissait à peine les lios alfar eux-mêmes quand les Chasseurs sont devenus les Dormeurs. Brendel m'a dit, et avant lui Laièn Fils de Lance, que les lios possèdent des légendes confuses de ce qu'était la Chasse Sauvage avant son grand sommeil.

— Y avait-il quelqu'un à ce moment-là ?

— Certes, répliqua Lorèn, car quelqu'un les a placés sous cette pierre. Dites-moi, Lévon, était-ce un très gros rocher ? »

Lévon hocha la tête sans dire mot.

Lorèn attendit.

« Les Paraïko ! » dit Diarmuid, qui avait été l'élève du mage dans son enfance ; une intonation émerveillée passait dans sa voix soudain assourdie.

« Les Paraïko, répéta Lorèn. Les Géants. Ils existaient alors et, la nuit, la Chasse Sauvage galopait dans le ciel. Le monde était différent, du moins c'est ce que disent les légendes des lios alfar. Des rois d'ombre sur des chevaux d'ombre, capables de chevaucher parmi les étoiles et entre les univers du Tisserand.

— Et l'enfant ? » demanda Kim. C'était la question qui la rongeait. *L'enfant qui devant marchera*.

« Je voudrais bien le savoir, dit Lorèn. Mais personne ne le sait, je le crains bien.

— Qu'est-ce que nous savons d'*autre* ? demanda Diarmuid d'un ton raisonnable.

— On dit qu'ils ont déplacé la lune, déclara une voix grave près de la porte.

— Quoi ? s'exclama Lévon.

— C'est ce qu'on dit, poursuivit Matt, sous le Banir Lök et le Banir Tal. C'est seulement l'une des légendes de la Chasse. Ils désiraient davantage de lumière pour leurs chevauchées nocturnes et ils ont déplacé la lune. »

Il y eut un silence.

« Elle est bel et bien plus proche ici, dit Kevin, émerveillé. Nous avions remarqué qu'elle était plus grosse.

— Elle l'est, acquiesça gravement Lorèn. Peut-être les histoires sont-elles vraies. La plupart des légendes des Nains le sont.

— Comment diantre ont-ils été placés sous cette pierre ? demanda Paul.

— C'est la question essentielle, murmura Lorèn. Les lios disent que c'était Connla, le seigneur des Paraïko. Ce n'est certes pas impossible pour qui a créé le Chaudron de Khath Meigol et ainsi à demi conquis la mort.

— Un grand combat, sans doute, murmura Lévon.

— En effet, remarqua Lorèn, mais les légendes des lios alfar racontent autre chose. » Il fit une pause ; son expression était totalement indéchiffrable dans l'éclat aveuglant du soleil. « Elles disent qu'il n'y a pas eu de bataille. Qu'Owein et la Chasse ont demandé à Connla de les emprisonner. Mais les lios en ignorent la raison. »

Kim entendit un son, ou s'imagina l'entendre, tel un vol d'ailes rapides ; elle jeta un coup d'œil à la porte.

Et Paul dit, d'une voix qui lui semblait arrachée du cœur : « Je sais. » Son expression s'était faite distante, il avait l'air d'un étranger, mais il poursuivit d'un ton clair : « Ils ont perdu l'enfant. Le neuvième. Il y avait huit rois et un enfant. Ils ont fait une erreur et ils ont perdu l'enfant. Dans leur chagrin, et comme châtiment, ils ont demandé aux Paraïko de les emprisonner sous la pierre comme ils le désireraient, avec pour les libérer la méthode qui leur plairait. »

Il se tut brusquement en se passant la main sur les yeux ; puis il se laissa aller contre le mur.

« Comment le savez-vous ? » demanda Lévon, stupéfait.

Paul fixa le Dalreï de ses yeux inhumains aux profondeurs insondables. « Je connais bien des choses sur la demi-mort », dit-il.

Nul n'osa briser le silence ; ils attendirent que Paul reprît la parole. D'une voix qui ressemblait davantage à la sienne, il dit enfin : « Je suis désolé. Ça me... prend par surprise, et ça me déroute. Lévon, je... »

Le Dalreï secoua la tête : « Ce n'est pas grave. Vraiment. C'est un miracle, je le sais, et non un présent qui vous a été fait, mais il a été bien mérité. Votre présence me plonge dans la plus profonde gratitude, cependant je ne vous envie pas. »

Ce qui, pensa Kim, résumait bien la situation. « Y a-t-il autre chose, Paul ? demanda-t-elle. Comment allons-nous les réveiller ? »

Il la regarda ; chaque seconde le rendait davantage à lui-même ; c'était comme si un tremblement de terre avait ébranlé la pièce et s'était évanoui. Ou le grondement d'un très puissant coup de tonnerre.

« Il n'y a rien de plus, déclara-t-il, si tu veux dire par là "en sais-je davantage". Mais pour ce que ça vaut, j'ai bel et bien remarqué un détail avant de quitter l'autre salle. »

Trop perspicace pour son propre bien, pensa-t-elle ; mais il s'était tu et lui laissait le soin de poursuivre. « Tu ne rates pas grand-chose, n'est-ce pas ? » murmura-t-elle. Il ne répliqua pas. Elle prit une inspiration : « C'est vrai, dit-elle. Le Baëlrath a brillé un instant quand Lévon s'est approché de moi. Au moment où j'ai compris pourquoi il venait me trouver. Je peux vous le dire, pour ce que ça vaut, comme le remarquait Paul.

— C'est sûrement important, dit Lévon, très sérieux. C'est ce que je disais : pourquoi nous avoir donné le cor, alors, pourquoi nous montrer la caverne ? Pourquoi, sinon pour les éveiller ? La pierre elle-même nous le dit, maintenant !

— Le chaos appelle le chaos, murmura Lorèn. Ils se parlent peut-être l'un à l'autre, Lévon, mais leurs buts ne sont pas les nôtres. C'est la magie la plus irrépressible. Et les vers le disent : nous ne pourrons jamais les contenir. Owein et la Chasse étaient assez puissants pour déplacer la lune et assez capricieux pour le faire pour leur simple plaisir. Ne nous imaginons pas qu'ils nous serviront bien docilement, pour s'en aller bien docilement ensuite. »

Un autre silence. Quelque chose tracassait Kim, qu'elle aurait dû se rappeler ; mais c'était devenu chronique, elle n'arrivait pas à forcer cette pensée à se manifester clairement.

À leur plus grande surprise, ce fut Dave Martyniuk qui rompit le silence ; comme toujours embarrassé dans ce genre de situation, le colosse déclara : « C'est peut-être stupide, je ne sais... mais il me semble que si l'anneau de Kim se trouve appelé, Owein est peut-être prêt à être libéré, et on nous en donne le moyen. Avons-nous le droit de ne pas en tenir compte, indépendamment de ce que feront Owein et la Chasse Sauvage ? Je veux dire, cela ne fait-il pas de nous des geôliers ? »

Lorèn Mantel d'Argent se leva, comme mû par une volonté autre que la sienne ; il s'était écarté de la lumière oblique et tous purent voir qu'il dévisageait Dave. « Voilà qui n'est pas stupide, et de loin. C'est la vérité la plus profonde qu'on ait formulée ici jusqu'à présent. »

Dave vira à l'écarlate tandis que le mage poursuivait : « C'est dans la nature la plus profonde des choses, au cœur même de la Tapisserie : la magie sauvage est faite pour être libre, qu'elle serve ou non nos projets.

— Alors, on le fait ? » demanda Kevin en se tournant de nouveau vers Kim.

Et en fin de compte, tout comme au début, c'était de nouveau à elle de décider, parce qu'elle portait l'anneau. Quelque chose la tracassait toujours, mais ils attendaient tous et Dave avait dit la vérité. Elle savait au moins cela.

« Très bien », dit-elle ; et à ces mots le Baëlrath s'enflamma, tel un phare écarlate et avide.

« Quand ? » demanda Paul. Dans la lumière nuancée du crépuscule, ils s'étaient tous levés.

« Maintenant, bien entendu, déclara Diarmuid. Cette nuit. Nous ferions mieux de partir tout de suite, ce sera une sauvage randonnée. »

Ils avaient perdu Matt et Lorèn et gagné l'autre Dalreï, Torc, ainsi que Coll, le lieutenant de Diarmuid. Le mage avait proposé de rester à Paras Derval et d'informer les deux rois de ce qui se passait. Torc, comprit Kevin, avait été présent lors de la découverte du cor et de la caverne ; il avait sa place dans cette trame ; Kevin n'allait pas poser de questions là-dessus, compte tenu du fait qu'il n'avait lui-même aucun statut légitime. Coll se trouvait avec Diarmuid parce qu'il était toujours avec Diarmuid.

Au début, Kevin chemina aux côtés de Paul, tandis que Diarmuid leur faisait traverser une vallée doucement incurvée en direction du nord-est. Curieusement, le froid semblait moins mordant, le vent moins glacial ; quand ils eurent gravi les crêtes des collines, Kevin aperçut un lac, un petit lac, tel un joyau serti entre les pentes vêtues de blanc ; l'eau du lac n'était pas gelée.

« C'est à l'abri du vent, tu penses ? dit-il à Paul.

— Plus que cela. C'est le lac d'Ysanne. Là où réside l'esprit des eaux. Celui que Kim a vu.

— Tu penses que c'en est la cause ?

— Peut-être. » Mais Paul ne lui prêtait déjà plus attention ; il avait ralenti sa monture et contemplait la petite chaumière au bord du lac. Ils n'y passeraient pas car ils suivaient la crête, mais Kevin put voir deux garçons en sortir pour contempler le groupe des cavaliers. Impulsivement, il leur fit signe de la main, et le plus grand des deux répondit ; il se pencha, apparemment pour parler à l'autre, et au bout d'un moment le petit garçon leva la main à son tour.

Kevin sourit et se tourna pour parler à Paul, mais ce qu'il vit sur les traits tendus de celui-ci effaça son sourire. L'instant d'après, ils reprirent le galop pour rattraper les autres. Paul resta silencieux, avec une expression rigide et crispée. Il n'offrit aucun commentaire et, cette fois, Kevin ne posa pas de questions. Il n'était pas certain de pouvoir supporter une autre rebuffade.

Il rattrapa Coll et resta avec lui pendant le reste du voyage. Il faisait plus froid lorsqu'ils arrivèrent à l'extrémité nord de la vallée, et la nuit était tombée quand ils traversèrent la grande route menant de Rhodèn à la forteresse du Nord. Kevin portait une torche, désormais, ce qui semblait être son lot ces derniers temps. La principale source d'illumination, toutefois, plus encore que la lune basse qui brillait à travers les nuages à leur droite, c'était l'éclat écarlate qui s'intensifiait au doigt de Kim ; le chaos appelle le chaos, se rappela Kevin.

Ainsi guidés par le Baëlrath, ils arrivèrent enfin à la forêt de Pendarane. Il y avait là des puissances conscientes de leur présence et qu'elle attirait, tout comme le pouvoir de l'anneau. Derrière ces puissances, d'autres encore : la déesse dont le présent avait dépassé ce qu'elle avait escompté, et son frère, le dieu des animaux et des forêts. Et, les dominant tous, Mörnir attendait, tout comme Dana savait pourquoi brûlait la Pierre de la Guerre. Très loin au nord, dans sa place forte au milieu des glaces, le Dévastateur s'immobilisa un instant et s'interrogea, bien qu'il ne sût pas clairement ce qui se passait, ni pour quelle raison.

Et très, très loin de tout ceci, hors du temps, la Navette ralentit et s'immobilisa sur le Métier du Tisserand, tandis que le Tisserand observait lui aussi ce qui allait peut-être reparaître dans la Tapisserie.

Kimberly s'avança alors à la lisière de la forêt de Pendarane, guidée par le feu à son doigt. La compagnie attendait derrière elle, dans un silence effrayé. Sans aucune indication, comme si elle l'avait déjà fait auparavant, elle se rendit à l'endroit où un arbre géant avait été fendu en deux par un éclair, dans des temps si reculés que les lios alfar eux-mêmes ne savaient rien de cette nuit de tempête. Elle se tint devant le tronc fracassé, la magie sauvage au doigt. Et derrière le grand rocher placé là par Connla des Paraïko dormait une magie plus sauvage encore. En cet instant, au moment de faire ce qu'elle était venue faire, son cœur ne connaissait aucune crainte, pas même de l'incertitude ; elle était en résonance avec ce qui se trouvait là, avec cette puissance chaotique, immense et ancienne. Elle attendit de voir la lune sortir des nuages. Il y avait des étoiles, les étoiles de l'été au-dessus de la neige, mais le Baëlrath les surpassait en éclat, il étincelait davantage que cette lune désorbitée si longtemps auparavant par les Chasseurs. Kim prit une profonde inspiration pour rassembler sa propre puissance, se sentit devenir un point focal. Elle leva la main pour laisser le feu vagabond briller entre les deux moitiés de l'arbre fendu, en disant : « Owein, réveille-toi ! C'est une nuit pour la Chasse. Ne t'éveilleras-tu point pour chevaucher parmi les étoiles ? »

Ces paroles déclenchèrent une soudaine pulsation écarlate qui les força à fermer les yeux. Un bruit se fit entendre, tel celui d'une colline qui s'effondre, puis ce fut le silence.

« C'est bien, dit Kim. Viens, Dave. C'est ton tour, maintenant. »

Ils rouvrirent les yeux : une caverne béante se tenait là où s'était dressé le rocher de Connla, et la lune brillait sur l'herbe à l'entrée. Le Baëlrath assombri n'était plus une flamme, il jetait une douce lueur rouge sur la neige.

Ce fut à la lumière de la lune, familière et argentée, qu'ils regardèrent Dave s'avancer à longues et lentes enjambées, plus gracieux qu'il ne s'en doutait en cet instant, pour se tenir près de Kim. Elle recula pour le laisser seul devant le tronc fendu de l'arbre.

« Le feu les éveille, murmura-t-elle. Le cor les appelle, Dave. Tu dois leur rendre leur liberté. »

Sans un mot, le colosse rejeta la tête en arrière, écartant les jambes pour bien se planter dans la neige. Puis, levant le cor d'Owein étincelant sous la lune, il le porta à ses lèvres et, de toute la force de ses poumons, il en fit jaillir le chant de la Lumière.

De toute leur vie ils n'oublièrent jamais cette musique, ni les hommes présents, ni la femme. Il faisait nuit, et le son qu'ils entendirent était celui de la lumière de la lune et des étoiles tombant sur la neige nouvelle, au bord d'une forêt profonde. Il s'étirait sans fin tandis que Dave soufflait pour réclamer la terre et le ciel, devenir son propre défi aux Ténèbres. Il soufflait sans discontinuer, ses poumons allaient exploser, ses jambes tendues allaient fléchir, son cœur allait se briser devant cette beauté qui lui était accordée, et son immense fragilité.

Quand le son s'évanouit, l'univers avait changé, tous les univers avaient changé, et les doigts du Tisserand allèrent chercher un fil qui n'avait pas servi depuis longtemps dans la trame de la Tapisserie.

Devant l'entrée de la caverne se tenaient sept figures d'ombre et chacune d'elles, montée sur un cheval d'ombre, portait une couronne ; de la fumée semblait brouiller leurs contours.

Et puis il y eut encore une autre silhouette comme les sept rois s'écartaient et que, du fond de la Caverne des Dormeurs, après un si long sommeil, Owein s'avançait enfin. Au lieu d'être grise comme celles des rois et de leurs chevaux, son ombre avait plutôt des nuances argentées, et son cheval était une brume noire ; c'était le plus grand de tous les rois et sa couronne brillait d'un éclat plus intense ; des pierres précieuses aussi rouges que le Baëlrath s'y trouvaient serties, tout comme dans le pommeau de son épée dégainée.

Owein s'avança entre les sept rois ; son cheval ne touchait pas le sol, pas plus que les montures grises des autres cavaliers royaux. Il salua Dave de son épée, puis Kim, qui portait le feu vagabond. Il leva ensuite la tête pour examiner le groupe qui se tenait derrière eux. Son visage s'assombrit, son grand cheval noir se cabra, et, d'une voix semblable à celle des ouragans, Owein s'écria : « *Où est l'enfant ?* »

Les montures grises des autres rois se cabrèrent aussi, et leurs voix clamèrent « *L'enfant ! L'enfant !* » en un chœur qui évoquait le gémissement des vents. La compagnie en fut épouvantée.

Ce fut Kimberly qui prit la parole, en se traitant intérieurement d'insensée : c'était à cela, à cela qu'elle avait essayé de penser tout l'après-midi et pendant leur chevauchée vers ce lieu saturé de puissance.

« Owein, dit-elle, nous sommes ici pour vous libérer. Nous ignorions ce que vous désiriez d'autre. »

Owein cravacha son cheval et, avec un hennissement, la bête s'éleva au-dessus de Kim, les dents découvertes, les sabots lui visant la tête. Kim tomba. Owein la dominait de toute sa taille, immense, menaçant et courroucé dans son pouvoir sauvage, et elle l'entendit s'écrier une deuxième fois : « *Où est l'enfant ?* »

Et l'univers changea de nouveau. D'une manière que nul d'entre eux n'avait prévue, ni les puissances mortelles, ni les puissances de la forêt, ni les divinités aux aguets.

De la lisière de la forêt, non loin de Kim, une silhouette s'avança calmement vers eux.

« Ne l'effrayez point, dit Finn. Je suis là. »

Et c'est ainsi qu'il s'en vint sur la Route la plus longue.

Depuis son réveil, après la tempête, il se sentait mal à l'aise. Il n'en comprenait pas la raison, mais son cœur se mettait à battre à toute vitesse et ses paumes devenaient moites ; il se demandait s'il était souffrant.

Incapable de rester en place, il passa ses bottes à Dari, avec le manteau et le bonnet que sa mère lui avait confectionnés, d'un bleu très proche de celui de ses yeux, puis il emmena son petit frère se promener dans les bois qui entouraient le lac.

La neige s'étendait partout, moelleuse et immaculée, alourdissant les branches des arbres dénudés, s'amoncelant dans les sentiers. Dari était ravi. Finn le souleva à tout de bras et le petit secoua les branches accessibles pour en faire pleuvoir la poudre blanche ; il riait aux éclats, et Finn le souleva une fois de plus pour lui permettre de recommencer. D'habitude, le rire de Dari le mettait de bonne humeur, mais pas cette fois ; son malaise était trop profond. Peut-être était-ce le souvenir de la nuit précédente ; Dari semblait avoir oublié les voix qui l'avaient appelé, mais Finn en était incapable. C'était plus fréquent, ces derniers temps ; il l'avait dit à leur mère, la première fois ; elle avait pâli en tremblant et elle avait pleuré toute la nuit. Il ne lui avait pas parlé de toutes les autres fois où Dari était venu dans son lit pour murmurer : « Il y a des voix. »

En quelques longues enjambées, il s'enfonça plus profondément avec Darien dans le petit bois, plus loin qu'à l'accoutumée — vers l'endroit où les arbres devenaient plus nombreux et se mêlaient enfin au sombre bois de Mörnir. Au froid plus intense, il sut qu'ils quittaient la vallée ; il se demanda si les voix de Dari seraient plus fortes et plus séduisantes loin du lac.

Ils revinrent sur leurs pas. Finn se mit à jouer avec son frère, le lançant dans les bancs de neige et y plongeant après lui. Dari n'était plus aussi léger et facile à déplacer qu'auparavant, mais ses cris de plaisir étaient toujours ceux d'un enfant, et contagieux : Finn commença de s'amuser aussi.

Ils avaient roulé et culbuté à une bonne distance du chemin quand ils arrivèrent à l'un des endroits étranges ; dans les profonds amoncellements immaculés, Finn aperçut un éclair de couleur ; il prit Dari par la main pour s'avancer dans la neige.

Il y avait là une petite parcelle d'herbe d'un vert incroyable et une poignée de fleurs. En levant les yeux, Finn aperçut un espace dégagé par où le soleil pouvait briller sur les fleurs à travers les arbres ; en observant de nouveau celles-ci, il constata qu'il les connaissait toutes, narcisses, corandiel — toutes, sauf une. Ils avaient déjà trouvé de ces taches de verdure et ramassé des fleurs pour les apporter à Vaë, en en laissant toujours quelques-unes. Dari alla en cueillir, sachant comme sa mère appréciait les présents.

« Pas celle-là, dit Finn. Laisse-la, celle-là. » Il en comprenait mal la raison, mais quelque chose lui disait qu'il devait la laisser ; Dari lui obéit, comme toujours. Ils prirent une brassée de corandiel, avec un narcisse jaune pour mettre de la couleur, et retournèrent chez eux. Vaë plaça les fleurs dans de l'eau sur la table, puis borda Dari dans son lit pour sa sieste.

Derrière eux dans la forêt, éclose en ce lieu étrange, ils avaient laissé cette unique fleur bleu-vert avec en son cœur une tache rouge, comme du sang.

Très énervé, Finn était toujours incapable de rester en place. Dans l'après-midi, il retourna faire une promenade, du côté du lac cette fois. Les eaux grises et glacées venaient battre la pierre plate où il s'était toujours tenu ; elles étaient froides, les eaux du lac, mais non gelées ; tous les autres lacs l'étaient, il le savait. C'était un endroit protégé. Finn aimait à imaginer que l'histoire racontée à Dari était vraie : la mère de Dari les gardait. Elle avait été pareille à une reine malgré les douleurs, il s'en souvenait bien ; et après la naissance de Dari, quand les autres l'avaient emmenée, elle leur avait demandé de l'arrêter un moment près de Finn ; de ses longs doigts elle avait caressé ses cheveux puis, attirant sa tête vers elle, elle avait murmuré de façon à n'être entendue de personne d'autre : « Prends bien soin de lui pour moi. Aussi longtemps que tu le peux. »

Aussi longtemps que tu le peux. À cette pensée, comme si, d'agaçante manière, elle avait attendu ce signal, Leïla apparut dans son esprit.

Que veux-tu ? émit-il en lui laissant percevoir son irritation. Au début, après la dernière ta'kiéna, quand ils avaient découvert ce pouvoir de Leïla, ils avaient pris un plaisir secret à communiquer en silence et à distance. Mais Leïla avait changé ces derniers temps. Ce devait être en rapport avec sa transformation d'adolescente en femme, mais le savoir ne mettait pas Finn plus à l'aise devant les images qu'elle lui envoyait du temple. Elles le tenaient éveillé la nuit ; Leïla semblait presque y trouver plaisir ; elle avait un an de moins que lui, mais jamais, au grand jamais, ne s'était-il senti plus vieux qu'elle.

Tout ce qu'il pouvait faire, c'était lui laisser savoir son déplaisir, et ne pas lui répondre quand elle commençait à lui envoyer des pensées plus intimes qu'il ne pouvait le tolérer. Au bout d'un moment, quand il agissait ainsi, elle finissait toujours par s'en aller — et alors, il se sentait désolé.

Mais il était de mauvaise humeur aujourd'hui et sa question fut brusque et peu conciliante quand il prit conscience de sa présence.

Tu le sens ? demanda Leïla.

Le cœur lui manqua, brièvement, car pour la première fois il percevait en elle de la peur ; mais il devenait plus fort quand les autres étaient effrayés, afin de pouvoir les rassurer. Il transmit : *Je suis mal à l'aise, un peu. Qu'est-ce que c'est ?*

Et ce fut le début de la fin de sa vie. Car Leïla lui dit : *Oh, Finn, Finn*, et en même temps elle lui envoya une image.

La ta'kiéna sur la place de la ville, quand elle l'avait choisi.

Le temps était venu, alors. Un instant, mais un instant seulement, il trembla à cette pensée et ne put le cacher à Leïla. Il regarda le lac, prit une profonde inspiration et se rendit compte que son malaise avait disparu. Il se sentait très calme. Il avait eu très longtemps pour accepter ce destin et il attendait depuis longtemps.

C'est bien, transmit-il à Leïla, un peu surpris de se rendre compte qu'elle pleurait. *Nous savions que cela devait arriver*.

Je ne suis pas prête, dit Leïla dans son esprit.

C'était un peu drôle : elle n'avait rien à faire, elle. Mais elle reprit : *Je ne suis pas prête à te dire adieu, Finn. Je vais être seule quand tu seras parti.*

Tu auras tout le monde au sanctuaire.

Elle ne répondit pas. Il devait avoir manqué quelque chose ou il n'avait pas compris. Impossible de rien y faire. Et quelqu'un d'autre le regretterait bien davantage qu'elle.

Leïla, transmit-il, *prends soin de Darien*.

Comment ? murmura-t-elle dans son esprit.

Je ne sais pas. Mais il va avoir peur quand je serai parti et... il entend des voix dans les tempêtes, Leïla.

Elle resta silencieuse, un silence d'une tonalité différente. Le soleil se glissa derrière un nuage et Finn sentit la morsure du vent. Il était temps d'y aller. Il ignorait comment il le savait, et même où il devait aller, mais c'était le jour, et c'était bientôt l'heure.

Adieu, dit-il.

Il entendit Leïla dans son esprit : *Que le Tisserand t'accorde la Lumière.*

Et elle disparut.

En retournant à la chaumière, il avait déjà un sentiment assez clair du lieu où il se rendait pour savoir que le dernier souhait de Leïla avait peu de chances de se réaliser.

Il avait décidé depuis longtemps déjà de ne pas dire à sa mère quand le temps serait venu ; elle en serait brisée, comme une serrure sous un marteau, et ils pouvaient tous deux se passer de vivre un tel moment. Il revint à la chaumière, posa un baiser léger sur la joue de sa mère assise auprès du feu en train de tisser.

Elle leva vers lui un regard souriant : « Une autre veste pour toi, mon garçon qui grandit. Et brune, pour aller avec tes cheveux, cette fois.

— Merci », dit-il. Il avait la gorge enrouée ; elle était si petite, elle serait si seule, avec son père parti pour la guerre. Mais que pouvait-il faire ? Qu'y avait-il en lui pour nier ce qui avait été écrit ? C'étaient des temps de ténèbres, peut-être les plus ténébreux de tous les temps. Il avait été marqué. Ses jambes le porteraient même si son cœur et son courage lui faisaient défaut. Mieux valait partir en pleine possession de son cœur et de son âme, il le savait, pour faire de l'offrande un don plus profond et plus vrai. Il commençait à savoir bien des choses surprenantes. Il marchait déjà sur la route.

« Où est Dari ? » demanda-t-il. Une question stupide. « Puis-je le réveiller ? »

Vaë eut un sourire indulgent : « Tu veux jouer ? Très bien, il a assez dormi, je suppose.

— Je ne dors pas, dit la voix ensommeillée de Dari derrière le rideau. Je t'ai entendu rentrer. »

Ce serait le plus difficile, Finn le savait. Il ne pouvait même pas pleurer. Il devait laisser à Dari une claire image de force, sans rien pour la brouiller. C'était la dernière protection qu'il pouvait lui accorder.

Il tira le rideau, vit les yeux endormis de son petit frère : « Viens, dit-il, on va vite t'habiller et on va aller faire des dessins dans la neige.

— Une fleur ? Comme celle qu'on a vue ?

— Comme celle qu'on a vue. »

Ils ne se trouvaient pas dehors depuis bien longtemps. Une partie de Finn lui criait intérieurement que ce n'était pas assez, qu'il lui fallait davantage de temps, que Dari avait besoin de plus de temps. Mais les cavaliers étaient là aussi, tous les huit, et l'autre partie de Finn, celle qui marchait sur la route, savait que c'était le commencement, et même le bon chiffre.

Alors qu'il les regardait, la main de Dari bien serrée dans la sienne, l'un des cavaliers agita le bras. Finn leva lentement sa main libre et salua en retour, acceptant son destin. Dari avait levé les yeux vers lui avec une expression incertaine ; Finn s'agenouilla près de lui :

« Salue-les, petit frère. Ce sont les hommes du très haut roi, et ils nous disent bonjour. »

Encore intimidé, Dari leva une petite main emmitouflée pour une esquisse de salut ; un instant, Finn dut regarder ailleurs. Puis, au frère qui était toute sa joie, il dit avec calme : « Je vais les rattraper un moment, petit frère. J'ai quelque chose à leur demander. Tu vas m'attendre et voir si tu peux commencer la fleur tout seul. »

Il se redressa et commença à s'éloigner de façon à ne pas laisser Dari voir son visage où coulaient maintenant des larmes. En cet ultime instant, il ne pouvait même pas dire : « Je t'aime », parce que Dari était assez vieux pour sentir que quelque chose n'allait pas. Il le lui avait dit si souvent, pourtant, et avec une si profonde sincérité. Sûrement c'était suffisant pour le peu de temps dont il avait disposé, c'était suffisant, sûrement ?

Quand Vaë regarda dehors, un peu plus tard, elle vit que son aîné avait disparu. Mais Dari avait fait une chose merveilleuse : il avait dessiné dans la neige une fleur aux formes parfaites, tout seul.

Elle possédait son propre courage, et elle savait ce qui s'était passé. Elle essaya de pleurer toutes ses larmes avant d'aller dans la cour dire au petit comme sa fleur était belle, et qu'il était temps de rentrer manger.

Ce qui lui brisa le cœur, finalement, ce fut de voir Dari se mouvoir en silence sur la neige dans la nuit qui tombait, dessinant les contours de sa fleur bien nettement à l'aide d'un fin morceau de bois, avec sur les joues des larmes qui n'en finissaient pas de couler.

Finn suivit les cavaliers dans le crépuscule, puis sous la lumière de la lune et à la lueur de leurs torches ; il prit même un peu d'avance sur eux, au début, en coupant au plus court dans la vallée tandis qu'ils passaient par les crêtes. Ils le distancèrent, des torches et une autre flamme rouge à sa droite, mais ils ne se pressaient pas, il n'était pas très loin derrière eux. D'une façon ou d'une autre, il savait qu'il aurait pu rester à leur hauteur même s'ils avaient chevauché plus vite. Il marchait sur la route.

C'était son jour, sa nuit et, bientôt maintenant, son heure.

Et ce furent enfin les trois à la fois. Il ne ressentait nulle crainte ; à mesure qu'il s'était éloigné de la chaumière, son chagrin aussi s'était évanoui : il quittait les cercles des humains. Ce fut seulement avec un effort, en approchant de la forêt, qu'il se rappela de demander au Tisserand de bien tenir sur son Métier le fil de la femme Vaë et de l'enfant Darien. Avec un effort, mais il le fit ; puis, sur cette dernière pensée, il se sentit définitivement coupé de son passé, tandis que la flamme étincelait pour laisser le cor sonner et qu'il voyait les rois, et les reconnaissait.

Il entendit le cri d'Owein qui l'appelait : « *Où est l'enfant ?* » Il vit la femme à la flamme tomber devant les sabots de Cargail. Il se rappelait la voix d'Owein et savait que son intonation était celle de la crainte et du malaise : ils avaient dormi si longtemps dans leur caverne, qui leur permettrait de retourner dans le ciel illuminé par les étoiles ?

Qui, en vérité ?

« Ne l'effrayez point, dit-il. Je suis là. » Et il sortit d'entre les arbres et passa près d'Owein pour entrer dans le cercle des sept rois sur leurs montures. Il les entendit pousser des cris de joie et se mettre à chanter l'incantation de Connla qui était devenue bien longtemps après la ta'kiéna, un simple jeu d'enfants. Il sentit son corps changer, comme ses yeux, et sut qu'il était désormais comme fait de fumée. En se retournant vers la caverne, d'une voix qui, il le savait, aurait la sonorité du vent, il appela :

« Isélèn », et vit son cheval blanc, si blanc, s'avancer vers lui. Il sauta sur son dos et, sans un regard en arrière, il guida Owein et la Chasse sur le chemin du ciel.

Tout se rassemble, pensa Paul, encore bouleversé par la lumière aveuglante et par la souffrance. Les chansons avaient fusionné : le jeu d'enfants et les vers qui parlaient d'Owein. Il jeta un coup d'œil autour de lui et, à la lumière de la lune, vit Kim encore à genoux dans la neige ; aussi alla-t-il s'agenouiller près d'elle pour la serrer contre lui.

« Ce n'était qu'un enfant, sanglota-t-elle. Pourquoi dois-je causer tant de chagrin ?

— Ce n'est pas toi, murmura-t-il en caressant la chevelure blanche. Il a été appelé il y a bien longtemps. Nous ne pouvions pas le savoir.

— J'*aurais dû* le savoir. Il devait y avoir un enfant, c'était dans la chanson. »

Il lui caressait toujours les cheveux : « Oh, Kim, nous pouvons nous faire tant de reproches mérités. Ne t'occupe pas des reproches immérités. Je ne crois pas que nous devions le savoir. »

Quelle volonté, quelle préméditation de longue date, songeait-il, avait vu assez loin pendant tant d'années pour façonner cette nuit ? Tout bas, pour donner corps à cette pensée, il murmura :

Lorsque le feu vagabond
Frappe la pierre au cœur
Le suivras-tu ?
Quitteras-tu ta demeure ?
Quitteras-tu ta vie ?
Prendras-tu la Route la plus longue ?

Le sens de la ta'kiéna s'était déformé au cours de ces longues années ; ce n'étaient pas quatre enfants aux destins différents ; le feu vagabond était l'anneau que portait Kim, la pierre, le roc qu'il avait fracassé. Et toutes les questions conduisaient à la Route que Finn venait de prendre.

Kim releva la tête pour le fixer de ses yeux gris si semblables aux siens. « Et toi ? demanda-t-elle. Ça va ? »

Pour toute autre il aurait fait semblant, mais d'une certaine façon elle était comme lui, à part, même si ce n'était pas pour la même raison que lui.

« Non. J'ai tellement peur que je ne peux même pas pleurer. »

Elle le lut en lui ; il vit son expression changer et refléter la sienne. « Oh, dit-elle. Darien. »

Diarmuid lui-même resta silencieux pendant leur longue chevauchée vers Paras Derval. Le ciel s'était éclairci, et très haut dans le ciel, la lune presque pleine brillait de tous ses feux ; ils n'avaient plus besoin de torches. Kevin et Paul encadraient Kim.

En lui jetant un coup d'œil, et un autre à Paul, Kevin sentit s'évanouir son propre chagrin. Il n'avait rien à contribuer, c'était vrai, de toute évidence bien moins que ses amis tourmentés, marqués par leur destin, mais on ne lui avait pas imposé le fardeau qu'ils portaient si manifestement. L'anneau de Kim ne constituait pas un don facile qui vous transfigurait de façon instantanée ; et ce ne pouvait être facile d'être intervenue dans le destin de ce garçon. Comment un enfant humain avait-il pu devenir, sous leurs yeux, une créature de brume assez impalpable pour s'élever dans le ciel nocturne et disparaître parmi les étoiles ? Ces vers, Kevin le comprenait, avaient quelque chose à voir avec la fusion des deux chansons ; pour une fois, il n'était pas sûr de vouloir en savoir davantage.

Mais Paul, Paul, lui, n'avait pas le choix. Paul en savait davantage et il ne pouvait le dissimuler, ni l'effort qu'il faisait pour s'accommoder de ce savoir. Non, décida Kevin, cette fois il ne leur envierait pas leur rôle et ne regretterait pas sa propre insignifiance dans les événements qui venaient de se dérouler.

Ils avaient le vent dans le dos, ce qui facilitait la randonnée, et quand ils s'enfoncèrent de nouveau dans la vallée qui entourait le lac, Kevin le sentit devenir moins glacial.

Revenant sur leurs pas, ils passèrent de nouveau près de la petite chaumière. Il y jeta un coup d'œil et constata qu'il y avait encore de la lumière à une fenêtre, même s'il était très tard ; puis il entendit Paul l'appeler par son nom.

Ils s'arrêtèrent tous deux sur la piste. Devant eux, les autres continuaient, et ils les virent disparaître dans un tournant de la pente.

Ils se regardèrent un moment, puis Paul déclara : « J'aurais dû te le dire plus tôt. L'enfant de Jennifer se trouve là-bas. Le petit que nous avons vu plus tôt. C'est son frère aîné, si l'on peut dire, que nous venons de voir partir avec la Chasse. »

Kevin garda un ton égal : « Que savons-nous de l'enfant ?

— Très peu. Il grandit très vite. De toute évidence. Tous les andains le font, d'après Jaëlle. Aucun signe encore d'autres... tendances. » Paul laissa échapper un soupir : « Finn, le plus vieux, veillait sur lui. Les prêtresses aussi, par l'intermédiaire de cette fille qui était liée mentalement à Finn. Maintenant, Finn est parti, et il n'y a plus que la mère. Ce sera une nuit difficile. »

Kevin hocha la tête. « Tu vas y aller ?

— Je crois que cela vaut mieux. Mais j'ai besoin que tu mentes pour moi. Dis que je suis retourné au bois de Mörnir, à l'Arbre, pour mes propres raisons. Tu peux dire la vérité à Jaëlle et à Jennifer... en fait, il vaut mieux, parce qu'elles sauront par la fille que Finn est parti.

— Tu ne viens pas dans l'Est avec nous, alors ? Pour la chasse aux loups ? »

Paul secoua la tête : « Il vaut mieux que je reste.

Je ne sais pas ce que je peux faire, mais je ferais mieux de rester. »

Kevin demeura silencieux. Puis : « Je te recommanderais bien d'être prudent, mais ça ne veut pas dire grand-chose ici, je le crains.

— Non, acquiesça Paul, mais j'essaierai. »

Ils échangèrent un regard : « Je veillerai à ce que tu m'as demandé », dit Kevin ; il hésita : « Merci de me l'avoir dit. »

Paul eut un mince sourire : « À qui d'autre ? »

Après une pause, les deux hommes se penchèrent sur leur selle et s'étreignirent.

« Adiós, amigo », dit Kevin. Il fit tourner son cheval, l'éperonna et partit au trot pour dépasser le tournant.

Paul le regarda s'éloigner ; il resta immobile un long moment, les yeux fixés sur la courbe où Kevin avait disparu. La route ne se contentait pas de tourner, désormais, c'était un embranchement, et dans deux directions bien différentes. Paul se demanda s'il reverrait son ami. La Gwen Ystrat était loin. Galadan s'y trouvait peut-être, entre autres. Galadan, dont il avait juré qu'il lui appartiendrait lorsqu'il le rencontrerait pour la troisième fois. S'ils se rencontraient.

Mais une autre tâche l'attendait désormais, moins alarmante et pourtant bien sombre. Il détourna ses pensées de l'éclat de Kevin comme du Seigneur des andains pour les concentrer sur un être qui appartenait aussi aux andains et, pour le meilleur ou pour le pire, s'avérerait peut-être plus grand que leur Seigneur.

Il descendit prudemment la pente, fit le tour de la cour à la lueur de la lune et de la lampe allumée dans la fenêtre. Un sentier menait à la barrière.

Et quelque chose se tenait en travers du chemin.

Un autre aurait été paralysé de terreur, mais Paul ressentit une émotion différente, bien que non moins intense. Combien de crève-cœur en une seule nuit ? Et avec cette pensée, il mit pied à terre et fit face au chien gris dans le chemin.

Plus d'un an avait passé, mais la lune brillait et il pouvait voir les cicatrices. Des cicatrices gagnées sous l'Arbre de l'Été tandis que Paul s'y trouvait attaché, impuissant, devant Galadan venu réclamer sa vie ; et Galadan en avait été frustré par ce chien qui se tenait à présent sur le chemin menant à Darien.

La gorge serrée, Paul fit un pas en avant : « C'est une heure éclatante », dit-il en se laissant tomber à genoux dans la neige.

Pendant un instant, il eut un doute, puis le grand chien s'avança et se laissa passer les bras autour du cou. Il y avait dans sa gorge un grondement bas, une approbation d'égal à égal.

Paul recula un peu pour mieux le voir. Il avait les mêmes yeux que la première fois, sur la muraille du jardin intérieur, à Paras Derval, mais Paul pouvait désormais en soutenir le regard, il y avait désormais place dans ses propres profondeurs pour en absorber le chagrin. Puis il y perçut davantage.

« Tu le gardais, dit-il. J'aurais dû le savoir. »

Le chien gronda de nouveau, très bas, mais c'était dans ses yeux étincelants que Paul lisait la réponse. Il hocha la tête : « Tu dois partir. Ta place est avec la chasse en Gwen Ystrat. C'est plus qu'un hasard qui m'a amené ici. Je resterai cette nuit, et je verrai demain ce qui arrivera. »

Le chien gris resta encore un moment devant lui puis, sur un dernier grognement, il s'éloigna, libérant le chemin qui menait à la chaumière. Au passage, Paul vit de nouveau plus distinctement ses innombrables cicatrices, et il en eut le cœur affligé.

Il se retourna. Le chien en avait fait autant. Il se rappela leur dernier adieu et le hurlement qui s'était élevé au cœur du Bois Divin.

« Que te dire ? J'ai juré de tuer le loup à notre prochaine rencontre. »

Le chien redressa la tête.

Paul murmura : « Une promesse imprudente, peut-être, mais si je suis mort, qui me le reprochera ? Tu l'as repoussé. C'est à moi qu'il appartient de le tuer, si je le puis. »

Il était toujours accroupi dans le chemin. Le chien gris revint vers lui, ce chien qui était le Compagnon, dans tous les univers ; il lui donna un coup de langue amical sur la figure avant de se détourner pour repartir.

Paul pleurait, lui que ses yeux sans larmes avaient envoyé à l'Arbre de l'Été. « Adieu, murmura-t-il. Et va en paix. Tout le monde a droit à un peu de lumière. Même toi. Au matin, il fera jour. »

Il regarda le chien grimper la colline d'où il était lui-même venu et disparaître dans la courbe où Kevin avait également disparu.

Il se leva enfin et, tenant d'une main les rênes de son cheval, il ouvrit la barrière et se rendit à la grange, où il plaça l'animal dans une stalle vide.

Il referma la grange, puis la barrière, traversa la cour jusqu'à l'arrière de la chaumière et gravit les marches du porche pour s'arrêter devant la porte. Avant de frapper, il leva les yeux : la lune et les étoiles, quelques lambeaux de nuages qui filaient vers le sud, poussés par le vent. Rien d'autre. Ils chevauchaient là-haut, il le savait, neuf cavaliers dans le ciel. Huit d'entre eux étaient des rois, mais sur le cheval blanc il y avait un enfant.

Il frappa à la porte et, pour ne pas effrayer la femme, appela à mi-voix : « Je suis un ami. Vous me reconnaîtrez. »

Elle ouvrit promptement cette fois, ce qui le surprit. Elle avait les yeux cernés et resserrait sa tunique autour d'elle. « Je pensais que quelqu'un viendrait, dit-elle. J'ai laissé une lumière.

— Merci, dit Paul.

— Entrez. Il s'est endormi, finalement. Ne faites pas de bruit, je vous en prie. »

Paul entra. Elle vint pour prendre son manteau

et constata qu'il n'en portait pas ; ses yeux s'élargirent.

« J'ai certains pouvoirs, dit-il. Si vous me le permettez, je crois que je resterai passer la nuit. »

Elle dit : « Il est parti, alors ? » Une voix bien au-delà des larmes ; c'était pire, d'une certaine façon.

Paul hocha la tête : « Que puis-je dire ? Voulez-vous savoir ? »

Elle était courageuse : elle voulait savoir. Il lui raconta, à mi-voix, pour ne pas éveiller l'enfant. Ensuite, elle dit seulement : « C'est un destin bien froid pour qui a le cœur si chaleureux.

— Il chevauchera à travers tous les univers de la Tapisserie, essaya de dire Paul. Il ne mourra peut-être jamais. »

C'était encore une femme jeune, mais cette nuit ses yeux ne l'étaient pas : « Un destin bien froid », répéta-t-elle en se balançant dans sa chaise devant le feu.

Dans le silence, il entendit l'enfant se retourner sur sa couche derrière le rideau tiré. Il la regarda.

« Il est resté debout très tard, murmura Vaë. À attendre. Il a fait quelque chose cet après-midi... il a dessiné une fleur dans la neige. Ils le faisaient ensemble, comme le font les enfants, mais cette fois, Dari l'a fait tout seul, après le départ de Finn. Et... il l'a colorée.

— Que voulez-vous dire ?

— Rien de plus. Je ne sais pas comment, mais il a teinté la neige pour colorer sa fleur. Vous verrez demain matin.

— Je l'ai probablement abîmée en traversant la cour.

— Sans doute, dit-elle. La nuit est presque terminée, mais je crois que je vais essayer de dormir. Vous avez l'air fatigué aussi. »

Il haussa les épaules.

« Il n'y a que le lit de Finn, ajouta-t-elle, je suis désolée. »

Il se leva : « Je m'en accommoderai très bien. »

Peu de temps après, dans le noir, il entendit deux choses. La première était le bruit d'une mère pleurant son enfant, et l'autre était le vent, dehors, plus violent dans les heures qui précédaient l'aube.

L'appel résonna. Et réveilla Dari, comme toujours. Au début, c'était encore comme un rêve, mais Dari se frotta les yeux et sut qu'il était éveillé, même s'il était très fatigué. Il écouta et il lui sembla qu'il y avait quelque chose de nouveau, cette fois ; les voix du vent lui criaient de venir les trouver dehors, comme toujours, mais elles l'appelaient par un autre nom que le sien.

Il avait froid, pourtant, et s'il avait froid dans son lit, il mourrait dehors avec le vent ; les petits garçons ne pouvaient aller dehors avec ce vent. Il avait très froid. Tout en frottant ses yeux ensommeillés, il glissa ses pieds dans ses chaussons et fit son habituelle randonnée vers l'autre côté de la pièce pour ramper dans le lit de Finn.

Mais ce n'était pas Finn qui s'y trouvait. Une silhouette sombre se dressa dans le lit de Finn en disant : « Oui, Darien, que puis-je faire ? »

Dari eut très peur, mais il ne voulait pas réveiller sa mère, aussi ne pleura-t-il pas. Il retourna dans son propre lit, devenu encore plus froid, et resta les yeux grands ouverts dans le noir. Il voulait Finn, il ne comprenait pas comment Finn, qui était censé l'aimer, pouvait l'avoir laissé tout seul. Au bout d'un moment, il sentit ses yeux changer de couleur. Il pouvait toujours le sentir, à l'intérieur. Ils avaient changé quand il avait fait la fleur, et maintenant ils changeaient encore. Il resta dans son lit à écouter les voix du vent, et elles étaient bien plus claires que jamais auparavant.

TROISIÈME PARTIE

Dun Maura

10

AU MATIN, MENÉE PAR DEUX ROIS, UNE ÉBLOUISSANTE compagnie quitta Paras Derval par la porte de l'est. Et avec elle les enfants des rois, Diarmuid dan Ailell, Lévon dan Ivor et Sharra dal Shalhassan. Matt Sören les accompagnait, qui avait été roi, et Arthur Pendragon, le Guerrier qu'une malédiction contraignait à être roi pour l'éternité, sans jamais trouver le repos. Il y avait avec eux bien d'autres hauts seigneurs, et cinq cents hommes du Brennin et du Cathal.

C'était un matin gris sous des nuages gris venus du nord, mais le très haut roi Ailéron était d'une humeur radieuse, enfin libéré de ses impuissantes planifications à l'abri des murailles, enfin libre d'agir, et son exultation courait dans les deux armées comme un fil d'or.

Il désirait aller vite car bien des tâches les attendaient à Morvran, mais la compagnie n'avait pas plutôt dépassé les faubourgs de la ville qu'il dut lever la main pour l'arrêter.

Sur la pente recouverte de neige, au nord de la route dégagée, un chien aboyait, un son bref et clair dans l'air froid. Et alors que, comme mû par un instinct, le très haut roi donnait le signal de la halte, on entendit le chien aboyer trois fois encore, et tous ceux qui connaissaient les chiens dans la compagnie comprirent la joie frénétique de cet aboiement.

Au moment même où ils s'immobilisaient, ils virent la silhouette grise d'un chien de chasse débouler vers eux dans la neige, sans cesser d'aboyer et en faisant des culbutes dans sa hâte de les rejoindre.

Ce fut Ailéron qui vit le visage d'Arthur s'illuminer brusquement ; le Guerrier sauta à bas de son cheval et, de toute la force de sa voix sonore, il s'écria : « Cavall ! »

Bien carré sur ses jambes, il ouvrit largement les bras et fut néanmoins renversé par le saut extravagant du chien. Ils culbutèrent dans la neige, le chien aboyant dans un délire de joie, le Guerrier faisant mine de grogner.

Dans la compagnie, des sourires puis des rires se mirent à éclore, telles des fleurs sur la pierre.

Indifférent à ses habits et à sa dignité, Arthur jouait sur la route avec le chien qu'il avait appelé Cavall, et il lui fallut un bon moment avant de se redresser et de se retourner vers la compagnie. Il avait le souffle court, mais ses yeux brillaient d'un éclat qui consola un peu Kim Ford, quoique tardivement, de ce qu'elle avait accompli sur Glastonbury Tor.

« C'est votre chien ? » demanda Ailéron avec une douce ironie.

Arthur, en souriant, accepta cette intonation. Mais sa réponse les fit tous changer de registre : « Il l'est, dans la mesure où il est celui de quiconque. Il était à moi autrefois, il y a très longtemps, mais Cavall se bat dans ses propres guerres, désormais. » Il jeta un coup d'œil à l'animal : « Et il semble qu'il y ait été blessé. »

Quand le chien s'immobilisa, le réseau des cicatrices devint visible, avec les endroits où la fourrure avait repoussé. C'était un terrible spectacle.

« Je peux vous dire d'où viennent celles-ci. » Lorèn Mantel d'Argent avait poussé sa monture près de celles des rois. « Il a combattu Galadan le

Seigneur-Loup dans le bois de Mörnir, pour sauver la vie de celui qui est devenu le Deux-fois-né. »

Arthur leva la tête : « La bataille qu'on avait prophétisée ? Celle de Macha et de Nemain ?

— Oui », dit Kim en s'avançant à son tour.

Le regard d'Arthur vint se poser sur elle : « Le Seigneur-Loup est celui qui désire l'annihilation de cet univers-ci ?

— Oui. À cause de Lisèn de la Forêt, qui l'a rejeté pour Amairgèn.

— Peu m'importent ses raisons, dit Arthur d'une voix froide. Ce sont ses loups que nous allons chasser ?

— Oui », répondit-elle.

Il se tourna vers Ailéron : « Seigneur roi, j'avais une raison de chasser avant cette rencontre, pour oublier un chagrin. J'en ai une autre à présent. Y a-t-il place dans votre meute pour un autre chien ?

— Il y a la place d'honneur, répliqua Ailéron. Est-ce vous qui allez nous conduire, à présent ?

— Cavall va le faire », dit Arthur en remontant à cheval. Sans un regard en arrière, le chien gris partit au galop.

Ruana chantait le kanior pour Ciroa, mais sans observer le véritable rituel. Il ne l'avait pas fait non plus pour Taiéri, mais il ajouta de nouveau à son chant le coda de repentir ; il se sentait très faible et savait qu'il n'avait pas la force de se lever pour accomplir les rites sans effusion de sang qui constituaient l'essentiel du véritable kanior. Iraima chantait avec lui, ce dont il était reconnaissant, mais Ikatéré s'était tu cette nuit même et reposait dans son renfoncement de pierre, respirant avec peine ; Ruana savait qu'il approchait de sa fin et le pleurait, car Ikatéré avait été un ami aussi précieux que l'or.

Les autres incinéraient Ciroa à l'entrée de la caverne où pénétrait avec la fumée l'odeur de la chair calcinée ; Ruana eut un accès de toux qui brisa le kanior, mais Iraima en maintint le rythme — Ruana aurait dû tout recommencer, sinon ; il existait un coda pour le manquement aux rituels qui ne faisaient pas couler de sang, mais non pour l'interruption du chant lui-même.

Ensuite, il se reposa un peu et, de nouveau seul, laissa une fois de plus s'échapper de sa gorge le frêle filet des chants alternés, le chant d'avertissement et le chant de sauvegarde. Sa voix n'était plus celle des temps où, dans les autres cavernes, on lui demandait de venir célébrer le kanior pour les morts ; mais il continuait quand même : le silence serait l'ultime capitulation. C'était seulement quand il chantait qu'il pouvait empêcher son esprit de vagabonder ; il n'arrivait jamais à savoir exactement combien il restait des siens dans sa caverne et n'avait aucune idée de ce qui se passait dans les autres ; personne ne tenait plus de comptes depuis des années, et on les avait attaqués de nuit.

La voix douce d'Iraima vint de nouveau se mêler à la sienne dans le troisième cycle du chant de sauvegarde, puis il sentit comme une lave d'or en fusion lui submerger le cœur de chagrin et d'amour quand il entendit la voix profonde d'Ikatéré chanter un moment avec eux. Ils ne parlèrent pas, les paroles prenaient trop d'énergie, mais Ruana atténua son chant afin de pouvoir entrelacer sa voix à celle d'Ikatéré ; il savait que son ami comprendrait.

Puis, lors du sixième cycle de répétition, comme le crépuscule tombait dehors sur la pente où campaient leurs geôliers, Ruana toucha un autre esprit par l'intermédiaire du chant de sauvegarde. Il chantait de nouveau seul, alors. Il rassembla ce qui lui restait de forces, concentra le chant en un unique point ardent et le lança tel un faisceau de lumière vers l'esprit qu'il avait découvert.

Insensé, entendit-il, et des lames fines et tranchantes le tailladèrent intérieurement, *t'imaginais-*

tu que je ne vous masquerais pas ? Où crois-tu donc que sont allées tes pauvres notes ?

Il fut heureux d'avoir été seul à chanter, les autres ne méritaient pas cela. Il alla chercher en lui, souhaitant une fois de plus avoir accès à la haine ou à la rage, même s'il devrait expier ce vœu ; il suivit le faisceau créé par le chant : *Tu es Rakoth Maugrim*, émit-il. *Je te nomme par ton nom.*

Un rire vint lui souffleter l'esprit : *Je me suis nommé moi-même il y a bien longtemps. Quel pouvoir pourrais-tu acquérir en me nommant, descendant insensé d'une race d'insensés ? Des insensés qui ne sont même pas dignes d'être des esclaves.*

... Pouvons pas être esclaves, émit Ruana. Puis : *Sathain.* Le nom moqueur.

Des flammes jaillirent dans son esprit. Du rouge au noir. Il se demanda s'il serait capable de forcer l'autre à le tuer. Et alors...

Le rire, encore : *Vous n'aurez pas de malédiction du sang à m'infliger. Vous allez disparaître, tous autant que vous êtes. Et nul ne chantera le kanior pour le dernier d'entre vous. Si vous aviez fait ce que je vous demandais, vous auriez été puissants de nouveau en Fionavar. Mais je vais maintenant arracher votre fil de la Tapisserie, et le porterai à mon cou.*

Pas des esclaves, émit Ruana, mais sans force.

Il y eut un rire. Puis le faisceau du chant se brisa.

Ruana resta longtemps étendu dans le noir, s'étouffant dans la fumée du bûcher de Ciroa, assailli par l'odeur de la chair brûlée et les bruits que les créatures impures faisaient en s'en gorgeant.

Puis, parce qu'il n'avait rien d'autre à offrir, aucun autre pouvoir à capter, et parce qu'il ne voulait pas finir dans le silence, Ruana se remit à chanter, Iraima avec lui, et Ikatéré qu'il aimait tant. Son cœur se libéra de la noirceur et retrouva un éclat doré quand il entendit la voix de Tamure. À eux quatre, ils s'essayèrent au grand chant. Ils n'espéraient pas le voir aller aussi loin qu'il l'aurait fallu, car le Dévastateur les occultait et ils étaient très faibles ; ils n'espéraient pas toucher qui que ce fût ; mais ils ne voulaient pas mourir en silence, ils ne voulaient pas être des serviteurs ni des esclaves, jamais, même si leur fil était arraché au Métier et perdu à jamais dans les Ténèbres.

La destinée de Jennifer était différente de celle d'Arthur, elle le savait, même si leurs destins s'entrelaçaient éternellement. Elle se rappelait, à présent. Dès qu'elle avait vu son visage, tout lui était revenu, et les étoiles dans les yeux d'Arthur n'étaient plus chose nouvelle, elle les avait vues bien des fois auparavant.

On ne lui avait pas infligé une malédiction aussi ténébreuse que celle d'Arthur, car jamais n'avait-on attribué à son nom un si auguste destin, tout un fil dans la Tapisserie. Elle était plutôt l'agent de son destin à lui, la matérialisation de son amère souffrance. Elle était morte à l'abbaye d'Amesbury — elle se demandait maintenant comment elle avait pu ne pas la reconnaître près de Stonehenge. Elle avait eu droit à son repos, reçu ce présent de la mort, et elle ne savait combien de fois elle était revenue pour déchirer Arthur, au nom des enfants, au nom de l'amour.

Elle n'en avait pas la moindre idée, car elle se rappelait seulement cette toute première vie où elle avait été Guenièvre, fille de Léodegrance, qui avait chevauché jusqu'à Camelot pour s'y marier, cette vie désormais perdue et qu'elle croyait être un rêve.

Un rêve, oui, mais plus qu'un rêve aussi. Elle avait quitté le château de son père pour Camelot, et là elle avait agi comme elle l'avait fait, aimé comme elle avait aimé, elle avait détruit le rêve, et elle était morte.

Elle n'avait aimé que deux fois dans sa vie, les deux splendides héros de son univers — et le second non moins splendide que le premier, non, quoi qu'on en ait pu dire par la suite. Ces deux hommes s'étaient aimés aussi, égalisant tous les côtés du triangle, le transformant en cette figure parfaite pour la souffrance.

L'histoire la plus triste de toutes les longues histoires jamais racontées.

Mais l'histoire ne se déroulerait pas ainsi cette fois, se disait-elle, pas en Fionavar. Il n'est pas là, avait-elle déclaré, et elle en avait été certaine car, en cela du moins, elle avait des certitudes. Il n'y avait pas de troisième en ce monde, avec cette démarche déliée qu'on lui enviait, ces mains qu'elle avait aimées. J'ai été mutilée, mais au moins je ne trahirai pas, avait-elle dit, tandis que tombait une pluie d'étoiles.

Et elle ne trahirait pas. Tout était différent ici, profondément différent. L'ombre de Rakoth Maugrim s'interposait entre eux, se dressait en travers de ce que le Tisserand avait tissé sur le Métier, et tout était gâché. Cela n'atténuait pas le chagrin, l'aggravait même pour elle qui connaissait la non-lumière de Starkadh, mais si elle ne pouvait traverser par amour la distance qui les séparait, elle ne briserait pas Arthur ici comme elle l'avait fait auparavant.

Elle demeurerait où elle se trouvait. Entourée de prêtresses en tuniques grises, dans le camaïeu de gris où son âme avait trouvé refuge, elle se promènerait parmi les femmes du sanctuaire tandis qu'Arthur partirait en guerre contre les Ténèbres, pour l'amour d'elle, pour l'avoir perdue, et au nom des enfants.

Ce qui ramena ses pensées à Darien, tandis qu'elle arpentait les salles aux murs doucement incurvés du temple. Elle s'était également réconciliée avec cela, apparemment ; la responsabilité en incombait maintenant à Paul ; Paul qu'elle n'avait jamais compris, mais en qui elle avait désormais confiance. Elle avait fait ce qu'elle avait fait, et l'on verrait où conduirait cette voie.

La nuit précédente, Jaëlle lui avait appris la nouvelle à propos de Finn, et elles étaient restées assises ensemble un moment. Elle s'était affligée, un peu, pour ce garçon perdu dans le froid des étoiles. Puis Kevin était arrivé, très tard ; il avait offert du sang comme le devaient tous les hommes en ce lieu, et il était venu leur dire que Paul tenait compagnie à Darien et que tout allait très bien, pour autant que cela fût jamais possible.

Ensuite, Jaëlle les avait laissés seuls. Jennifer avait fait ses adieux à Kevin, qui partait le lendemain matin vers l'est ; il posait sur elle un regard d'une hésitante intensité auquel elle n'avait rien à offrir, mais elle pouvait, dans son équanimité nouvelle, parler à la tristesse qu'elle avait toujours perçue en lui.

Au matin, Jaëlle avait disparu elle aussi, la laissant se promener dans le temple silencieux, plus sereine qu'elle n'aurait jamais rêvé le devenir. Et puis elle entendit des sanglots désespérés dans une petite niche près du dôme.

Il n'y avait pas de porte et, en passant à côté, elle jeta un coup d'œil et s'arrêta en voyant que c'était Leïla. Elle allait reprendre son chemin car cette peine était trop visible, et elle connaissait la fierté de l'adolescente. Mais du banc où elle était assise, Leïla leva les yeux vers elle.

« Je suis navrée, dit Jennifer. Puis-je faire quelque chose ou dois-je seulement m'en aller ? »

La fillette qu'elle se rappelait de la ta'kiéna la contemplait, les yeux débordants de larmes. « Personne ne peut rien. J'ai perdu le seul être que j'aimerai jamais ! »

Malgré toute sa sympathie et sa sérénité mesurée, Jennifer dut faire un grand effort pour ne pas sourire ; un tel fardeau de désespoir adolescent s'appesantissait dans la voix de Leïla, elle s'en trouvait renvoyée aux traumatismes de sa propre jeunesse.

D'un autre côté, elle n'avait jamais perdu personne comme cette petite venait de perdre Finn, jamais éprouvé une résonance telle que la leur. Son impulsion s'effaça. « Je suis navrée, répéta-t-elle. Tu as une bonne raison de pleurer. Cela t'aiderait-il si je te disais que le temps est réellement une panacée ? »

Comme si elle avait à peine entendu ces paroles, l'adolescente murmura : « À la pleine lune du solstice d'hiver, dans une demi-année, elles me demanderont si je désire me consacrer à leur culte. J'accepterai. Je n'aimerai jamais plus personne d'autre. »

Ce n'était qu'une enfant, mais dans sa voix Jennifer entendit vibrer une profonde résolution. Elle en fut émue : « Tu es si jeune, dit-elle. Ne laisse pas le chagrin te détourner si tôt de l'amour. »

Leïla leva les yeux : « *Et qui êtes-vous pour parler ainsi ?*

— C'est injuste », dit Jennifer après un silence choqué.

Les larmes brillaient sur les joues de Leïla : « Peut-être, mais combien de fois avez-vous aimé, vous ? N'avez-vous pas attendu Arthur toute votre vie ? Et maintenant qu'il est là, vous avez peur. »

Elle qui avait été Guenièvre, elle pouvait répondre à cela. Il y avait trop de couleur dans la colère, aussi dit-elle avec douceur : « Le vois-tu ainsi ? »

Leïla ne s'était pas attendue à cette intonation : « Oui », dit-elle ; mais il n'y avait plus de défi dans sa voix.

« Tu es une enfant très sage, dit Jennifer, et peut-être plus qu'une enfant. Tu n'as pas totalement tort, mais tu ne dois pas prétendre me juger, Leïla. Il y a de grands et de moins grands chagrins, et je tente de rechercher les moins grands.

— Les moins grands chagrins, répéta Leïla. Où est la joie ?

— Pas ici, dit Jennifer.

— Mais pourquoi ? » C'était la question d'une enfant blessée.

Jennifer se surprit à répondre : « Parce que j'ai déjà brisé cet homme, il y a très longtemps. Et parce que j'ai été brisée ici au printemps dernier. Lui, il est condamné à l'absence de joie et à la guerre, et moi, je ne peux traverser pour le rejoindre, Leïla. Même si je le faisais, je finirais par le briser. Je le fais toujours.

— Cela doit-il se répéter ?

— Encore et toujours », dit-elle. La longue, si longue histoire. « Jusqu'à ce qu'on lui accorde sa libération.

— Alors, accordez-la-lui, déclara Leïla avec simplicité. Comment sera-t-il sauvé si ce n'est dans la douleur ? Quoi d'autre que la douleur pour le faire ? Accordez-lui sa libération. »

À ces mots, malgré elle, Jennifer sentit comme renaître en elle l'ancienne souffrance. Une souffrance aux couleurs trop éclatantes, avec toutes les nuances de la culpabilité et du chagrin, et le souvenir de l'amour aussi avait des teintes lumineuses, l'amour, le désir...

« Ce n'est pas à moi de l'accorder ! s'écria-t-elle. *Je les aimais tous les deux !* »

Des échos se soulevèrent ; elles étaient proches du dôme, le son se réverbérait. Leïla ouvrit de grands yeux : « Je suis désolée, dit-elle. Je suis désolée ! » Et elle se jeta dans les bras de Jennifer, enfouissant sa tête dans sa poitrine, après avoir ainsi vogué sur des mers plus profondes qu'elle ne l'imaginait.

En caressant machinalement les cheveux blonds, Jennifer vit que ses mains tremblaient. C'était l'adolescente qui pleurait, pourtant, et elle qui la réconfortait. Autrefois, dans cette autre vie, elle s'était trouvée dans le jardin du couvent à Amesbury quand le messager était arrivé au coucher du soleil. Ensuite, tandis que les premières étoiles s'allumaient, elle avait réconforté les autres femmes qui étaient venues la trouver dans le jardin en pleurant la mort d'Arthur.

Il faisait très froid. Le lac était gelé. En le contournant par le nord, dans l'ombre de la forêt, Lorèn se demanda s'il devrait rappeler la tradition au roi. Une fois de plus, cependant, Ailéron le surprit : ils arrivaient au pont qui traversait la Latham quand il le vit signaler une halte. Sans un regard en arrière, le roi retint sa monture pour laisser Jaëlle le dépasser sur son pâle cheval gris ; Arthur rappela son chien. Et la grande prêtresse s'avança à leur tête sur le pont qui menait en Gwen Ystrat.

La rivière aussi était gelée. La forêt les abritait un peu du vent, mais sous les nuages gris amoncelés, dans l'après-midi finissant, la campagne s'étendait sombre et désolée. Une désolation identique s'appesantissait sur le cœur de Lorèn Mantel d'Argent quand, pour la première fois de sa vie, il entra dans la province de la Mère.

Ils traversèrent le deuxième pont, sur la Kharn, là où elle se jetait elle aussi dans le lac Leinan. La route obliquait vers le sud, s'éloignant de la forêt où se trouvaient les loups ; par-dessus leur épaule, les chasseurs jetèrent un coup d'œil aux arbres enneigés. Les pensées de Lorèn étaient ailleurs, toutefois ; malgré lui, il se retourna pour regarder vers l'est. Au loin s'élevaient les montagnes de la chaîne des Carnevons, glacées, impassables, sinon par Khath Meigol où erraient les fantômes des Paraïko. Elles étaient magnifiques, ces montagnes, mais il en détacha son regard pour se concentrer sur un lieu plus rapproché, à deux heures à peine de chevauchée au-delà de la crête des collines les plus proches.

Il était difficile de bien voir sur le gris du ciel, mais il lui sembla distinguer un nuage de fumée qui s'élevait de Dun Maura.

« Lorèn, dit soudain Matt. Nous avons oublié quelque chose, je crois. À cause de la neige. »

Lorèn se tourna vers sa source ; le Nain n'était

jamais très heureux à cheval, mais la sombre gravité de son expression évoquait plus que cet inconfort habituel ; au côté de Matt, Brock avait la même expression.

« Quoi donc ?

— Maidaladan, dit le Nain. C'est le solstice d'été, la nuit prochaine. »

Le mage laissa échapper un juron. Et l'instant d'après, intérieurement, il adressa une prière bien sentie au Tisserand à son Métier, le vœu que Géreint des Dalreï, qui avait voulu les rencontrer là, sût ce qu'il faisait.

L'œil unique de Matt scrutait maintenant le lointain et Lorèn se retourna aussi pour regarder de nouveau vers l'est. De la fumée, ou l'ombre des nuages ? Il ne pouvait dire.

Et en cet instant, il sentit les premiers frémissements du désir.

Son entraînement vint à sa rescousse, mais au bout de quelques secondes il sut que même les disciples d'Amairgèn, les disciples du savoir céleste, ne pourraient résister au pouvoir de Dana en Gwen Ystrat. Pas au cours de la nuit qui précédait Maidaladan.

La compagnie suivit la grande prêtresse à travers Morvran dans la neige fouettée par le vent. Il y avait du monde dans les rues ; on s'inclinait, mais on n'acclamait pas ; la journée ne se prêtait pas aux acclamations. Au-delà de la ville, ils arrivèrent à l'enceinte du temple, et Lorèn vit les Mormæ qui les attendaient là, toutes les neuf vêtues de rouge. Ivor des Dalreï se tenait derrière elles d'un côté, avec Géreint, le vieux chaman aveugle, et de l'autre se trouvaient Teyrnon et Barak, un peu plus loin à l'écart, l'air soulagé. En les voyant tous deux, Lorèn sentit se dissiper un peu son inquiétude.

En avant se trouvait une femme de très haute taille, aux larges épaules et aux cheveux gris, le dos bien droit, le menton impérieusement levé. Elle aussi était vêtue de rouge et Lorèn comprit que ce devait être Audiart.

« Éclatante est l'heure de votre retour, Première de la Mère », dit-elle avec une froideur cérémonieuse ; elle avait une voix grave pour une femme. Jaëlle précédait la compagnie et Lorèn ne put voir son expression ; même dans cet après-midi couvert, ses cheveux roux flamboyaient ; elle portait au front un bandeau d'argent. Audiart avait le front nu.

Il eut le temps de voir tout cela, car Jaëlle ne répondit pas à l'autre femme. Un oiseau s'envola subitement de la muraille du temple derrière les Mormæ, un grand bruit d'ailes dans le silence.

Puis Jaëlle dégagea délicatement son pied botté de son étrier et le tendit à Audiart.

Même à distance, Lorèn put voir l'autre pâlir, et un murmure étouffé s'éleva du groupe des Mormæ. Audiart resta figée un instant, les yeux fixés sur le visage de Jaëlle, puis elle s'approcha en deux grandes enjambées et, les mains en coupe près du cheval de la grande prêtresse, elle aida celle-ci à mettre pied à terre.

« Continuez », murmura Jaëlle, et, se détournant, elle franchit les portes du temple pour rejoindre les Mormæ vêtues de rouge. L'une après l'autre, Lorèn les vit s'agenouiller pour recevoir sa bénédiction ; elles étaient toutes deux fois plus âgées qu'elle. Le pouvoir échafaudé sur le pouvoir, se dit-il, conscient que ce n'était là qu'un début.

Audiart avait repris la parole : « Soyez le bienvenu, Guerrier. » Elle avait une intonation un peu hésitante, mais elle ne s'agenouilla pas. « Qui a été emmené par trois reines en Avalon est le bienvenu en Gwen Ystrat. »

Gravement, en silence, Arthur inclina la tête.

Audiart hésita un instant, comme si elle avait attendu davantage ; puis elle se tourna vers Ailéron, en prenant son temps ; les traits barbus du roi étaient restés impassibles pendant qu'il attendait son tour. « Vous êtes venu, c'est bien, lui dit-elle.

De longues années se sont écoulées depuis qu'un roi du Brennin n'est venu en Gwen Ystrat pour le solstice d'été. »

Elle avait haussé la voix et Lorèn entendit courir des murmures soudains parmi les cavaliers ; il vit aussi qu'Ailéron n'avait pas non plus pris conscience de la date, jusqu'à ce moment. Il était temps d'agir.

Le mage s'avança à la hauteur du roi et déclara d'une voix forte : « Je ne doute pas que les rites de la Déesse ne se déroulent comme à l'accoutumée. Ce n'est pas là notre souci. Vous avez requis l'aide du très haut roi et il est venu vous l'apporter. Il y aura demain une chasse au loup dans la forêt de Leinan. » Il fit une pause, la défiant du regard, sentant monter en lui la colère ancienne. « Nous sommes ici pour une autre raison, avec l'accord et le soutien de la grande prêtresse. Je veux qu'il soit bien compris que les rites de Maidaladan ne doivent interférer avec aucune de nos deux missions.

— Un mage donnera-t-il des ordres en Gwen Ystrat ? demanda Audiart d'un ton qui se voulait glacial.

— Le très haut roi donne des ordres. » Ailéron avait eu le temps de se reprendre et parlait avec une autorité dépourvue de ménagement. « En tant que gardienne de ma province de Gwen Ystrat, vous êtes désormais chargée de veiller à ce que tout se déroule comme mon premier mage vous l'a ordonné. »

Elle essaierait d'en tirer vengeance, Lorèn le savait.

Avant qu'elle pût répliquer, néanmoins, un petit rire aigu leur parvint. En jetant un coup d'œil, Lorèn vit Géreint qui se balançait d'avant en arrière dans la neige en gloussant d'amusement.

« Oh, mon jeune ami, s'écria le chaman, es-tu toujours aussi farouche dans tes passions ? Viens ! Il y a longtemps que je n'ai touché ton visage. »

Il fallut un moment à Lorèn pour comprendre

que c'était à lui que s'adressait Géreint ; avec un sentiment de vexation qui le renvoyait plus de quarante ans en arrière, il descendit de son cheval.

Dès que ses pieds touchèrent le sol, il se sentit de nouveau submergé par un intense accès de désir qu'il ne put entièrement dissimuler ; il vit un sourire satisfait amincir les lèvres d'Audiart ; maîtrisant son impulsion de lui adresser des paroles fort grossières, il s'avança plutôt vers les Dalreï et étreignit Ivor comme un vieil ami.

« Éclatante rencontre, avèn, dit-il. Révor serait très fier. »

Le chef trapu des Dalreï sourit : « Pas aussi fier qu'Amairgèn le serait de vous, premier mage. »

Lorèn secoua la tête : « Pas encore, dit-il avec gravité. Pas avant que le premier mage précédent ne soit mort, et que je n'aie maudit ses os.

— Si farouche ! » s'exclama de nouveau Géreint — Lorèn s'y était plus ou moins attendu.

« Il suffit, vieil homme, répliqua Lorèn, mais tout bas, pour que seul Ivor pût l'entendre. À moins de ne pouvoir dire que tu te joindrais à ma malédiction. »

Cette fois, Géreint ne rit pas ; ses orbites sans regard se tournèrent vers Lorèn et il passa ses doigts noueux sur le visage du mage ; pour cela, il dut s'approcher tout près, aussi ses paroles ne furent-elles qu'un murmure : « Si la haine en mon cœur pouvait tuer, Métran serait mort et le Chaudron ne pourrait le ressusciter. Je l'ai instruit aussi, ne l'oublie pas.

— Je me rappelle, chuchota le mage en sentant les mains de l'autre glisser sur son visage. Pourquoi sommes-nous ici, Géreint, avant Maidaladan ? »

Le chaman laissa retomber ses mains. Derrière eux, on donnait des ordres et les chasseurs se dispersaient vers les quartiers qu'on leur avait assignés en ville. Teyrnon s'était avancé, Teyrnon au visage doux et rond, à l'intelligence aiguë.

« La paresse, dit Géreint, pour les taquiner. Il faisait froid et Paras Derval était bien loin. » Aucun des deux mages ne rit, pas plus qu'Ivor. Après une pause, le chaman déclara d'une voix plus grave : « Tu as évoqué deux missions, jeune homme : les loups et notre propre quête. Mais tu sais aussi bien que moi, et tu n'aurais donc pas dû poser ta question, que la Déesse fait tout par trois. »

Ni Lorèn ni Teyrnon ne dirent mot. Et ils ne regardèrent pas du côté de l'est.

L'anneau dormait, une bénédiction. Kim ressentait encore profondément l'épuisement résultant de la nuit précédente ; elle n'était pas sûre de pouvoir affronter le feu de sitôt. Elle avait pensé qu'il se manifesterait dès que la compagnie aurait franchi le premier pont : la puissance l'environnait de toutes parts en Gwen Ystrat, elle pouvait la sentir même si, à son poignet gauche, le bouclier vert de la velline la protégeait de la magie.

Puis, lorsque l'imposante Audiart avait parlé du solstice d'été, la part de Kim qui était Ysanne, et qui partageait avec elle son savoir, avait compris d'où provenait cette puissance.

On n'y pouvait rien, toutefois. Pas elle, pas ici. Le pouvoir de Dun Maura n'avait rien à voir avec celui d'une prophétesse, ni avec le Baëlrath. Quand la compagnie se dispersa — elle vit Kevin retourner à Morvran avec Brock et deux des hommes de Diarmuid —, Kim suivit Jaëlle et les mages au temple.

Une prêtresse se tenait sous la voûte de l'entrée, un poignard à la lame étincelante et courbe à la main ; une acolyte vêtue de brun, un peu tremblante, lui tenait la coupe.

Kim vit Lorèn hésiter, alors même que Géreint tendait le bras à la lame ; elle savait combien ce serait difficile pour le mage : pour tout disciple du savoir céleste, les plus noires connotations contaminaient cette offrande de sang. Mais Ysanne lui avait fait une confidence, autrefois, dans la chaumière au bord du lac, et Kim posa la main sur l'épaule du mage : « Raëderth a passé une nuit ici, vous le savez, je pense. »

Elle éprouvait encore une certaine tristesse à prononcer ce nom, même à présent. Raëderth, alors premier mage, avait vu ici la jeune Ysanne parmi les Mormæ ; il avait su que c'était une prophétesse et l'avait emmenée ; ils s'étaient aimés jusqu'à sa mort — causée par la traîtrise de son roi.

Les traits de Lorèn s'adoucirent : « C'est vrai, dit-il. Et je devrais donc en être capable aussi, je suppose. Pensez-vous que je pourrais faire un petit tour et trouver une acolyte pour partager mon lit, cette nuit ? »

Elle l'observa avec attention et vit la tension qui lui avait échappé jusqu'alors. « Maidaladan, murmura-t-elle. Vous le ressentez beaucoup ?

— Bien assez », répliqua-t-il d'une voix brève avant de suivre Géreint et d'offrir son sang de mage à Dana, comme n'importe quel autre homme.

Plongée dans ses pensées, Kim laissa derrière elle la prêtresse et sa lame et s'approcha d'une des entrées qui menaient au dôme souterrain. Une hache à double tranchant reposait sur un billot de bois derrière l'autel. Kim resta dans l'entrée à la contempler, jusqu'à ce que l'une des femmes vînt lui montrer sa chambre.

De vieux amis, songeait Ivor. S'il se trouvait un fil éclatant dans la tapisserie de la guerre, c'était cela : des chemins se croisaient parfois de nouveau, telles la trame et la chaîne, qui ne s'étaient pas rencontrés depuis des années et ne l'auraient pas fait, sinon dans la nuit. Même en ces temps troublés, il était bon d'être en compagnie de Lorèn Mantel d'Argent, d'entendre la voix réfléchie de Teyrnon, le rire de Barak, les réflexions soigneusement pesées de Matt Sören. Il était bon aussi de voir des hommes et des femmes dont il avait longtemps entendu parler sans les connaître : Shalhassan du Cathal et sa fille, aussi belle que le disait la rumeur ; Jaëlle la grande prêtresse, aussi belle que Sharra, et aussi fière ; Ailéron, le nouveau très haut roi, qui avait été un garçonnet lorsque Lorèn l'avait amené une quinzaine de jours dans sa tribu des Dalreï ; un enfant silencieux, se rappelait Ivor, très doué pour tout ; c'était apparemment un roi taciturne à présent, et à ce qu'on disait toujours très doué pour tout.

Mais il y avait un élément nouveau, un autre fruit de la guerre : lui, Ivor des Dalreï, était à présent l'égal de tous ces grands, non plus, simplement, l'un des neuf chefs de la Plaine, mais un seigneur, le premier avèn depuis Révor lui-même. C'était difficile à concevoir. Leith s'était mise à l'appeler avèn chez eux et elle ne plaisantait qu'à demi, Ivor le savait ; la fierté de sa femme était visible, même si la Plaine redeviendrait océan avant qu'elle n'en dît mot.

Songer à Leith donna un tour différent à ses pensées. Pendant la chevauchée qui l'amenait vers le sud et la Gwen Ystrat, en sentant le martèlement soudain du désir, il avait commencé à comprendre la signification de Maidaladan, et à éprouver de nouveau de la gratitude envers Géreint qui lui avait conseillé d'amener sa femme. Ce serait la frénésie dans Morvran, la nuit suivante, et il n'était pas tout à fait heureux que Liane aussi les eût suivis dans le Sud ; néanmoins, sur ce plan, les femmes célibataires des Dalreï ne recevaient d'ordre d'aucun homme. Et, de toute façon, Liane n'acceptait des ordres que dans de bien rares circonstances, songea piteusement Ivor ; Leith l'en disait responsable, ce qui était sans doute vrai.

Sa femme l'attendrait dans les appartements qu'on leur avait attribués au temple ; ce serait plus tard. Pour le moment, il y avait une tâche à accomplir sous le dôme, dans le parfum de l'encens.

Les deux derniers mages du Brennin se trouvaient là avec leurs sources, le plus vieux chaman de la Plaine — et de loin le plus puissant —, la prophétesse du Grand Royaume, avec sa chevelure blanche, et la grande prêtresse de Dana en Fionavar. Ces sept personnes allaient maintenant traverser les ombres de l'espace et du temps pour essayer d'ouvrir une porte : celle derrière laquelle se trouvait la source de la glace et des vents d'hiver qui affligeaient ce solstice d'été.

Sept pour le voyage et quatre pour leur servir de témoins : les rois du Brennin et du Cathal, l'avèn des Dalreï et enfin Arthur Pendragon, le Guerrier, qui seul de tous les hommes n'avait pas été contraint d'offrir du sang.

« Halte ! » avait ordonné Jaëlle à la prêtresse qui se tenait dans l'entrée ; et Ivor eut un léger frisson en se rappelant cette voix. « Pas lui. Il s'est promené avec Dana en Avalon. » Et la femme en tunique grise avait baissé son poignard pour laisser passer Arthur.

Qui s'en était venu finalement comme Ivor et les autres dans cette salle souterraine, sous le dôme. L'œuvre de Géreint, se dit l'avèn, partagé entre la fierté et l'appréhension ; ils se trouvaient là à cause du chaman, et ce fut le chaman qui prit la parole en premier. Mais ce ne fut pas pour dire ce qu'Ivor avait escompté.

« Prophétesse du Brennin, déclara Géreint, nous sommes ici à vos ordres. »

C'était de nouveau à elle, alors. Même ici, c'était à elle, comme tant de fois ces derniers temps. Autrefois, il n'y avait pas si longtemps, elle en aurait douté, elle se serait demandé pourquoi. Elle se serait demandé, intérieurement et non à haute voix, qui elle pouvait bien être pour que ces puissances assemblées lui obéissent. Qu'était-elle, lui aurait crié la voix intérieure, pour qu'il en fût ainsi ?

Plus à présent. Avec un simple regret lointain pour son innocence perdue, Kim accepta la déférence de Géreint comme le dû de la seule véritable prophétesse présente ; elle aurait été obligée de prendre le contrôle de la situation s'il ne le lui avait pas offert. Ils se trouvaient en Gwen Ystrat, laquelle appartenait à la Déesse, et donc à Jaëlle, mais le périple qu'ils allaient effectuer serait du ressort de Kimberly et non du leur, et si des dangers se présentaient pour eux, ce serait à elle d'y faire face.

Profondément consciente de la présence d'Ysanne qui l'habitait, et de ses propres cheveux blancs, elle déclara : « J'ai déjà eu l'aide de Lorèn et de Jaëlle, quand j'ai secouru Jennifer à Starkadh. » Il lui sembla que les flammes des bougies sur l'autel vacillaient à ce nom. « Nous allons recommencer, avec l'aide supplémentaire de Teyrnon et de Géreint. Je vais me concentrer sur une image de l'hiver et tenter de la traverser pour sonder l'esprit du Dévastateur, avec la pierre velline comme bouclier, j'espère. J'aurai besoin de votre soutien.

— Et le Baëlrath ? »

C'était Jaëlle qui venait de parler, avec une intensité concentrée : dans ces circonstances bien précises, toute son aigreur avait disparu. « C'est ici purement un art de prophétesse, dit Kim. Je ne crois pas que la pierre s'enflammera. »

Jaëlle hocha la tête. Teyrnon prit la parole : « Si vous parvenez à traverser l'image, que se passera-t-il ?

— Pouvez-vous rester avec moi, dans ce cas ? » demanda Kim aux deux mages.

Lorèn acquiesça. « Je crois. Pour façonner une autre image, vous voulez dire ?

— Oui, comme le château que vous nous aviez montré, avant que nous ne venions ici. » Elle se tourna vers les rois ; ils étaient trois, et le quatrième l'avait été et le serait toujours, mais ce fut à Ailéron qu'elle s'adressa : « Très haut roi, mon seigneur, il vous sera difficile de voir, mais il se peut que nous soyons tous aveugles sous l'effet de cette puissance.

Si les mages créent une image, quelle qu'elle soit, vous devez en noter la nature.

— Je le ferai », dit-il de sa voix ferme et égale.

Kim jeta un coup d'œil au chaman : « Y a-t-il autre chose, Géreint ?

— Il y a toujours autre chose, répliqua-t-il. Mais en l'occurrence, j'ignore quoi. Toutefois, nous pourrions quand même avoir besoin de l'anneau.

— C'est possible, dit-elle d'une voix brève. Je ne puis le contraindre à obéir. » Le seul souvenir de cette brûlure était une souffrance.

« Bien sûr que non, dit le chaman. Guidez-nous. Je ne serai pas très loin. »

Elle s'obligea au calme. Regarda les autres qui l'entouraient ; Matt et Barak étaient debout, en équilibre sur leurs jambes largement écartées, Jaëlle avait fermé les yeux et Teyrnon en fit autant. Le regard de Kim croisa celui de Lorèn Mantel d'Argent.

« Nous sommes perdus si nous échouons, dit-il. Emmenez-nous, prophétesse.

— Venez, alors ! » s'écria-t-elle, et, en fermant les yeux à son tour, elle se laissa plonger de plus en plus profondément à travers les couches de sa conscience. Elle sentit les autres se joindre à elle l'un après l'autre : Jaëlle captant le pouvoir de l'avarlith, les deux mages, Lorèn farouche et passionné, Teyrnon clair et brillant, puis Géreint et avec lui son animal-totem, la kéïa qui vole la nuit sur la Plaine, et c'était le présent qu'il lui faisait, qu'il leur faisait à tous : l'offrande de son nom secret.

Merci, émit-elle. Puis, les rassemblant tous en elle, elle s'élança en un long vol plané dans son rêve éveillé.

Il faisait très sombre, très froid. Kim lutta contre la peur. Elle pouvait s'égarer, c'était une possibilité, mais Lorèn avait dit vrai, ils seraient tous perdus si elle échouait. Dans son cœur brûlait une colère étincelante, une haine si éclatante des Ténèbres qu'elle s'en servit pour façonner une image au fond de l'étang, en cet endroit profond et calme où ils étaient parvenus.

Elle ne l'avait pas préparée d'avance, elle avait préféré laisser le rêve lui donner sa véritable forme. Ce qu'il fit. Et elle sentit que les autres la voyaient, avec toutes les nuances du chagrin, de la colère et d'un amour douloureux pour ce lieu profané, cette claire image du Daniloth dans son défi de lumière, dévoilé, sans défense dans un paysage de glace et de neige qui lui était étranger.

Elle y plongea. Non dans la lumière, malgré toute l'intensité de son désir, mais droit dans le lugubre hiver qui l'encerclait.

Elle concentra tout son pouvoir et alla quérir la force de ses compagnons, se transformant en une flèche qu'un arc étincelant envoyait transpercer la chair de l'hiver.

Et elle la transperça.

Noir total. Plus d'image. Elle tournoyait, en un vol désormais incontrôlé. Elle plongeait, à toute allure, et il n'y avait rien à tenir, rien où s'accrocher, pas...

Je suis là. Et c'était Lorèn.

Moi aussi. Jaëlle.

Toujours. Le courageux Teyrnon.

Le noir, pourtant, de plus en plus profond. Aucun sens d'un espace, de limites, nulle part où aller, même avec les autres. Leur force ne suffisait pas. Pas ici, si loin au cœur des machinations de Maugrim. Si omniprésentes, les Ténèbres ! Elle les avait déjà perçues quand elle avait plongé pour secourir Jennifer, mais rapidement alors, entrer, sortir... alors qu'à présent la plongée n'en finissait pas, et il fallait encore aller si loin !

Et une cinquième présence se fit sentir, qui lui parla.

L'anneau. Elle entendit Géreint comme s'il était

la voix de la kéïa elle-même, une créature de la nuit, gardienne du chemin qui menait au pays des morts.

Je ne peux pas ! lança-t-elle, mais alors même qu'elle formulait cette pensée, Kim sentit le terrible feu, et une lumière rouge éclata dans son esprit.

Et la douleur. Elle ne sut pas qu'elle avait crié à haute voix dans le temple. Et de quel éclat féroce étincelait la lumière sous le dôme.

Elle brûlait. Elle était trop près. Trop loin dans la toile des Ténèbres, trop près du cœur de leur puissance. Des flammes l'environnaient, et un feu ne se contente pas de donner de la lumière : il brûle. Elle se trouvait au cœur du brasier. Elle était...

Un baume. La fraîcheur d'une brise nocturne sur l'herbe automnale, dans la Plaine. Géreint. Un autre apaisement : la lune sur Calor Diman, le lac de cristal : Lorèn, par l'intermédiaire de Matt.

Puis un aiguillon : *Venez !* s'écriait Jaëlle. *Nous sommes tout près.*

Et la force de Teyrnon, fraîche dans son essence même : *Il faut aller encore plus loin, je crois, mais je suis là.*

Elle plongea de nouveau. Loin, profond, presque égarée à l'idée du chemin qui lui restait à parcourir. Le feu était là, mais ses compagnons la protégeaient, elle pouvait le supporter, elle le supporterait. Une flamme féroce, mais ce n'étaient pas les Ténèbres, qui étaient la fin de tout.

Elle n'était plus flèche : elle se fit pierre et plongea. Poussée par la nécessité, par un désir passionné de la Lumière, elle plongea dans les Ténèbres, pierre rouge dans leur cœur secret, les desseins de Maugrim, ces cavernes infestées de vers. Dans ce non-lieu, elle tombait, après avoir largué toutes les amarres sauf celle qui, avant de mourir et d'être perdue, lui permettrait d'envoyer aux mages une forme qu'ils pourraient façonner en image sous la voûte de cette salle si infiniment lointaine.

Trop loin, trop profond, trop vite. Elle n'était plus qu'une ombre indistincte, ils ne pouvaient la retenir. Un par un, elle les laissa derrière elle. Avec un cri désespéré, Lorèn, le dernier, la sentit leur échapper.

Il n'y avait plus que le feu, et Rakoth, et rien pour les repousser l'un et l'autre. Elle était seule, elle était perdue.

Ou elle l'aurait été. Mais dans sa chute fulgurante, un autre esprit vint à sa rencontre, si loin au cœur des Ténèbres qu'elle put à peine croire vraiment en sa présence.

La brûlure s'atténua de nouveau. Elle pouvait recommencer à exister, à se mouvoir à travers la souffrance. Et elle entendit, tel le souvenir d'un lieu aimable et pur, une voix profonde qui chantait.

L'obscurité les séparait, créature aux ailes noires qui lui dissimulait l'autre présence. Elle était elle-même presque effacée. Presque, mais pas totalement. Flèche, elle avait été, puis pierre. Elle se fit désormais épée, rouge, comme il se devait. Sa course s'infléchit : dans cet univers sans direction, elle réussit à infléchir sa course et, dans un dernier flamboiement de son cœur, elle déchira le voile, trouva l'autre où il gisait et s'empara d'une image à communiquer à ses compagnons. Elle devait le faire seule, car les mages ne l'accompagnaient plus. Avec le dernier lambeau de son pouvoir, avec le feu du Baëlrath qui lui tenait lieu d'amour, elle projeta sa vision vers eux, loin, à une inimaginable distance, vers le sanctuaire de la Gwen Ystrat. Puis ce fut le noir.

Elle était un vase brisé, un roseau dont le vent pouvait se jouer, s'il y avait eu du vent. Elle était un esprit double mais sans substance. L'anneau s'était complètement effacé. Elle avait fait tout son possible.

Mais quelqu'un était encore avec elle, qui chantait.

Qui ? demanda-t-elle, alors que tout s'évanouissait.

Ruana, répondit-il. *Sauvez-nous. Sauvez-nous.*

Elle comprit alors. Et, en même temps, elle sut qu'elle ne pouvait pas abandonner. Pas de repos pour elle, pas encore. Elle était perdue dans un lieu dépourvu de directions, mais par rapport à l'endroit où se trouvait son corps à elle, au temple, le chant venait du nord-est.

De Khath Meigol, où avaient autrefois vécu les Paraïko.

Nous y sommes, émit-il. *Nous existons toujours. Sauvez-nous.*

L'anneau avait épuisé son feu. Guidée uniquement par la lente musique du chant, dans le noir, elle commença sa longue remontée vers le peu de lumière qui existait encore.

Dans la fulgurance du Baëlrath, Ivor ferma les yeux, autant pour se protéger du cri de douleur poussé par la prophétesse que de cette éruption écarlate. Mais on les avait mandés comme témoins, et au bout d'un moment il se contraignit à regarder de nouveau.

La lumière accablante de la Pierre de la Guerre rendait la vision difficile. Il pouvait à peine les distinguer, la jeune prophétesse et ceux qui l'entouraient ; il remarqua la tension qui nouait le visage de Matt et de Barak, eut la sensation d'un effort massif, presque dévastateur. Jaëlle tremblait, à présent ; Géreint ressemblait à un masque mortuaire d'Éridu. Ivor avait le cœur douloureux de les voir ainsi voguer si loin dans cette bataille silencieuse.

Alors même que ces pensées le traversaient, une explosion de voix fit résonner la salle tandis que, presque de concert, Jaëlle et Géreint, et le grand Barak, poussaient un cri de désespoir et de douleur. Matt resta silencieux encore un moment, la sueur roulant sur son visage taillé à coups de serpe ; puis la source de Lorèn poussa un cri à son tour, un son grave, déchirant, et il s'affaissa.

En se précipitant avec Arthur et Shalhassan pour les secourir, Ivor entendit Lorèn Mantel d'Argent murmurer d'une voix atone, accablée : « Trop loin. Elle est allée trop loin. C'en est fait. »

Ivor prit dans ses bras Barak en larmes et le conduisit à un banc aménagé dans la courbe du mur. Puis il en fit de même avec Géreint. Le chaman tremblait comme la dernière feuille d'un arbre dans le vent d'automne ; Ivor eut peur pour lui.

Le très haut roi Ailéron n'avait pas bougé, n'avait pas quitté Kim des yeux. La lumière rouge fulgurait toujours, et la prophétesse était toujours debout. Ivor lui jeta un rapide coup d'œil et se détourna aussitôt : la bouche de la jeune femme était ouverte en un hurlement interminable et muet. Elle semblait en proie aux flammes d'un bûcher.

Ivor revint à Géreint, qui haletait désespérément, le visage gris malgré la lumière écarlate. Puis, alors qu'Ivor s'agenouillait près de son chaman, il y eut une autre explosion de lumière, assez intense pour faire paraître obscur l'éclat qui l'avait précédé. Les pulsations de la puissance emplissaient la salle autour d'eux, telle une présence déchaînée. Ivor eut l'impression que le temple en était ébranlé.

Il entendit Ailéron s'écrier : « *Il y a une image !* Regardez ! »

Ivor fit de son mieux. Il se retourna à temps pour voir la prophétesse s'affaisser, et une forme indistincte se dessiner dans l'air à ses côtés, mais la lumière était trop rouge, trop ardente. Elle l'aveuglait, elle le calcinait. Il ne pouvait voir.

Et puis ce fut le noir.

Du moins en eut-il l'impression. Il y avait toujours des torches dans les murs, des bougies sur l'autel de pierre, mais après le flamboiement frénétique du Baëlrath qui faisait toujours rage dans son esprit, Ivor crut être environné de ténèbres. Il se sentit submergé par un sentiment d'échec. Quelque chose s'était passé ; même sans le soutien des mages, la prophétesse avait réussi à communiquer une image. Elle gisait à présent sur le sol, le très haut roi était penché sur elle, et Ivor n'avait pas la moindre idée de ce qu'elle leur avait transmis dans ce qui semblait un ultime effort de tout son être. Il ne pouvait voir si elle respirait encore ; il ne pouvait voir grand-chose.

Une ombre bougea. Matt Sören, qui se levait.

Quelqu'un parla : « Trop de lumière, dit Shalhassan. Je n'ai pas pu voir. » Il y avait du chagrin dans sa voix.

« Moi non plus », murmura Ivor ; la vue lui revenait, bien trop tard.

« Moi j'ai vu, déclara Ailéron. Mais je ne comprends pas.

— C'était un Chaudron. » La voix profonde d'Arthur Pendragon était empreinte d'une calme certitude. « Je l'ai vu aussi.

— Un Chaudron, oui, dit Lorèn. À Cadèr Sédat. Nous le savions déjà.

— Mais il y a un rapport », protesta faiblement Jaëlle ; elle paraissait au bord de l'évanouissement. « Le Chaudron ressuscite ceux qui viennent de mourir. Quel rapport entre le Chaudron de Khath Meigol et l'hiver ? »

Lequel, en vérité ? se demanda Ivor, puis il entendit Géreint : « Jeune homme, dit la voix rauque, presque inaudible, du chaman, c'est l'heure des mages. Tu as attendu ce moment toute ta vie. Premier mage du Brennin, *que fait Métran avec le Chaudron* ? »

L'heure des mages, pensa Ivor. Dans le temple de Dana en Gwen Ystrat. La Trame de la Tapisserie excédait vraiment toute compréhension humaine.

Oublieux de leurs regards implorants, Lorèn se tourna avec lenteur vers sa source. Mage et Nain se contemplèrent longuement comme s'il n'y avait eu personne d'autre dans la salle, dans l'univers. Teyrnon et Barak eux-mêmes les observaient, attentifs. Ivor se rendit compte qu'il retenait son souffle et que ses paumes étaient moites.

« Te rappelles-tu le Livre de Nilsom ? » dit soudain Lorèn ; et dans sa voix Ivor put entendre le timbre du pouvoir, comme lorsque Géreint parlait au nom du Dieu.

« Maudit soit son nom, répliqua Matt Sören. Je ne l'ai jamais lu, Lorèn.

— Moi non plus, murmura Teyrnon. Maudit soit son nom.

— Moi si, dit Lorèn. Et Métran aussi. » Il fit une pause. « *Je sais ce qu'il fait et comment il le fait*. »

Avec une exclamation étranglée, Ivor reprit son souffle. Autour de lui, les autres en faisaient autant. Dans l'œil unique de Matt Sören, il vit étinceler la même fierté que dans ceux de Leith, parfois, quand elle le regardait lui-même. À voix basse, le Nain déclara : « Je savais que tu trouverais. Nous avons notre bataille, alors ?

— Je t'en ai promis une il y a longtemps », répliqua le mage.

Ivor avait l'impression que Lorèn avait grandi sous leurs yeux mêmes.

« Loué soit le Tisserand ! » s'exclama soudain Ailéron.

Ils regardèrent aussitôt de son côté. Le très haut roi était accroupi et soutenait la tête de la prophétesse ; Ivor put voir qu'elle respirait de nouveau normalement, et que son visage avait retrouvé des couleurs.

Ils attendirent, dans un silence extasié ; Ivor, au bord des larmes, pouvait voir combien le visage de la jeune femme était jeune sous sa chevelure blanche. Il avait la larme trop facile, il le savait, Leith s'était assez souvent moquée de lui. Mais c'était approprié en cet instant, assurément ? Il y avait des larmes sur le visage du très haut roi et un éclat suspect dans les yeux du sévère Shalhassan du Cathal.

En telle compagnie, se dit-il, un Dalreï ne pouvait-il pleurer aussi ?

Au bout d'un moment, la prophétesse ouvrit les yeux. La souffrance marquait leurs profondeurs grises, et un immense épuisement, mais sa voix était claire quand elle prit la parole.

« J'ai trouvé quelque chose, dit-elle. J'ai essayé de vous le communiquer. Ai-je réussi ? Était-ce suffisant ?

— Oui, et c'était suffisant », répliqua Ailéron d'un ton bourru.

Elle sourit, avec la simplicité d'une enfant. « Bien, dit-elle. Alors, je vais dormir, maintenant. Je pourrais dormir des journées entières. » Et elle referma les yeux.

11

« Tu sais maintenant pourquoi les hommes de la Gwen Ystrat ont toujours l'air si fatigué ! » dit Carde avec un clin d'œil.

Kevin vida son verre en souriant. Il y avait étonnamment peu de monde dans la taverne, compte tenu des énergies qui s'étaient dépensées pendant la nuit ; apparemment, Ailéron de même que Shalhassan avaient donné des ordres. Cependant, comme toujours, la troupe de Diarmuid semblait jouir d'une certaine immunité en ce qui avait trait à la discipline.

Erron reprit Carde : « Une demi-vérité, au mieux. » Il leva la main pour commander une autre fiasque de vin de Gwen Ystrat, puis se tourna vers Kevin : « Il te taquine. C'est ainsi toute l'année, à ce qu'on m'a dit, mais seulement de façon minime. Cette nuit, c'est différent — ou demain, en fait : ça déborde sur cette nuit. Ce que nous ressentons en ce moment ne se manifeste que lors de Maidaladan. »

Le patron apporta leur vin ; à l'étage, ils entendirent une porte s'ouvrir et, l'instant d'après, Coll se pencha à la balustrade : « Qui est le suivant ? demanda-t-il avec un grand sourire.

— Vas-y, dit Carde, je garderai le vin au frais pour toi. »

Kevin secoua la tête : « Non, merci », dit-il tandis que Coll descendait les marches avec bruit.

Carde haussa un sourcil : « Je n'offrirai pas deux

fois. Je ne me sens pas généreux à ce point cette nuit, pas quand les femmes sont si rares. »

Kevin se mit à rire : « Amuse-toi bien », dit-il en levant le verre qu'Erron lui avait rempli.

Coll se glissa dans le siège de Carde ; il se versa à boire, vida son verre d'une lampée et fixa sur Kevin un regard d'une surprenante acuité : « C'est demain qui te rend nerveux ? lui demanda-t-il à mi-voix, afin de n'être entendu de personne ailleurs qu'à leur table.

— Un peu », répondit Kevin ; c'était ce qu'il y avait de plus facile à dire, et il se rendit ensuite compte qu'il tenait là aussi une échappatoire possible : « En fait, murmura-t-il, plus qu'un peu. Je ne crois pas être d'humeur à m'amuser cette nuit. » Il se leva. « En fait, je crois que je vais aller me coucher. »

La voix d'Erron était empreinte de sympathie : « Ce n'est pas une mauvaise idée, Kevin. La véritable nuit, c'est demain, de toute façon. Ce sera dix fois plus fort que ce que nous ressentons à présent. Avec une chasse au loup sous la ceinture, tu seras prêt à coucher avec une prêtresse ou trois.

— Elles sortent ? demanda Kevin, avec une brève curiosité.

— C'est la seule nuit de l'année où elles sortent, répondit Erron. Une partie des rites de Liadon. » Il eut un sourire ironique : « La seule bonne partie. »

Kevin lui rendit son sourire : « J'attendrai, alors. À demain matin. »

Il donna une tape sur l'épaule de Coll, prit son manteau et ses gants et sortit dans le froid mordant de la nuit.

Ça va mal, songeait-il, quand on doit mentir à des amis. Mais la vérité était trop pénible, elle l'aurait trop singularisé, et elle était aussi trop intime. Qu'ils le croient inquiet de la chasse. Cela valait mieux que la vérité.

La vérité, c'était qu'il ne ressentait pas le moindre frémissement du désir qu'éprouvaient tous les autres hommes de la compagnie. Absolument rien. Seules les conversations de ceux qui l'entouraient lui avaient fait comprendre qu'il se passait quelque chose d'inhabituel. Quel que fût l'érotisme particulièrement intense qui accompagnait ici le solstice d'été — au point que même les prêtresses de la Déesse sortaient de leur temple pour faire l'amour —, quel que fût l'événement, celui-ci n'avait pas jugé bon de l'inclure, lui, Kevin.

Le vent était infernal. Plus encore que lors des vacances de décembre passées dans les Prairies canadiennes. Un poignard qui transperçait son manteau. Il n'allait pas pouvoir rester dehors bien longtemps ; rien ne le pouvait. Comment combattre un ennemi doté d'un pouvoir pareil ? Il avait juré de venger Jennifer, il se le rappelait bien, et sa bouche se tordit d'une amère ironie. Quelle bravade ! D'abord, il n'y avait même pas de guerre dans laquelle se battre — Rakoth Maugrim était en train de les fracasser à l'aide de son marteau de vent et de glace. Ensuite, et cette vérité se lovait en lui tel un serpent depuis leur retour de Stonehenge, il ne servirait pas à grand-chose même si, par quelque miracle, on parvenait à mettre fin à l'hiver et à commencer la guerre. Il avait encore tout frais à la mémoire le souvenir de ses gesticulations inutiles pendant la bataille dans la Plaine, trois nuits plus tôt.

Il avait dépassé la jalousie, ne s'y était pas attardé longtemps, de toute façon, ce n'était pas dans sa nature. Il avait l'habitude de pouvoir *agir*, toutefois.

Il n'enviait plus à Paul ou à Kim le noir et pesant fardeau de leurs pouvoirs — le chagrin de Kim dans la forêt de Pendarane, la nuit précédente, comme la solitude de Paul avaient effacé cette envie pour laisser place à une sorte de pitié. Il ne voulait pas leur rôle, ou la force de Dave à manier la hache, et nul être sain d'esprit n'aurait désiré la moindre parcelle de la destinée de Jennifer. Tout ce qu'il voulait, c'était *compter*, trouver un moyen, si infime fût-il, de tenir un serment qu'il avait prêté avec la plus profonde sincérité.

Par deux fois, en fait. Il l'avait prêté deux fois, ce serment. La première dans la Grande Salle de Paras Derval lorsque Brendel était venu leur apprendre le massacre des lios alfar et l'enlèvement de Jennifer ; et la deuxième lorsque Kim les avait ramenés dans leur univers et qu'il avait vu ce qu'on avait fait à une femme qu'il aimait, lorsqu'il s'était forcé à ne pas détourner les yeux, pour que cette image gravée en traits de feu brûlant dans sa mémoire fût toujours là si jamais le courage venait à lui manquer.

Elle était toujours là, cette image, et — il s'examina — le courage ne lui manquait pas ; il ne craignait nullement la chasse qui allait se dérouler le lendemain, et peu importait l'opinion des autres ; mais c'était cette certitude amèrement lucide de devoir être là uniquement pour les accompagner.

Et pour Kevin Laine, c'était la chose du monde, de tous les mondes, la plus difficile à accepter. Totalement impuissant, voilà ce qu'il semblait être en Fionavar. Sa bouche se tordit de nouveau avec amertume dans le froid, car cette description était désormais tout particulièrement appropriée. Chaque homme de Gwen Ystrat pouvait ressentir l'attraction de la Déesse, chaque homme sauf lui pour qui, à l'âge adulte, les ressorts intérieurs du désir avaient été une durable et profonde constante, connue seulement des femmes qui avaient partagé une nuit avec lui.

Si l'amour et le désir appartenaient à la Déesse, la Déesse elle-même semblait l'abandonner. Que lui restait-il ?

Il secoua la tête. Trop d'apitoiement sur soi-même. Ce qui lui restait, c'était Kevin Laine, réputé pour son intelligence et ses multiples talents, une étoile de la faculté de droit et une étoile à venir quand il débuterait dans sa profession. On le respectait, il avait des amis, il avait été aimé, plus d'une fois. Son visage, lui avait déclaré une femme des années auparavant, était fait pour la bonne fortune. Une phrase curieuse : il s'en était souvenu.

Il n'y avait pas de place pour des apitoiements geignards dans un tel curriculum, se dit-il.

D'un autre côté, c'était seulement dans son propre univers que ces accomplissements brillaient de tous leurs feux. Comment pourrait-il désormais tirer gloire de ces triomphes dans des procès-pourrire ? Comment viser la seule excellence juridique après ce qu'il avait vu ici ? Quel sens pourrait-il trouver à sa vie dans son propre univers après avoir vu le Rangat lancer une main de feu dans le ciel, après avoir entendu le rire du Dévastateur porté par le vent du nord ?

Bien peu, presque rien. En fait, il n'avait qu'une possession, une seule, mais elle était tout à fait réelle ; il pensa à son père, avec le tressaillement douloureux qui le traversait toujours quand il ne l'avait pas fait depuis un moment.

Fur gesunter heit, und cum gesunter heit, avait dit Sol Laine en yiddish quand Kevin lui avait expliqué devoir se rendre à Londres avec dix heures de préavis : *Va et reviens sain et sauf*. Rien de plus. C'était une manifestation de confiance sans bornes ; si Kevin l'avait voulu, il lui aurait expliqué la raison de ce voyage ; si Kevin ne le faisait pas, il avait une raison, et il en avait le droit.

« Oh, abba », murmura Kevin dans la nuit cruelle. Et, en cette contrée de la Mère, le terme qu'il utilisait pour dire « père » devint une sorte de talisman qui le guida à l'abri des vents coupants jusqu'à la demeure assignée à Diarmuid dans Morvran.

La royauté avait ses prérogatives : seuls Coll, Kevin et Brock partageaient la place avec le prince. Coll se trouvait à la taverne, le Nain dormait, et Diarmuid était Dieu savait où.

Avec un léger amusement à la pensée de Diarmuid lâché dans la nuit du lendemain, et le réconfort plus profond que lui apportait toujours l'évocation de son père, Kevin alla se coucher. Il rêva, un rêve fugitif qu'il oublia à son réveil.

La chasse commença au lever du soleil. Le ciel était d'un bleu éclatant et les premiers rayons du soleil étincelaient sur la neige. Dave trouva aussi qu'il faisait plus doux, comme si quelqu'un, quelque part, avait pris en considération le fait que c'était le solstice d'été. Parmi les chasseurs courait une énergie électrique, presque palpable. Les pulsions érotiques qui avaient commencé à se faire sentir dès leur arrivée en Gwen Ystrat étaient maintenant encore plus intenses ; Dave n'avait jamais éprouvé rien de tel, et, à ce qu'on disait, les prêtresses seraient de sortie cette nuit ; à cette seule idée, il se sentit saisi de faiblesse.

Il se força à revenir à la tâche qui les attendait. Il avait voulu accompagner le petit contingent des Dalreï, mais des chevaux ne serviraient pas à grand-chose dans la forêt : Ailéron avait demandé aux Cavaliers de se joindre aux archers qui allaient encercler la forêt pour abattre les loups qui essaieraient de s'enfuir. Dave vit le grand lieutenant de Diarmuid, Coll, un arc énorme à la main, traverser à cheval le pont du nord-ouest avec Torc et Lévon.

Ce qui lui ouvrait une position, sans doute : avec une certaine réticence, il alla rejoindre à pied Kevin Laine qui plaisantait avec deux autres membres de la troupe du prince. D'après la rumeur, ils avaient pris de l'avance sur le festival du solstice, la nuit précédente, défiant les ordres des deux rois. Voilà qui n'impressionnait vraiment pas Dave ; c'était une chose d'aller riboter en ville, une autre de le faire à la veille d'une bataille.

Par ailleurs, aucun d'eux ne semblait s'en ressentir, et il ne connaissait pas les autres chasseurs, pas assez pour se joindre à eux ; il se planta donc avec un certain embarras non loin du prince et attendit.

Diarmuid parcourait rapidement les instructions écrites de son frère ; quand il eut fini, il leva les yeux, et son regard d'un bleu déconcertant remarqua la présence de Dave.

« Il reste une place ? » demanda celui-ci.

Il s'était cuirassé contre une éventuelle raillerie, mais le prince se contenta de dire : « Bien sûr. Je vous ai vu au combat, vous vous en souvenez ? » Il éleva un peu la voix et le silence se fit parmi la cinquantaine d'hommes qui l'entourait. « Venez là, les enfants, je vais vous conter une histoire. Mon frère s'est surpassé en préparant cette expédition. Voici ce que nous devons faire. »

Malgré le ton frivole, ces paroles étaient énoncées d'une voix incisive. Derrière le prince, Dave put voir les eïdolath, la garde d'honneur du Cathal, galoper vers le nord-est derrière Shalhassan. Non loin de là, Ailéron lui-même s'adressait à un groupe d'hommes et, un peu plus loin encore, Arthur faisait de même. Ce serait un mouvement en pince, devina-t-il, avec les deux armées arrivant ensemble du sud-ouest et du nord-est.

Les archers, environ deux cents, allaient encercler la forêt ; les Cathaliens se trouvaient déjà le long de la Kharn, sur sa rive est, et de l'autre côté de la frontière du nord, disposés jusqu'à la Latham ; les archers du Brennin étaient également échelonnés en avant de la Latham, au nord et en arc de cercle au sud-ouest, à intervalles réguliers. On avait déjà battu les boqueteaux moins denses à l'est de la Kharn, expliqua Diarmuid, et on les avait trouvés déserts ; les loups rôdaient dans la forêt de Leinan même et, si tout se déroulait conformément au plan, ils se retrouveraient bientôt encerclés par les armées ; les chiens seraient lâchés pour pousser les loups vers le centre de la forêt.

« À moins que ces loups perfides n'aient la témérité de désobéir aux plans des très hauts seigneurs, nous devrions faire notre jonction avec les forces de Shalhassan près de la Latham, au milieu de la forêt, en coinçant les loups entre nous. Si ce n'est pas le cas, conclut Diarmuid, nous blâmerons tout le monde et n'importe quoi sauf le plan. Des questions ?

— Où sont les mages ? » demanda Kevin ; il avait toujours des questions à poser, pensa Dave ; un de ces types qui ne peuvent simplement faire ce qu'ils ont à faire.

Mais Diarmuid répondit avec sérieux : « Nous les aurons avec nous. Mais il s'est passé quelque chose la nuit dernière au temple. Les sources sont complètement épuisées. Des épées et des flèches, c'est tout ce que nous pouvons utiliser ce matin. »

Et des haches, se dit sombrement Dave. Pas besoin d'autre chose ; c'était plus clair ainsi, sans magie. Il n'y avait plus de questions, et plus de temps pour en poser de toute façon : Ailéron avait commencé à faire avancer sa compagnie. Diarmuid, d'un pas rapide et précis, fit traverser à la sienne le pont de la Latham sur son flanc gauche et Dave vit la compagnie d'Arthur s'avancer sur la droite.

Ils se trouvaient à la lisière sud-ouest de la forêt, sur une langue de terre qui séparait celle-ci du lac gelé ; au nord-ouest, Dave put apercevoir les archers sur leurs chevaux, arc en main et prêts à tirer, là où la forêt s'éclaircissait.

Puis Ailéron fit signe à Arthur et Dave vit le Guerrier parler à son chien. Avec un long hurlement, la bête grise prit le galop et se précipita dans la forêt de Leinan, le reste de la meute sur ses talons. Dave entendit de vagues abois en réponse du côté nord, où l'on lâchait à son tour l'autre moitié de la meute. Les hommes attendirent un moment puis le très haut roi se mit en marche, et ils entrèrent dans la forêt.

Très vite il fit plus sombre, car même dépourvus de feuilles les arbres étaient assez rapprochés pour faire obstacle au soleil. Les chasseurs avançaient vers le nord-ouest avant d'amorcer leur vaste mouvement tournant vers l'est, et Diarmuid et sa compagnie se trouvaient en tête. Tout d'un coup, Dave prit conscience d'une violente odeur de loup, impossible à ne pas repérer ; autour d'eux les chiens donnaient de la voix, mais sans trop de frénésie encore. La hache prête, la lanière enroulée autour de son poignet, Dave marchait à grands pas derrière la silhouette de Diarmuid, Kevin à sa gauche et le Nain nommé Brock à sa droite, armé de sa propre hache.

Puis, loin à leur droite, Cavall donna à son tour de la voix, si fort que même quelqu'un qui n'avait jamais chassé auparavant pouvait en comprendre la signification.

« Commencez le mouvement tournant ! cria Ailéron derrière eux. Dispersez-vous et dirigez-vous vers la rivière ! »

Dave avait déjà perdu tout sens de l'orientation, mais il suivit Diarmuid et, le cœur battant plus vite, s'en alla à la recherche des loups.

Les loups les trouvèrent en premier.

Ils n'avaient pas atteint la rivière ni rejoint les hommes du Cathal que les silhouettes noires, grises et tavelées fondirent sur eux. Les loups géants n'allaient pas attendre d'être chassés : ils passaient eux-mêmes à l'attaque. Tout en abattant sa hache en un coup mortel, Dave entendit à l'est aussi des bruits de combat : les hommes du Cathal avaient leur propre bataille sur les bras.

Mais il n'avait plus le temps de penser. D'une feinte sur la droite, les genoux ployés, il évita les crocs de la bête noire qui lui sautait dessus ; des griffes lacérèrent son manteau. Pas le temps de jeter un regard en arrière : un autre loup accourait. Il le tua d'un revers qui le décapita, dut presque s'aplatir par terre quand un troisième loup lui bondit au visage. Ce fut son dernier souvenir précis.

La bataille se transforma en mêlée chaotique tandis qu'ils avançaient et reculaient dans la forêt, tour à tour poursuivis et poursuivants. Dave sentit jaillir dans sa poitrine cette frénésie qui effaçait tout et qui semblait s'emparer de lui au combat ; il plongea dans la neige ensanglantée en brandissant sa hache ; devant lui, toujours, il voyait le prince et ses coups d'épée à l'élégance mortelle, et il l'entendait chanter au milieu du massacre.

Il avait perdu tout sens de la durée, n'aurait pu dire combien de temps il leur fallut pour se frayer un chemin au travers des loups, le prince et lui, avec Brock sur leurs talons. Devant, il pouvait voir les silhouettes des Cathaliens, de l'autre côté de la rivière gelée. Mais il y avait des loups sur leur droite, attaquant le centre des rangs du Brennin et le flanc d'Arthur ; Dave s'apprêta à aller leur porter secours.

« *Attendez !* » Diarmuid avait posé la main sur son bras. « Regardez. »

Kevin les rejoignit, saignant d'une blessure au bras ; Dave se retourna pour observer la fin de la bataille de leur côté de la Latham.

Non loin d'eux, Arthur Pendragon, accompagné de Cavall le gris, faisait des ravages méthodiques dans les rangs des loups. Dave imagina soudain le nombre de fois où le Guerrier avait brandi l'épée qu'il portait, dans combien de guerres.

Mais ce n'était pas Arthur que Diarmuid observait. En suivant le regard du prince, Dave, et Kevin avec lui, vit ce qu'avait vu Kimberly un an plus tôt sur un chemin illuminé par le soleil couchant, à l'ouest de Paras Derval.

Ailéron dan Ailell jouant de l'épée.

Dave avait vu combattre Lévon, et Torc ; il avait vu l'insouciance létale de Diarmuid et venait tout juste d'admirer la maîtrise d'Arthur, qui ne gaspillait pas un mouvement. Mais Ailéron se battait comme un aigle vole, comme un eltor court dans la Plaine en été.

Sur l'autre rive, c'en était fini. Shalhassan, ensanglanté mais triomphant, conduisit ses hommes au bord de la Latham aux eaux gelées, et eux aussi purent contempler le spectacle.

Il restait sept loups. D'un accord tacite, on les abandonna au très haut roi. Il y en avait six noirs et un gris, et ils se précipitèrent à l'attaque de trois côtés en même temps ; Dave vit comment moururent le loup gris et deux des noirs, mais il ne sut jamais exactement comment l'épée d'Ailéron avait abattu les quatre autres.

Après cela, la forêt devint presque silencieuse : des toux çà et là des deux côtés de la rivière, l'aboiement d'un chien, un homme qui jurait sur l'autre rive parce que sa blessure le faisait souffrir... Dave n'avait pas quitté des yeux le très haut roi. S'agenouillant dans la neige piétinée, Ailéron nettoya sa lame avec soin puis se leva pour la remettre au fourreau. Il jeta un bref coup d'œil à son frère puis se tourna, avec une expression presque embarrassée, vers Arthur Pendragon.

Lequel dit, d'une voix émerveillée : « Je n'ai jamais vu qu'un seul homme capable de faire ce que vous venez de faire. »

La voix d'Ailéron était basse mais ferme : « Je ne suis pas cet homme. Je n'ai aucun rôle dans cette histoire.

— Non, dit Arthur, vous n'y avez aucun rôle. »

Après une autre pause, Ailéron se retourna vers la rivière. « Bellement tissé, hommes du Cathal. Nous n'avons causé qu'une petite perte aux Ténèbres ce matin, mais nous l'avons fait, et c'est mieux que rien. Il y en a qui vont dormir plus tranquilles cette nuit grâce à ce que nous avons fait dans cette forêt. »

Shalhassan du Cathal était éclaboussé de sang de la tête aux pieds, et des taches rouges parsemaient sa barbe à deux pointes, mais, toujours royal, il acquiesça d'un grave hochement de tête. « Allons-nous sonner le marone pour mettre fin à la chasse ? demanda cérémonieusement Ailéron.

— Faites, répondit Shalhassan. Et jouez-le en entier, car six des nôtres sont morts de ce côté de la rivière.

— Le même nombre de ce côté-ci, dit Arthur. S'il vous agrée, très haut roi, Cavall peut donner voix au triomphe comme au deuil. »

Ailéron inclina la tête. Arthur parla à son chien.

Cavall le gris s'avança au pas dans l'espace dégagé près de la rive, là où la neige n'avait été ni piétinée ni rougie par les loups, les chiens ou les humains. Dans un espace immaculé entre les arbres dénudés, il leva le museau.

Mais ce n'était pas pour un cri de triomphe et pas encore pour un cri de deuil.

Dave ne saurait jamais exactement ce qui l'avait poussé à se retourner, le grondement d'avertissement du chien ou le tremblement du sol. Il fit volte-face, plus rapide que la pensée.

En un instant, moins que cela, en l'imperceptible laps de temps qui sépare deux secondes, un souvenir le traversa tel un éclair. Une autre forêt : Pendarane. Flidaïs, la créature aux allures de gnome, ses incantations étranges. Et l'une d'entre elles : *Prenez garde au sanglier, prenez garde au cygne. La mer a emporté son corps.*

Prenez garde au sanglier.

Il n'avait jamais vu une créature comme celle qui déboulait maintenant de sous les arbres. Au moins quatre cents kilos, avec de sauvages défenses vicieusement recourbées et des yeux pleins de rage ; c'était un albinos, aussi blanc que la neige environnante.

Kevin se trouvait en travers de son chemin, muni d'une simple épée et blessé à l'épaule ; il ne serait pas capable de l'éviter, et il n'avait pas le moindre espoir d'arrêter l'élan de la bête.

Il s'était retourné pour lui faire face. Avec bravoure, mais trop tard, et son arme ne suffirait pas. Alors même que le bizarre souvenir de Flidaïs explosait dans la mémoire de Dave et qu'il entendait le cri d'avertissement de Diarmuid, le colosse prit un élan rapide en lâchant sa hache, pour un plongeon dément.

Il avait le bon angle, presque. Il frappa le sanglier à l'omoplate, en plein essor, et il y avait mis tout son poids et toute sa force.

Il rebondit comme une balle de ping-pong contre un mur. Il se sentit voler, eut le temps de s'en rendre compte avant de s'écraser en tournoyant dans les arbres.

Il hurla : « Kevin ! » et essaya, imprudemment, de se relever. L'univers tanguait. Il porta la main à son front, la retira ensanglantée. Il avait du sang dans les yeux, il ne voyait rien. On criait autour de lui en tout cas, un chien grognait et il lui était arrivé quelque chose à la tête. Il y avait quelqu'un par terre, on courait partout, et puis quelqu'un se penchait sur lui, et quelqu'un d'autre encore. Il essaya de nouveau de se relever. On l'en empêcha. On lui parlait. Il ne comprenait pas.

Il voulut demander : « Kevin ? » Il ne put prononcer le nom. Il avait du sang dans la bouche. Il se détourna pour tousser et la douleur soudaine lui fit perdre conscience.

Ce n'avait pas été de la bravoure, en fait, ni une stupide bravade — le temps manquait pour des émotions aussi complexes. Kevin s'était trouvé à l'arrière, il avait entendu un grognement et un fracas de piétinement, et il avait commencé à se retourner avant même l'aboiement du chien et le tremblement du sol sous les sabots du sanglier blanc.

Dans la demi-seconde dont il avait disposé, Kevin avait pensé que la bête chargeait Diarmuid et il avait poussé un cri pour l'avertir. Inutile, car c'était lui que le sanglier chargeait.

Curieux comme le temps semblait long quand il n'en restait plus. La première pensée hilare qui lui traversa l'esprit, ce fut : *Au moins quelqu'un veut de moi*. Mais il était vif, il l'avait toujours été, s'il ignorait comment se servir d'une épée. Pas la place de s'enfuir, impossible d'abattre ce monstre. Alors, tandis que le sanglier fonçait dans un bruit de tonnerre avec des grognements sauvages, relevant déjà ses défenses pour l'éviscérer, Kevin minuta son mouvement avec la plus calme précision, saut périlleux, poser les mains sur la fourrure puante du large dos blanc et continuer sa culbute par-dessus, comme un danseur de taureau crétois, avant d'atterrir sur la neige molle.

En théorie, du moins.

Théorie et réalité commencèrent à bifurquer de façon radicale autour de l'axe formé par la silhouette en plein élan de Dave Martyniuk, au moment précis où son épaule allait heurter le sanglier.

Il déplaça peut-être la bête d'une dizaine de centimètres, au mieux. Juste assez pour faire glisser le bras blessé de Kevin quand celui-ci essaya de prendre appui pour sa culbute. Il n'y eut pas d'appui. Kevin se retrouva étendu de tout son long sur le dos du sanglier, les poumons brutalement vidés de toutes leurs molécules d'air, tandis qu'un primitif réflexe intérieur lui criait : *Roule !* Et son corps obéit.

Cela suffit, de justesse : la défense de l'animal, dans son coup vicieux, ne lui perça que superficiellement l'aine au lieu de pénétrer à la verticale, ce qui l'aurait tué. Il accomplit sa culbute, en fin de compte, et, au contraire de Dave, atterrit dans la neige.

Mais la souffrance était intense, à un endroit vraiment malencontreux, et des gouttes de sang s'éparpillaient sur la neige, comme des fleurs écarlates.

Ce fut Brock qui détourna le sanglier et Diarmuid qui lui assena le premier coup d'épée. Il y en eut bien d'autres, en définitive Kevin vit toute l'affaire, mais il ne put dire qui avait donné le coup mortel.

Ils procédèrent avec beaucoup de précautions quand vint le temps de le déplacer : crier aurait été presque grossier ; aussi agrippa-t-il les branches de sa civière improvisée jusqu'à avoir l'impression que ses doigts passaient au travers, et il ne poussa pas un cri.

Il essaya même de plaisanter quand le visage de Diarmuid, d'une pâleur inhabituelle, emplit son champ de vision. « Si vous avez à choisir entre moi et le bébé, marmonna-t-il, sauvez le bébé. » Diar ne rit pas ; Kevin se demanda s'il avait compris la plaisanterie, se demanda où était Paul, et qui d'autre aurait compris la blague. Toujours sans crier.

Sans s'évanouir, jusqu'à ce que l'un des porteurs de la civière trébuchât sur une branche alors qu'ils quittaient la forêt.

Quand Kevin reprit conscience, il vit Martyniuk dans le lit proche du sien, qui le regardait ; le colosse avait un énorme pansement sanglant autour de la tête ; il ne semblait pas lui-même en trop bon état.

« Tu es O.K., lui déclara Dave. Tout est intact. »

Kevin eut envie de plaisanter mais son soulagement était trop profond ; il ferma les yeux en reprenant son souffle ; étonnant, la douleur était très réduite... Quand il rouvrit les yeux, il vit de nombreuses autres personnes dans la pièce : Diar et Coll, Lévon, Torc aussi, et Erron. Des amis. Dave et lui se trouvaient dans la première salle des quartiers du prince, sur des lits qu'on avait rapprochés de la cheminée.

« Je suis O.K. », confirma-t-il ; et, se tournant vers Dave : « Toi ?

— Bien. Mais je ne sais pas comment ça se fait.

— Les mages étaient là, dit Diarmuid. Tous les deux. Chacun a soigné l'un de vous. Il a fallu un certain temps. »

Un souvenir revint à Kevin : « Attendez. Comment ? Je croyais...

— ... que les sources étaient épuisées », termina

Diarmuid ; son regard était grave. « Matt et Barak l'étaient, mais nous n'avions pas le choix. Ils se reposent maintenant au temple. Selon Lorèn, ils récupéreront. » Le prince eut un lent sourire. « Ils ne pourront participer à Maidaladan, toutefois. Vous devrez vous le faire pardonner. D'une façon ou d'une autre. »

Tout le monde se mit à rire. Kevin vit que Dave l'observait : « Dis-moi, demanda le colosse d'une voix mesurée, t'ai-je sauvé la vie ou ai-je failli te faire tuer ?

— Restons-en à la première hypothèse. Mais heureusement que tu ne m'aimes guère, parce que si tel avait été le cas, tu aurais administré un véritable blocage à ce cochon au lieu de faire semblant et alors...

— Eh ! s'exclama Dave. Ce n'est pas... ce n'est pas... » Il se tut car tout le monde riait ; il se rappellerait cette blague-là plus tard, en tout cas ; Kevin avait le don de le mettre dans ce genre de situation.

« En parlant de cochon, dit Lévon, venant au secours de Dave, nous le faisons rôtir pour le souper. Vous devriez pouvoir le sentir. »

Après quelques tentatives, Kevin le put en effet. « C'était vraiment un gros cochon », dit-il du fond du cœur.

Diarmuid souriait largement : « Si vous pouvez assister au souper, dit-il, nous vous avons déjà fait réserver le meilleur morceau.

— Oh non, gémit Kevin, qui les voyait venir.

— Oh si. J'ai pensé que vous aimeriez ce que le sanglier vous a presque arraché. »

Il y eut des encouragements et des rires sonores, nourris aussi bien de l'excitation intérieure que de tout ce qui s'était passé, comprit Kevin avec retard ; Maidaladan, le solstice d'été, se manifestait clairement en chacun des hommes présents. Kevin se leva, conscient qu'il y avait là quelque chose de miraculeux ; on l'avait pansé mais il était capable de bouger, tout comme Dave. Il pouvait discerner chez le colosse la même excitation à peine contrôlée que chez les autres. Tout le monde, sauf lui... Mais quelque chose le tracassait, venant de loin, et qui semblait important. Pas un souvenir, autre chose...

On riait beaucoup, avec une rude et tapageuse bonne humeur ; il en fit autant, prenant plaisir à cette camaraderie. Quand ils entrèrent dans la salle commune de Morvran — devenue pour la nuit une salle à manger —, les compagnies du Brennin et du Cathal éclatèrent en applaudissements spontanés, et Kevin se rendit compte que c'était Dave et lui qu'on acclamait.

Ils s'assirent avec les hommes de Diarmuid et les deux jeunes Dalreï. Avant le début officiel du souper, Diarmuid, fidèle à sa parole, se leva du siège qu'il occupait à la table principale et, tenant cérémonieusement un plat devant lui, s'en vint trouver Kevin.

Dans l'hilarité croissante et tandis que cinq cents hommes affamés tapaient en chœur sur les longues tables de bois, Kevin se rappela que de telles parties étaient censées être des morceaux de choix. Un verre plein de vin à la main, il se leva, fit une courbette à Diarmuid et mangea les testicules du sanglier qui l'avait presque tué.

Pas mauvais, en fait, tout bien considéré.

« Il y en a encore ? » demanda-t-il d'une voix forte, et il se gagna ainsi son rire de la soirée. Même de Dave Martyniuk, ce qui exigeait un effort spécial.

Ailéron fit un bref discours, ainsi que Shalhassan, tous deux étant trop sages pour parler longuement compte tenu de l'humeur qui prévalait dans la salle ; d'ailleurs, se dit Kevin, les deux rois devaient éprouver la même chose que les autres. Les servantes — les filles des citadins, supposa-t-il — gloussaient déjà en évitant les mains audacieuses, mais elles ne semblaient pas en prendre ombrage. Kevin se demanda quel effet avait Maidaladan sur les femmes, Jaëlle, Sharra, et même ce cuirassé qu'était Audiart, à la table principale ; l'ambiance serait déchaînée, plus tard, à l'arrivée des prêtresses.

De hautes fenêtres s'ouvraient sur les quatre côtés de la salle. Dans le chahut, Kevin regarda l'obscurité qui tombait dehors ; le bruit était trop soutenu, l'excitation trop fébrile pour que l'on remarquât son silence inhabituel.

Il fut le seul à voir la lune briller dans les fenêtres, à l'est ; c'était la pleine lune, et le solstice d'été, et à la lisière de son esprit quelque chose insistait davantage, se cherchant une forme. Avec discrétion, il se leva et sortit ; il n'était pas le premier ; même dans le froid qui régnait, des couples s'étreignaient avec insouciance à la porte de la salle du banquet.

Il les dépassa ; sa blessure lui faisait un peu mal, à présent ; il se tint en plein milieu de la rue verglacée, les yeux levés vers l'est et la lune. Et en cet instant, il eut enfin conscience de ce qui s'agitait en lui, et qui prenait forme. Non pas celle du désir, mais de ce qui se trouvait au-delà du désir, quelle qu'en fût la nature.

« Ce n'est pas une bonne nuit pour être seul », remarqua une voix juste derrière lui. Il se retourna pour voir Liane ; une certaine timidité se lisait dans les yeux de la jeune fille.

« Bonsoir, dit-il. Je ne t'ai pas vue au banquet.

— Je n'y suis pas allée. J'étais avec Géreint.

— Comment va-t-il ? » Il se mit en marche au milieu de la large rue et Liane lui emboîta le pas ; d'autres couples les croisèrent à droite et à gauche, courant avec des rires vers la chaleur ; il faisait très clair avec la lumière de la lune sur la neige.

« Il va assez bien. Il n'est pas heureux, pourtant, pas comme les autres. »

Il lui jeta un coup d'œil et lui prit la main, parce que cela lui semblait la chose à faire ; tout comme lui, la jeune fille allait sans gants, et elle avait les doigts froids.

« Pourquoi n'est-il pas heureux ? » Un éclat de rire tomba d'une fenêtre proche, une bougie s'étcignit.

« Il ne croit pas que nous puissions le faire.

— Quoi donc ?

— Mettre fin à l'hiver. Ils ont trouvé comment Métran s'y prend, apparemment, je ne comprends pas comment, mais c'est depuis le lieu du tourbillon, Cadèr Sédat, loin en mer. »

Ils se trouvaient maintenant dans une section tranquille de la rue ; Kevin sentait un calme plus profond encore monter en lui, et il en fut soudain effrayé. « Ils ne peuvent pas y aller », murmura-t-il.

Les yeux noirs de la jeune fille étaient sombres : « Pas en hiver. Ils ne peuvent pas prendre la mer. Ils ne peuvent faire cesser l'hiver tant que l'hiver est là. »

Kevin eut alors l'impression d'avoir une vision de son passé, de ce rêve fugitif qu'il avait poursuivi, éveillé ou dans son sommeil, pendant toutes les nuits de sa vie. Toutes les pièces se mettaient en place. Un grand silence paisible régnait dans son esprit. « La fois où nous étions ensemble, tu m'as dit que je portais en moi Dun Maura. »

La jeune fille s'arrêta brusquement dans la rue et se tourna vers lui : « Je me rappelle.

— Eh bien, il se passe quelque chose d'étrange. Je ne ressens absolument rien de ce qui frappe tout le monde cette nuit. Je ressens autre chose. »

Les yeux de la jeune fille s'étaient élargis sous la lune : « Le sanglier, murmura-t-elle. Tu as été marqué par le sanglier. »

Cela aussi. Kevin hocha lentement la tête. Tout convergeait. Le sanglier. La lune. Le solstice d'été. L'hiver auquel ils ne pouvaient mettre fin. Tout avait convergé. Du fond de son silence, il comprit enfin.

« Tu ferais mieux de me laisser », dit-il avec toute la douceur dont il était capable.

Il lui fallut un moment pour se rendre compte qu'elle pleurait ; c'était inattendu.

« Liadon ? » demanda-t-elle. Et c'était bien le nom.

« Oui. On dirait. Tu ferais mieux de me laisser. »

Elle était très jeune, il pensa qu'elle allait refuser. Mais il la sous-estimait ; d'un revers de la main elle essuya ses larmes, puis elle se dressa sur la pointe des pieds et l'embrassa sur les lèvres. Elle s'éloigna ensuite dans la direction d'où ils étaient venus, vers les lumières.

Il la regarda partir. Puis il se détourna et se rendit aux écuries. Il trouva son cheval. Alors qu'il lui passait sa selle, il entendit les cloches du temple et ses mouvements se ralentirent brièvement. Les prêtresses de Dana devaient sortir du temple.

Il finit de boucler la selle, monta et fit avancer son cheval au pas, sans bruit.

Il s'arrêta dans les ombres, là où l'allée rejoignait la route menant de Morvran au temple ; il pouvait voir les prêtresses arriver au nord et, au bout d'un moment, il observa leur procession. Quelques-unes couraient, d'autres marchaient ; elles portaient toutes de longs manteaux gris pour se protéger du froid et elles avaient dénoué leurs cheveux pour les laisser flotter dans leur dos ; elles semblaient toutes enveloppées d'une légère luminescence dans le plein éclat de la lune. Elles passèrent devant lui et, en tournant la tête à gauche, il vit les hommes de la ville qui venaient à leur rencontre ; la lune brillait d'un éclat intense sur la neige et la glace, et sur les hommes et les femmes qui se rejoignaient sur la route.

Bientôt la rue fut de nouveau déserte et les cloches se turent. Il y avait des cris et des rires, non loin de là, mais Kevin portait maintenant en lui son propre silence et, dirigeant son cheval vers l'est, il entreprit sa chevauchée.

Kim s'éveilla tard au cours de l'après-midi. Elle se trouvait dans la chambre qu'on lui avait attribuée et Jaëlle, silencieuse, était assise près du lit.

Kim s'assit un peu en s'étirant : « Ai-je dormi toute la journée ? »

Jaëlle eut un sourire inattendu : « Vous l'aviez bien mérité.

— Combien de temps m'avez-vous veillée ?

— Pas très longtemps. Nous avons chacun pris notre tour.

— Chacun ? Qui d'autre ?

— Géreint. Les deux sources. »

Kim s'assit pour de bon : « Vous, ça va ? »

Jaëlle hocha la tête : « Aucun de nous n'est allé aussi loin que vous. Les sources récupéraient, mais on les a drainées de nouveau. »

Kim eut un regard interrogateur, et la prêtresse aux cheveux roux lui raconta la chasse et le sanglier. « Les dommages ne sont permanents ni pour l'un ni pour l'autre, conclut-elle, si Kevin en a été bien près. »

Kim secoua la tête : « Je suis heureuse de n'avoir rien vu de tout cela. » Elle prit une profonde inspiration. « Ailéron m'a dit que j'avais communiqué une image. Qu'était-ce, Jaëlle ?

— Le Chaudron », répliqua l'autre ; puis, comme Kim attendait toujours : « Le mage a dit que Métran créait l'hiver à l'aide du Chaudron, depuis Cadèr Sédat, loin en mer. »

Il y eut un silence pendant que Kim assimilait cette information ; quand elle eut enfin compris, elle ne ressentit que du désespoir : « Alors je n'ai servi à rien. Nous ne pouvons rien y faire. Nous ne pouvons aller là-bas en hiver !

— Un plan excellent, n'est-ce pas ? murmura Jaëlle avec une sécheresse qui ne dissimulait pas son propre effroi.

— Qu'allons-nous faire ? »

Jaëlle changea de position : « Pas grand-chose cette nuit. Ne le sentez-vous pas ? »

Et, en entendant cette question, Kim se rendit compte qu'elle le sentait en effet. « Je croyais que c'était juste un effet secondaire », dit-elle à mi-voix.

La prêtresse secoua la tête : « Maidaladan. Cela nous frappe plus tard que les hommes, et c'est plutôt une impatience que du désir, je crois, mais le soleil est presque couché, et c'est la nuit du solstice. »

Kim leva les yeux vers elle : « Allez-vous sortir ? »

Jaëlle se dressa d'un mouvement brusque et fit quelques pas vers le mur opposé. Kim pensa qu'elle l'avait offensée, mais après un moment la grande prêtresse se retourna vers elle : « Navrée, dit-elle, surprenant Kim encore une fois. Un ancien réflexe. J'irai au banquet, mais je reviendrai ensuite. Les tuniques grises doivent courir les rues cette nuit, et tenir compagnie à tous les hommes qui le désirent. Les Mormæ rouges ne le font jamais, quoique ce soit une coutume et non une loi. » Elle hésita. « La grande prêtresse porte une tunique blanche et ne doit pas participer à Maidaladan, ni connaître aucun homme, en quelque temps que ce soit.

— Y a-t-il une raison ?

— Vous devriez le savoir », dit Jaëlle d'un ton impérieux.

Et, après avoir consulté l'esprit d'Ysanne qui résidait en elle, Kim murmura : « Je vois. Est-ce difficile ? »

Jaëlle ne répondit pas tout de suite. « Je suis passée directement du brun des acolytes au rouge puis au blanc, dit-elle enfin.

— Jamais le gris. » Un détail revint à Kim : « Ysanne non plus. » Puis, comme l'autre se raidissait, elle demanda : « Pourquoi la haïssez-vous autant ? Parce qu'elle est partie avec Raëderth ? »

Elle n'escomptait pas une réponse, mais c'était un étrange après-midi, et Jaëlle déclara : « Je la haïssais autrefois. C'est plus difficile à présent.

Peut-être toute la haine dont je suis capable est-elle maintenant concentrée sur le Nord. »

Il y eut un long silence. Jaëlle le brisa, maladroite : « Je voulais vous dire... c'était un acte d'une très haute bravoure, ce que vous avez fait la nuit dernière, et quelle qu'en soit l'issue. »

Kim hésita une fraction de seconde : « On m'a aidée, dit-elle enfin. Je vais seulement vous le confier à vous, ainsi qu'à Lorèn et à Ailéron, je pense, parce que je ne suis pas sûre de ce qui en résultera, et je veux procéder avec prudence.

— Qui vous a aidée ?

— Des Paraïko, répliqua Kim. Les Géants sont toujours vivants, ils sont assiégés à Khath Meigol. »

Jaëlle se laissa brusquement retomber sur son siège. « Dana, notre Mère à tous ! souffla-t-elle. Qu'allons-nous faire ? »

Kim secoua la tête : « Je ne suis pas sûre. En discuter. Mais pas cette nuit, je crois. Comme vous le disiez, je ne pense pas qu'il arrivera quoi que ce soit d'important cette nuit. »

Les lèvres de Jaëlle frémirent : « Dites-le à celles qui portent le gris, elles attendent depuis un an. »

Kim sourit : « Je suppose. Vous savez ce que je veux dire. Nous devrons également parler de Darien.

— Pwyll lui tient compagnie, en ce moment, dit Jaëlle.

— Je sais. Il devait le faire sans doute, mais je voudrais bien qu'il soit ici. »

Jaëlle se leva de nouveau : « Je vais devoir vous quitter. Cela va bientôt commencer. Je suis heureuse de voir que vous allez mieux.

— Merci, dit Kim. Pour tout. Je vais peut-être aller voir Géreint et les sources. Juste pour les saluer. Où sont-ils ? »

Jaëlle s'empourpra de nouveau : « Nous les avons couchés dans mes appartements. Nous avons pensé que ce serait tranquille. Toutes les prêtresses ne sortent pas, s'il y a des hommes au temple. »

En dépit de tout, Kim ne put s'empêcher de glousser. « Jaëlle, vous avez dans vos appartements les trois seuls hommes inoffensifs de toute la Gwen Ystrat ! »

Au bout d'un moment, pour la première fois, elle entendit le rire de la grande prêtresse.

Quand elle fut seule, malgré toutes ses bonnes intentions, elle s'endormit de nouveau. Nul rêve, nul travail secret du pouvoir, uniquement le sommeil profond de qui a infligé à son esprit un trop lourd fardeau et sait qu'il le faudra encore.

Les cloches la réveillèrent. Elle entendit le bruissement des longues tuniques dans le corridor, les pas pressés d'une multitude de femmes, des murmures, des rires essoufflés. Au bout d'un moment, le silence revint.

Elle gisait dans son lit, complètement éveillée à présent, remuant bien des pensées. Finalement, parce que c'était Maidaladan, son esprit revint aux événements du jour précédent et, après les avoir pesés et s'être tenue immobile encore un moment, elle se leva, se lava le visage et passa sur sa peau nue l'une des longues robes qui lui appartenaient.

Elle longea les couloirs incurvés et s'arrêta pour écouter à une porte sous laquelle filtrait encore un léger rayon de lumière. C'était la nuit du solstice, en Gwen Ystrat. Elle frappa, et quand il vint ouvrir, elle entra.

« Ce n'est pas une bonne nuit pour être seul, dit-elle en levant les yeux vers lui.

— Vous êtes sûre ? » Sa tension était manifeste.

« Oui. » Elle eut un petit sourire : « À moins que vous ne préfériez partir à la recherche de cette acolyte ? »

Il ne répondit pas. Se contenta de faire un pas en avant. Elle renversa la tête pour recevoir son baiser. Puis elle sentit qu'il ouvrait sa tunique et quand celle-ci tomba au sol, les bras solides de Lorèn Mantel d'Argent la soulevèrent et l'emportèrent jusqu'à sa couche, en cette nuit du solstice d'été.

Sharra commençait à avoir une idée de ce dont Diarmuid était capable, c'était ce qu'elle se disait, du moins. À connaître les formes que prenait sa quête de divertissement. Elle-même avait été l'un de ces divertissements un an plus tôt, et elle lui avait coûté une blessure au bras, et presque la vie. De son siège à la table principale du banquet, avec un demi-sourire, elle regarda le prince se lever pour apporter les testicules fumants du sanglier à celui que la bête avait blessé et, en feignant d'être un serviteur, présenter le plat à Kevin.

Elle se rappelait ce jeune homme : il avait sauté comme elle du haut de la galerie des musiciens, à Paras Derval, mais pour une raison toute différente. Il était séduisant aussi, aussi blond que Diarmuid, mais avec des yeux bruns ; il y avait de la tristesse au fond de son regard ; Sharra n'était pas la première femme à le penser.

Tristesse ou non, Kevin fit une remarque qui convulsa de rire ceux qui l'entouraient ; Diarmuid s'esclaffait en retournant à son siège entre Shalhassan et la grande prêtresse, de l'autre côté d'Ailéron. Il jeta un bref coup d'œil à Sharra en s'asseyant et elle regarda ailleurs, impassible. Ils n'avaient pas échangé une parole depuis l'après-midi ensoleillé où il les avait tous si aisément défaits ; mais cette nuit, c'était Maidaladan, et elle était assez sûre de lui pour escompter qu'il viendrait la trouver.

Au fur et à mesure que le banquet se déroulait — avec la viande du sanglier tué le matin même et celle de l'eltor apporté de la Plaine par le contingent des Dalreï —, l'atmosphère devenait plus tumultueuse. Sharra éprouvait de la curiosité, certainement pas de la crainte, et elle se sentait elle aussi envahie par cette agitation troublante. Quand les cloches résonneraient, les prêtresses sortiraient du temple. Elle-même, son père le lui avait fait clairement comprendre, serait de retour au temple bien avant ce moment ; Arthur Pendragon et Ivor, l'avèn des Dalreï, qui avaient été assis à sa droite et à sa gauche et lui avaient prodigué une intéressante conversation, étaient déjà retournés au temple. Ou du moins elle le supposait.

Il y avait donc des sièges vides près d'elle dans la salle de plus en plus turbulente. Elle pouvait voir Shalhassan s'agiter avec un énervement croissant ; l'humeur qui prévalait dans la salle ne convenait pas au seigneur suprême du Cathal. Sharra se demanda fugitivement si son père éprouvait les mêmes pulsions de désir que les autres hommes présents. Ce devait être le cas. Elle retint un sourire ; il était difficile d'imaginer Shalhassan à la merci de ses passions.

Et à ce moment, la surprenant malgré tout, Diarmuid apparut près d'elle. Il ne s'assit pas — de nombreux regards se seraient tournés vers eux. Il s'appuya au dossier de la chaise qui avait été celle d'Arthur et, sur le ton de la plus urbaine plaisanterie, il adressa à Sharra quelques paroles qui la déconcertèrent totalement. L'instant d'après, avec un hochement de tête poli, il s'éloigna et, après avoir arpenté toute la longueur de la salle avec un rire et une plaisanterie toutes les deux ou trois enjambées, il disparut dans la nuit.

Sharra était la fille de son père, et pas même Shalhassan, qui l'observait d'un œil scrutateur, ne put lire en elle la moindre trace de son bouillonnement intérieur.

Elle avait pensé qu'il viendrait la trouver au cours de la nuit, elle avait envisagé la proposition qu'il lui ferait. Lui murmurer, comme il venait de le faire : « Plus tard », et rien de plus, c'était exactement ce qu'elle avait escompté de sa part ; cette insouciance nonchalante était bien dans son style.

Mais il en avait fait une question, une requête discrète, il avait attendu d'elle une réponse, voilà qui n'était pas conforme et la troublait profondément. Elle n'avait pas idée de ce que son propre regard avait pu lui répondre ou — bien pis — de ce qu'elle aurait voulu lui voir répondre.

Quelques instants plus tard, son père se leva et, de sa place au milieu de la salle, Bashrai en fit autant. Une garde d'honneur encore assez bien disciplinée escorta jusqu'au temple le seigneur suprême et la princesse du Cathal ; à l'entrée, Shalhassan libéra ses gardes pour la nuit, d'un geste gracieux sinon avec un véritable sourire.

Sharra n'avait pas ses servantes ; Jaëlle lui avait assigné l'une de ses prêtresses. En entrant dans la chambre, Sharra vit la femme qui rabattait drap et couvertures pour elle dans la lumière oblique de la lune à travers les rideaux ; la prêtresse était déjà habillée et encapuchonnée en prévision du froid extérieur ; Sharra pouvait en deviner la raison.

« Va-t-on sonner les cloches bientôt ? demanda-t-elle.

— Très bientôt, ma dame », murmura la femme ; et Sharra remarqua l'intonation tendue de sa voix grave, ce qui contribua à son malaise.

Elle s'assit sur l'unique chaise en jouant avec le bijou qu'elle portait autour du cou. Avec des gestes vifs, impatients, la prêtresse en finit avec le lit.

« Y a-t-il autre chose pour votre service, ma dame ? Parce que sinon... Je suis désolée, mais... mais c'est la seule nuit... » Sa voix tremblait.

« Non, dit Sharra avec bonté. Je serai très bien. Mais... ouvrez-moi la fenêtre avant de partir.

— La fenêtre ? » La prêtresse avait une expression consternée. « Oh, ma dame, non ! Pas vous, assurément. Vous devez comprendre, il y aura beaucoup d'agitation cette nuit, et les hommes de la ville vont parfois... »

Sharra fixa la femme de son air le plus sévère, même s'il était difficile en Gwen Ystrat de foudroyer du regard une prêtresse encapuchonnée de Dana. « Aucun homme de la ville ne s'aventurera par ici, je pense, dit-elle, et j'ai l'habitude de dormir la fenêtre ouverte, même en hiver. » D'un geste très délibéré, elle se détourna et se mit à retirer ses bijoux ; ses mains ne tremblaient pas, mais elle pouvait sentir son cœur battre la chamade devant les implications de son acte.

S'il riait en entrant, s'il se moquait, elle crierait, décida-t-elle ; et elle le laisserait se débrouiller avec les conséquences. Elle entendit le loquet de la fenêtre s'ouvrir, et une brise froide souffla dans la pièce.

Puis elle entendit les cloches, et la prêtresse poussa un soupir tremblant derrière elle.

« Merci, dit Sharra en déposant son collier sur la table. Je suppose que c'est le signal. »

Il y eut un petit silence.

— C'était la fenêtre, en fait », remarqua Diarmuid.

Sharra avait tiré sa dague avant même de finir de se retourner.

Le prince avait rejeté son capuchon en arrière et la dévisageait avec calme. « Rappelez-moi de vous raconter l'autre fois où j'ai fait ce genre de chose. C'est une bonne histoire. Avez-vous remarqué, ajouta-t-il sur le ton de la conversation, comme ces prêtresses sont grandes ? Par chance...

— Essayez-vous de gagner ma haine ? » Elle lui lança ces paroles comme s'il s'était agi de sa dague.

Il s'interrompit : « Cela, jamais, dit-il, quoique toujours avec aisance. Il n'y a pas d'accès extérieur à cette pièce pour un homme seul, et j'ai choisi de ne faire de confidences à personne. Je n'avais aucun autre moyen d'entrer ici par moi-même.

— Qu'est-ce qui vous a permis de supposer que vous le pouviez ? Jusqu'où votre présomption...

— Sharra, finissons-en avec ce ton. Je n'ai rien présumé. Si vous n'aviez pas fait ouvrir la fenêtre, je serais sorti quand les cloches ont sonné.

— Je... » Elle se tut ; il n'y avait rien à dire.

« Pourriez-vous faire quelque chose pour moi ? » Il fit un pas en avant ; instinctivement, elle leva son poignard et, pour la première fois, il sourit : « Oui, dit-il, vous pouvez me faire une petite entaille. Pour des raisons évidentes, je n'ai pas offert de sang quand je suis entré ici. Je n'aime guère être au temple pour Maidaladan sans observer les rites. Si Dana peut m'affecter comme elle le fait cette nuit, elle mérite qu'on se la concilie. Il y a une coupe derrière vous. »

Il releva les manches de sa tunique et de la chemise bleue qu'il portait en dessous, et tendit son poignet à Sharra.

« Je ne suis pas une prêtresse, dit-elle.

— Cette nuit, toutes les femmes le sont, je pense. Rendez-moi ce service, Sharra. »

Aussi, pour la deuxième fois, Sharra le taillada-t-elle de sa dague ; elle lui prit le poignet, le retourna pour l'inciser, recueillit dans la coupe le sang qui jaillissait, éclatant. Le prince avait dans sa poche un carré de dentelle de Séresh et, sans un mot, il le lui tendit ; elle posa coupe et poignard pour panser la coupure.

« Deux fois, maintenant, murmura-t-il en écho à sa propre pensée. Y en aura-t-il une troisième ?

— Vous y invitez. »

Il s'éloigna à ces paroles, se rendit à la fenêtre. Ils se trouvaient dans l'aile est, et il y avait de la lune. Il y avait aussi, Sharra en prit conscience, un profond précipice en contrebas, là où une pente abrupte prolongeait les murailles lisses du temple. Les mains sur le rebord de la fenêtre, Diarmuid regardait dehors. Sharra s'assit sur l'unique chaise près du lit. Quand il reprit la parole, ce fut encore d'une voix basse, mais sans plus de légèreté. « On doit me prendre pour ce que je suis, Sharra. Je ne marcherai jamais au pas. » Il lui jeta un coup d'œil : « Sinon, je serais maintenant le très haut roi du Brennin, et Ailéron serait mort. Vous étiez là. »

Elle avait été présente, en effet. Il avait fait son choix ; quiconque s'était trouvé dans la Grande Salle de Paras Derval ce jour-là ne pourrait l'oublier. Elle garda le silence, les mains croisées sur les genoux.

« Quand vous avez sauté depuis la galerie, dit-il, j'ai cru voir un rapace fondre sur sa proie. Plus tard, quand vous m'avez arrosé d'eau après que j'eus escaladé le mur de votre chambre, j'ai cru voir une femme qui avait le sens du jeu. J'ai de nouveau vu tout cela à Paras Derval il y a cinq jours, Sharra. Je ne suis pas venu ici coucher avec vous. »

Elle laissa échapper un rire incrédule.

Il s'était retourné pour la regarder ; la lune illuminait son visage. « C'est la vérité. J'ai compris hier que je n'apprécie pas la passion suscitée par Maidaladan. Je préfère la mienne. Et la vôtre. Je ne suis pas venu coucher avec vous, mais vous dire ce que je viens de vous dire. »

Sharra serrait ses mains croisées. Elle le railla, toutefois, d'une voix distante : « Vraiment ? Et je suppose que vous êtes venu à Laraï Rigal uniquement pour voir les jardins, au printemps dernier ? »

Il n'avait pas bougé, pourtant sa voix semblait venir de très près et s'était faite plus rauque : « Pour une seule fleur, dit Diarmuid. Et j'ai trouvé plus que ce que j'étais allé chercher. »

Elle aurait dû répliquer, lui rabattre le caquet en lui retournant l'une de ses propres railleries, mais elle avait soudain la bouche sèche et ne pouvait parler.

Il bougea alors, un demi-pas seulement, mais qui le plongea dans l'obscurité ; tout en scrutant les ombres, Sharra l'entendit qui disait, d'une voix mesurée et qui dissimulait à présent, enfin, sa tension : « Princesse, nous vivons des temps difficiles, car la guerre nous impose ses propres contraintes, et cette guerre-ci signifie la fin de tout ce que nous connaissons. Nonobstant, si vous le permettez, je vous courtiserai dans les formes, je vous ferai la cour la plus cérémonieuse qui ait jamais été faite à une princesse du Cathal, et je dirai demain à votre père ce que je vous ai dit cette nuit. »

Il fit une pause ; la lumière de la lune semblait tout à coup inonder la pièce, et Sharra tremblait de tous ses membres.

« Sharra, dit Diarmuid, *le soleil se lève dans vos yeux*. »

Tant d'hommes l'avaient demandée en mariage ainsi, par l'entremise des paroles rituelles de l'amour. Mais aucun ne l'avait jamais fait pleurer. Elle aurait voulu se lever, mais elle ne se fiait pas à ses jambes. Diarmuid se tenait encore un peu à l'écart. La cour la plus cérémonieuse, avait-il dit ; il parlerait à son père au matin ; et elle avait bien entendu l'émotion que trahissait sa voix.

Et qui était toujours là lorsqu'il ajouta : « Si je vous ai surprise, j'en suis navré. C'est la seule chose pour laquelle je ne suis pas doué. Je vais vous laisser, à présent. Je ne parlerai pas à Shalhassan à moins d'en avoir votre permission. »

Il se dirigea vers la porte. Puis elle comprit : il ne pouvait voir son visage car elle était assise dans l'ombre, et elle n'avait rien dit.

Elle se leva alors et dit à travers une vague triomphante de joie, avec une certaine timidité mais non sans une ombre d'amusement : « Ne pourrions-nous prétendre que ce n'est pas Maidaladan ? Et voir où nous mènent nos propres désirs bien limités ? »

Il laissa échapper une exclamation étouffée en se retournant brusquement.

Elle fit un pas de côté pour se trouver dans la lumière, afin de lui laisser voir son visage. « Qui d'autre pourrais-je jamais aimer ? »

Il était près d'elle, sa bouche sur ses larmes, ses yeux, sa bouche à elle, et la pleine lune du solstice d'été les inondait d'une cascade de lumière immaculée, malgré l'obscurité qui les entourait, et malgré celle qui s'en venait.

Il faisait froid dehors, mais en cette nuit ce n'était pas aussi terrible ; la neige et les collines étaient revêtues de lumière ; les étoiles les plus brillantes étincelaient d'un éclat glacial, mais les plus obscures se perdaient dans la lumière céleste, car la pleine lune était à son apogée.

Kevin chevauchait vers l'est à une allure égale et le cheval s'engagea bientôt dans une pente. Il n'y avait pas vraiment de chemin, dans cette neige, mais l'ascension était assez aisée ; les congères n'étaient pas très profondes.

Les collines couraient du nord au sud, et Kevin arriva bientôt sur une crête. Il s'arrêta pour regarder en contrebas. Les montagnes étincelaient au loin dans la lumière argentée, enchanteresses. Il n'allait pas si loin.

Une ombre remua sur la neige et la glace à sa droite, et Kevin se tourna vivement, conscient d'être sans arme et seul dans la vaste nuit.

Ce n'était pas un loup.

Le chien gris s'avança avec une grave lenteur pour s'arrêter devant son cheval. C'était un splendide animal en dépit de ses terribles cicatrices, et le cœur de Kevin s'emplit d'amour pour lui. Ils restèrent ainsi un moment, immobiles au sommet de la colline dans la neige et le soupir atténué du vent.

« Me guideras-tu ? » demanda Kevin.

Cavall resta un instant la tête levée vers lui, comme s'il posait une question ou demandait à être rassuré par ce cavalier solitaire sur son cheval solitaire.

Kevin comprit : « J'ai peur, c'est vrai, dit-il. Je ne mentirai pas. Mais ma certitude est de plus en plus forte, surtout maintenant que tu es là. Je voudrais aller à Dun Maura. M'en indiqueras-tu le chemin ? »

Un tourbillon de vent souleva la neige sur la colline. Quand il fut passé, Cavall descendait la pente au petit trot, en direction de l'est. Kevin se retourna un instant : il y avait des lumières derrière lui, Morvran, le temple ; s'il tendait l'oreille, il pouvait vaguement percevoir des cris et des rires. Il secoua les rênes, le cheval partit à la suite du chien et les lumières et les bruits se perdirent du côté de la vallée.

Ce ne serait pas très loin, il le savait. Cavall le guida à travers les collines pendant environ une heure, en obliquant un peu au nord-est. Chien, cheval et cavalier étaient les seuls objets en mouvement dans le paysage hivernal des sapins enfouis sous la neige, les contours des buttes et des ravines argentées sous la lune, sculptés par le vent ; le souffle de Kevin se condensait dans l'air nocturne ; il entendait seulement les bruits de son cheval et le soupir du vent, plus léger maintenant qu'ils étaient descendus des hauteurs.

Puis le chien s'arrêta et se retourna pour le regarder de nouveau. Kevin dut chercher un moment avant de distinguer la caverne. Ils se trouvaient exactement en face ; des buissons et des plantes grimpantes en dissimulaient l'entrée, et celle-ci était plus étroite qu'il ne l'aurait pensé — plutôt une fissure, en réalité ; de la caverne, un chemin en pente se dirigeait vers ce qui semblait être la dernière des collines basses ; si la lune n'avait pas été si éclatante, Kevin n'aurait absolument rien vu.

Ses mains n'étaient pas tout à fait fermes ; il prit plusieurs inspirations profondes et lentes et sentit son cœur s'apaiser. Après être descendu de cheval, il se tint près de Cavall dans la neige, les yeux fixés sur la caverne. Il avait très peur.

Avec un soupir, il se retourna vers son cheval, lui caressa le museau, la tête contre la sienne, baignant dans sa chaleur ; puis il prit les rênes, fit tourner la bête du côté des collines et, plus loin, de la ville. « Va, maintenant », dit-il en lui donnant une claque sur la croupe.

Un peu surpris de constater combien c'était simple, il regarda l'étalon partir au galop dans ses propres traces bien visibles ; il put le suivre des yeux pendant longtemps dans la nuit claire, jusqu'au tournant de leur piste vers le sud, où ils avaient obliqué pour éviter une pente abrupte. Pendant quelques instants encore, il contempla l'ouest à l'endroit où le cheval avait disparu.

« Eh bien, dit-il en se retournant enfin, voilà. » Le chien assis dans la neige le regardait de ses yeux limpides. Il y avait tant de tristesse dans ce regard ! Kevin eut envie d'étreindre l'animal, mais ce chien n'était pas le sien, ils n'avaient rien partagé, il ne présumerait pas de leurs relations. Il fit un geste de la main, un peu stupide, et, sans rien ajouter, il se dirigea vers Dun Maura.

Cette fois, il ne regarda pas en arrière. Il n'y aurait que Cavall, et le chien l'observerait, immobile dans la neige éclaboussée de lumière. Kevin écarta les fougères sèches et traversa les buissons pour entrer dans la caverne.

Tout de suite, l'obscurité. Il n'avait pas apporté de quoi s'éclairer et dut attendre, le temps pour ses yeux d'accommoder. Prenant alors conscience de la chaleur qui régnait dans la caverne, il ôta son manteau et le laissa tomber à l'entrée, mais un peu à l'écart du chemin ; après une hésitation passagère, il en fit autant de la splendide veste tissée offerte par Diarmuid. Il entendit un claquement rapide dehors et son cœur se mit à battre plus vite, mais c'était seulement un oiseau. L'oiseau lança un cri d'appel une fois, puis une autre encore, une longue note tremblante et aiguë. Puis, au bout d'un moment, le cri s'éleva une fois de plus, un demi-ton plus bas, et moins longuement. En suivant d'une main la paroi de droite, Kevin s'enfonça dans la caverne.

Il n'y avait pas d'obstacles sur le chemin, et la pente était faible ; les mains tendues de chaque côté, Kevin pouvait toucher les parois ; il avait le sentiment que la voûte de la caverne était assez haute, mais l'obscurité était vraiment profonde, il ne pouvait rien voir.

Son cœur avait ralenti, semblait-il, et ses paumes étaient sèches, malgré l'humidité des parois rugueuses. Le plus difficile à supporter, c'était le noir. Mais, avec une certitude comme il n'en avait jamais connu, Kevin savait qu'il n'était pas venu si loin pour trébucher et se casser le cou dans un chemin obscur.

Il continua ainsi longtemps, combien de temps, il l'ignorait. Deux fois les parois se rapprochèrent, le forçant à se tourner de biais pour passer. Une fois, une bête qui volait dans le noir passa tout près et il s'accroupit vivement, saisi d'une terreur primitive mais qui ne dura pas — rien ne durait bien longtemps. Finalement, le passage obliqua soudain vers la droite et vers le bas, et au loin Kevin aperçut une tache de lumière.

Il faisait chaud ; il défit un autre bouton et, impulsivement, se débarrassa complètement de sa chemise. Il leva les yeux ; même dans cette lumière nouvelle, la haute voûte de la caverne se perdait dans les ténèbres. Le chemin était plus large à présent, et il y avait des marches. Il les compta, sans raison. La vingt-septième était la dernière. Elle le mena du chemin à la périphérie d'une vaste salle ronde où régnait une lumière orangée dont il ne pouvait distinguer la source.

Il s'immobilisa d'instinct et sentit alors ses cheveux se hérisser sur sa nuque, le premier frémissement de la puissance qui résidait en ce lieu infiniment sacré — ce n'était pas encore une éruption, mais cela viendrait, il le savait. Et la forme que revêtait en lui cette puissance, enfin, c'était celle du désir.

Éclatants, tes cheveux, et ton sang, éclatant, entendit-il. Il fit volte-face pour regarder à sa droite.

Il ne l'avait pas vue, ne l'aurait pas vue si elle n'avait pris la parole. À un mètre à peine se trouvait un siège grossièrement taillé dans la pierre ; là, presque pliée en deux par l'âge, était assise une vieille desséchée et décrépite. Ses longs cheveux pendaient dans son dos en maigres boucles négligées, d'un gris jaunâtre, et de chaque côté de son visage étroit ; de ses mains noueuses, aussi déformées que sa colonne vertébrale, elle tricotait sans relâche un tricot informe. En constatant la surprise de Kevin, elle se mit à rire, ouvrant une bouche dépourvue de dents sur un son aigu d'asthmatique ; ses yeux avaient dû être bleus, mais ils étaient maintenant laiteux, chassieux, obscurcis par des cataractes.

Sa robe, il y avait très longtemps, avait dû être blanche ; elle était à présent sale et tachée, d'une teinte indéfinissable, déchirée en plusieurs endroits ; à travers un accroc, Kevin put apercevoir un sein flétri et affaissé.

Lentement, avec la plus grande révérence, Kevin s'inclina devant elle, la gardienne du seuil. Elle riait encore quand il se releva ; de la salive lui était tombée sur le menton.

« C'est la nuit de Maidaladan », dit-il.

Elle se calma peu à peu dans son siège bas, les yeux levés vers lui, le dos si déformé qu'elle devait se tordre le cou pour pouvoir le regarder. « C'est vrai, dit-elle. La Nuit du Fils Bien-Aimé. Il y a sept cents ans qu'un homme n'est venu me trouver pendant la nuit du solstice. » Elle désigna quelque chose du bout de ses aiguilles, et Kevin aperçut des os croulants et un crâne sur le sol près d'elle.

« Je ne l'ai pas laissé passer », murmura la vieille, et elle se remit à rire.

Il avala sa salive en luttant contre sa peur. « Depuis combien de temps êtes-vous ici ? balbutia-t-il.

— *Insensé !* » s'écria-t-elle, si fort qu'il sursauta. *Insenséinsenséinsensé*, répéta l'écho dans la salle et, tout en haut sous la voûte, Kevin entendit des chauves-souris. « *Me crois-tu donc vivante ?* »

Il entendit *vivantevivantevivante*, puis seulement son propre souffle. Il regarda la vieille déposer son tricot près des os à ses pieds. Quand elle leva de nouveau les yeux vers lui, elle ne tenait qu'une aiguille, longue, noire et acérée, et elle lui visait le cœur. D'une voix claire mais basse, de sorte qu'il n'y eut pas d'échos, elle psalmodia :

Éclatants, tes cheveux, et ton sang, éclatant,
Jaune et rouge pour la Mère
Dis-moi ton nom, Bien-Aimé,
Ton vrai nom, et nul autre.

Dans l'instant qui précéda sa réponse, Kevin Laine eut le temps d'évoquer bien des souvenirs, certains avec tristesse, d'autres avec amour. Il se redressa de toute sa taille devant la vieille femme. Un pouvoir jaillissait en lui, une fontaine de désir. Et lui aussi, il pouvait faire résonner les échos de Dun Maura.

« *Liadon !* » s'écria-t-il, et, en écoutant ce nom se réverbérer, en sentant la force qui bourgeonnait en lui, il perçut un souffle, une caresse, comme une brise sur son visage.

La vieille abaissa lentement son aiguille.

« C'est ainsi, murmura-t-elle. Passe. »

Il ne bougea pas ; son cœur battait à toute allure, maintenant, si ce n'était plus de terreur. « Il est un vœu dans mon cœur, dit-il.

— Toujours, répliqua la vieille.

— Éclatants, mes cheveux, et mon sang, éclatant. J'ai déjà offert du sang à Paras Derval, mais c'était loin d'ici et ce n'était pas cette nuit. »

Il attendit et, pour la première fois, il vit changer le regard de la vieille femme : ses yeux semblaient s'éclaircir, revenir à leur bleu ancien ; c'était peut-être un effet de la lumière orangée sur le siège de pierre, mais il lui sembla la voir se redresser.

De la même aiguille, elle désigna l'intérieur de la salle. Non loin de là, presque sur le seuil encore, Kevin vit les objets nécessaires au sacrifice. Ici, nul poignard à la lame bien polie, nulle coupe exquisément façonnée pour recevoir l'offrande. C'était le lieu le plus ancien, le foyer primordial. Un rocher sortait du sol, un peu plus haut que la poitrine de

Kevin ; il ne se terminait pas en une surface égale et arrondie mais en un long rebord déchiqueté ; près du rocher se trouvait une coupe de pierre, toute petite. Elle avait été pourvue de deux anses, autrefois, mais l'une d'elles avait été brisée. Aucun dessin sur la coupe, aucun vernis ; elle était grossière, à peine utilisable, et Kevin n'aurait même pas tenté de deviner son âge.

« Passe », répéta la vieille.

Il s'approcha du rocher et ramassa la coupe, avec précaution. Elle était très lourde. Il fit une autre pause, et de nouveau des souvenirs lui revinrent de très loin, comme des lumières d'une rive éloignée — ou les lueurs d'une ville contemplée du haut d'une colline dans une nuit d'hiver.

Sa certitude était absolue. D'un geste fluide, sans hâte, il se pencha vers le rocher et posa sa joue contre le rebord déchiqueté. Alors même qu'il ressentait la douleur et recueillait le sang qui jaillissait, alors qu'il découvrait enfin son pouvoir, il entendit derrière lui un cri aigu et tremblant, un unique cri de joie et de chagrin sauvages.

Il se retourna. La vieille s'était levée. Ses yeux étaient très bleus, sa robe immaculée, ses cheveux blancs comme la neige, ses doigts longs et fins. Elle avait des dents éclatantes, et des lèvres rouges, et des joues empourprées d'une nuance qu'il reconnaissait aussi comme celle du désir.

Il répéta : « Il est un vœu dans mon cœur. »

Elle se mit à rire. Un rire plein d'une indulgence douce et tendre, celui d'une mère devant le berceau de son enfant.

« Bien-Aimé, dit-elle. Oh, sois le bienvenu de nouveau, Liadon, Fils Bien-Aimé... Maidaladan. Elle t'aimera, oui, elle t'aimera. » Et comme la gardienne du seuil, encore ancienne mais qui n'était plus une vieille, posait un doigt sur la blessure qui saignait encore à sa joue, Kevin sentit la coupure se refermer et le sang s'arrêter.

Elle se dressa sur la pointe des pieds et l'embrassa sur les lèvres. Le désir déferla en lui comme une vague par haut vent. « Douze cents années se sont écoulées depuis que j'ai réclamé mon dû à une victime sacrificielle venue de son propre gré. »

Il y avait des larmes dans ses yeux.

« Va, à présent, dit-elle. Il est minuit, Liadon. Tu sais où aller. Tu te rappelles. Déverse le contenu de la coupe et celui de ton cœur, Bien-Aimé. Elle sera là. Elle viendra pour toi, aussi preste que la première fois où le premier sanglier a marqué le premier de tous ses amants. » Ses longs doigts le dévêtaient tandis qu'elle parlait.

Le désir, la puissance, la crête de la vague. Il était la force qui poussait la vague et l'écume de son rouleau déferlant. Sans un mot, il se détourna, car il se rappelait le chemin, et il traversa la vaste salle, portant son sang dans une coupe de pierre. Il arriva au fond de la caverne, au bord même du précipice.

Nu comme il l'avait été dans le ventre maternel, il se tint sur le rebord. Il ne laissa pas son esprit retourner à tout ce qu'il avait perdu ; il se concentra plutôt tout entier sur l'unique désir de son cœur, le don unique qu'il désirait en retour de la Déesse, et il versa son sang dans le précipice obscur, pour faire monter Dana des profondeurs de la terre en cette nuit du solstice.

Dans la salle derrière lui, la lumière disparut. Plongé dans l'obscurité absolue, il attendit, et il y avait tant de puissance en lui, tant de désir, le désir de toute une vie arrivé ici à sa conclusion, à cette conclusion, à cette crevasse dans la terre ! Dun Maura. Maidaladan. Le désir profond de son cœur. Le sanglier. Le sang. Le chien dans la neige, dehors. La pleine lune. Toutes ces nuits, toutes ses errances à travers toutes ces nuits d'amour. Et maintenant.

Maintenant, elle était là, et plus rien d'autre n'existait. Elle était là, et elle était là pour lui dans la nuit, suspendue dans le vide au-dessus du précipice.

« Liadon », murmura-t-elle, et le désir rauque qui

transparaissait dans cette voix l'enflamma. Alors, pour couronner ce désir, pour lui donner forme, car elle l'aimait et elle allait l'aimer, elle reprit la parole, pour murmurer cette fois : « Kevin. » Et ensuite : « *Oh, viens !* »

Il sauta.

Elle était là, elle s'emparait de lui, ses bras l'encerclaient dans le noir. Un instant, Kevin eut l'impression qu'ils flottaient tous deux, puis ce fut le commencement de la longue chute. Leurs jambes étaient entrelacées. Il chercha et trouva ses seins. Il caressa ses hanches, ses cuisses, la sentit s'ouvrir comme une fleur sous sa main et, lui-même farouchement dressé, il la pénétra. Ils tombaient. Il n'y avait pas de lumière, pas de limites. Elle l'embrassait, sa bouche laissait échapper des gémissements. Il plongea encore en elle et l'entendit gémir. Il percevait son propre souffle rauque, la tempête se rassemblait, la puissance, il savait que c'était le but de toute sa vie. Il entendit Dana dire son nom, tous ses noms dans tous les univers, et sentit exploser en elle, au plus profond, le feu de sa semence. Dans sa propre extase qui la transfigurait, elle s'embrasa, lumineuse, à l'incandescence de son offrande, et, à la lumière de cette passion, il vit la terre monter vers lui pour le prendre et sut qu'il était arrivé à destination, à la fin de son voyage. Au terme du désir, dans le sol qui se précipitait à sa rencontre. Aucun regret, un immense amour, la puissance, de l'espoir, l'apaisement du désir, et un unique chagrin en cette dernière seconde, alors que la terre venait enfin vers lui.

Abba, pensa-t-il de façon incongrue. Et il embrassa la terre.

Au temple, Jaëlle s'éveilla. Elle s'assit brusquement dans son lit et attendit. L'instant d'après, le son s'éleva de nouveau, et cette fois elle était bien éveillée, elle ne pouvait se tromper. Pas en cela, pas cette nuit. Elle était la grande prêtresse, elle portait les robes blanches et elle était vierge, car il devait y avoir une femme parfaitement en résonance avec la Mère pour que, si le cri s'élevait, il fût entendu. Et elle l'entendit de nouveau, ce son qu'elle avait pensé ne jamais entendre, un cri que nulle gorge n'avait poussé depuis des temps immémoriaux. Oh, elles avaient accompli le rituel, à l'aube de chaque Maidaladan, depuis l'érection du premier temple de Gwen Ystrat. Mais la lamentation des prêtresses au lever du soleil était un symbole, un rappel.

La voix qui s'élevait dans son esprit était infiniment différente. Elle ne se lamentait pas pour un deuil symbolique mais pour le Fils Bien-Aimé. Jaëlle se leva, consciente de son tremblement, encore incrédule. Mais le son était clair et impérieux, un profond chagrin sans âge, et Jaëlle était la grande prêtresse, elle savait ce qui s'était passé.

Trois hommes dormaient dans son antichambre ; aucun d'eux ne remua quand elle la traversa. Elle n'alla pas dans le corridor ; elle s'approcha plutôt d'une porte plus petite et, pieds nus dans le froid, elle descendit un long corridor étroit et obscur pour ouvrir une autre porte à l'autre extrémité.

Elle se retrouva sous le dôme, derrière l'autel et la hache. Elle y fit une pause. Mais la voix était forte en elle et la portait, urgente, exultante, même dans son chagrin.

Elle était la grande prêtresse. C'était la nuit de Maidaladan et, même si cela semblait impossible, le sacrifice avait eu lieu.

Elle saisit à deux mains la hache que seule pouvait soulever la grande prêtresse, elle la sortit de son encoche et elle fit volte-face pour l'abattre à toute volée sur l'autel. Le son se réverbéra, énorme. Quand les échos se turent, alors seulement elle éleva la voix, en des paroles qui résonnèrent à travers tout son être.

« *Rahod hédaï Liadon !* s'écria Jaëlle, Liadon est mort de nouveau ! » Elle se mit à pleurer. Elle pleurait de toute son âme. Et elle savait que chaque prêtresse de Fionavar l'avait entendue : elle était la grande prêtresse.

Toutes s'éveillaient maintenant dans le temple, sortaient de leur sommeil pour venir la trouver. Elles la virent là, la robe déchirée, le visage ensanglanté, la hache brandie.

« *Rahod hédaï Liadon !* » s'écria de nouveau Jaëlle, sentant la puissance qui montait en elle, exigeant d'être manifestée. Les Mormæ étaient toutes là à présent. Elles se mirent à déchirer leurs propres robes, à se lacérer le visage dans un chagrin sauvage et à se lamenter comme elle-même l'avait fait.

Puis il y eut une acolyte près d'elle, en larmes. Elle lui apportait son manteau et ses bottes. La grande prêtresse s'en vêtit promptement ; elle allait les conduire vers l'est, là où l'événement avait eu lieu. Des hommes se tenaient maintenant dans la salle, les deux mages, les rois ; il y avait de la crainte dans leurs yeux. Ils s'écartèrent pour la laisser passer. Une femme ne le fit pas.

« Jaëlle, dit Kim, qui est-ce ? »

Elle ralentit à peine le pas. « Je l'ignore. Venez ! »

Elle sortit. Des lumières s'allumaient dans tout Morvran et, dans la grande rue qui venait de la ville, elle vit les prêtresses qui accouraient vers elle. On lui amena son cheval. Elle monta en selle et, sans attendre personne, partit au galop pour Dun Maura.

Ils la suivirent tous. Souvent à deux sur un cheval, car les soldats emportaient les prêtresses qui avaient bondi de leurs lits en pleurant. C'était le solstice d'été, l'aube viendrait tôt. Il régnait déjà une lumière grise quand ils arrivèrent à la caverne et virent le chien. Arthur mit pied à terre et s'approcha de Cavall. Il plongea un moment son regard dans celui de l'animal puis se redressa pour contempler la caverne. À l'entrée, le visage inondé de larmes, Jaëlle s'était agenouillée parmi les fleurs écarlates maintenant écloses dans la neige.

Le soleil se leva.

« Qui ? demanda Lorèn Mantel d'Argent. Qui était-ce ? »

Il était arrivé beaucoup de monde, à présent. On jetait des coups d'œil alentour, on échangeait des regards dans la première lueur du matin.

Kim Ford ferma les yeux.

Autour d'eux, les prêtresses de Dana se mirent à psalmodier, d'abord par à-coups puis à l'unisson, leur lamentation pour Liadon défunt.

« Regardez ! dit Shalhassan du Cathal. La neige est en train de fondre ! »

Tout le monde le fit, sauf Kim. Tout le monde vit.

Oh, cher, cher Kevin, songeait Kimberly. Il y eut un murmure qui se transforma en rugissement. Terreur respectueuse, incrédulité. La naissance d'une joie désespérée. Les prêtresses se lamentaient dans leur chagrin extatique. Le soleil brillait sur la neige qui fondait.

« Où est Kevin ? » demanda brusquement Diarmuid.

Où, en vérité, où ? Oh, cher, cher Kevin !

QUATRIÈME PARTIE

Cadèr Sédat

12

PAUL SCHAFER ÉTAIT L'AÎNÉ DE TROIS FRÈRES ET IL AVAIT une idée générale quant à la façon de s'occuper des enfants, mais elle n'allait pas lui servir à grand-chose dans les circonstances présentes, avec cet enfant bien particulier. Il lui fallait s'occuper de Dari ce matin-là parce que Vaë devait voir à ses propres peines : la perte d'un enfant à pleurer et une lettre presque impossible à écrire à la forteresse du Nord.

Il avait promis qu'il veillerait à l'expédition de la lettre, puis il avait emmené Dari jouer dehors. Ou plutôt se promener dans la neige, car le garçonnet — il paraissait maintenant avoir sept ou huit ans, selon l'estimation de Paul — n'était pas d'humeur à jouer, et ne lui faisait de toute façon pas confiance.

Paul alla chercher quinze ans plus tôt dans ses souvenirs de ses frères et lui parla ; il n'essaya pas de le faire parler ou jouer, ne proposa pas de le lancer dans la neige ou de le porter ; simplement, il lui parla, et pas comme à un enfant.

Il lui parla de son propre monde et de Lorèn Mantel d'Argent, le mage qui pouvait aller et venir entre les univers. Il parla de la guerre, de la raison pour laquelle Shahar, le père de Dari, devait rester au loin ; il lui dit comment bien des mères et des enfants avaient vu leurs hommes s'en aller à la guerre à cause des Ténèbres.

« Mais Finn n'était pas un homme », remarqua Dari. C'étaient ses premières paroles ce matin-là.

Ils se trouvaient dans les bois, sur une piste tortueuse ; à leur gauche, Paul pouvait entrapercevoir le lac, sans doute le seul de tout Fionavar à n'être pas pris par les glaces. Il baissa les yeux sur l'enfant en pesant ses paroles.

« Certains garçons deviennent des hommes plus tôt que d'autres, dit-il. Finn était ainsi. »

Dari le regardait gravement, la tête rejetée en arrière, avec ses moufles et ses bottes, son manteau et son écharpe bleus ; ses yeux aussi étaient très bleus. Après une longue pause, il sembla en venir à une décision : « Je peux faire une fleur dans la neige.

— Je sais, acquiesça Paul en souriant. Avec un bâton. Ta mère m'a dit que tu en avais fait une hier.

— Je n'ai pas besoin de bâton », déclara Darien. Il se détourna et fit un long geste de la main vers la neige vierge du chemin, devant eux ; son geste se retrouva inscrit dans la neige : Paul vit les contours d'une fleur y prendre forme.

Ce ne fut pas tout ce qu'il vit.

« C'est... très bien », dit-il de son ton le plus égal tandis que des tocsins lui résonnaient dans la tête. Darien ne se retourna pas vers lui ; d'un autre geste, discontinu cette fois, un simple écartement des doigts, il colora la fleur qu'il avait créée. Bleu-vert pour les pétales, et rouge au cœur.

Rouge, comme les yeux de Darien tandis qu'il la dessinait.

« C'est très bien », Paul trouva-t-il le moyen de dire ; il se racla la gorge : « On va déjeuner, maintenant ? »

Leur promenade les avait emmenés loin et, sur le chemin du retour, Dari se fatigua et demanda à être porté ; Paul le prit sur ses épaules et galopa un moment pour le faire sauter. Dari se mit à rire, pour la première fois ; un rire plaisant, celui d'un enfant.

Après son déjeuner, Dari fit la sieste pendant la majeure partie de l'après-midi ; il resta très tranquille aussi pendant la soirée. Au dîner, Vaë, sans rien dire, posa trois couverts. Elle aussi parlait très peu ; ses yeux étaient rougis, mais Paul ne la vit pas pleurer. Au crépuscule, elle alluma des bougies et alimenta le feu. Paul coucha l'enfant et le fit rire encore avec des jeux d'ombres sur le mur avant de tirer les rideaux qui entouraient son lit.

Il fit ensuite part à Vaë de ce qu'il avait décidé et, au bout d'un moment, d'une voix très basse, elle commença à parler de Finn. Paul écouta sans rien dire. Il finit par saisir — il lui avait fallu trop longtemps, il était encore lent à deviner ce désir bien particulier — et il s'approcha d'elle pour la prendre dans ses bras ; elle cessa alors de parler et baissa la tête pour simplement pleurer.

Il passa une deuxième nuit dans le lit de Finn ; Dari ne vint pas le trouver, cette fois. Paul resta éveillé à écouter le vent du nord qui sifflait dans la vallée.

Au matin, après le petit déjeuner, il emmena Dari au bord du lac. Sur la rive, il apprit à l'enfant à faire des ricochets avec des pierres plates. Une façon de retarder l'inéluctable. Paul était encore plein d'appréhension et d'incertitude quant à sa décision de la nuit précédente. Lorsqu'il avait enfin sombré dans le sommeil, il avait rêvé du pouvoir de Darien, et dans son rêve le rouge au cœur de ce pouvoir était devenu un œil, et Paul avait eu peur, il avait été incapable d'en soutenir le regard.

Les yeux de Darien étaient bleus à présent, au bord de l'eau, et l'enfant semblait calme, simplement désireux d'apprendre à faire des ricochets ; on pouvait presque se convaincre que c'était seulement un garçonnet et qu'il le resterait. Presque. Paul se pencha plus bas : « Comme ça », dit-il, et il fit ricocher sa pierre cinq fois à la surface du lac. Il se redressa et regarda l'enfant courir chercher d'autres pierres. Puis, en levant les yeux, il aperçut une silhouette aux cheveux argentés qui s'avançait à cheval dans le tournant de la route de Paras Derval.

« Bonjour », lança Brendel en arrivant à leur hauteur ; puis, en mettant pied à terre : « Bonjour, petit. Il y a une pierre juste à côté de toi, et une bonne, je crois. »

Le lios alfar fit face à Paul avec un regard grave et lucide.

« Kevin vous a mis au courant ? » demanda Paul.

Brendel acquiesça. « Il a dit que vous seriez irrité, mais sans excès. »

La bouche de Paul frémit : « Il me connaît trop bien. »

Brendel sourit, mais ses yeux révélateurs avaient une nuance violette. « Il a dit autre chose. Qu'un choix semblait impliqué là entre la Lumière et les Ténèbres, et que des lios alfar devraient peut-être se trouver sur les lieux. »

Paul garda un instant le silence. « C'est le plus avisé d'entre nous, savez-vous, dit-il enfin. Je n'y avais pas pensé. »

À l'est, en Gwen Ystrat, les hommes du Brennin et du Cathal entraient dans la forêt de Leinan, et un sanglier blanc s'éveillait de son très long sommeil.

Derrière Brendel, Dari essaya sans trop de succès de faire ricocher une pierre. Le lios lui jeta un coup d'œil en disant tout bas : « Que vouliez-vous faire ?

— L'emmener à l'Arbre de l'Été », répliqua Paul.

Brendel se figea. « Le pouvoir avant le choix ? »

Dari réussit un triple ricochet et se mit à rire : « Très bien », dit Paul, un réflexe ; puis, à Brendel : « Il ne peut pas choisir, c'est un enfant, et quant au pouvoir, j'ai peur qu'il n'en possède déjà un. » Il parla de la fleur à Brendel ; Dari courait un peu à l'écart, à la recherche d'une autre pierre.

Le lios alfar brillait comme une flamme d'argent paisible dans la neige ; son visage était grave, sans âge, très beau. Quand Paul eut terminé, Brendel reprit la parole : « Pouvons-nous faire un tel pari, avec le Métier à Tisser des univers dans la balance ? »

Et Paul répliqua : « Pour une raison ou une autre, Rakoth ne voulait pas le voir vivre. Jennifer dit que Darien est chaotique. »

Brendel secoua la tête : « Qu'est-ce que cela veut dire ? J'ai peur, Pwyll, j'ai très peur. »

Ils pouvaient entendre Dari qui riait tout en cherchant des pierres à ricochet. « Nul être vivant, assurément, ne peut jamais avoir été ainsi suspendu entre la Lumière et les Ténèbres », dit Paul ; puis, comme Brendel ne répliquait pas, il répéta, bien conscient du doute et de l'espoir qui résonnaient à égalité dans sa voix : « Rakoth ne voulait pas le voir vivre.

— Pour une raison ou une autre », répéta Brendel.

Il faisait doux au bord du lac ; les eaux étaient agitées, mais il n'y avait pas de vagues. Dari fit un quintuple ricochet et se retourna en souriant pour voir si Paul l'avait regardé faire ; ils l'avaient tous deux observé.

« Puisse le Tisserand nous accorder la lumière, dit Brendel.

— C'est bien, petit, dit Paul. Irons-nous montrer à Brendel notre sentier dans les bois ?

— Le chemin de Finn », dit Dari, et il prit les devants.

Dans la chaumière, Vaë les regarda aller. Paul était une silhouette sombre, et les cheveux du lios alfar brillaient d'un éclat argenté dans la lumière, mais Dari était tout doré alors qu'il s'avançait entre les arbres.

Paul avait toujours eu l'intention de revenir seul avec la question qu'il désirait poser, mais les choses semblaient avoir pris une autre tournure.

Quand ils arrivèrent à l'endroit où les arbres du

lac commençaient à se confondre avec les arbres plus sombres de la forêt, Dari ralentit, incertain. D'un geste gracieux, Brendel vint le soulever pour le mettre à califourchon sur ses épaules. Paul les dépassa alors tous deux sans rien dire, comme il l'avait fait des trois hommes qui l'avaient accompagné, lors d'une nuit lointaine et non loin de là. La tête bien haute, déjà sensible à la pulsation de la puissance, il entra pour la deuxième fois dans le Bois du Dieu.

Il faisait jour et c'était l'hiver, mais le bois de Mörnir était obscur sous ses arbres anciens et Paul se sentit vibrer intérieurement, tel un diapason. Des souvenirs lui revenaient. Brendel derrière lui parlait à l'enfant, mais ils semblaient tous deux très loin. Les images, elles, étaient toutes proches : Ailell, le vieux roi, jouant aux échecs à la lumière des bougies, Kevin en train de chanter *La Chanson de Rachel*, cette même forêt en pleine nuit, de la musique, Galadan et le chien, et puis la pleine lune écarlate par une nuit de nouvelle lune, et la brume, le Dieu, la pluie.

Il arriva à l'endroit où les arbres formaient une allée, bien claire aussi dans son souvenir. Il n'y avait pas de neige sur le chemin, il n'y en aurait pas, il le savait, pas aussi près de l'Arbre. Aucune musique, cette fois, et ce n'était pas la nuit, malgré les ombres. Mais la puissance était là, elle était toujours là, et il lui appartenait. Derrière lui, Brendel et le garçonnet se taisaient maintenant et, dans le grand silence, Paul les conduisit au-delà du tournant de l'allée pour entrer dans la clairière de l'Arbre de l'Été. Elle était exactement comme la nuit où on l'avait attaché dans l'Arbre.

Il y régnait une lumière mouchetée ; le soleil haut brillait sur la clairière. Paul se rappelait comme ce soleil l'avait brûlé un an plus tôt, sans merci dans un ciel vide, sans nuages.

Il écarta ses souvenirs.

« Cernan, je désire vous parler », dit-il, et il

entendit Brendel choqué émettre une légère exclamation inarticulée. Il ne se retourna pas. Un long moment passa. Puis un dieu sortit d'entre les arbres qui encerclaient la clairière.

Il était très grand et très élancé, la peau couleur de châtaigne, et il était nu. Il avait les yeux bruns d'un cerf, il se déplaçait avec légèreté, tel un cerf, et les cornes à sept pointes sur sa tête étaient aussi celles d'un cerf. Il y avait en lui de la sauvagerie et une infinie majesté, et, quand il prit la parole, sa voix évoquait de sombres forêts qui n'avaient jamais connu la main humaine.

« On ne m'invoque pas ainsi », déclara-t-il ; et, dans la clairière, la lumière parut s'assombrir.

« Moi, je le fais, dit Paul avec calme. En ce lieu. »

Tandis qu'il parlait, il y eut un sourd grondement de tonnerre. Brendel se trouvait juste derrière lui et il avait aussi conscience de l'enfant qui se promenait maintenant autour de la clairière, alerte et sans crainte.

« Tu aurais dû mourir. » L'expression de Cernan était sévère, et même cruelle. « Je me suis incliné devant toi pour rendre hommage à la façon dont tu allais mourir.

— Et pourtant », répliqua Paul. Le tonnerre résonna de nouveau ; l'atmosphère semblait chargée de puissance, elle crépitait ; le soleil brillait, mais très loin, comme à travers de la brume. « Et pourtant, répéta Paul. Je suis vivant et je suis revenu ici. »

Encore le tonnerre, puis un inquiétant silence.

« Que veux-tu, alors ? dit Cernan des Animaux.

— Vous savez qui est l'enfant ? demanda Paul, d'une voix qui était redevenue la sienne.

— Je sais que c'est un andain. Aussi appartient-il à Galadan, mon fils.

— Galadan m'appartient, dit Paul avec dureté. À notre prochaine rencontre, qui sera la troisième. »

De nouveau le silence. Le dieu cornu s'avança d'un pas : « Mon fils est très puissant, dit-il, plus puissant que nous, car nous ne devons pas intervenir. » Il fit une pause, puis reprit, avec une intonation nouvelle : « Il n'a pas toujours été tel qu'aujourd'hui. »

Tant de souffrance, songea Paul. Même ici. Puis il entendit la voix de Brendel, amère et implacable : « Il a tué Ra-Termaine en Andarièn. Voudriez-vous que nous ayons pitié de lui ?

— C'est mon fils », dit Cernan.

Paul frémit. Tant d'obscurité autour de lui, et nulle voix de corbeau pour le guider. « Nous avons besoin de vous, Seigneur de la Forêt, dit-il, toujours empli de doute et de crainte. De votre conseil, de votre puissance. L'enfant a trouvé son pouvoir, et c'est un pouvoir rouge. Il y a un choix de la Lumière que nous devons tous faire, mais le sien est le plus grave de tous, je le crains, et ce n'est qu'un enfant. » Il se tut un instant, puis il avoua enfin : « C'est le fils de Rakoth, Cernan. »

Il y eut un silence. « Pourquoi ? murmura le dieu, accablé. Pourquoi l'a-t-on laissé vivre ? »

Paul prit conscience du murmure qui s'élevait parmi les arbres ; il s'en souvenait. « Pour qu'il choisisse, déclara-t-il. Le choix le plus important de tous les univers. Mais pas s'il est un enfant. Son pouvoir lui est venu trop tôt. » Il entendait le souffle de Brendel dans son dos.

« On ne peut le contrôler que s'il est un enfant », dit Cernan.

Paul secoua la tête : « On ne doit pas le contrôler, jamais. Seigneur de la Forêt, l'enfant est un champ de bataille, et il doit être assez vieux pour le comprendre ! Il sentit la vérité de ces paroles alors même qu'il les prononçait. Il n'y eut pas de coup de tonnerre, mais une pulsation d'anticipation étrange le traversa. « Cernan, demanda-t-il, pouvez-vous lui faire atteindre sa maturité ? »

Cernan des Animaux leva sa tête puissante, et pour la première fois quelque chose en lui intimida Paul. Les lèvres du dieu s'ouvrirent...

Ils n'entendirent jamais ce qu'il avait voulu dire. De l'autre côté de la clairière jaillit un éclair presque aveuglant dans l'obscurité lourde et vibrante.

« Par le Tisserand à son Métier ! s'exclama Brendel.

— *Pas vraiment* », dit Darien.

Il apparut près de l'Arbre de l'Été, et ce n'était plus un enfant. Il était aussi nu que Cernan, mais ses cheveux étaient blonds comme à sa naissance, et il n'était pas aussi grand que le dieu. Il avait à peu près la taille de Finn, constata Paul avec une appréhension glaçante, et il semblait avoir le même âge.

« Dari... », commença-t-il, mais le surnom ne convenait plus, ne pouvait s'appliquer à cette présence dorée dans la clairière ; Paul se reprit : « Darien, c'est pour cela que je t'avais amené ici, mais comment y es-tu parvenu tout seul ? »

Un rire lui répondit, qui transforma son appréhension en terreur. « Vous avez oublié quelque chose, déclara Darien. Vous avez tous oublié. Une simple petite chose comme l'hiver vous a fait oublier. Nous sommes dans un bois de chênes et la nuit du solstice d'été arrive ! Avec une telle puissance à ma disposition, quel besoin aurais-je d'un dieu cornu pour trouver mon pouvoir ?

— Pas ton pouvoir, dit Paul avec toute la fermeté dont il était capable, tout en surveillant les yeux de Darien, qui étaient encore bleus. Ta maturité. Tu es assez vieux maintenant pour en comprendre la raison. Il te faut choisir.

— *Vais-je demander à mon père ce que je dois faire ?* » s'écria Darien. Et, d'un seul geste, il enflamma les arbres qui entouraient la clairière, un cercle de feu aussi écarlate que l'éclair de ses yeux.

Paul recula en trébuchant, sensible au souffle de la chaleur comme il ne l'était pas au froid. Il entendit le cri de Cernan, mais avant que le dieu pût agir, Brendel s'avança d'un pas.

« Non, dit-il. Éteins ces flammes et entends-moi

avant de partir. » Il y avait de la musique dans sa voix, des clochettes sur des sommets éclaboussés de lumière. « Une fois seulement », reprit Brendel avec calme, et Darien fit un autre geste de la main.

Les flammes s'éteignirent. Les arbres étaient intacts. Une illusion, comprit Paul, une simple illusion ; il sentait encore la chaleur qui s'éteignait sur sa peau, pourtant, et à la place de son propre pouvoir, il n'y avait plus qu'impuissance.

Lumineux, presque éthéré, Brendel se tint face au fils de Rakoth. « Tu nous as entendus nommer ton père, dit-il, mais tu ne connais pas le nom de ta mère. Tu as ses cheveux, et ses mains. Plus encore : les yeux de ton père sont rouges, ceux de ta mère sont verts. Tes yeux à toi sont bleus, Darien. Tu n'es lié par aucune destinée. Nulle créature n'a jamais été placée aussi librement devant le choix entre la Lumière et les Ténèbres.

— C'est ainsi », déclara la voix profonde de Cernan parmi les arbres.

Paul ne pouvait voir les yeux de Brendel, mais ceux de Darien étaient redevenus bleus. Il était beau. Non la beauté d'un enfant, mais celle d'un adolescent au visage ouvert et lisse — et doté d'un tel pouvoir...

« Si le choix est libre, dit Darien, ne devrais-je pas entendre mon père comme vous ? Pour que ce soit équitable, au moins ? » Et il se mit à rire en voyant l'expression de Brendel.

« Darien, intervint Paul d'une voix calme, on t'a aimé. Que t'a dit Finn à propos du choix ? »

C'était un pari. Un pari de plus, car il ignorait si Finn avait dit quoi que ce fût à Darien.

Un pari, et il semblait l'avoir perdu : « Il est parti », dit Darien ; et un spasme de chagrin déforma ses traits. « *Il est parti !* » s'écria de nouveau le garçon. Il fit un geste de la main, cette main qui ressemblait à celle de Jennifer, et il disparut.

Il y eut un silence, puis le bruit d'une course effrénée loin de la clairière.

« Pourquoi l'a-t-on laissé vivre ? » répéta Cernan des Animaux, le dieu qui s'était moqué de Maugrim, bien longtemps auparavant, en le nommant Sathain.

Paul le regarda, regarda le lios alfar qui semblait soudain bien frêle. Il serra les poings. « Pour qu'il choisisse ! » s'écria-t-il avec un certain désespoir. Il alla chercher en lui la pulsation de son propre pouvoir, espérant une confirmation, et il ne trouva rien.

Paul et Brendel quittèrent ensemble la clairière, et le Bois du Dieu. Le chemin avait été long pour s'y rendre ; il parut plus long encore pour en revenir. Le soleil glissait à l'ouest derrière eux quand ils arrivèrent à la chaumière. Ils étaient partis trois au matin, mais Vaë n'en vit revenir que deux.

Elle les fit entrer. Le lios alfar s'inclina devant elle et lui embrassa la joue, ce qui était inattendu. Elle n'avait jamais vu de lios alfar ; autrefois, elle en aurait ressenti une incommensurable excitation. Autrefois. Ils s'assirent avec lassitude sur les chaises proches de la cheminée, et elle leur prépara une infusion pendant qu'ils lui racontaient ce qui s'était passé.

« Ça n'a servi à rien, alors, dit-elle quand l'histoire fut terminée. Ce que nous avons fait était pis encore que rien, car il est allé trouver son père. Je croyais que l'amour comptait davantage. »

Ils ne lui répondirent ni l'un ni l'autre, ce qui constituait en soi une réponse. Paul jeta du bois sur le feu ; il se sentait meurtri par les événements de la journée. « Vous n'avez pas à rester ici plus longtemps. Voulez-vous que nous vous ramenions à la ville demain matin ? »

Elle hocha lentement la tête puis, en prenant soudain conscience de sa solitude, dit d'une voix tremblante : « Ce sera une maison vide. Shahar ne peut-il revenir servir à Paras Derval ?

— Si, murmura Paul. Oh, Vaë, je suis absolument navré ! Je verrai à ce qu'il revienne chez vous. »

Elle versa alors de nouveau quelques larmes. Elle n'en avait pas eu l'intention ; mais Finn était à une distance inimaginable, et Dari aussi, maintenant, et Shahar était parti depuis si longtemps ! Ils passèrent la nuit à la chaumière. À la lueur des bougies et du feu, ils aidèrent Vaë à rassembler les quelques affaires qu'elle avait apportées ; quand il se fit tard, ils laissèrent le feu mourir ; le lios dormit dans le lit de Dari et Paul dans celui de Finn, une fois de plus. Ils allaient partir aux premières lueurs de l'aube.

Ils s'éveillèrent plus tôt, pourtant. Brendel d'abord, et les deux autres à demi endormis l'entendirent se lever ; il faisait encore nuit, deux heures peut-être avant l'aube.

« Que se passe-t-il ? demanda Paul.

— Je ne suis pas sûr, répondit le lios. Quelque chose. »

Ils s'habillèrent tous les trois et se rendirent au lac. La pleine lune déclinait, mais elle brillait de tout son éclat ; le vent avait tourné au sud et soufflait vers eux au-dessous du lac ; à l'ouest la lune assourdissait la lumière des étoiles, mais Paul vit qu'elles étincelaient d'une lueur plus intense à l'est.

Puis, alors qu'il regardait toujours vers l'est, il baissa les yeux. Incapable de proférer une parole, il toucha Brendel et Vaë, et pointa le doigt.

Dans les collines, clairement visible sous la lune, la neige était en train de fondre.

Il n'était pas allé loin et n'était pas resté invisible longtemps, il ne pouvait le faire pendant de longues périodes. Il entendit le dieu s'éloigner sous sa forme de cerf, et les deux autres qui marchaient lentement, en silence ; il faillit les suivre, mais il resta là où il se trouvait parmi les arbres. Plus tard, quand tout le monde fut parti, Darien se leva et s'en alla aussi.

Quelque chose était enfoui dans sa poitrine, comme un poing ou une pierre, une sensation pénible. Il n'était pas habitué à ce nouveau corps qu'il s'était donné en accélérant sa croissance. Il n'avait pas non plus l'habitude de savoir qui était son père. La première variété d'inconfort passerait, il le savait, et il soupçonnait que l'autre ferait de même. Il n'était pas sûr de savoir ce qu'il en éprouvait, ce qu'il éprouvait en général. Il était nu, mais il n'avait pas froid ; il était très en colère, contre tout le monde ; il commençait à pressentir sa force.

Finn avait découvert un coin au nord de la chaumière, sur la plus haute des collines ; en été, l'escalade aurait été facile, avait-il dit. Dari n'avait jamais connu d'été. Quand Finn l'avait emmené là, les congères lui arrivaient à la poitrine, et Finn l'avait porté presque tout le temps.

Il n'était plus Dari. Encore une perte, un autre morceau de lui qui avait disparu.

Il se tint devant la petite caverne qui s'ouvrait au flanc de la colline ; elle le protégerait du vent, mais il n'avait pas besoin de protection. De là, il pouvait voir les tours du palais de Paras Derval, mais pas la ville.

On pouvait aussi regarder en contrebas, tandis que l'obscurité s'appesantissait, et apercevoir les lumières de la chaumière au bord du lac. Il avait de très bons yeux, il voyait des silhouettes bouger derrière les rideaux tirés. Il les observa. Au bout d'un moment, il commença à sentir le froid. Tout s'était passé si vite, il n'arrivait pas vraiment à s'accommoder de ce corps et de cet esprit plus âgés qui étaient désormais les siens ; il était encore à moitié Dari, avec son manteau d'hiver et ses moufles bleus, il voulait encore qu'on le porte dans son lit.

C'était dur de ne pas pleurer en regardant les lumières, plus dur encore quand les lumières s'éteignirent. Il était seul avec la lune et la neige, et les voix du vent, encore. Mais il ne pleura pas, il se laissa plutôt dériver vers la colère : Pourquoi l'a-t-on laissé vivre ? avait demandé Cernan ; personne ne voulait de lui, pas même Finn, qui était parti.

Il avait froid, il avait faim. À cette idée, dans un éclair rouge, il se métamorphosa en chouette. Il vola pendant une heure, trouva trois rongeurs nocturnes à la lisière de la forêt, revint à la caverne ; il faisait plus chaud quand on était un oiseau, et il s'endormit dans cette forme.

Quand le vent changea, il s'éveilla, car à l'arrivée du vent du sud les voix s'étaient tues. Elles avaient été très claires, très attirantes, mais elles se turent.

Pendant son sommeil, il était redevenu Darien. Il sortit de la caverne et contempla la neige qui fondait autour de lui. Plus tard, dans la lumière du matin, il regarda sa mère quitter la chaumière à cheval avec le lios et l'humain.

Il essaya de se métamorphoser de nouveau en oiseau, mais il n'y parvint pas ; il n'était pas assez fort pour le faire déjà de nouveau. Il redescendit à pied vers la chaumière, y entra. Sa mère avait laissé les habits de Finn et les siens. Il contempla les petits vêtements qu'il avait portés. Puis il enfila des habits de Finn et il s'en alla.

13

« ET AU MILIEU DU BANQUET, KEVIN EST PARTI. LIANE L'A vu dans la rue et elle dit... (Dave lutta pour se maîtriser)... elle dit qu'il était très sûr de lui, et qu'il avait l'air, qu'il avait l'air... »

Paul leur tourna le dos et s'approcha de la fenêtre. Ils se trouvaient au temple de Paras Derval, dans les appartements de Jennifer ; il était venu lui rapporter ce qui s'était passé avec Darien. Elle l'avait écouté, lointaine, royale, presque sans manifester d'émotion ; il avait failli en être irrité. Puis ils avaient entendu le bruit dehors, les gens à la porte, et Dave Martyniuk était arrivé avec Jaëlle en personne afin de leur apprendre ce qui s'était passé pour mettre ainsi fin à l'hiver.

C'était le crépuscule ; dehors, la neige avait presque disparu. Pas d'inondation, aucune crue dangereuse des rivières ou des lacs : si la Déesse pouvait le faire, elle le pouvait sans dommage. Et elle le pouvait à cause du sacrifice. Le sacrifice de Liadon, le Fils Bien-Aimé, qui était... qui était Kevin, bien sûr.

Paul avait la gorge serrée, les yeux lui piquaient ; il ne voulait pas regarder les autres. Pour lui-même et le crépuscule, il murmura :

Mon amour, te souviens-tu
De mon nom ? Je me suis perdue
Dans l'été hiver devenu
Par le gel amer engloutie

Et quand juin devient décembre
C'est le cœur qui en paie le prix

Les paroles chantées par Kevin, un an plus tôt ; il avait intitulé ce morceau *La Chanson de Rachel*. Mais maintenant... maintenant, tout avait changé, la métaphore était devenue d'une douloureuse réalité. D'une réalité si totale qu'elle en dépassait la compréhension.

Il se passait trop de choses, bien trop vite, Paul n'était pas certain de pouvoir continuer ; son cœur était incapable de bouger aussi vite. *Un jour viendra où tu pleureras pour moi*. Ce qu'avait chanté Kevin un an plus tôt ; il parlait de Rachel, pour qui Paul n'avait pas encore versé une larme. La chanson parlait de Rachel, pas de Kevin.

Et pourtant.

Un grand silence régnait derrière lui, il se demanda s'ils étaient tous partis. Puis il entendit la voix de Jaëlle. La froide, froide prêtresse. Mais elle ne l'était plus à présent, semblait-il. « Il n'aurait pas pu le faire, dit-elle, il n'en aurait pas été jugé digne s'il n'avait été en route vers la Déesse depuis toujours. Je ne sais si cela vous est de quelque secours, mais je vous l'offre parce que c'est la vérité. »

Il s'essuya les yeux et se retourna. Juste à temps pour voir Jennifer se lever aux paroles de Jaëlle, Jennifer qui avait été très calme en recevant les nouvelles de Darien et qui avait observé un silence tendu pendant le récit de Dave. Son visage était livide de chagrin, sa bouche béante, une souffrance sans voile brûlait dans son regard, et Paul comprit que si elle se laissait toucher ainsi maintenant, tout était susceptible de la blesser. Regrettant amèrement son instant de colère, il fit un pas vers elle, mais elle laissa échapper une exclamation étranglée et s'enfuit.

Dave se leva pour la suivre, son visage carré exprimait une peine malhabile ; quelqu'un s'interposa dans le couloir.

« Laissez-la, déclara Leïla. C'était nécessaire.

— Oh, tais-toi ! » s'exclama Paul avec fureur ; il avait une violente envie de frapper cette fillette omniprésente, toujours placide.

« Leïla, dit Jaëlle d'un ton las, ferme la porte et va-t'en. »

L'adolescente obéit.

Paul se laissa tomber sur une chaise, sans s'inquiéter pour une fois de ce que Jaëlle le vît dans un moment de faiblesse. Quelle importance, maintenant ? *Ils ne vieilliront pas, comme nous qui restons en arrière...*

« Où est Lorèn ? demanda-t-il brusquement.

— En ville, répondit Dave. Teyrnon aussi. Il y a une réunion au palais demain. Il semble... il semble que Kim et les autres aient trouvé ce qui causait l'hiver.

— Et c'était quoi ? demanda Paul avec lassitude.

— Métran, dit Jaëlle. Depuis Cadèr Sédat. Lorèn veut partir à sa poursuite, se rendre dans l'île où Amairgèn a péri. »

Paul soupira. Il se passait tant de choses, son cœur n'arriverait pas à suivre le mouvement. *Au coucher du soleil et au matin...*

« Kim est au palais ? Elle va bien ? » Il lui paraissait soudain étrange qu'elle ne fût pas venue voir Jennifer.

Il le comprit à leur expression avant même de les entendre.

« Non ! s'exclama-t-il. Pas elle aussi !

— Non, non, s'empressa de dire Dave, non, elle va bien. Elle n'est... pas là, c'est tout. » Il se tourna vers Jaëlle, impuissant.

D'un ton égal, la grande prêtresse rapporta les paroles de Kimberly à propos des Géants, puis la décision de la prophétesse ; Paul dut admirer la façon dont elle contrôlait sa voix, sa calme lucidité. Quand elle eut fini, il garda le silence ; il ne savait que dire ; son cerveau ne fonctionnait pas très bien, semblait-il.

Dave se racla la gorge : « Nous devrions partir », dit-il. Paul remarqua, pour la première fois, le bandage qui lui enserrait la tête ; il aurait dû poser la question, il le savait, mais il était tellement las.

« Allez », murmura-t-il ; il n'était pas vraiment sûr de pouvoir se lever, même s'il l'avait voulu. « Je vous rattraperai. »

Dave allait sortir mais il s'arrêta dans l'embrasure de la porte : « Je voudrais... » commença-t-il ; il avala sa salive : « ... bien des choses. » Il sortit. Jaëlle ne le suivit pas.

Paul ne voulait pas être seul avec elle. Une confrontation de ce genre, ce n'était vraiment pas le moment ; il allait être obligé de se lever et de partir, après tout.

« Vous m'avez déjà demandé si nous pouvions partager nos fardeaux et je vous ai répondu non », dit-elle. Il leva les yeux. « Je suis plus sage à présent, poursuivit-elle sans sourire, et les fardeaux sont plus lourds. J'ai appris de vous, il y a un an, et de Kevin il y a deux nuits. Est-il trop tard pour dire que je me trompais ? »

Il n'était pas prêt à cela, il n'était apparemment prêt à rien de ce qui se passait ; il se sentit pris entre le chagrin et l'amertume. *Comme nous qui restons en arrière...*

« Je suis si heureux que nous vous ayons été de quelque utilité, dit-il. Essayez-moi quand je serai dans un meilleur jour. » Il la vit tressaillir. Il se força à se lever et à quitter la pièce ; elle ne le verrait pas pleurer.

Sous le dôme, quand il le traversa, les prêtresses psalmodiaient leur lamentation. Il les entendit à peine. En lui résonnait la voix de Kevin Laine, un an plus tôt, et sa propre chanson triste :

Les vagues se brisent au long de la grève
Dans le matin gris lente tombe la pluie
Ô mon amour, souviens-toi
Souviens-toi de moi

Il sortit dans la lumière qui baissait. Ses yeux s'embrumaient, il ne put voir que, sur la colline du temple, l'herbe verte était revenue, et que des fleurs y avaient poussé.

Kim faisait des rêves par milliers, et Kevin se trouvait dans tous ces rêves. Avec sa blondeur, son esprit, son éternelle habileté sans effort. Mais il ne riait pas. Plus maintenant. Elle lui voyait l'expression qu'il avait dû avoir en suivant le chien jusqu'à Dun Maura.

Elle avait l'impression que son cœur se brisait de ne pouvoir se rappeler ses dernières paroles. Pendant leur rapide randonnée jusqu'en Gwen Ystrat, il s'était porté à sa hauteur pour lui dire ce que Paul avait fait, et sa propre décision d'apprendre à Brendel l'existence de Darien ; elle l'avait écouté et approuvé, avait brièvement souri de son ironique prédiction quant à la réaction probable de Paul.

Mais elle avait été préoccupée ; en esprit elle avait déjà amorcé le ténébreux voyage qui l'attendait à Morvran ; il devait l'avoir senti, car au bout d'un moment il lui avait effleuré le bras, avec une phrase aimable, et il avait ralenti pour se laisser rejoindre par les hommes de Diarmuid.

Ce n'était sûrement pas important, une plaisanterie, une taquinerie gentille, mais c'était ainsi qu'il l'avait quittée, et elle n'avait pas entendu ses dernières paroles.

Elle s'éveilla à demi d'un rêve pénible. Elle se trouvait dans la maison du roi à Morvran. Elle n'aurait pu rester une nuit de plus au sanctuaire ; maintenant que Jaëlle était partie, et avec les armées de retour à Paras Derval, le temple appartenait de nouveau à Audiart, et le triomphe qui se lisait dans le regard de cette femme était plus que Kim n'en pouvait supporter.

Bien sûr, ils avaient gagné quelque chose. Partout la neige fondait — au matin elle aurait disparu ; Kim aussi allait partir, mais pas en direction de Paras Derval. Une victoire avait eu lieu, une manifestation du pouvoir de Dana pour contrarier les desseins des Ténèbres. Mais elle avait eu un prix, payé de sang et de bien plus encore. Partout étaient écloses des fleurs rouges, celles de Kevin, et il était mort.

La fenêtre était ouverte et la brise nocturne, fraîche et douce, portait une promesse de printemps. Un printemps comme il n'y en avait jamais eu, un bourgeonnement presque instantané, en une seule nuit. Ce n'était pas un cadeau, toutefois. On l'avait acheté, et payé — chaque fleur, chaque brin d'herbe.

De la pièce voisine, Kim entendait le souffle de Géreint, lent et ferme, moins irrégulier qu'auparavant ; le chaman serait remis au matin, Ivor aussi serait en mesure de partir. L'avèn ne pouvait guère se permettre de s'attarder car, avec l'hiver qui prenait fin, la Plaine était grande ouverte au nord.

Tout ce que faisait la Déesse était-il donc à double tranchant ? Kim connaissait la réponse à cette question. Elle savait aussi, cette fois du moins, que sa protestation était injuste : ils avaient tous eu désespérément besoin de ce printemps. Mais elle n'avait pas envie d'être juste. Pas encore. Elle se retourna sur sa couche et se rendormit, pour rêver encore. Pas de Kevin, cette fois, malgré l'omniprésence de ses fleurs.

Elle était la prophétesse du Brennin, la rêveuse du rêve. Pour la deuxième fois en trois nuits, elle eut la vision qui l'envoyait au-delà de son univers familier. Cette image l'avait visitée deux nuits plus tôt, dans le lit de Lorèn après l'amour, après cette rencontre qu'ils se rappelleraient tous deux avec gratitude. Kim avait été en train de rêver lorsque l'avait éveillée la voix de Jaëlle pleurant la mort de Liadon.

Et elle revenait, cette vision, se déformant comme le font toujours de telles images dans les boucles du temps qui traversaient la Tapisserie. De la fumée montant de brasiers ardents, des silhouettes entraperçues. Des cavernes, mais différentes de Dun Maura : profondes, largement ouvertes, très haut dans les montagnes. Puis une dérive temporelle brouilla l'image en traversant la trame de la vision. Kim se vit elle-même — c'était plus tard — avec des coupures et des écorchures toutes fraîches au visage et aux bras. Pas de sang, pourtant, pour une raison ou une autre, pas de sang. Un brasier. Une incantation qui tournoyait. Puis le Baëlrath en feu et, comme dans le rêve de Stonehenge, Kim se sentit presque brisée par la souffrance qu'elle allait infliger. C'était même pire, quelque chose de monstrueux, d'impardonnable, une flamme si vaste, avec des conséquences si gigantesques que même après la fin de la vision son esprit clama dans le rêve la question déchirante qu'elle pensait avoir dépassée : *Qui suis-je pour commettre de telles actions ?*

Il n'y avait pas de réponse. Seulement le soleil qui coulait à flots de la fenêtre et des oiseaux sans nombre qui chantaient dans la clarté du printemps.

Kim ne se leva pas tout de suite ; son cœur douloureux contrastait péniblement avec cette aube trop belle, elle dut lui donner le temps de s'apaiser. Ensuite, elle se rendit dehors. Son compagnon l'attendait, avec deux chevaux sellés, tout prêts. Elle avait d'abord eu l'intention de partir seule, mais les mages et Jaëlle — pour une fois unis — s'étaient joints à Ailéron pour le lui interdire ; ils voulaient lui donner une escorte de soldats, mais à son tour elle s'y était opposée : son acte concernait une dette à payer plus que la guerre elle-même, leur dit-elle. Elle ne leur disait pas tout.

Elle avait accepté un unique compagnon, surtout parce qu'elle n'était pas sûre du chemin à suivre ; ils durent s'en contenter. « Je vous l'ai dit depuis le début, avait-elle déclaré à Ailéron, je n'obéis pas très bien aux ordres. » Personne n'avait ri, ni même souri : guère surprenant, elle n'avait pas souri elle-même. Kevin était mort, leurs voies se séparaient. Seul le Tisserand savait s'ils se retrouveraient jamais.

Une autre séparation s'en venait. La garde d'Ivor guidait le vieux chaman, Géreint, vers l'endroit où l'avèn se tenait avec son épouse et sa fille ; Kim put constater que Liane avait encore les yeux rougis. Tant de petites peines individuelles à l'intérieur des grandes souffrances...

Déconcertant comme à l'accoutumée, Géreint s'arrêta exactement devant Kim, dont l'esprit accepta le contact qui n'avait nul besoin de regard. Le chaman était faible, elle le constata, mais il n'était pas au bout de son rouleau.

« Pas encore, remarqua-t-il tout haut. J'irai très bien quand j'aurai mangé un cuissot d'eltor sur l'herbe, sous les étoiles. »

Impulsivement, Kim s'avança d'un pas et l'embrassa sur la joue. « Je voudrais pouvoir me joindre à vous », dit-elle.

La main osseuse du chaman lui étreignit l'épaule : « Moi aussi, Rêveuse. Je suis heureux de m'être tenu devant vous avant de mourir.

— Cela arrivera peut-être encore. »

Il ne répondit pas, se contenta de lui serrer l'épaule un peu plus fort et, en se rapprochant, de murmurer pour elle seule : « J'ai vu le Bandeau de Lisèn la nuit dernière, mais non qui le portait. » Il chuchota presque sur un ton d'excuse cette dernière partie de la phrase.

Kim soupira : « C'était à Ysanne et donc à moi de le voir. Retournez en paix dans votre Plaine, Géreint. Vous aurez assez à faire. Vous ne pouvez être tout pour tous.

— Vous non plus, dit-il. Toutes mes pensées vous accompagneront. »

Et parce qu'il était ce qu'il était, elle lui dit : « Non. Vous ne voudrez pas partager ce que je pense devoir faire. Regardez à l'ouest, Géreint.

C'est la guerre de Lorèn à présent, je crois, et de Matt. Là où est mort Amairgèn. »

Elle le laissa fouiller en elle pour voir les ombres jumelles de son rêve. « Oh, mon enfant », murmura-t-il, et, lui prenant les mains, il les porta à ses lèvres pour y déposer un baiser. Puis il s'éloigna, comme accablé par un fardeau plus pesant que celui des années.

Kim se retourna vers son compagnon qui l'attendait avec patience ; l'herbe verdoyait, partout les oiseaux chantaient ; le soleil était bien haut sur la chaîne des Carnevons. La main en visière devant les yeux, elle regarda celui qui allait l'accompagner.

« Sommes-nous prêts ? demanda-t-elle.

— Oui », répondit Brock du Banir Tal.

Elle monta sur son cheval et régla l'allure de sa monture sur la sienne pour le long voyage qui les conduirait jusqu'à Khath Meigol.

S'il n'avait été en route vers la Déesse depuis toujours, avait dit Jaëlle à propos de Kevin ; de tous ceux qui étaient présents, seule Jennifer avait réellement compris ; la grande prêtresse elle-même ne pouvait savoir à quel point elle avait dit vrai ; en entendant ces paroles, Jennifer avait soudain eu le sentiment qu'on lui mettait les nerfs à vif.

Toutes ces nuits, elle le voyait à présent avec une terrible lucidité, toutes ces nuits où, une fois parachevée la trajectoire de l'amour, elle était restée étendue, à regarder Kevin se débattre pour revenir des profondeurs où il s'était englouti. Ce trait unique qui échappait en lui au contrôle, qu'elle n'avait jamais compris, qu'elle avait craint. Sa voie à lui était une plongée, une spirale de passion que son esprit à elle ne pouvait suivre ; elle était restée éveillée tant de nuits à contempler la beauté du visage de Kevin simplifié par le sommeil.

Maintenant, enfin, elle comprenait.

Kevin Laine fut ainsi pour elle la source d'une

ultime nuit sans sommeil. Elle était éveillée quand les oiseaux commencèrent à chanter à l'extérieur du temple, et elle ouvrit les rideaux pour voir venir le matin. La brise était fraîche et sentait le printemps, des feuilles bourgeonnaient sur tous les arbres. Des couleurs, d'innombrables couleurs éclaboussaient à nouveau le monde, après les branches noires et la neige blanche de l'hiver. Du vert, de nouveau, si éclatant, si vivant qu'il l'emportait enfin sur la non-lumière glauque de Starkadh. Jennifer contempla le printemps et son cœur, qui était celui de Guenièvre, recommença aussi d'espérer. Ce n'était pas le moindre des présents de Kevin.

On vint frapper à sa porte. Elle ouvrit pour voir Matt Sören, une canne dans une main et des fleurs dans l'autre.

« C'est le printemps, dit-il, et les premières fleurs. Lorèn rencontre du monde au palais, j'ai pensé que vous pourriez rendre visite avec moi à la tombe d'Aideen. »

Tandis qu'ils contournaient la basse ville puis suivaient un chemin qui menait vers l'ouest, Jennifer se rappela l'histoire que le Nain lui avait racontée si longtemps auparavant — non, pas si longtemps, après tout. L'histoire de Nilsom, le mage qui s'était voué au mal, et d'Aideen, sa source, qui l'avait aimé : la seule femme depuis Lisèn à être la source d'un mage. C'était Aideen qui avait sauvé le Brennin, sauvé l'Arbre de l'Été de Nilsom et de Vailerth le roi fou. Elle avait fini par refuser de servir son mage ; elle lui avait dénié son pouvoir, avant de se tuer.

Matt lui avait raconté l'histoire dans la Grande Salle de Paras Derval. Avant la promenade à cheval au cours de laquelle elle avait rencontré les lios alfar. Avant que Galadan ne la trouvât à son tour, pour la livrer au cygne noir.

Ils marchaient maintenant vers l'ouest à travers

ce printemps miraculeux et, partout où Jennifer posait les yeux, la contrée revenait à la vie. Elle entendait des criquets, le bourdonnement des abeilles, vit un oiseau aux ailes écarlates s'envoler d'un pommier, un lièvre brun détaler d'un buisson. Matt aussi absorbait tout cela de son œil unique, comme s'il avait apaisé une soif très ancienne. Ils avancèrent sans parler parmi les bruits de l'espoir, jusqu'à ce qu'enfin Matt s'arrêtât à la lisière de la forêt.

Chaque année, avait-il confié à Jennifer, réuni au Solstice d'hiver, le Conseil des Mages maudissait Nilsom. Et chaque année aussi, les mages maudissaient Aideen, qui avait enfreint la loi la plus essentielle de leur Ordre en trahissant son mage, même si elle l'avait fait pour sauver le Brennin de la destruction, comme l'Arbre qui se dressait dans cette fôret.

Et chaque année, avait ajouté Matt, Lorèn et lui venaient porter les premières fleurs sur la tombe d'Aideen.

La tombe était presque invisible ; il fallait connaître l'endroit. Un petit monticule de terre, pas même une pierre, avec pour ombrage les arbres du bois de Mörnir. La tristesse et la paix mêlées envahirent Jennifer quand elle vit Matt s'agenouiller et déposer les fleurs sur le sol.

La tristesse et la paix. Elle vit alors que le Nain pleurait, et ses propres larmes coulèrent, enfin jaillies d'un cœur libéré par le printemps. Elle pleura pour Aideen et pour le radieux Kevin qui avait disparu ; elle pleura pour Darien et le choix qu'il devait faire ; pour Laësha et Drance, massacrés quand elle avait été capturée ; pour tous les vivants qui devaient affronter la terreur des Ténèbres, la guerre et la haine de Maugrim, eux qui étaient nés en ces temps de son retour.

Et enfin, enfin, auprès de la tombe d'Aideen dans le printemps de Kevin, elle pleura pour elle-même, et pour Arthur.

Cela dura longtemps. Matt ne se releva pas, et il ne la regarda pas non plus, avant qu'elle n'eût cessé de pleurer.

« Le cœur trouve ici la paix, dit-il.

— La paix ? » Elle eut un petit rire las. « Avec tant de larmes à nous deux ?

— C'est la seule façon, parfois, répliqua-t-il. Ne le sentez-vous pas ? »

Au bout d'un moment, elle sourit comme elle ne l'avait pas fait depuis très longtemps. Il se releva, la regarda : « Vous allez quitter le temple, maintenant ? »

Elle ne répondit pas ; son sourire s'effaça peu à peu. « Est-ce pour cette raison que vous m'avez amenée ici ? » demanda-t-elle.

Les yeux noirs du Nain la dévisageaient toujours, mais sa voix hésita un peu : « Je ne sais pas grand-chose, dit Matt Sören, mais je le sais bien. Je sais que j'ai vu des étoiles au fond des yeux du Guerrier. Je sais qu'il est maudit et n'a pas le droit de mourir. Je sais, parce que vous me l'avez dit, ce qu'on vous a infligé. Et je sais, parce que je le vois maintenant, que vous ne vous permettez pas de vivre. Jennifer, de ces deux destins, il me semble que c'est le pire. »

Elle le regarda avec gravité, tandis que le vent jouait dans ses cheveux d'or ; elle leva la main pour les écarter de son visage. « Savez-vous, murmura-t-elle, si bas qu'il dut tendre l'oreille, quelle peine j'ai causée lorsque j'étais Guenièvre ?

— Je crois que oui. Il y a toujours de la peine. C'est la joie qui est plus rare », dit celui qui avait autrefois été roi des Nains.

Elle ne répliqua pas à ces paroles. C'était une reine de douleur qui se tenait auprès du Nain dans le Bois du Dieu et, malgré toute son ardente assurance, Matt connut un instant de doute. Presque pour lui seul, pour se réconforter, il murmura : « Il ne peut y avoir aucun espoir dans une mort vivante. »

Elle l'entendit. Son regard revint à lui : « Oh,

Matt, dit-elle. Oh, Matt, que devrais-je espérer ? La malédiction lui vaut ce destin. Je suis l'agent de la volonté du Tisserand. Que devrais-je espérer ? »

Sa voix transperça le cœur du Nain comme un poignard, mais il se redressa de toute sa taille. Il l'avait amenée là pour le lui dire, et il le lui dit, sans plus entretenir de doute.

« Ne le croyez jamais ! s'exclama-t-il. Nous ne sommes pas les esclaves du Métier à Tisser. Et vous n'êtes pas seulement Guenièvre, vous êtes aussi Jennifer, à présent. Avec votre propre histoire, tout ce que vous avez vécu. Vous portez Kevin, et Rakoth, auquel vous avez survécu. Vous êtes ici, entière, et chacune des épreuves que vous avez subies vous a rendue plus forte. Ce qui sera n'a pas à être comme ce qui a été ! »

Elle comprit ce qu'il voulait dire. Elle hocha lentement la tête, fit demi-tour et retourna avec lui à Paras Derval dans cette matinée à la générosité extravagante. Il n'avait pas tort, car les Nains étaient sages en la matière.

Et pourtant.

Et pourtant, tandis qu'ils marchaient, l'esprit de Jennifer la renvoyait à une autre matinée, lors d'un autre printemps presque aussi éclatant que celui-ci, mais qu'on n'avait pas aussi longuement désiré.

Les cerisiers avaient été partout en fleur quand elle s'était tenue au côté d'Arthur pour voir Lancelot arriver à Camelot.

« Il est toujours là, déclara Lorèn, et il a toujours le Chaudron. Il aura peut-être besoin de temps pour lui trouver un autre usage, mais si nous lui donnons ce temps, il le fera. Ailéron, à moins que vous ne me l'interdisiez, je vais prendre demain matin la mer à Taërlindel. »

Un murmure tendu passa dans la Chambre du Conseil. Paul vit le très haut roi froncer des sourcils soucieux. Ailéron secoua la tête avec lenteur : « Lorèn, tout ce que vous dites est vrai, et les dieux savent à quel point je veux la mort de Métran. Mais comment vous envoyer à Cadèr Sédat quand nous ne savons même pas comment découvrir cette île ?

— Laissez-moi prendre la mer, répondit le mage, le visage figé, et je la découvrirai.

— Lorèn, nous ne savons même pas ce qu'Amairgèn a fait. Tout ce que nous savons, c'est qu'il a péri !

— Il n'avait pas sa source, répliqua Lorèn. Lisèn était restée à terre. Il avait son savoir mais non son pouvoir. Je suis bien moins sage que lui, et de loin, mais j'aurai Matt avec moi.

— Mantel d'Argent, il y avait d'autres mages sur le vaisseau d'Amairgèn, trois, avec leurs sources. Aucun d'entre eux n'est revenu. » C'était Jaëlle, constata Paul ; elle étincelait ce matin, plus froidement formidable que jamais ; s'il y avait un pouvoir ascendant en ce jour, c'était le sien, car Dana avait agi et l'hiver avait cessé ; elle ne leur laisserait jamais l'oublier. Et pourtant, Paul regrettait les dernières paroles qu'il lui avait adressées la veille au soir ; elle ne répéterait sans doute jamais son geste de conciliation.

« C'est vrai, était en train de dire Ailéron. Lorèn, comment vous laisser partir ? Qu'en sera-t-il de nous si vous périssez à votre tour ? Lisèn a vu un vaisseau mort depuis sa tour. À quel marinier pourrais-je demander de voguer sur un autre navire ?

— À ce marinier-ci. »

Ils se retournèrent tous vers la porte, stupéfaits. Coll se trouvait près de Shain ; il fit deux pas en avant et proclama d'une voix claire : « Le très haut roi saura que je suis natif de Taërlindel. Avant d'être recruté par le prince Diarmuid, j'ai passé toute ma vie en mer. Si Lorèn désire un marinier, je serai son homme, et mon grand-père a un bateau que je lui ai construit et qui pourra nous porter, avec cinquante autres. »

Il y eut un silence dans lequel tomba, telle une pierre, la voix d'Arthur Pendragon.

« Votre bateau a-t-il un nom ? »

Coll s'empourpra soudain, comme conscient pour la première fois de l'endroit où il se trouvait. « Ce n'est pas un nom qui veut dire grand-chose, balbutia-t-il. Il n'appartient à aucun langage que je connaisse, mais mon grand-père dit que c'était un nom de bateau dans sa famille, il y a très longtemps. Nous l'avons appelé *Prydwèn*, seigneur. »

Le visage d'Arthur se figea. Le Guerrier hocha la tête avec lenteur puis il se détourna de Coll pour faire face à Ailéron : « Seigneur roi, dit-il, je me suis tu pour ne pas m'immiscer dans votre discussion avec votre premier mage. Mais je peux vous dire que si votre seul problème est de trouver Cadèr Sédat — nous l'appelions Caèr Sidi autrefois, et Caèr Rigor, mais c'est le même endroit —, j'y suis déjà allé, et je sais où est l'île. C'est peut-être la raison pour laquelle j'ai été conduit à vous.

— Qu'est-ce donc ? demanda Shalhassan du Cathal. Qu'est-ce donc, Cadèr Sédat ?

— Un lieu de mort, répondit Arthur. Mais vous le saviez déjà. »

Un profond silence régnait dans la pièce.

« L'île sera bien gardée, remarqua Ailéron. Et la mort vous attendra aussi en mer. »

Pensée, Mémoire. Paul se leva : « C'est vrai, dit-il quand ils se tournèrent vers lui. Mais je crois que je peux y voir. »

Les délibérations ne se poursuivirent pas pendant très longtemps. Avec un sombre sentiment de détermination, la compagnie suivit Ailéron et Shalhassan hors de la Chambre du Conseil.

Paul s'attarda à la porte ; Brendel passa près de lui avec une expression préoccupée, mais sans s'arrêter ; Dave aussi lui jeta un coup d'œil quand il sortit avec Lévon et Torc.

Niavin de Séresh et Mabon de Rhodèn s'en allèrent, plongés dans une profonde conversation, puis Jaëlle, la tête haute, qui ne voulut pas lui rendre son regard — redevenue de glace avec le retour du printemps. Ce n'était pas elle qu'il attendait, toutefois. Il n'y eut plus bientôt qu'un seul homme dans la pièce.

Arthur et Paul se regardèrent. « J'ai une question pour vous », dit Paul. Le Guerrier releva la tête. « La dernière fois que vous êtes allé là-bas, combien d'entre vous ont survécu ?

— Sept, murmura Arthur. Seulement sept. »

Paul hocha la tête ; c'était comme s'il s'en était souvenu : l'un des corbeaux avait parlé.

Arthur s'approcha de lui : « Cela reste entre nous ? dit-il de sa voix grave.

— Entre nous », acquiesça Paul.

Ils quittèrent ensemble la Chambre du Conseil et longèrent les couloirs. Des pages et des soldats couraient en tous sens : une fièvre guerrière s'était emparée du palais. Les deux hommes gardaient pourtant le silence, marchant du même pas dans le tumulte.

À la porte d'Arthur, ils s'arrêtèrent. D'une voix très basse, afin de n'être entendu de personne, Paul déclara : « C'est peut-être la raison pour laquelle vous avez été invoqué, avez-vous remarqué. Plus tôt, vous disiez que vous ne voyiez jamais la fin de l'histoire. » Il se tut.

Après une longue pause, Arthur hocha la tête, une seule fois : « C'est un lieu de mort », répéta-t-il ; et, après une hésitation, il ajouta : « Cela ne me déplairait pas, étant donné la façon dont les choses ont tourné. »

Paul ouvrit la bouche, mais se ravisa. Il se détourna plutôt et longea le corridor pour se rendre à sa propre chambre, la chambre qu'il avait encore partagée avec Kevin deux jours plus tôt. Derrière lui, il entendit Arthur ouvrir sa propre porte.

Jennifer vit la porte s'ouvrir, eut le temps de retenir son souffle, et il fut dans la pièce, apportant avec lui toutes les étoiles de l'été.

« Oh, mon amour ! », dit-elle ; et sa voix se brisa, malgré tout. « J'ai tellement besoin que tu me pardonnes. J'ai peur... »

Elle n'eut le temps de rien dire d'autre. Arthur émit une exclamation très basse, étouffée, et en trois enjambées il traversa la pièce et fut à ses genoux, la tête enfouie dans les plis de sa robe, répétant son nom comme une litanie.

Elle le berça contre elle, caressa ses cheveux bruns parsemés de gris. Elle essaya de parler, en fut incapable. Elle pouvait à peine respirer. Elle lui releva le visage pour mieux le regarder, le vit inondé par les larmes de son âpre désir. « Oh, mon amour ! », s'exclama-t-elle, et elle pencha la tête vers lui pour essayer d'assécher ces larmes sous des baisers. Elle trouva ses lèvres au hasard, comme s'ils avaient tous deux été aveugles et perdus l'un sans l'autre. Elle tremblait comme saisie de fièvre, elle pouvait à peine se tenir debout. Il se redressa, l'étreignit, et après tout ce temps, enfin, elle avait de nouveau la tête contre sa poitrine, elle pouvait sentir ses bras autour d'elle et le battement puissant de ce cœur qui avait été sa demeure.

« Oh, Guenièvre, l'entendit-elle dire après un moment. Mon besoin est grand.

— Et le mien, répondit-elle en sentant les derniers lambeaux de Starkadh se déchirer enfin pour la laisser ouverte au désir. Oh, je t'en prie, implora-t-elle, je t'en prie, mon amour ! » Il l'emporta jusqu'à son lit sur lequel tombait un oblique rayon de soleil, et pendant une partie de l'après-midi, ils échappèrent à leur destin.

Ensuite, il lui révéla où il devait se rendre, et elle sentit tous les chagrins de tous les univers revenir se ficher dans son cœur. Elle était libre, néanmoins. Elle s'était libérée de Rakoth, chacune des épreuves qu'elle avait subies l'avait rendue plus forte, comme le lui avait dit Matt. Elle se leva et se tint dans la lumière du soleil, vêtue de sa seule chevelure : « Tu dois me revenir. Ce que je t'ai dit est toujours vrai. Il n'y a pas de Lancelot ici. C'est différent, Arthur. Il n'y a que nous deux maintenant, seulement nous deux. »

Dans le rayon de soleil, elle contempla les étoiles qui glissaient dans les yeux d'Arthur, les étoiles de l'été d'où il était venu. Avec lenteur, il secoua la tête, et elle eut peine pour son âge et sa lassitude.

« Il ne peut en être ainsi, dit-il. J'ai tué les enfants, Guenièvre. »

Elle ne sut que répliquer à ces paroles. Dans le silence, elle entendit presque le passage inexorable et patient de la Navette sur le Métier.

La plus triste histoire de toutes les longues histoires jamais racontées.

14

Au matin, Arthur et Guenièvre arrivèrent ensemble à Paras Derval, sur la grande place devant les portes du palais. Deux compagnies y étaient rassemblées, l'une qui devait partir pour le nord, l'autre pour l'ouest, vers la mer. Il ne fut pas un seul cœur parmi eux qui ne se soulevât de joie en voyant ensemble le Guerrier et sa Dame.

Dave Martyniuk attendait le signal du départ, derrière Lévon et les cinq cents hommes qu'Ailéron leur avait donné à conduire dans la Plaine. Et pendant qu'il contemplait Jennifer, un souvenir s'illumina dans sa mémoire.

Le tout premier soir, quand Lorèn leur avait révélé à tous les cinq sa véritable identité et que Dave, incrédule et hostile, s'était dirigé vers la porte, furieux. La voix de Jennifer, qui l'avait arrêté en prononçant son nom. Et la majesté empreinte sur son visage quand il s'était retourné vers elle. Il n'aurait pu la définir alors, pas plus que maintenant, mais il voyait la même qualité en elle ce matin-là, qui n'était ni passagère ni éphémère.

Elle délaissa Arthur pour venir le trouver, vêtue d'une robe aussi verte que ses yeux, aussi verte que l'herbe. L'incertitude de Dave devait se lire sur ses traits, car la jeune femme s'approcha assez pour qu'il l'entendît rire : « Si tu amorces seulement une courbette ou n'importe quoi de ce genre, Dave, je te cogne, je le jure. »

C'était bon de l'entendre rire. Il retint le salut

qu'il avait bel et bien été sur le point de faire et les surprit plutôt tous deux en se penchant pour l'embrasser sur la joue.

« Merci », dit-elle en lui prenant la main.

Il lui sourit et ne se sentit pour une fois ni fruste ni maladroit. Paul Schafer les rejoignit alors, et de son autre main Jennifer prit l'une des siennes ; ils se tinrent un instant ainsi, liés les uns aux autres.

« Eh bien », dit Dave.

Paul le regarda avec gravité : « Tu vas tout droit dans la gueule du loup, tu sais.

— Je sais, répliqua Dave. Mais si j'ai un rôle à jouer, je crois que c'est avec les Dalreï. Ce... ne sera pas plus facile là où tu vas. »

Ils restèrent silencieux dans le remue-ménage et les cliquetis qui emplissaient la place. Puis Dave se tourna vers Jennifer : « Je pensais à quelque chose, dit-il. Il y a longtemps, quand Kim t'a sortie de... là-bas, Kevin a prêté serment. Tu ne t'en souviendras pas, tu étais inconsciente, mais il a juré vengeance pour ce qu'on t'avait fait.

— Moi, je me rappelle, dit Paul.

— Eh bien, poursuivit Dave, il doit s'être demandé comment il y arriverait jamais, mais... je crois qu'il a trouvé un moyen. »

La lumière du soleil tombait en cascade d'un ciel où filaient des nuages dentelés ; des hommes en manches de chemise les entouraient.

« Il a fait davantage, dit Jennifer, les yeux brillants. Il a fini de me sortir de là-bas. Il a mené à bien ce que Kim avait commencé.

— Zut, murmura Paul, et moi qui croyais que c'était mon charme. » Des paroles dont ils se souvenaient tous trois, celles de Kevin.

Des larmes, un rire, et ils se séparèrent.

Sharra regarda le séduisant fils de l'avèn partir vers le nord à la tête de ses cinq cents hommes. Debout avec son père près des chariots, elle vit aussi Jennifer et Paul revenir à pied vers la compagnie qui se dirigerait bientôt vers l'ouest. Shalhassan les accompagnait jusqu'à Séresh ; avec la fonte des neiges, on avait un besoin urgent de ses troupes supplémentaires, et il voulait donner les ordres lui-même à Cynan.

Ailéron se trouvait déjà sur son cheval noir et Sharra vit le mage Lorèn mettre à son tour le pied à l'étrier.

Elle avait le cœur qui battait la chamade. Diarmuid était revenu la trouver pendant la nuit, en passant par la fenêtre. Il lui avait apporté une fleur ; elle ne l'avait pas aspergé d'eau cette fois, et elle s'était donné beaucoup de peine pour le lui faire remarquer ; il lui avait professé sa gratitude et bien davantage plus tard, avec une tout autre intonation.

Il avait ensuite déclaré : « Je me rends dans un lieu dangereux, ma bien-aimée. Il serait plus sage pour moi de ne parler à ton père que si nous... qu'après notre retour. Je ne voudrais pas que tu me sois liée alors que je serais... »

Elle lui avait couvert la bouche de ses mains en se retournant dans le lit comme pour l'embrasser et, à la place, elle lui avait mordu la lèvre inférieure.

« Lâche ! avait-elle dit. Je savais bien que tu avais peur. Tu m'as promis une cour dans les formes, et je veux que tu tiennes ta promesse.

— Bon, dans les formes. Tu veux un intercesseur, alors ?

— Bien sûr ! » avait-elle répondu ; puis, comme elle pleurait et ne pouvait plus feindre, elle avait ajouté : « Je te suis liée depuis Laraï Rigal, Diar. »

Il l'avait embrassée, avec douceur, puis avec passion, et quand ses lèvres s'étaient mises à voyager sur son corps, elle avait fini par perdre conscience du temps et du lieu.

« Dans les formes », avait-il répété ensuite. D'un ton bien particulier.

Et voilà que, dans la lumière du matin et le remue-ménage de la place, une silhouette écartait soudain la foule assemblée et s'avançait d'un pas ferme vers Shalhassan. Sharra se sentit devenir écarlate. Elle ferma les yeux un moment en souhaitant désespérément avoir mordu Diarmuid plus fort la veille, beaucoup plus fort. Et à un autre endroit. Puis, malgré elle, elle se mit à rire tout bas.

Dans les formes, avait-il promis. Jusqu'à l'intercesseur qui allait parler pour lui à l'ancienne manière. Diarmuid l'avait aussi prévenue en Gwen Ystrat qu'il ne marcherait jamais au pas, qu'il devrait toujours jouer.

Et son intercesseur était Tégid de Rhodèn.

Le gros homme — il était vraiment énorme — était sobre, loués soient les dieux. Il avait même taillé son extravagante barbe et revêtu pour son auguste mission un costume correct, dans des tons de feuille morte ; son visage rond et rougeaud avait une expression extrêmement sérieuse. Il s'arrêta en face de Shalhassan. Sa progression avait été remarquée et soulignée par des cris et des rires, et il attendit qu'on fît raisonnablement silence ; il se gratta distraitement les fesses, se rappela où il se trouvait et se croisa vivement les bras sur sa poitrine.

Shalhassan le contempla avec une expression à la fois curieuse, aimable et calme. Qui se transforma en grimace quand, l'instant d'après, d'une voix de tonnerre, Tégid proféra son titre.

« Seigneur suprême du Cathal, répéta Tégid d'une voix un peu plus modérée, car un vaste silence avait suivi le premier beuglement issu de ses puissants poumons, ai-je votre oreille attentive ?

— Vous l'avez, répondit Shalhassan avec une grave courtoisie.

— Je suis envoyé ici, m'a-t-on enjoint de vous

dire, par un seigneur d'une infinie noblesse dont je pourrais dénombrer les vertus jusqu'à ce que la lune se lève, se couche et se lève de nouveau. On m'envoie vous dire ici, et devant tous ces gens assemblés, que le soleil se lève dans les yeux de votre fille. »

Il y eut un rugissement de surprise.

« Et qui donc est, demanda Shalhassan, toujours courtois, ce seigneur d'une infinie noblesse ?

— C'était une figure de style, déclara Diarmuid en se détachant de la foule à leur gauche. Et toute cette affaire avec la lune, c'était l'idée de Tégid. Mais c'est réellement mon intercesseur, et son message est essentiellement vrai, et venu du fond de mon cœur. Je désire épouser votre fille, Shalhassan. »

Sur la place, le tumulte était à présent incontrôlable ; on avait du mal à s'entendre. Sharra vit son père se tourner vers elle avec lenteur, le regard interrogateur, et avec une autre expression qu'il lui fallut un moment pour reconnaître : de la tendresse.

Elle hocha la tête, une fois, et ses lèvres formulèrent un « oui » qu'il pût voir.

Le tumulte atteignit son apogée, puis diminua lentement tandis que Shalhassan attendait près de son chariot, grave et immobile. Il regarda Diarmuid, dont la propre expression était grave à présent ; il regarda de nouveau Sharra.

Il sourit. *Il sourit*.

« Loués soient le Tisserand et tous les dieux, dit Shalhassan du Cathal, elle a enfin agi comme une adulte ! » Et, s'avançant à grandes enjambées, il vint étreindre Diarmuid comme un fils, ainsi que l'exigeait le rituel.

Et ce fut donc parmi des rires joyeux que la compagnie partit pour Taërlindel, où le navire attendait pour emporter cinquante hommes vers un lieu de mort.

Les hommes de Diarmuid, bien entendu. Ce n'avait pas été sujet à discussion, tout le monde l'avait supposé, cela allait de soi. Si Coll dirigeait le vaisseau, alors Diarmuid le commandait, et c'étaient les hommes de la forteresse du Sud qui se rendaient à Cadèr Sédat.

Chevauchant seul à l'arrière de la compagnie, Paul les voyait rire et même chanter, le cœur léger, à la perspective de cette action. Il les regardait, Coll et Averrèn le roux, les lieutenants, et Carde, et Rothe qui grisonnait, et Erron, mince et agile, et les quarante autres désignés par le prince. Savaient-ils où ils allaient ? Le savait-il lui-même ?

À l'avant, Diarmuid jeta un coup d'œil par-dessus son épaule pour vérifier la bonne marche de la compagnie et Paul croisa un instant son regard bleu ; il ne pressa pas son cheval, toutefois, et Diarmuid ne ralentit pas pour se retrouver à sa hauteur. Paul se sentait très seul ; l'absence de Kevin lui faisait comme un creux dans la poitrine ; l'idée de Kim partie si loin à l'est rendait les choses encore plus difficiles à supporter.

Shalhassan les quitta dans l'après-midi à Séresh. Il serait presque aussitôt transbordé sur l'autre rive, à Cynan. Le soleil doux et bienfaisant leur rappelait constamment qu'ils devaient se hâter.

Ils obliquèrent au nord sur la grande route de Rhodèn. Nombre de gens les accompagnaient : Ailéron, bien sûr, et Na-Brendel du Daniloth. Sharra venait aussi ; elle retournerait à Paras Derval avec Ailéron et y attendrait son père. Teyrnon et Barak étaient plongés dans une profonde conversation avec Lorèn et Matt ; seuls ces deux derniers prendraient la mer ; le plus jeune des mages resterait avec le roi. Paul se dit qu'ils dégarnissaient dangereusement leurs lignes.

Ils n'avaient guère le choix, en réalité.

Non loin devant, il pouvait voir Tégid qui bringuebalait dans un chariot de guerre du Cathal et, un instant, ce spectacle le fit sourire. Shalhassan s'était avéré humain, en définitive, il avait un certain sens de l'humour. Derrière le gros homme chevauchait Jaëlle, seule aussi. Paul songea un instant à la rejoindre mais ne le fit pas ; il avait trop de sujets de préoccupation sans essayer de présenter des excuses à la grande prêtresse ; il n'imaginait pas quelle pourrait être sa réaction. Un peu surprenant, néanmoins, qu'elle les accompagnât : les provinces de Dana s'arrêtaient à la mer.

Ce qui lui fit songer à la nature du maître des provinces qui y commençaient, et à sa propre déclaration au Conseil, la matinée précédente : Je crois que je peux y voir, avait-il déclaré, sur le ton calme du Deux-fois-né. Calme, oui, mais extrêmement imprudent. Et maintenant, ils allaient compter sur lui.

Tout en y réfléchissant, avec une expression soigneusement impassible, Paul vit qu'ils obliquaient de nouveau à l'ouest, quittant la grand-route pour une route plus étroite. Les riches terres céréalières de l'intérieur de Séresh s'étaient étendues à leur gauche jusqu'alors, mais lorsqu'ils changèrent de direction, le terrain commença à s'abaisser en côtes successives. Il y avait des moutons et des chèvres, ainsi qu'un autre ruminant que Paul ne reconnut pas. Puis, avant même de la voir, il entendit la mer.

Ils arrivèrent à Taërlindel tard ce jour-là et le soleil les y précéda, suspendu au-dessus de la mer ; la brise salée était fraîche et la marée montait, un déferlement de vagues aux crêtes écumeuses sur les plages de sable qui descendaient jusqu'à Séresh et l'embouchure de la Særèn.

Devant eux se trouvait le port de Taërlindel, face au nord, abrité du vent et des vagues par un promontoire. De petits bateaux de pêche dansaient à l'ancre, quelques bateaux plus gros et un vaisseau peint de rouge et d'or, qui devait être le *Prydwèn*.

Autrefois, avait dit Lorèn à Paul, une flotte de

guerre avait résidé dans ce port, mais la dernière guerre avec le Cathal avait décimé les flottes des deux pays et, après la trêve, on n'avait construit aucun bateau pour les remplacer. Et comme l'Andarièn était une terre dévastée depuis mille ans, on n'avait plus besoin, avait expliqué le mage, de voguer dans la baie de Lindèn.

Des maisons entouraient le port, et quelques autres étaient bâties à distance de la mer, sur les pentes douces des collines ; la ville était fort belle dans la lumière déclinante de l'après-midi, mais Paul lui accorda seulement un bref coup d'œil avant d'immobiliser son cheval pour se laisser dépasser par les derniers membres de la compagnie. Depuis la route qui surplombait Taërlindel, il contempla longuement la mer verte et grise, aussi loin que son regard pouvait porter.

On avait laissé la lumière monter d'Atronel pendant les trois nuits précédentes, une célébration en l'honneur du printemps revenu. À présent, en cette soirée du quatrième jour, Leyse de la marche du Cygne, vêtue de blanc en l'honneur de Lauriel le cygne blanc, s'avançait aux côtés de Ra-Tenniel à la silhouette lumineuse ; ils cueillaient des sylvains rouges et argentés, seuls au bord du lac de Célyn.

Dans les ombres entrelacées du Daniloth, des ombres qui infléchissaient le temps en des voies inconnues de tous sauf des lios, il n'y avait jamais eu d'hiver ; le puissant sortilège de Lathèn Tisseur de Brume les avait protégés du froid. mais trop longtemps les lios avaient-ils contemplé depuis les frontières mouvantes et indistinctes du Pays Obscur les neiges qui s'abattaient sur la Plaine et la désolation stérile d'Andarièn ; dans un monde de blanche malveillance, ils avaient été une île solitaire et fragile de teintes assourdies.

Plus maintenant. Toujours audacieux, après avoir pris la longue main délicate de Leyse — qui pour une fois le laissa faire —, Ra-Tenniel la conduisit par-delà les ombres douces de la Lathèn jusque dans les espaces dégagés où la rivière se jette dans le lac de Célyn.

Au soleil couchant, c'était un endroit enchanteur et serein ; des saules poussaient près de la rive, et des aums aux tendres feuilles nouvelles. Dans l'herbe neuve, Ra-Tenniel étendit son manteau aussi vert qu'une pierre velline, et Leyse s'y assit avec lui, les bras chargés de sylvains ; ses yeux étaient d'or doux comme le soleil couchant dont les rayons posaient dans ses cheveux un éclat cuivré.

Il la regarda, regarda le soleil, les aums dont les branchages s'arrondissaient au-dessus de leurs têtes, et la course tranquille de la rivière en contrebas. La tristesse n'était jamais loin pour lui, comme pour tous les lios, et dans le bourdonnement vespéral des abeilles et les éclaboussures liquides de l'eau sur la pierre, sa voix s'éleva pour chanter une complainte qui pleurait la destruction de l'Andarièn, mille ans auparavant.

Couverte de fleurs, Leyse l'écouta gravement chanter la longue ballade qui célébrait cette peine si ancienne. Le soleil se coucha ; dans le crépuscule, une brise légère agitait les feuilles au-dessus de leurs têtes quand le chant de Ra-Tenniel s'acheva enfin. À l'ouest, là où s'était couché le soleil, une unique étoile brillait dans le ciel, celle qu'on avait nommée d'après Lauriel, bien longtemps auparavant, Lauriel assassinée par Avaïa la noire au Baël Rangat. Ils la contemplèrent longuement puis s'apprêtèrent à revenir sur leurs pas, au Pays Obscur, d'où l'on voyait, assourdie, la lueur des étoiles.

Par-dessus son épaule, Ra-Tenniel jeta un unique coup d'œil vers l'Andarièn. Il s'immobilisa et se retourna pour mieux voir, mettant à l'épreuve le regard perçant des lios alfar.

Toujours, depuis le commencement, l'impatience de sa haine avait constitué les desseins de Rakoth.

L'hiver, désormais passé, avait constitué un changement terrifiant dans son implication, celle d'une volonté nonchalante de destruction qui prendrait tout son temps.

Mais cet hiver avait pris fin et, en scrutant le nord de ses yeux dont la nuance virait rapidement au violet, Ra-Tenniel, seigneur des lios alfar, vit une horde noire qui traversait la désolation de l'Andarièn. Elle ne se dirigeait pas vers eux, toutefois ; alors même que Leyse se retournait pour observer avec lui, l'armée de Rakoth obliqua vers l'est. Vers l'est, contournant la rivière Célyn pour se frayer un chemin à travers la Gwynir.

Et arriver dans la Plaine.

S'il avait attendu l'obscurité, Rakoth aurait pu lancer son armée dans une longue randonnée nocturne que nul n'aurait vue. Il n'avait pas attendu, et Ra-Tenniel offrit aux dieux une brève prière de gratitude. Avec Leyse, il se hâta de revenir à Atronel. Ils ne lancèrent pas leur lumière dans le ciel cette nuit-là — une armée des Ténèbres chevauchait dans la contrée voisine. Ils réunirent plutôt tous les seigneurs des marches sur le mont d'Atronel. Comme le roi l'avait prévu, la farouche Galèn déclara aussitôt qu'elle chevaucherait jusqu'à Célidon ; comme il l'avait prévu encore, Lydan, malgré toute sa prudence, ne laisserait pas sa jumelle voyager seule ; ils se dressèrent pour partir quand Ra-Tenniel leur en accorda la permission, mais il leva la main pour les arrêter.

« Vous devrez faire vite, dit-il. Très vite. Prenez les raithèn. Il est temps qu'on voie de nouveau en Fionavar les chevaux or et argent du Daniloth. »

Les yeux de Galèn virèrent au bleu, et l'instant d'après ceux de son frère firent de même. Ensuite, ils prirent congé.

Avec l'aide de ceux qui restaient, Ra-Tenniel investit son cristal de convocation d'un éclat lumineux et urgent, afin que le cristal qui se trouvait dans les chambres du très haut roi à Paras Derval s'animât aussi pour le prévenir.

Ce n'était pas leur faute si le très haut roi se trouvait à Taërlindel cette nuit-là et ne reviendrait pas avant l'après-midi de la journée suivante pour voir la lumière ardente du cristal.

Paul ne pouvait trouver le sommeil. Très tard dans la nuit, il se leva et descendit à pied de chez la mère de Coll jusqu'au port. Le mince croissant de lune voguait haut dans le ciel, dessinant un chemin argenté sur la mer ; la marée descendait et le sable était largement découvert entre la côte et le promontoire. Le vent avait tourné au nord ; il faisait frais, Paul le savait, mais il était apparemment toujours immunisé contre le froid, naturel ou surnaturel ; l'un de ses rares traits particuliers — avec les corbeaux, et la présence silencieuse et attentive qui battait dans son sang.

Le *Prydwèn* était immobile à l'ancre ; on l'avait chargé en profitant des dernières lueurs du jour, et le grand-père de Coll l'avait déclaré prêt à prendre la mer ; sous la lune, la peinture dorée de sa coque paraissait argentée, et les voiles blanches, ferlées, étincelaient.

Il faisait très calme. Paul revint le long des quais de bois, et le bruit de ses bottes troublait seul le silence avec le clapotement doux de la mer contre les bateaux. Aucune lumière dans Taërlindel ; dans le ciel, les étoiles paraissaient très brillantes, en dépit de la lune.

Paul quitta le port et longea la jetée de pierre jusqu'à son extrémité, laissant derrière lui la dernière maison de la ville. Un chemin s'incurvait passagèrement vers le nord-est, épousant le relief de la baie. Il y avait assez de clarté pour le suivre et Paul s'y engagea. Au bout d'environ deux cents pas, le chemin atteignait une crête et redescendait vers le nord ; Paul se retrouva bientôt sur le sable de la longue plage ouverte à la mer.

Les vagues déferlantes soupiraient plus fort, Paul pouvait presque y entendre... mais presque, ce n'était pas assez. Il retira ses bottes et ses bas de laine et, les abandonnant sur la plage, il s'avança. Le sable était humide de la marée, les vagues luisaient d'une phosphorescence argentée. Paul sentit l'eau de l'océan baigner ses pieds ; elle devait être froide, il le savait, mais il ne la percevait pas ainsi. Il alla un peu plus loin et s'arrêta, dans l'eau seulement jusqu'à la cheville, pour affirmer sa présence, mais sans arrogance. Il resta parfaitement immobile, essayant de rassembler tout ce qu'il était et toujours, même en cet instant, sans savoir comment. Il écouta, n'entendit rien que le bruit profond de la mer.

Puis, en lui, dans son sang, il y eut comme un jaillissement. Il se passa la langue sur les lèvres et attendit. La vague revint. La troisième fois, il pensa y déceler un rythme, qui n'était pas celui de la mer parce que cette puissance ne venait pas de la mer. Il leva les yeux vers les étoiles, mais ne regarda pas du côté de la terre. *Mörnir*, pria-t-il.

Il s'écria : « Liranan ! » quand la quatrième vague jaillit en lui, et il entendit dans sa propre voix le fracas du tonnerre.

À la cinquième vague, il cria de nouveau le nom, et une dernière fois quand la sixième vague le traversa en rugissant. La septième fois, cependant, il resta silencieux. Il attendait.

Au loin sur la mer, il aperçut une vague écumeuse, bien plus haute que toutes celles qui se précipitaient à la rencontre de la marée descendante. Quand elle entra en contact avec les longues ondulations de la marée, quand elle déferla, immense et scintillante, Paul entendit une voix qui criait : « Attrape-moi si tu le peux ! » et, en esprit, il plongea à la poursuite du dieu de la mer.

Ni froid ni ténèbres. Des lueurs semblaient briller

partout, des nuances opalines — comme s'il avait nagé parmi des constellations englouties.

Un éclat bref : un poisson d'argent. Il se lança à sa poursuite et le poisson fit volte-face pour lui échapper. Il revint en arrière aussi, se glissant entre les étoiles de l'eau. Il y avait du corail plus bas, vert et bleu, rose, orange, avec des touches d'or. Le poisson argenté se glissa sous une arche et quand Paul y passa à son tour, il avait disparu.

Il attendit. Perçut une autre pulsation.

« Liranan ! » appela-t-il, et il sentit le tonnerre qui ébranlait les profondeurs. Quand les échos s'en furent éteints, il revit le poisson, plus gros à présent, les flancs tachetés de l'arc-en-ciel du corail. Le poisson s'enfuit, et Paul le pourchassa.

Vers les profondeurs. Ils longèrent des formes massives et menaçantes plus bas, là où les étoiles de la mer devenaient obscures, où leurs couleurs s'éteignaient.

Le poisson remonta d'un trait, comme s'il fonçait vers la lumière ; il traversa les étoiles englouties et brisa la surface des eaux en un saut illuminé de lune. Depuis la plage, les pieds dans la marée, Paul le vit étinceler avant de retomber.

Et le poisson reprit sa fuite. Plus de détours, à présent. Filant droit vers la haute mer, le dieu marin fuyait la voix du tonnerre. Et il en était poursuivi. Ils allèrent si loin, la terre n'était plus même un souvenir. Paul pensa entendre dans les vagues un frêle chant indistinct. Il en fut épouvanté, car il devinait ce qu'il entendait. Il ne répéta pas son invocation. Le poisson d'argent filait devant lui. Il songea à tous les morts et à tous les vivants, à l'urgence de leur besoin, et il rattrapa Liranan loin en mer, pour le toucher du doigt de son esprit.

« Je te tiens ! dit-il tout haut, haletant, sur la plage où il n'avait pas bougé d'un pouce. Viens, laisse-moi te parler, mon frère. »

Le dieu prit alors sa véritable forme et se dressa sur la mer argentée pour s'avancer à grandes enjambées vers la plage, ruisselant d'eau luminescente. Lorsqu'il fut assez près, Paul vit que les eaux cascadantes lui servaient de tunique et vêtaient sa majesté, dans un incessant frisson coloré d'étoiles marines et de corail.

« Tu m'appelles ton frère », dit le dieu d'une voix qui sifflait comme celle des vagues à travers les rochers ; sa barbe était longue et blanche, ses yeux de la même couleur que la lune. « Comment peux-tu avoir cette audace ? Nomme-toi !

— Tu connais mon nom », répliqua Paul ; la marée intérieure s'était tue, c'était sa propre voix qui parlait. « Tu connais mon nom, Seigneur de la Mer, ou tu n'aurais pas répondu à mon appel.

— Non. J'ai entendu la voix de mon père. Plus maintenant. Qui es-tu, toi qui peux parler avec le tonnerre de Mörnir ? »

Paul s'avança dans la marée qui fuyait, regarda le dieu de la mer bien en face : « Je suis Pwyll le Deux-fois-né, Seigneur de l'Arbre de l'Été. »

Poussées par Liranan, les vagues vinrent s'écraser autour d'eux.

« J'en ai entendu parler, dit le dieu de la mer. Je comprends, maintenant. » Il était très grand ; les eaux mouvantes de sa tunique tombaient à ses pieds ou montaient de la mer, ou les deux à la fois, c'était difficile à distinguer ; le dieu était magnifique, sévère et terrible. « Que désires-tu, alors ? » demanda-t-il.

Et Paul répliqua : « Nous voguons vers Cadèr Sédat au matin. »

Le dieu laissa échapper un son semblable à celui d'une vague frappant un grand rocher. Puis il resta silencieux, contemplant Paul de toute sa hauteur dans la lumière éclatante de la lune. Au bout d'un long moment, il déclara : « C'est un endroit bien défendu, mon frère.

— Même contre toi ?

— Je l'ignore, répondit Liranan. Mais il m'est interdit d'intervenir dans la Tapisserie. C'est interdit à tous les dieux. Deux-fois-né, tu dois bien le savoir.

— Mais pas si l'on t'invoque. »

De nouveau le silence, hormis le murmure infini de la marée qui descendait, et des vagues.

« Tu te trouves présentement au Brennin, dit le dieu, et proche de la forêt source de ton pouvoir. Tu seras loin en mer, mon frère mortel. Comment me contraindras-tu ?

— Nous n'avons d'autre choix que de prendre la mer, répondit Paul. Le Chaudron de Khath Meigol se trouve à Cadèr Sédat.

— Tu ne peux contraindre un dieu dans son propre élément, Deux-fois-né. » La voix était fière mais sans froideur. Presque attristée.

Paul fit un geste que Kevin aurait reconnu : « Je devrai essayer », dit-il.

Liranan l'observa encore un moment, puis il dit quelque chose, très bas ; ses paroles se confondirent avec le soupir des vagues et Paul ne put entendre ce qu'avait dit le dieu. Avant de pouvoir l'interroger, il vit Liranan lever le bras, et les couleurs qui glissaient dans sa tunique d'eau. Le dieu tendit au-dessus de la tête de Paul sa main aux doigts écartés, et disparut.

Paul sentit des embruns sur son visage et dans ses cheveux ; puis, en baissant les yeux, il se rendit compte qu'il était pieds nus sur le sable et non plus dans l'océan. Le temps avait passé ; la lune avait baissé à présent, loin à l'ouest ; dans son sillage argenté, il aperçut un poisson d'argent qui brisait la surface d'un saut unique avant de retourner nager entre les étoiles de la mer et les couleurs mouvantes du corail.

Quand il se détourna pour revenir à la ville, il trébucha ; alors seulement mesura-t-il son épuisement. Le sable semblait s'étirer à l'infini. Par deux fois, Paul faillit tomber ; la deuxième fois, il s'arrêta et resta un moment immobile, prenant de profondes inspirations ; il se sentait la tête légère, comme s'il avait respiré un air trop riche. En lui s'attardait un souvenir lointain du chant qu'il avait entendu en haute mer.

Il secoua la tête et revint à l'endroit où il avait laissé ses bottes. Il s'agenouilla pour les enfiler mais s'assit sur le sable, les bras sur les genoux, la tête entre les bras. Le chant s'évanouissait peu à peu et il pouvait sentir sa respiration revenir à la normale, mais non ses forces.

Il vit une ombre s'allonger près de la sienne dans le sable.

« Vous devez prendre plaisir à me voir ainsi, dit-il d'un ton acide, sans lever les yeux. Vous semblez en cultiver les occasions.

— Vous frissonnez », répliqua Jaëlle, très terre à terre. Il sentit un manteau se poser sur ses épaules, imprégné du parfum de la prêtresse.

« Je n'ai pas froid », dit-il ; mais, en regardant ses mains, il vit qu'elles tremblaient.

Elle s'écarta de lui et il la regarda. Sur son front, un bandeau retenait ses cheveux dans le vent ; la lune illuminait ses pommettes, mais ses yeux verts étaient dans l'ombre. « Je vous ai vus tous les deux dans une autre lumière que celle de la lune. Pwyll, quelle que soit par ailleurs votre nature, vous êtes mortel, et ce n'est pas une lumière où nous pouvons vivre. »

Il ne répondit pas.

Après une pause, elle reprit : « Vous m'avez dit il y a longtemps, quand je vous ai détaché de l'Arbre, que nous étions humains avant tout. »

Il se força, la regarda de nouveau : « Vous avez dit que je me trompais.

— À ce moment-là, vous vous trompiez. »

Dans le silence, les vagues semblaient très lointaines, mais elles déferlaient toujours.

« J'allais vous présenter mes excuses, sur la route. Vous semblez toujours me prendre dans un moment difficile.

— Oh, Pwyll. Comment pourrait-il y avoir un

moment qui ne le soit pas ? » Elle semblait plus vieille, tout à coup ; il essaya d'entendre si elle se moquait, ne perçut aucune raillerie dans son intonation.

« Je l'ignore », admit-il ; puis : « Jaëlle, si nous ne revenons pas de ce voyage, vous feriez mieux de mettre Ailéron et Teyrnon au courant de l'existence de Darien. Jennifer s'y opposera, mais je ne vois pas que nous ayons le choix. Ils doivent être prêts pour lui. »

Elle bougea un peu et il put voir ses yeux. Elle lui avait donné son propre manteau et n'était vêtue que d'une longue robe de nuit ; le vent soufflait de la mer ; Paul se leva, plaça le manteau sur les épaules de la jeune femme et en referma l'agrafe sur son cou. Pendant qu'il la regardait, cette farouche beauté rendue si grave par tout ce qu'elle avait vu, un souvenir lui revint et, conscient du fait qu'elle avait accès au même savoir que lui, il demanda : « Jaëlle, quand les lios entendent-ils leur chant ?

— Quand ils sont prêts à prendre la mer, répondit-elle. Habituellement, c'est la lassitude qui les fait partir. »

Derrière lui, il pouvait toujours entendre la lente retraite de la marée. « Que font-ils ?

— Ils construisent un bateau et voguent vers l'ouest, de nuit.

— Pour aller où ? Dans une île ? »

Elle secoua la tête : « Ce n'est pas en Fionavar. Quand un lios alfar vogue assez loin à l'ouest, il traverse, pour se rendre dans un autre univers. Un univers créé par le Tisserand pour eux seuls. Dans quel but, je l'ignore, et je crois qu'ils l'ignorent aussi. »

Paul resta silencieux.

« Pourquoi me le demandez-vous ? »

Il hésita : l'ancienne méfiance, venue de la première fois où ils s'étaient parlé, quand elle l'avait détaché de l'Arbre. Au bout d'un moment, toutefois, il lui rendit son regard et dit : « J'ai entendu un chant, tout à l'heure, loin en mer, pendant que je pourchassais le dieu. »

Elle ferma les yeux ; la lune faisait d'elle une statue de marbre pâle et austère. « Dana ne peut rien faire en mer, dit-elle. Je ne sais ce que cela signifie. » Elle rouvrit les yeux.

« Moi non plus.

— Pwyll, est-ce possible ? Pouvez-vous aller à Cadèr Sédat ?

— Je n'en suis pas sûr, répondit-il, sincère. J'ignore même si nous pourrons faire quoi que ce soit si nous y arrivons. Je sais que Lorèn a raison, pourtant. Nous devons essayer.

— Vous savez que je viendrais si je le pouvais...

— Oui, je le sais, dit Paul. Vous aurez bien davantage à faire ici. Ayez en pitié celles comme Jennifer et Sharra, qui peuvent seulement attendre avec tout leur amour, et espérer qu'il compte pour quelque chose, par-delà la souffrance qu'il leur cause. »

Elle ouvrit la bouche pour parler, mais se ravisa et garda le silence. Malgré lui, les paroles d'une ballade lui revinrent à l'esprit et, presque à voix basse, il les offrit à la brise nocturne et à la mer :

Qu'est donc une femme pour que tu l'abandonnes
Avec ton foyer et ta terre
Pour la vieille et grise Faiseuse de veuves ?

« Au Tisserand ne plaise », dit Jaëlle, et elle tourna les talons.

Il la suivit sur le chemin étroit qui menait à Taërlindel. À leur droite, la lune sombra dans la mer et ils revinrent à une ville éclairée par la seule lueur des étoiles.

Au lever du soleil, la compagnie s'apprêta à partir sur le *Prydwèn*. Le très haut roi Ailéron vint à bord souhaiter bon voyage à son premier mage, à Paul

Schafer et à Arthur Pendragon, aux hommes de la forteresse du Sud qui serviraient d'équipage, et à Coll de Taërlindel qui en serait le capitaine.

En tout dernier, il se tint devant son frère. Ils se dévisagèrent avec gravité, les yeux d'Ailéron si bruns qu'ils en étaient presque noirs, ceux de Diarmuid plus bleus que le ciel au-dessus de leurs têtes.

En les observant depuis le quai, oublieuse de ses larmes, Sharra vit Diarmuid dire quelque chose, puis hocher la tête ; il s'avança ensuite pour embrasser son frère sur la joue. L'instant d'après, Ailéron fit volte-face et descendit la passerelle. Son visage était impassible.

Elle le détesta un peu.

On déroula les voiles du *Prydwèn*, qui se gonflèrent. On leva la passerelle. Le vent soufflait du sud-est : il les pousserait.

Na-Brendel du Daniloth se tenait près du très haut roi et de sa garde. Trois femmes se trouvaient là aussi, les yeux fixés sur le vaisseau qui larguait ses amarres et commençait à s'écarter du quai. L'une était une princesse, l'autre une grande prêtresse ; près d'elles, toutefois, se tenait une femme qui avait été reine, et Brendel ne pouvait détacher son regard d'elle.

Les yeux de Jennifer étaient clairs et lumineux alors qu'elle fixait le vaisseau et l'homme qui la contemplait depuis sa poupe ; elle lui communiquait force et fierté, Brendel le savait, et il la regarda se tenir ainsi jusqu'à ce que le *Prydwèn* ne fût plus qu'une tache blanche à l'endroit où la mer rejoignait le ciel.

Alors seulement se tourna-t-elle vers le très haut roi, alors seulement la tristesse revint-elle sur son visage. Et davantage encore.

« Pouvez-vous me prêter quelques hommes de garde ? demanda-t-elle. Je voudrais me rendre à la Tour de Lisèn. »

Il y avait de la compassion dans le regard d'Ailéron, comme si lui aussi avait perçu ce que percevait

Brendel : les cercles du temps qui s'en revenaient, un dessin qui prenait forme sur le Métier.

« Oh, ma très chère, dit Jaëlle d'une voix étrange.

— L'Anor Lisèn est vide depuis mille ans, dit Ailéron avec douceur. Pendarane n'est pas un lieu où nous pouvons pénétrer en toute sécurité.

— On ne me fera rien, déclara Jennifer avec une calme certitude. Il faut que quelqu'un attende là-bas leur retour. »

Brendel avait eu l'intention de revenir au Daniloth ; il y avait trop longtemps qu'il n'avait gravi Atronel.

« Je vous y conduirai et je resterai avec vous », dit-il, se choisissant une autre destinée.

15

IL Y A SURTOUT TABOR, SONGEAIT IVOR, ET GÉREINT.

L'avèn faisait à cheval le tour des camps assemblés ; il était revenu de Gwen Ystrat lors de la soirée précédente ; deux longues journées de route, mais Géreint n'avait pas pu supporter une allure plus rapide.

C'était sa première chance ce jour-là d'inspecter les camps et il se permettait une satisfaction circonspecte. En attendant, sur la décision du Conseil à Paras Derval, un rapport de Lévon dont on prévoyait le retour la nuit même, son plan était de laisser femmes et enfants avec une garde dans le territoire bien protégé qui s'incurvait à l'est de la Latham. Les eltors partaient déjà vers le nord, mais il en resterait assez pour suffire à la chasse.

Il se proposait d'emmener sans trop tarder le reste des Dalreï au nord, pour prendre position près de l'Adein. Quand le très haut roi et Shalhassan se joindraient à eux, leurs forces combinées se hasarderaient peut-être plus loin au nord ; les Dalreï seuls ne le pouvaient, mais ils ne pouvaient non plus attendre là où ils se trouvaient car Maugrim allait peut-être s'abattre bientôt sur eux, et Ivor n'avait pas la moindre intention de lui abandonner Célidon tant qu'il serait vivant. Mais à moins d'une attaque massive, se disait-il, les Dalreï pouvaient tenir seuls sur l'Adein.

Il arriva au camp situé le plus au nord et salua de la main son ami Tulgèr, de la huitième tribu. Il ne ralentit pas pour lui parler, toutefois : il avait trop de sujets de réflexion.

Tabor et Géreint.

Il avait examiné de près son fils cadet, la veille, à leur retour ; Tabor lui avait souri et l'avait embrassé, avec le discours attendu. Même en tenant compte du long hiver, il était d'une pâleur surnaturelle, la peau si blanche qu'elle en était presque translucide. L'avèn avait essayé de se dire qu'il se leurrait à cause de sa sensibilité habituellement exacerbée dès qu'il s'agissait de ses enfants, mais cette nuit-là, dans leur lit, Leith lui avait fait part de son inquiétude et le cœur d'Ivor lui avait manqué.

Sa femme se serait plutôt coupé la langue que de le troubler ainsi sans raison.

Aussi ce matin-là, très tôt, était-il allé se promener le long de la rivière avec son cadet, dans la fraîcheur du printemps, sur l'herbe verte de leur Plaine. La glace de la Latham avait fondu en une seule nuit ; la rivière cascadait des montagnes, étincelante et froide, d'un bleu éclatant sous le soleil. Ivor avait senti son humeur s'alléger, malgré tous ses soucis, à simplement voir cette vie qui revenait, et à en faire partie.

« Père, avait dit Tabor avant même qu'Ivor eût pu l'interroger, je n'y peux rien. »

Le plaisir du moment s'était évaporé pour Ivor ; il s'était tourné vers le garçon. Quinze ans, pas plus, avec une ossature délicate, et tellement pâle à présent qu'il semblait encore plus jeune. Ivor garda le silence et attendit.

« Elle m'emporte avec elle, avait repris Tabor. Quand nous volons, et surtout la dernière fois, quand nous avons tué. C'est différent dans le ciel, Père. Je ne sais pas combien de fois je pourrai revenir.

— Tu dois essayer de ne pas la monter, alors », avait dit Ivor avec chagrin ; il se rappelait bien la nuit à la lisière de la forêt de Pendarane, quand il avait regardé Tabor et la créature ailée de son rêve tournoyer entre les étoiles et la Plaine.

« Je sais, avait dit Tabor au bord de la rivière. Mais nous sommes en guerre, Père. Comment pourrais-je ne pas la monter ? »

D'une voix bourrue, Ivor avait déclaré : « Nous sommes en guerre, et je suis l'avèn des Dalreï. Tu es un Cavalier sous mon commandement. Tu dois me laisser décider de la meilleure façon d'utiliser les forces dont nous disposons.

— Oui, Père », avait dit Tabor.

À double tranchant, songeait maintenant Ivor en regardant vers le sud le long de la rive occidentale de la Latham, là où s'était installée la quatrième tribu de Cullion. Chaque présent de la Déesse est à double tranchant. Il essaya, sans grand succès, de ne pas en ressentir trop d'amertume. La glorieuse créature ailée à l'étincelante corne d'argent constituait leur arme la plus puissante et, il le voyait bien à présent, le prix en serait pour lui de perdre son plus jeune enfant.

Cullion, au visage anguleux mais aux yeux doux, chevauchait à sa rencontre, et Ivor dut s'arrêter pour l'attendre ; Cullion était bien jeune pour être chef, mais il était fiable et alerte, et Ivor lui faisait plus confiance qu'à la plupart des autres.

« Avèn, déclara Cullion sans préambule, quand partons-nous ? Dois-je ordonner ou non une chasse ?

— Attends encore aujourd'hui, dit l'avèn. Cechtar a bien chassé hier. Viens nous voir si tu as besoin de quelques eltors.

— Je le ferai. Et pour...

— Un aubereï devrait t'arriver bientôt. Il y a un Conseil cette nuit dans notre camp. Je l'ai retardé parce que j'espère que Lévon sera de retour avec des nouvelles de Paras Derval.

— Bien. Avèn, j'ai harcelé mon chaman depuis le début de la fonte des neiges...

— Ne le harcèle pas, remarqua machinalement Ivor.

— ... mais il ne m'a rien dit du tout. Et Géreint ?

— Rien », dit Ivor, et il poursuivit son chemin.

Il n'était pas jeune quand on l'avait aveuglé. Deuxième sur la liste, il attendait depuis des années à Célidon quand l'aubereï avait apporté le message leur apprenant la mort de Colynas, le chaman de la troisième tribu.

Il était vieux à présent, et la cérémonie d'aveuglement était bien loin, mais il s'en souvenait avec une totale clarté. Ce n'était pas surprenant : les torches, les étoiles, les hommes de la tribu de Banor qui tournaient autour de lui, c'étaient les dernières images qu'avait vues Géreint.

Une vie bien remplie, se disait-il, mieux remplie qu'il n'aurait pu le rêver ; si elle avait pris fin avant l'explosion enflammée du Rangat, il aurait dit avoir vécu et être mort heureux.

Depuis qu'il avait été désigné par l'Ancien des Anciens à Célidon, où la première tribu demeurait en permanence, la destinée de Géreint avait été différente de celle de tous les autres jeunes hommes appelés à leur jeûne.

Et d'abord, il avait quitté Célidon. Seuls le faisaient les élus de la première tribu. Il avait appris à devenir un chasseur, car le chaman devait connaître la chasse et l'eltor ; il avait voyagé de tribu en tribu, leur consacrant à chacune une saison, car le chaman devait connaître les mœurs de toutes les tribus, ne sachant jamais celle à laquelle il finirait par se joindre, quel chef il servirait. Il avait aussi couché avec des femmes des neuf tribus, afin de répandre dans toute la Plaine sa semence d'élu ; il n'avait pas la moindre idée du nombre d'enfants qu'il avait engendrés pendant son attente, mais il se rappelait très bien certaines nuits. Il avait passé des années ainsi, alternant voyages et séjours à Célidon en compagnie des parchemins de la Loi et d'autres fragments qui n'appartenaient pas à la Loi mais que les chamans se devaient de connaître.

Tout cela avait commencé quand il avait vu la kéïa qui serait son animal-totem, le marquant intérieurement même parmi les élus. Et il avait pensé avoir eu bien assez de temps, bien plus que la plupart des chamans.

Quand était venu le temps de l'aveuglement, il avait cru être prêt. Pour le changement, sinon pour la souffrance. On n'était jamais prêt pour la souffrance : c'était par cette agonie que l'on venait au pouvoir, et l'on ne pouvait s'y préparer.

Mais il avait reconnu ce qui s'était ensuivi et il avait accueilli la vision intérieure avec joie, comme on retrouve une amante longtemps désirée. Il avait bien servi Banor pendant plus de vingt ans, s'il y avait toujours eu entre eux une certaine distance.

Jamais avec Ivor. Aucune distance, et une amitié fondée sur le respect d'abord, puis sur un sentiment qui dépassait le respect. Manquer au chef de la troisième tribu, qui était désormais l'avèn de tous les Dalreï, aurait été un déchirement pour Géreint.

C'était le cas désormais.

Mais il n'avait pas vraiment le choix, maintenant qu'on en était arrivé à une guerre entre les puissances. Deux jours plus tôt, en Gwen Ystrat, la jeune fille l'avait averti de ne pas la suivre là où elle allait. Regardez vers l'ouest, avait-elle dit, et elle lui avait ouvert son esprit pour lui montrer l'endroit où elle se rendait et ce qu'elle avait vu de la quête de Lorèn. La première image avait causé à Géreint une souffrance telle qu'il n'en avait pas connu depuis qu'on l'avait aveuglé ; la seconde lui avait révélé où se trouvait son propre fardeau et, en même temps, qu'il était impropre à cette tâche, ce qu'il n'avait absolument pas prévu.

Il avait eu de longues années, avant de perdre ses yeux, pour trouver la véritable vision. De longues années pour voyager à travers la Plaine, pour contempler les objets du monde visible et apprendre leur nature. Il avait cru avoir adéquatement accompli sa tâche, et rien jusqu'alors ne l'avait fait changer d'avis. Rien jusqu'à maintenant. Et maintenant, il savait en quoi il avait échoué.

Il n'avait jamais vu la mer.

Comment un Dalreï, si sage fût-il, pouvait-il jamais imaginer que cette unique lacune l'empêcherait de relever le plus sérieux défi de toute sa vie ? C'était Cernan des Animaux que les Dalreï connaissaient, et Ceinwèn la Verte. Le dieu qui délaissait sa forêt de Pendarane pour courir avec les eltors dans la Plaine, et la divine chasseresse qui était sa sœur. Que savaient les Cavaliers de Liranan né de la mer ?

Un navire voguerait vers l'ouest, la jeune fille le lui avait montré. Et, en voyant cette image en esprit, Géreint avait bien davantage compris que la prophétesse du Brennin elle-même. Il n'avait jamais vu la mer mais il devait trouver ce navire, où qu'il fût sur les vagues.

Aussi avait-il fermé les voies de tous ses sens ; il avait privé l'avèn des conseils qu'il aurait pu lui prodiguer ; à un mauvais moment, au pire moment, mais il n'avait vraiment pas le choix. Il avait dit à Ivor ce qu'il allait faire, mais non où ni pourquoi ; il avait laissé la force qui gardait son vieux corps en vie s'amenuiser jusqu'à n'être plus qu'une étincelle intérieure ; puis, assis en tailleur sur son tapis de sol, dans la maison du chaman près de la Latham, il avait laissé cette étincelle voyager loin, bien loin de sa demeure corporelle.

Quand un tumulte frénétique s'empara des camps, plus tard cette nuit-là, il ne le sut pas. On le déplaça le jour suivant, au milieu du chaos — il avait dit à Ivor qu'on pouvait le faire — mais il en était inconscient. Il se trouvait alors au-delà de Pendarane.

Il avait déjà vu la forêt. Il pouvait se repérer et se concentrer d'après les souvenirs qu'il en avait, et les contours de son émanation dans son esprit. Il en avait perçu l'hostilité ténébreuse et implacable, et autre chose encore ; il passait alors sur l'Anor Lisèn, qu'il connaissait. Il y avait une lumière dans la Tour mais, bien entendu, il ne s'en rendit pas compte. Il sentit seulement une présence, et il eut un instant pour s'en étonner.

Un instant seulement, car il était maintenant au-delà de la terre, au-dessus des vagues, et il ne put s'empêcher de ressentir une vertigineuse panique. Il n'avait pas de forme à donner à la mer, aucun souvenir d'elle, à peine un nom pour la décrire. D'incroyables étoiles semblaient apparaître à la fois à la surface et dans les flots. Vieux et frêle, aveugle dans la nuit, Géreint ordonna à son esprit de quitter la terre qui lui était familière pour se lancer dans l'incalculable immensité de la mer, invisible, inimaginable, sombre et tumultueuse.

« Vous ne pouvez pousser cinq cents hommes pendant toute la journée sans les laisser se reposer », déclara Mabon de Rhodèn en arrivant à leur hauteur.

L'intonation était mesurée ; Ailéron avait bien fait comprendre que Lévon menait la compagnie, et Mabon n'avait nullement protesté. Dave vit le sourire pourtant penaud de Lévon : « Je sais, répondit au duc le jeune Dalreï. Je voulais faire une halte. Mais c'est juste que, à mesure que nous nous rapprochons... »

Le duc de Rhodèn sourit : « Je comprends. Je ressens la même chose chaque fois que je rentre chez moi. » Mabon, décida Dave, était très bien. Les meilleures années du duc étaient derrière lui et il pesait plus qu'il n'était nécessaire, mais il n'avait pas eu de problèmes à les suivre ; il avait dormi sur une couverture jetée dans l'herbe la nuit précédente, tel un vieux soldat.

Lévon secouait la tête, irrité contre lui-même. Quand ils atteignirent une élévation de terrain dans la vaste prairie, il leva la main pour signaler la halte ; Dave entendit les murmures d'un soulagement bien senti se propager derrière lui dans la compagnie.

Il était lui-même reconnaissant de pouvoir se reposer ; il n'était pas né pour la selle comme Lévon et Torc, ou même ces cavaliers du nord du Brennin, et il avait vraiment fait beaucoup de cheval ces derniers temps.

Il mit pied à terre et s'étira les jambes, se mit à croupetons, fit des flexions pour aller se toucher le bout des pieds, et des moulinets avec les bras. Il sourit en voyant le regard que lui jetait Torc : les taquineries du Dalreï basané ne le dérangeaient pas, Torc était un frère pour lui. Il fit encore quelques tractions près de la nappe où Torc répartissait leur nourriture et entendit l'autre renifler d'un rire contenu.

Dave se laissa retomber sur le dos, envisagea des redressements assis et décida plutôt de manger. Il s'empara d'une lanière d'eltor séché et d'un petit pain du Brennin, les arrosa de la sauce moutardée que les Dalreï adoraient et se recoucha en mâchant avec satisfaction.

C'était le printemps. Les oiseaux tournaient dans le ciel et la brise du sud-ouest était douce et fraîche ; l'herbe lui chatouillait le nez, et il s'assit pour saisir un morceau de fromage. Torc, également couché sur le dos, avait fermé les yeux ; il pouvait s'endormir en vingt secondes ; au reste, comprit Dave, il venait de le faire.

On avait du mal à croire que tout ce paysage avait été couvert de neige et battu par des tourmentes glacées seulement cinq jours plus tôt. En y songeant, Dave pensa à Kevin et sentit son humeur paisible lui glisser entre les doigts comme du vent. Ses pensées quittèrent le ciel ouvert et la vaste prairie pour des lieux plus ténébreux. En particulier celui où avait disparu Kevin Laine, la caverne en Gwen Ystrat, avec la neige qui fondait alentour. Il se rappelait les fleurs rouges, le chien gris, et jusqu'à sa mort il entendrait les lamentations des prêtresses.

Il se rassit. Torc s'agita mais sans se réveiller. Dans le ciel, le soleil était éclatant et chaud. Une bonne journée pour être en vie. Dave força son esprit à se détourner de ses souvenirs ; il savait, pour en avoir fait l'expérience amère dans sa famille, à quel point il devenait instable quand il se laissait trop aller à des émotions comme celles qui s'éveillaient maintenant.

Il ne pouvait se le permettre. Plus tard peut-être, peut-être, s'il en avait jamais le loisir, il prendrait un jour ou deux afin de comprendre pourquoi il avait pleuré pour Kevin Laine comme il ne l'avait fait pour personne depuis son enfance.

Mais pas maintenant. C'était pour lui un territoire périlleux, Dave le savait. Il laissa avec un certain chagrin Kevin là où il avait relégué son propre père — il ne s'agissait pas de l'oublier, pas vraiment, mais simplement de ne pas y penser. Et il alla retrouver Lévon assis avec le duc de Rhodèn.

« Tu es impatient ? » demanda Lévon en levant les yeux avec un sourire.

Dave s'accroupit : « Pas Torc, en tout cas », dit-il avec un petit mouvement du menton.

Mabon se mit à rire : « Je suis heureux de voir qu'au moins l'un d'entre vous a des réactions normales. Je pensais que vous vous étiez mis en tête de foncer jusqu'à la Latham. »

Lévon secoua la tête : « J'aurais eu besoin de me reposer. Mais Torc aurait pu le faire. Il n'est pas fatigué, il est juste plus malin que nous. »

— Savez-vous, dit Mabon, je crois que vous avez raison. » Il se retourna sur le dos et se déplia un carré de dentelle sur les yeux ; moins d'une minute plus tard, il ronflait.

Lévon sourit, avec un petit hochement de tête ; Dave et lui se levèrent pour aller un peu à l'écart.

« Combien de chemin encore ? » demanda Dave ; il fit un tour complet sur lui-même : il ne pouvait voir rien d'autre que la Plaine, de tous côtés.

« Nous y serons cette nuit, répondit Lévon. Nous apercevrons sans doute les avant-postes. On a perdu du temps hier, avec Mabon, à la forteresse du Nord. C'est pour cela que je vous poussais, je suppose. »

Le duc avait été forcé de les retarder pour communiquer à la garnison de la forteresse les ordres d'Ailéron ; il avait dû également faire envoyer par la route ses propres ordres à Rhodèn. Dave avait été impressionné par l'efficacité flegmatique de Mabon — une vertu dont se targuaient les hommes de Rhodèn, lui avait-on dit ; ceux de Séresh, à ce qu'il avait cru comprendre, étaient nettement plus excitables.

« Je vous ai retardés aussi, dit-il. Je suis navré.

— Je voulais te poser la question. Pourquoi ?

— Une faveur pour Paul. Ailéron en avait donné l'ordre. Te rappelles-tu le garçon qui est venu lorsque nous avons invoqué Owein ? »

Lévon hocha la tête : « Je ne risque pas de l'oublier.

— Paul voulait que le père du garçon soit posté de nouveau à Paras Derval, et il y avait une lettre à lui remettre. Je lui ai dit que je le trouverais. Ça m'a pris un moment. »

Dave se rappelait comment il s'était tenu à l'écart, embarrassé, tandis que Shahar pleurait le sort de son fils ; il avait essayé de dire quelque chose, mais en vain, bien entendu ; il ne pourrait sans doute jamais maîtriser correctement certaines situations.

« Est-ce qu'il te rappelait Tabor ? demanda soudain Lévon. Ce garçon ?

— Un peu », répondit Dave après y avoir réfléchi.

Lévon secoua la tête : « À moi, plus qu'un peu. Je crois que j'aimerais me remettre en route. »

Ils revinrent sur leurs pas. Torc était déjà debout. Lévon fit un signe et le Dalreï basané porta ses doigts à ses lèvres pour émettre un sifflement perçant ; la compagnie se prépara à reprendre sa route. Dave retrouva son cheval, monta en selle et trotta vers l'avant où attendaient Lévon et Mabon.

Les hommes du Brennin étaient en position et se retrouvèrent bien vite sur leurs montures ; Ailéron avait envoyé des hommes qui connaissaient leur affaire. Torc arriva à leur hauteur, hocha la tête. Lévon lui sourit et leva la main pour les faire avancer.

« Mörnir ! » s'écria le duc de Rhodèn.

Dave vit une ombre. Sentit une odeur de pourriture.

Entendit le chant d'une flèche. Mais il était déjà en train de tomber : Mabon, en lui sautant dessus, l'avait proprement jeté à bas de son cheval. Le duc roula avec lui dans l'herbe ; une pensée absurde traversa l'esprit de Dave : c'est ce que Kevin a fait à Coll.

Puis il vit ce que le cygne noir avait fait à son cheval ; assailli par la puanteur de la pourriture et l'odeur douceâtre et répugnante du sang, il lutta pour conserver son repas.

Avaïa volait déjà très haut dans le ciel, virant vers le nord. L'étalon brun de Dave avait eu le dos cassé par la force écrasante du plongeon du cygne dont les griffes l'avaient réduit en lambeaux ; la tête du cheval avait été presque complètement arrachée ; le sang jaillissait en geysers de son cou.

Lévon aussi avait été jeté à bas de sa selle, par le souffle des ailes géantes ; au milieu des hennissements terrifiés des chevaux et des cris des hommes, il se hâta de les rejoindre. Torc regardait en direction du cygne, les articulations blanches sur son arc encore bandé. Il tremblait ; Dave ne l'avait jamais vu ainsi.

Il constata que ses jambes le porteraient et il se dressa. Mabon de Rhodèn en fit autant avec lenteur, écarlate : le choc lui avait coupé le souffle.

Nul ne dit mot pendant un moment. Avaïa était déjà hors de vue. Flidaïs, pensait Dave tout en essayant de maîtriser les battements de son cœur. *Prenez garde au sanglier, prenez garde au cygne...*

« Vous m'avez sauvé la vie.

— Je sais, dit Mabon avec calme, sans affectation. Je vérifiais la position du soleil et je l'ai vue plonger.

— L'as-tu touchée ? » demanda Lévon à Torc.

Torc secoua la tête : « L'aile, peut-être. Peut-être. »

L'attaque avait été soudaine, d'une terrifiante brutalité. Le ciel était de nouveau vide, le vent soufflait doucement sur les ondulations de l'herbe. Mais il y avait un cheval mort devant eux, le ventre ouvert sur les intestins, et une odeur de putréfaction s'attardait, qui ne devait rien au cheval.

« Pourquoi ? demanda Dave. Pourquoi moi ? »

Le choc s'effaçait des yeux bruns de Lévon, remplacé par une grave certitude : « Je ne peux imaginer qu'une seule explication, dit-il. Elle a risqué ce gigantesque plongeon : elle a dû sentir quelque chose et décider qu'un gain considérable était possible. »

Dave porta la main à sa hanche pour toucher la forme incurvée du cor d'Owein.

Souvent, dans son propre univers, lors d'une partie de basket-ball, ses adversaires désignaient Dave Martyniuk comme le joueur le plus dangereux de l'équipe ; on le traitait avec une attention toute spéciale : double couverture, agression verbale et de l'intimidation souvent rien moins que légale ; en vieillissant et en devenant meilleur au jeu, il avait vu cette situation se reproduire avec une régularité croissante.

Sans aucun effet.

« Enterrons ce cheval, dit-il, d'une voix si sombre qu'elle surprit même les deux Dalreï. Donnez-moi une selle pour l'un des autres et repartons, Lévon. » Il s'avança et récupéra sa hache dans les restes de sa selle ; elle était couverte de sang ; il la nettoya avec soin, jusqu'à en faire étinceler la lame quand il la brandit dans le soleil.

Ils enterrèrent le cheval, donnèrent à Dave une autre selle et une autre monture.

Et ils reprirent leur chemin.

Quand on lui apporta la nouvelle, Ivor se trouvait dans la maison du chaman, au coucher du soleil.

Il était venu en cette fin de journée s'occuper de son ami et ce qu'il lisait sur le visage de Géreint l'avait laissé en proie à un accablement impuissant. Le corps du chaman était calme, immobile sur son tapis, mais sa bouche se tordait d'une terreur muette, et même les orbites noires de ses yeux témoignaient d'un terrible voyage. Rempli de peine et d'effroi pour le vieux chaman, Ivor était resté avec lui, comme si en se faisant témoin il avait pu, d'une façon maladroite, faciliter le voyage de Géreint. Le vieil homme s'était perdu, il le comprenait, et de tout son cœur il avait envie de le rappeler.

Mais il se contenta de l'observer.

Puis Cechtar entra. « Lévon arrive, lança-t-il depuis l'embrasure de la porte. Il amène le duc de Rhodèn et cinq cents hommes. Et il y a autre chose, avèn. »

Ivor se tourna vers lui.

Une expression étrange bouleversait le visage du grand Cavalier : « Il y en a deux autres en provenance du nord, avèn... ce sont des lios alfar et... oh, venez voir vous-même leurs montures ! »

Ivor n'avait jamais vu de lios. De tous les Dalreï vivants, seuls Lévon et Torc en avaient vu. Et Lévon était de retour, avec cinq cents des hommes du très haut roi. Le cœur soudain plus léger, Ivor se leva ; après avoir jeté un dernier long regard à Géreint, il sortit.

Lévon amenait ses hommes du sud-ouest ; en plissant les yeux, Ivor pouvait les voir se découper sur le soleil couchant. Dans l'espace dégagé devant lui, toutefois, se tenaient deux lios alfar montés sur des raithèn, et Ivor, de toute sa vie, n'avait jamais pensé voir ni les uns ni les autres.

Les lios avaient des cheveux d'argent ; tous les deux minces, avec les longs doigts et les yeux changeants, bien écartés, dont il avait entendu parler. Rien de ce qu'il avait entendu, toutefois, n'avait pu le préparer à leur beauté fugitive qui rendait tout le reste dérisoire, et à leur grâce même dans l'immobilité.

Mais c'étaient malgré tout les raithèn qui retenaient le regard d'Ivor muet. Les Dalreï étaient des cavaliers, ils vivaient pour la chevauchée. Les raithèn du Daniloth étaient aux chevaux ce que les dieux sont aux humains, et deux raithèn se tenaient maintenant devant lui.

Leur robe tout entière était aussi dorée que le soleil couchant, mais la tête, la queue et les extrémités des pattes se coloraient d'argent, comme la lune qui ne s'était pas encore levée. Leurs yeux d'un bleu intense étincelaient d'intelligence, et Ivor les adora sur l'instant de toute son âme, tout en sachant que chaque Dalreï présent en faisait autant.

Une vague de pur bonheur le traversa. Et se brisa en mille éclats quand le lios prit la parole pour leur apprendre qu'une armée des Ténèbres était en marche au nord de la Plaine.

« Nous avons prévenu Célidon, dit la femme. Lydan et moi allons maintenant poursuivre notre route vers le Brennin. Nous avons alerté le très haut roi par l'entremise du cristal de convocation, l'autre nuit. Il devrait se trouver à présent dans la Plaine, en route pour le Daniloth. Nous l'intercepterons. Où voulez-vous qu'il se rende ? »

Tout le monde se mit à parler en même temps et Ivor retrouva sa voix : « À l'Adein, déclara-t-il avec netteté. Nous essaierons d'arriver à la rivière avant les forces des Ténèbres et de les arrêter là en attendant le très haut roi. Est-ce possible ?

— Si vous partez maintenant, et que vous faites diligence, peut-être, dit celui qui s'appelait Lydan. Galèn et moi, nous irons trouver Ailéron.

— Attendez ! s'écria Ivor. Vous devez vous reposer. Les raithèn en ont besoin, sûrement. Si vous venez tout droit du Daniloth... »

Les lios devaient être frère et sœur, ils se ressemblaient tellement ; ils secouèrent ensemble la tête : « Les raithèn ont eu un millier d'années pour se reposer, dit Galèn. Ils étaient tous les deux au Baël Rangat. Ils n'ont pas couru en liberté depuis. »

Ivor sentit qu'il avait la bouche ouverte, se força à la refermer.

« Combien en avez-vous ? souffla Cechtar.

— Ces deux-là et trois autres. Ils ne se reproduisent plus depuis la guerre contre Maugrim. Ils ont péri en trop grand nombre. Quelque chose s'est transformé en eux. Quand ces cinq-là auront disparu, il n'y aura plus jamais de raithèn pour courir plus vite que le vent. » Dans sa voix résonnait une musicale tristesse.

Ivor contempla les raithèn avec un âpre chagrin : « Allez donc, dit-il. Libérez-les. Que la lune brille pour vous, et sachez que nous n'oublierons point. »

Ensemble, les lios levèrent leur main ouverte pour les saluer. Puis ils firent tourner leurs raithèn, leur parlèrent à l'oreille, et les Dalreï virent deux comètes d'or et d'argent s'envoler à travers la Plaine qui s'obscurcissait.

À Paras Derval, le très haut roi revenait à l'instant de Taërlindel. Sur le chemin du retour, il avait appris que le cristal de convocation s'était embrasé ; il était en train de donner ordre qu'une armée se mît en route. Mais elle avait beaucoup de chemin à parcourir. Beaucoup trop.

Dans la Plaine, Lévon vint trouver son père, suivi de Mabon de Rhodèn.

Ivor déclara au duc : « Vous chevauchez depuis deux jours. Je ne puis demander à vos hommes de se joindre à nous. Accepterez-vous de garder nos femmes et nos enfants ?

— Vous pouvez demander tout ce que vous devez demander, dit calmement Mabon. Pouvez-vous vous passer de cinq cents hommes ? »

Ivor hésita.

Une voix de femme s'éleva : « Non. Non, nous ne le pouvons pas. Prends-les tous, avèn. Nous ne devons pas perdre Célidon ! »

Ivor regarda son épouse et vit la résolution qui se lisait sur son visage. « Nous ne pouvons pas non plus perdre nos compagnes, dit-il, ni nos enfants.

— Cinq cents hommes ne nous sauveront pas. » C'était Liane, au côté de sa mère. « S'ils vous défont, cinq cents hommes ne voudront absolument rien dire. Prends tout le monde, Père. »

Elle n'avait pas tort, il le savait. Mais pouvait-il les laisser si totalement exposés ? Une idée lui vint ; un instant, elle le fit trembler, puis l'avèn reprit la parole : « Tabor.

— Oui, Père. » Le plus jeune de ses enfants avait fait un pas en avant.

« Si j'emmène tout le monde, pouvez-vous garder les camps ? À vous deux ? »

Il entendit Leith retenir son souffle ; il souffrait pour elle, pour chacun d'entre eux.

« Oui, Père », répondit Tabor, aussi pâle que la lumière de la lune ; Ivor s'approcha de lui, le regarda droit dans les yeux. Si lointain, déjà.

« Que le Tisserand te chérisse, murmura-t-il, et

vous tous. » Il se retourna vers le duc de Rhodèn : « Nous partons dans une heure. Nous n'arrêterons pas avant l'Adein, à moins de rencontrer une armée. Suivez Cechtar, vos hommes auront besoin de montures fraîches. » Il donna des ordres à Lévon et d'autres aux aubereï rassemblés, déjà en selle pour aller prévenir les autres tribus. Le camp explosa autour de lui.

Il trouva un instant pour échanger un regard avec Leith et trouva dans ses yeux calmes un réconfort infini. Ils ne dirent pas un mot ; tout avait été dit entre eux, à un moment ou à un autre.

Moins d'une heure était passée, en fait, quand il caressa les cheveux de sa femme et se pencha sur sa selle pour l'embrasser ; Leith avait les yeux secs, et une expression calme et ferme, comme lui. Il pleurait peut-être trop facilement chez lui de joie, de tristesse ou d'amour, mais c'était à présent l'avèn des Dalreï qui se tenait sur son cheval dans l'obscurité, le premier avèn depuis que Révor avait reçu la Plaine en présent ; la mort dans l'âme, il éprouvait une haine amère et une résolution plus froide et plus farouche encore.

Ils auraient besoin de lumière jusqu'au lever de la lune ; il envoya les aubereï en avant avec des torches pour éclairer le chemin. Son fils aîné se tenait à son côté, avec le duc de Rhodèn et sept chefs, tous sauf l'Ancien des Anciens de Célidon, où ils devaient se rendre. Derrière eux, à cheval, attendant leur signal, se trouvaient cinq cents hommes du Brennin et tous les Cavaliers de la Plaine, à l'exception d'un seul ; Ivor s'interdit de penser à cet unique Cavalier absent. Il vit Davor et Torc, et reconnut l'éclat qui brillait dans les yeux de l'homme basané.

Il se dressa dans sa selle : « Au nom de la Lumière ! s'écria-t-il. À Célidon !

— À Célidon », rugirent-ils d'une seule voix.

Ivor tourna son cheval vers le nord. À l'avant, les

aubereï le regardaient. Il hocha la tête, une seule fois.

Ils partirent au galop.

Tabor écouta en silence les chamans assemblés, qui à leur tour écoutèrent sa mère. Au matin, suivant les instructions de l'avèn, ils commencèrent à traverser la rivière pour édifier leur dernier camp dans ce coin de la Plaine, là où elle commençait à s'élever vers les montagnes ; la rivière leur offrirait une mince défense, et les montagnes un lieu où se cacher, si l'on en venait là.

Cela se fit rapidement, avec peu de larmes, même parmi les tout-petits ; Tabor pria deux des plus vieux de l'aider à déplacer Géreint, mais le visage du chaman les effraya et Tabor ne put vraiment les en blâmer ; il fabriqua lui-même le hamac, puis demanda à sa sœur de l'aider à transporter Géreint. Ils traversèrent la rivière à gué. Géreint ne semblait absolument pas conscient de leur présence. Liane s'en tira bien, et Tabor le lui dit ; elle le remercia. Après son départ, il s'attarda un moment avec le chaman dans la maison obscure où ils l'avaient installé ; il songea aux compliments qu'il avait adressés à Liane, à la façon dont elle l'avait remercié : comme tout avait changé !

Plus tard, il alla s'enquérir de sa mère. Aucun problème ne s'était présenté. Tôt dans l'après-midi, ils se trouvaient tous dans le nouveau campement ; l'emplacement était étroit mais, sans les hommes, il y avait assez de place pour quatre tribus ; il régnait un calme pénible ; Tabor se rendit compte que les enfants ne riaient pas.

Sur les pentes de la montagne à l'est du camp, deux yeux acérés les avaient surveillés toute la matinée. Tandis que les femmes et les enfants des Dalreï s'installaient dans leur nouveau camp, inquiets, concentrant toutes leurs pensées sur le nord et Célidon, le guetteur se mit à rire ; son rire résonna longtemps, sans personne pour l'entendre hormis les créatures sauvages des montagnes, qui ne comprenaient pas et n'y prêtaient pas attention. Bientôt — le temps ne manquait pas — le guetteur se releva et repartit vers l'est avec la nouvelle. Il riait encore.

C'était au tour de Kim de prendre la tête. Ils avaient alterné après chaque période de repos depuis qu'ils avaient abandonné les chevaux et commencé de gravir la montagne. C'était leur quatrième jour, le troisième dans les montagnes ; la marche n'était pas encore trop difficile ici, dans la passe ; selon Brock, le jour suivant serait plus pénible ; ils seraient alors très proches de Khath Meigol.

Il n'avait pas demandé ce qui se passerait alors.

Malgré elle, Kim lui était extrêmement reconnaissante de sa compagnie ; elle admirait profondément la façon stoïque dont il la conduisait vers un lieu plus hanté que nul autre en Fionavar. Mais il l'avait crue, il lui avait fait confiance quand elle l'avait assuré que les fantômes des Paraïko, avec leur malédiction du sang, n'erraient pas dans les passes de la montagne.

Les Paraïko eux-mêmes se trouvaient là-bas, dans leurs cavernes. Vivants. Et, même si elle n'avait pas vu comment, prisonniers.

Elle jeta un coup d'œil en arrière ; Brock marchait d'un pas vigoureux sur ses talons, portant la majeure partie de leur équipement : une bagarre qu'elle avait perdue ; les Nains étaient plus entêtés que les Ford, apparemment.

« Une pause, lui cria-t-elle. On dirait qu'il y a un rebord plat là où le chemin oblique, là-haut. »

Brock grogna son accord.

Elle grimpa, dut se servir de ses mains une ou deux fois, mais ce n'était vraiment pas trop difficile ; elle avait eu raison, il y avait un petit plateau, plus large qu'elle ne l'avait cru. Un endroit parfait pour s'arrêter et se reposer.

Et malheureusement déjà occupé.

On la saisit et on la bâillonna avant qu'elle pût donner l'alarme. Brock, qui ne se doutait de rien, la suivit et, en quelques secondes, ils étaient tous deux désarmés, elle de son poignard et lui de sa hache, et bien ligotés.

On les força à s'asseoir au milieu du grand plateau uni tandis qu'il se remplissait peu à peu de leurs ravisseurs.

Au bout d'un moment, une autre silhouette surgit de la piste qu'ils avaient suivie. C'était un colosse à la barbe noire et emmêlée ; il était chauve, avec un tatouage vert sur le front et les joues ; on en distinguait également un sous sa barbe.

Il fit une pause, prenant note de leur présence, puis il se mit à rire.

Personne d'autre n'avait émis le moindre son ; cinquante silhouettes au moins les encerclaient. L'homme chauve et tatoué s'avança d'un pas impérieux vers le centre du cercle et s'arrêta, dominant Kim et Brock de toute sa hauteur. Il les observa un moment. Puis il prit son élan et frappa la tempe du Nain d'un vicieux coup de botte ; Brock s'écroula, le crâne en sang.

Kim allait crier, mais l'homme lui lança un coup de pied dans les côtes. Une affreuse douleur la plia en deux, le souffle court, et elle entendit l'homme rire de nouveau.

« Savez-vous, demanda le chauve à ses compagnons d'une voix gutturale, ce que les Dalreï ont fait, en bas ? »

Kim ferma les yeux. Elle se demandait combien de ses côtes étaient cassées. Et si Brock était mort.

Sauvez-nous, entendit-elle au fond de son esprit. La lente psalmodie. *Oh, sauvez-nous !*

À une certaine époque, Dave ne se serait senti aucunement concerné par les événements. Mais il avait changé, longtemps auparavant, et ce n'était pas à cause de considérations abstraites sur la façon dont s'entrelaçaient les fils des univers. C'était Ivor, et Liane, les souvenirs qu'il avait eus d'eux en chevauchant vers Paras Derval un an plus tôt et, après la terrifiante éruption de la Montagne, Lévon et Torc à ses côtés, et la bataille au bord du Llewenmere, alors que des hommes qu'il avait connus étaient morts massacrés par des créatures répugnantes envers lesquelles il ne pouvait éprouver que de la haine. Lévon et Torc, devenus ses frères dans la forêt de Pendarane. Et, finalement, Jennifer et ce qui lui avait été fait.

C'était sa guerre à lui aussi, désormais. Il avait toujours été un athlète, il en était aussi fier que d'avoir survécu aux rigueurs de la faculté de droit. Il avait toujours mis un point d'honneur à conserver sa forme physique et, pendant la saison qu'ils avaient passée dans leur univers à attendre de retourner en Fionavar — à attendre que Lorèn vînt les chercher ou que Kim eût enfin le rêve qu'elle poursuivait depuis si longtemps —, il s'était entraîné plus que jamais. Leur destin éventuel, il n'en avait pas eu la moindre idée, mais il était maintenant en meilleure condition physique que jamais.

Et il n'avait jamais eu mal à ce point, à chaque muscle, à chaque os, il n'avait jamais été si totalement épuisé de toute sa vie.

Ils avaient chevauché toute la nuit à la lumière des torches jusqu'au lever de la lune, puis la lune les avait éclairés. Il n'avait pas quitté sa selle depuis Paras Derval, deux jours plus tôt, et l'on avait galopé à vive allure. Mais cette vitesse, pour laquelle Mabon avait aimablement taquiné Lévon, n'était rien comparée à la cavalcade précipitée des Dalreï dans la nuit, vers le nord, derrière leur avèn.

Dave s'interrogea sur les chevaux pendant la nuit, et plus encore quand le soleil se leva à leur droite : combien de temps pourraient-ils soutenir cette allure infernale ? Mais ils le faisaient, ils continuaient, martelant l'herbe sans repos. Ce n'étaient pas des raithèn, mais chacune de ces bêtes avait été nourrie, entraînée et chérie par les Dalreï dans cette vaste prairie, et c'était leur heure la plus glorieuse depuis mille ans. Dave caressa la crinière flottante de l'étalon qu'il chevauchait à présent et sentit la grosse veine qui battait à son cou ; c'était un cheval noir, comme celui d'Ailéron. Lequel, alerté par les lios alfar — c'était la prière silencieuse de Dave — et sur son propre étalon noir, ne se trouvait maintenant pas trop loin derrière eux.

Ce fut Lévon qui obligea son père à signaler une halte avant que le soleil fût haut dans le ciel. Qui leur ordonna à tous de s'étirer et de manger, de faire marcher leurs chevaux et de leur laisser boire l'eau de la Rienna au bord du Cynmère, où ils étaient arrivés. Des hommes qui tombaient d'épuisement ne pourraient livrer bataille. D'un autre côté, ils devaient arriver les premiers à Célidon et à l'Adein, s'ils le pouvaient. Dave mâcha un peu de viande et de pain, but l'eau froide de la rivière, fit des flexions de genoux et de bras et remonta en selle avant la fin de la pause ; tous les autres firent de même, il put le constater.

Ils reprirent leur route.

Voilà qui serait matière à légendes et à chansons si une génération suivait celle-ci pour raconter les vieilles histoires et les chanter. La chevauchée d'Ivor, qui se rendit à Célidon à la tête des Dalreï en une nuit et un jour de sauvage randonnée, pour intercepter les armées des Ténèbres et les combattre dans la Plaine au nom de la Lumière.

Dave laissait son cheval noir galoper à sa guise, comme il l'avait fait depuis le début ; il pouvait sentir la puissance de ces enjambées qui fouettaient le sol, encore et toujours fermes malgré le poids que portait l'animal, et le cœur de son cheval lui communiqua une résolution plus sombre encore.

« Où sont-ils ? hurla l'avèn.

— Ils arrivent à la rivière, en ce moment même ! »

Dave poussa un soupir de soulagement. L'armée de Rakoth n'avait pas atteint Célidon.

Il entendit Ivor crier encore : « Arriverons-nous avant eux ?

— Je ne sais pas ! » répliqua l'aubereï, désespéré.

Dave vit Ivor se dresser dans sa selle. « *Au nom de la Lumière !* » rugit l'avèn, et il éperonna son cheval. Apparemment, ils en firent tous autant. Et les chevaux parvinrent à fournir un regain de vitesse. Dave vit le cheval gris d'Ivor lancé à toute allure derrière l'aubereï qui les guidait et il jeta son étalon noir dans son sillage, sentant l'animal répondre avec un courage qui le remplit d'humilité. Ils étaient un tonnerre indistinct sur la Plaine, telles les grandes lestes d'eltors elles-mêmes.

Célidon disparut comme un éclair à sa droite. Il eut une impression de pierres levées, comme à Stonehenge, des pierres qui ne s'étaient pas encore écroulées, pas encore. Il entraperçut par-delà les pierres le grand camp du centre de la Plaine, cœur de la patrie des Dalreï depuis mille deux cents ans. Et Célidon se trouvait déjà derrière eux, ils volaient, ils volaient vers la rivière dans l'après-midi déclinant et, en voyant Torc dégainer son épée près de lui, Dave détacha sa hache de sa selle. Il échangea un bref regard avec Torc ; puis il chercha Lévon devant lui : l'épée haute, celui-ci les regardait par-dessus son épaule.

Ils dépassèrent une petite élévation de terrain. Dave vit l'Adein qui étincelait au soleil. Et il vit les svarts alfar, ces hideuses créatures verdâtres qu'il connaissait trop bien, avec d'autres plus grands, à la peau noire. Ils commençaient à traverser la rivière à gué, ne faisaient que commencer, Ivor était arrivé à temps. Un haut fait à chanter éternellement, s'il restait quelqu'un pour le chanter.

Car les ennemis étaient nombreux, très nombreux, qui se portaient à leur rencontre. Au nord de l'Adein, la vaste armée de Rakoth noircissait la Plaine ; dans l'air s'élevèrent les cris rauques de ses soldats alarmés à la vue des Dalreï, puis d'autres cris aigus et moqueurs, triomphants, lorsqu'ils virent combien ils étaient peu nombreux.

La hache levée, Dave galopait derrière Ivor. Le cœur lui manqua, brièvement, quand il vit les rangs des svarts alfar s'ouvrir pour laisser passer les urgachs montés sur leurs slaugs. Ils arrivaient par centaines, parmi des milliers et des milliers de svarts alfar.

Dave songea à la mort. Puis, fugacement, à ses parents et à son frère, qui ne sauraient peut-être jamais. Il pensa à Kevin, à Jennifer, aux deux frères qui l'accompagnaient maintenant, au massacre au bord du Llewenmere un an plus tôt. Il vit le chef des urgachs, le plus grand de tous, vêtu par dérision de blanc, et il le haït de tout son cœur et de toute son âme.

« Révor », s'écria-t-il avec tous les Dalreï, puis : « Ivor ! » Il atteignit l'Adein. Sa lassitude avait disparu, dans son sang montait la marée d'une frénésie meurtrière. Et ce fut la guerre.

Ils ne traversèrent pas la rivière : c'était le seul élément qui leur donnait un certain avantage sur le terrain plat de la prairie ; les svarts alfar étaient petits, même les noirs, et à pied ; il leur fallait franchir l'Adein et en escalader les rives pour arriver au contact des Dalreï. Dave vit Torc rengainer son épée et bander son arc ; bientôt les flèches des Cavaliers survolaient la rivière pour ravager les rangs massés sur l'autre rive. Dave ne le remarqua qu'en passant, car il se trouvait en plein chaos, dans le sang qui jaillissait, faisant virevolter son cheval noir le long de la rive, assenant de grands coups de hache, encore et encore, comme un marteau, comme une faux, comme un couperet, empalant même une fois un svart parce qu'il n'avait pas la place pour prendre son élan ; il sentit le sternum de la créature se briser sous le choc.

Il essayait de rester près de Lévon et d'Ivor, mais le sol était glissant, ruisselant d'eau et de sang, et un groupe d'urgachs les sépara, avec leurs terrifiants slaugs à six pattes. Il se retrouva soudain en train de combattre pour sa propre vie.

On les repoussait de la rivière, ils ne pouvaient bloquer l'avance des urgachs et leur livrer un combat égal. L'Adein roulait des flots ensanglantés dans la lumière qui s'éteignait, et il y avait tant de svarts alfar morts et mourants dans le courant que les autres traversaient en marchant sur les cadavres derrière les urgachs et les slaugs.

Au côté de Dave, Torc se battait de nouveau à l'épée. Un grand guerrier de la forteresse du Nord se trouvait près de lui. Ils essayaient tous trois désespérément de rester près de la rivière, conscients du danger de se faire balayer s'ils reculaient trop. En écrasant tout sur son passage, un urgach s'avança sur Dave, qui put sentir le souffle fétide de son slaug cornu. Le cheval noir virevolta pour s'écarter, sans qu'il le lui eût commandé. La lourde épée de l'urgach siffla au-dessus de la tête de Dave ; sans attendre le coup de revers, Dave se pencha en avant et, de toutes ses forces, enfonça sa hache dans le crâne hirsute de l'urgach. Il la libéra d'une secousse et fouetta le slaug d'un revers au moment même où l'urgach s'effondrait comme un arbre sur le sol sanglant.

Une mise à mort à son actif. Dave reprit son souffle, mais il vit une autre des énormes créatures venir à sa rencontre, et il sut qu'il ne pourrait continuer longtemps. Il ne pourrait pas tenir cette position. Torc aussi avait abattu son adversaire et se tournait frénétiquement pour faire face à un autre ennemi monté sur un slaug. Les svarts traversaient la rivière à présent, par myriades. La mort dans l'âme, Dave vit combien ils étaient encore nombreux de l'autre côté, et comment ils se servaient de leurs dagues et de leurs courtes épées pour éventrer par en dessous les montures des Cavaliers.

Il poussa un hurlement incohérent, sentant se ranimer sa rage guerrière. Éperonnant son cheval noir, il se lança vers le premier slaug qui se présentait. Il arriva trop vite au contact pour que l'urgach, surpris, ait le temps de le balayer d'un coup d'épée ; de la main gauche, Dave lui lacéra férocement les yeux et, alors que la créature hurlait, il l'abattit d'un bref coup de hache.

Il entendit : « Davor ! » Un avertissement trop tardif. Il sentit la douleur qui lui traversait le flanc et, en baissant les yeux, vit le svart qui l'avait poignardé par en dessous. Torc se chargea de tuer la créature. Lorsque Dave, haletant, tira la dague de ses côtes, il y eut un jaillissement de sang. Un autre urgach venait vers lui, et deux autres derrière Torc ; l'homme de la forteresse du Nord était tombé ; ils étaient presque seuls près de la rivière, les Dalreï reculaient, même l'avèn se retirait. Dave échangea un regard avec Torc ; le Dalreï avait au visage une profonde entaille et dans les yeux un véritable et âpre désespoir.

Puis, de l'autre côté de la rivière, au nord, là où se trouvait l'armée des Ténèbres, Dave entendit résonner un chant haut et clair. Il se tourna dans cette direction tandis que l'urgach hésitait, et il retint son souffle de joie et d'émerveillement.

Sur la Plaine au nord-ouest, les lios alfar accouraient au combat, éclatants et glorieux derrière leur seigneur dont la chevelure était d'or dans la lumière, et ils chantaient en sortant enfin du Pays Obscur.

Véloces étaient leurs chevaux, leurs lames d'une rapidité insurpassable, et farouche la flamme qui brûlait dans le cœur des Enfants de la Lumière. Étincelants, brandissant leurs armes acérées, ils enfoncèrent les rangs des svarts, et la piétaille des Ténèbres se mit à hurler de haine et de crainte en les voyant avancer.

Les urgachs se trouvaient maintenant tous sur la rive sud. Le terrible géant vêtu de blanc rugit un ordre et ils se tournèrent vers le nord par centaines, en piétinant des centaines de svarts vivants et morts.

Ignorant la douleur qui irradiait dans son flanc, Dave soulagé se hâta de les poursuivre en hurlant, afin de massacrer les urgachs en retraite et de réclamer à nouveau la rive. Puis, au bord de l'eau, il entendit Torc qui disait : « Oh, Cernan, non ! » Et, en levant comme lui les yeux, il sentit sa joie se transformer en cendre.

Dans le ciel, tel un mouvant nuage de mort, Avaïa plongeait et, avec elle, gris et noirs, obscurcissant le ciel, au moins trois cents autres de sa race. Les implacables cygnes de Maugrim s'abattaient des hauteurs du ciel pour éteindre la lumière des lios alfar, qui commencèrent à mourir.

L'urgach en blanc poussa un autre hurlement, un cri de brutal triomphe cette fois, et les slaugs firent de nouveau volte-face, laissant les lios aux cygnes et aux svarts qui avaient retrouvé leur courage ; les Dalreï, une fois de plus, furent assaillis par un ennemi en nombre supérieur.

Dave se frayait un chemin à grands coups de hache vers l'endroit où Ivor — toujours à cheval, et toujours l'épée en main — avait aussi atteint la rivière ; Barth et Navon combattaient côte à côte auprès de l'avèn. Puis Dave vit s'avancer sur eux l'énorme chef des urgachs, et son cri d'alarme lui déchira la gorge. Les mioches de la forêt, les mioches de Torc, les siens, ceux qu'ils avaient gardés ensemble ! L'épée de l'urgach géant s'abattit en un arc qui parut meurtrir l'air lui-même. Elle trancha le cou de Barth comme s'il s'était agi d'une tige de fleur et Dave vit la tête du garçon s'envoler dans une fontaine de sang avant de retomber dans la boue piétinée sur la rive de l'Adein. Le même coup d'épée, lourd et brutal, entailla le flanc de Navon, et le garçon tomba de sa monture. Dave entendit un son terrifiant.

Il comprit que c'était lui qui l'avait émis. Son propre flanc était poisseux de sang. Il essaya de rester à la hauteur de Torc qui, les yeux emplis d'une rage folle, se précipitait sur l'urgach en blanc. Trois svarts lui barrèrent la route. Il en abattit deux de sa hache et entendit la tête du troisième exploser sous les sabots de son cheval noir.

Un coup d'œil vers le nord lui montra les lios aux prises avec Avaïa et les cygnes. Les lios n'étaient pas assez nombreux, ils n'avaient jamais été assez nombreux. Ils étaient sortis du Daniloth parce qu'ils ne pouvaient rester là sans rien faire à regarder mourir les Dalreï. Et à présent ils mouraient à leur tour.

« Oh, Cernan, entendit-il, une voix désespérée, celle de Cechtar. Cette heure connaît notre nom ! »

Dave suivit à l'est le regard du grand Cavalier.

Les loups arrivaient, au nord et au sud de la rivière. Et à leur tête se trouvait une bête géante, noire, avec une tache argentée entre les oreilles, et il sut alors que c'était Galadan des andains, le lieutenant de Maugrim. Cechtar avait dit vrai, cette heure connaissait leurs noms.

Il entendit son propre nom. Tout au fond de lui.

Non pas la convocation à la mort, comme le croyaient les Dalreï, l'appel de la dernière heure. Cette voix intérieure, de manière absurde, ressemblait à celle de Kevin. *Dave*, entendit-il encore. *Espèce d'imbécile, fais-le maintenant !*

À cette pensée, il alla chercher à sa ceinture le cor d'Owein et, le portant à ses lèvres, il y souffla de toutes les forces qui lui restaient.

C'était de nouveau la Lumière, le chant de ce cor, et les Ténèbres ne pouvaient l'entendre. Et pourtant elles ralentirent leur avance. Dave soufflait, la tête renversée en arrière. Il vit Avaïa qui l'observait, la vit s'envoler d'un brusque battement de ses ailes géantes. Il écouta la musique qu'il faisait naître, et elle avait changé. Ce n'était plus la lumière de la lune sur la neige ou sur l'eau, le lever du soleil ou les bougies auprès de l'âtre. C'était le soleil de midi qui étincelait sur une épée, la lueur rouge d'un incendie, les torches qu'ils avaient transportées pendant leur chevauchée nocturne, le scintillement dur et froid des étoiles.

Et, d'entre les étoiles, Owein s'en vint. Et la Chasse Sauvage avec lui, fondant des profondeurs du ciel sur les cygnes, et chacun de ces rois fantômes brandissait une épée, tout comme l'enfant qui les menait.

Ils volèrent droit dans les phalanges des enfants d'Avaïa, silhouettes de brume sur des chevaux aériens, mort indistincte dans le ciel qui s'obscurcissait, et rien de ce qui volait ne pouvait leur tenir tête. Ils tuaient. Dave vit Avaïa abandonner ses fils et ses filles à leur funeste destin et s'enfuir tel un éclair vers le nord. Il entendit le rire sauvage des rois qu'il avait déchaînés et les vit voler en cercle au-dessus de lui, le saluant de leur épée levée.

Et puis les cygnes étaient tous morts ou en fuite, et la Chasse descendit sur Fionavar pour la première fois depuis des milliers d'années. Les loups de Galadan s'enfuyaient, comme les svarts alfar et les urgachs montés sur leurs slaugs. Les rois fantômes tournoyaient au-dessus de leurs têtes, tuant à loisir, et, en les voyant, Dave sentit des larmes inonder son visage noirci.

Soudain, la Chasse se divisa en deux groupes : quatre rois suivaient l'enfant qui avait été Finn, poursuivant sauvagement dans les airs l'armée des Ténèbres. Les autres rois, et Owein avec eux, demeurèrent près de l'Adein et, dans la lumière du crépuscule, *ils se mirent à massacrer les lios et les Dalreï, un par un*.

Dave Martinyuk poussa un hurlement strident. Il sauta de son cheval.

Il courut le long de la rive en rugissant : « Non ! Non, non, non, par pitié ! » Il trébucha, tomba dans la boue ; un corps remua sous lui. Il entendit le rire déchaîné de la Chasse et leva les yeux. Owein, gris comme de la fumée sur son cheval d'ombre noire, planait au-dessus de Lévon dan Ivor debout près de son père, et Dave l'entendit rire de nouveau, un rire de joie pure ; il essaya de se relever, sentit quelque chose qui se brisait dans sa poitrine.

Et entendit s'élever au-dessus du tumulte une voix qu'il se rappelait à moitié : « Roi du Ciel, rengaine ton épée ! Je t'impose ma volonté ! »

Il retomba dans la boue répugnante, sanglant, le cœur brisé, et il n'entendit plus rien.

Il s'éveilla inondé de lune. On l'avait lavé et revêtu d'habits propres. Il se leva. Sans douleur. Il se tâta les côtes et, à travers sa chemise, put suivre du doigt une cicatrice déjà ancienne.

Il regarda posément autour de lui. Il se trouvait sur un promontoire, dans la Plaine ; loin au nord, à peut-être un demi-kilomètre, il pouvait distinguer l'éclat argenté de la rivière sous la lune. Il ne se rappelait pas ce promontoire, il n'était jamais passé par là. Des lumières brillaient à l'est : Célidon. Nul bruit dans la nuit, nul mouvement au bord de la rivière.

Il porta la main à sa hanche.

« Je ne l'ai pas repris », l'entendit-il dire. Il se tourna vers l'endroit où elle se tenait, à l'ouest, et il s'agenouilla, la tête inclinée.

« Regarde-moi », dit-elle. Il obéit.

Elle était vêtue de vert, comme la première fois au bord de l'étang, dans le bois de Faëlinn ; elle avait adouci l'éclat lumineux de son visage pour lui permettre d'en soutenir la vue ; elle portait à l'épaule un arc et un carquois, et sa main lui tendait le cor d'Owein.

Il eut peur. Il dit : « Déesse, comment pourrais-je les invoquer de nouveau ? »

Ceinwèn sourit : « Jamais, s'il ne se trouve quelqu'un de plus puissant que les Chasseurs pour les maîtriser. Je n'aurais pas dû agir comme je l'ai fait, et j'en paierai le prix. Nous ne devons pas intervenir dans la Tapisserie. Mais tu as reçu de moi ce cor, si c'était dans un but moins important, et je ne pouvais pas rester là et voir Owein déchaîné sans frein. »

Dave avala sa salive. Très belle, éclatante, la déesse le dominait de toute sa taille. « Comment peut-on punir une déesse ? » demanda-t-il.

Elle se mit à rire, un rire qu'il se rappelait bien. « Nemain la Rouge trouvera bien une façon, dit-elle, et Macha si Nemain n'en trouve pas. Ne crains rien. »

Le souvenir lui revenait. Et, avec le souvenir, une souffrance désespérée.

« Ils tuaient tout le monde, balbutia-t-il. Ils nous tuaient tous sans distinction.

— Bien sûr », dit Ceinwèn la Verte, non sans douceur. Et Dave comprit soudain ce qu'était le promontoire où ils se tenaient.

« Lévon ? demanda-t-il, épouvanté, l'avèn ?

— Tous n'ont pas à mourir, déclara-t-elle, comme elle l'avait déjà dit une fois auparavant. J'ai endormi les survivants au bord de la rivière. On dort aussi à Célidon, même si les lumières y brillent. Mais ils se lèveront au matin avec leurs blessures.

— Pas moi, se força-t-il à dire.

— Je sais. Je ne le désirais pas. »

Il se releva. Il savait qu'elle voulait le voir debout. Ils étaient sur le promontoire dans la clarté de la lune, et la déesse brillait pour lui d'un doux éclat, comme la lune. Elle s'avança, l'embrassa sur les lèvres. Elle fit un geste, et il fut presque aveuglé par la gloire soudaine de sa nudité. Elle posa la main sur lui. En tremblant, il leva la main pour effleurer ses cheveux. Elle émit un son léger. Le toucha de nouveau.

Et il se coucha dans l'herbe verte, si verte, pour aimer une déesse et être aimé d'elle.

16

DANS L'APRÈS-MIDI DE LA DEUXIÈME JOURNÉE, PAUL intercepta un regard particulier de Diarmuid et il se leva. Ensemble, ils se rendirent à la poupe du navire, où Arthur se tenait en compagnie de son chien. Autour d'eux les hommes de la forteresse du Sud s'occupaient du *Prydwèn* avec une aisance efficace, et Coll, à la barre, en maintenait la course vers l'ouest. Plein ouest, lui avait ordonné Arthur ; il lui laisserait savoir quand il serait temps de changer de direction, et à quel endroit. Ils voguaient vers une île qui n'existait sur aucune carte.

Et ils ne savaient pas ce qui les y attendait. C'est pourquoi, avec Cavall qui trottait d'un pas léger à leurs côtés sur les planches noircies, ils traversèrent tous trois le pont jusqu'à la proue où deux silhouettes se trouvaient côte à côte, comme elles l'avaient fait pendant chaque heure de veille depuis que le *Prydwèn* avait pris la mer.

« Lorèn », murmura Diarmuid.

Le mage contemplait la mer. Il se retourna avec lenteur. Matt en fit autant.

« Lorèn, nous devons parler », poursuivit le prince, toujours à voix basse mais non sans autorité.

Le mage les regarda fixement pendant un long moment puis déclara d'une voix rauque : « Je sais. Vous comprenez bien que j'enfreins notre Loi en vous en parlant ?

— Oui, dit Diarmuid. Mais nous devons savoir

ce qu'il fait, Lorèn. Et comment il le fait. La Loi de votre Conseil ne doit pas profiter aux Ténèbres. »

Matt, le visage impassible, regarda de nouveau la mer. Lorèn resta tourné vers eux : « Métran se sert du Chaudron pour ressusciter les svarts alfar à Cadèr Sédat quand ils meurent. »

Arthur hocha la tête : « Mais qu'est-ce qui les tue ?

— Lui », dit Lorèn Mantel d'Argent.

Ils attendirent. Matt regardait fixement au loin, mais Paul vit comment ses mains étreignaient le plat-bord.

Lorèn reprit : « Sachez que dans le Livre de Nilsom...

— ... maudit soit son nom, dit Matt Sören.

— ... dans ce Livre, poursuivit Lorèn, se trouve décrite la façon monstrueuse dont un mage peut capter la force de plus d'une source. »

Nul ne dit mot ; Paul sentit le vent quand le soleil se cacha derrière un nuage.

« Métran utilise Denbarra comme conduit, poursuivit Lorèn en maîtrisant sa voix. Un conduit pour l'énergie des svarts alfar.

— Pourquoi meurent-ils ? demanda Paul.

— Parce qu'il les draine de leur énergie vitale. »

Diarmuid hocha la tête : « Et le Chaudron ressuscite les morts ? Continuellement... Est-ce ainsi qu'il a créé l'hiver ? Qu'il a été assez fort pour le faire ?

— Oui », répondit simplement Lorèn.

Il y eut une pause. Le *Prydwèn* voguait sur une mer tranquille.

« Il en aura d'autres avec lui pour l'aider ? demanda Arthur.

— C'est obligatoire, répliqua le mage. Ceux qu'il utilise comme sources seront incapables de se mouvoir.

— Denbarra, dit Paul. Est-il si malfaisant ? Pourquoi agit-il ainsi ? »

Matt fit brusquement volte-face : « Parce qu'une source ne trahit pas son mage ! »

Ils purent tous entendre son amertume.

Lorèn posa la main sur l'épaule du Nain : « Du calme, dit-il. Je ne crois pas qu'il le puisse à présent, de toute façon. Nous verrons si nous arrivons là-bas. »

Si nous arrivons là-bas. Diarmuid s'éloigna d'une allure pensive pour aller échanger quelques mots avec Coll à la barre. Un peu plus tard, Arthur et Cavall retournèrent à leur poste près de la poupe.

« Peut-il recréer l'hiver ? demanda Paul à Lorèn.

— Je crois que oui. En disposant d'une telle puissance, il peut faire presque tout ce qu'il veut. »

Ils se retournèrent pour s'appuyer au plat-bord, de part et d'autre de Matt, et contemplèrent la mer déserte.

« Je suis allé porter des fleurs sur la tombe d'Aideen, dit le Nain au bout d'un moment. Avec Jennifer. »

Lorèn lui jeta un coup d'œil : « Je ne crois pas que Denbarra ait le même choix, répéta-t-il après une pause.

— Au début, il l'avait, gronda le Nain.

— Si j'étais Métran, qu'aurais-tu fait ?

— Je t'aurais arraché le cœur ! » répliqua Matt Sören.

Lorèn dévisagea sa source, avec l'ombre d'un sourire : « Vraiment ? »

Pendant un moment, Matt lui rendit son regard, l'air furieux ; puis il secoua la tête avec une grimace, en regardant de nouveau la mer. Paul sentit quelque chose se détendre en lui ; ce n'était pas un allégement mais une acceptation, une résignation ; il ne savait trop pourquoi il puisait soudain de la force dans ce consentement du Nain, mais c'était le cas, et il savait qu'il avait besoin de cette force, qu'il en aurait encore davantage besoin plus tard.

Il dormait mal depuis la mort de Kevin, et il s'était offert pour assurer l'un des tours de garde d'avant l'aube. C'était un moment de réflexion et de réminiscence ; on entendait seulement les craquements du navire et le claquement des vagues dans l'ombre sous la coque ; les trois voiles du *Prydwèn* se gonflaient, bien déployées sur le ciel, ils avançaient à bonne allure, le vent en poupe ; il y avait quatre guetteurs autour du pont et Averrèn le roux tenait la barre.

Ainsi à l'écart des autres, Paul vivait alors un moment très intime, presque paisible ; il se plongea dans ses souvenirs. La mort de Kevin ne serait pour lui jamais moins qu'un profond chagrin, mais jamais moins non plus qu'un miracle, et même une gloire. Tant de gens mouraient dans une guerre, il en était déjà mort tellement dans celle-ci, mais nul n'avait infligé un tel revers aux Ténèbres en allant se joindre à la Nuit. Et nul ne le ferait plus jamais. *Rahod hédaï Liadon*, avaient gémi les prêtresses au temple de Paras Derval, tandis que l'herbe verte repoussait dehors en une seule nuit. Déjà, à travers les mailles du chagrin qui lui emprisonnait le cœur, Paul pouvait sentir poindre une lumière. Que Rakoth Maugrim tremble devant ce qu'a fait Kevin, songeait-il, et que chacun en Fionavar reconnaisse, même la froide Jaëlle, la grandeur à laquelle son âme a su atteindre.

Mais Jaëlle l'avait par deux fois admis en sa présence, se dit-il pour être équitable. Il secoua la tête ; la grande prêtresse et ses yeux d'émeraude étaient plus qu'il ne pouvait envisager pour le moment. Il pensa à Rachel, se rappela une mélodie : la musique de Rachel, puis celle de Kev, à la taverne ; ils la partageraient à jamais en lui, désormais. C'était une certitude difficile à accepter.

« Je vous dérange ? »

Paul jeta un coup d'œil par-dessus son épaule et, après une pause, secoua négativement la tête.

« Méditations nocturnes, dit-il.

— Je n'arrivais pas à dormir, murmura Coll en s'approchant du plat-bord. Je me suis dit que je serais peut-être de quelque utilité sur le pont, mais c'est une nuit tranquille et Averrèn connaît son affaire. »

Paul sourit de nouveau en écoutant les bruits tranquilles du navire et de la mer. « C'est une heure étrange, dit-il. Je l'aime beaucoup, en fait. Je n'ai jamais été en mer auparavant.

— J'ai grandi sur des bateaux, murmura Coll. Celui-ci, c'est comme revenir chez moi.

— Pourquoi êtes-vous parti, alors ?

— Diar me l'a demandé », répondit simplement le colosse. Paul attendit un peu et, après une pause, Coll posa les mains sur le plat-bord et reprit : « Ma mère travaillait dans une taverne à Taërlindel. Je n'ai jamais su qui était mon père. C'étaient tous les mariniers qui m'élevaient, j'en avais l'impression, quelquefois. Ils m'ont appris tout ce qu'ils savaient. Mon premier souvenir, c'est quelqu'un qui me tient pour me laisser gouverner, quand j'étais trop petit pour arriver à la hauteur de la barre. »

Il avait une voix grave et basse ; Paul se rappelait l'unique fois où ils avaient discuté ainsi, seuls dans la nuit. À propos de l'Arbre de l'Été. Des années plus tôt, lui semblait-il.

« J'avais dix-sept ans quand Diarmuid et Ailéron sont venus pour la première fois passer un été à Taërlindel, reprit Coll. J'étais plus vieux qu'eux, et j'avais bien envie de dédaigner ces galopins royaux. Mais Ailéron... faisait tout à une vitesse et avec une perfection impossibles, et Diar... (il s'interrompit ; une expression de réminiscence souriante passa sur ses traits)... Diar faisait tout à sa propre façon, aussi bien que son frère, et il m'a battu en combat singulier devant la maison de mon grand-père maternel. Ensuite, pour s'excuser, il nous a tous les deux déguisés pour m'amener à la taverne où travaillait ma mère. Je n'avais pas le droit d'y aller, vous comprenez. Ma mère elle-même ne m'a pas reconnu cette nuit-là — on a cru que je venais de Paras Derval avec l'une des femmes de la cour.

— Une femme ?

— Diar était déguisé en fille. Il était jeune, songez-y. » Ils rirent tout bas dans l'obscurité. « Je me posais des questions sur son compte, un peu. Et puis il a convaincu deux filles de la ville de venir se promener avec nous sur la plage au bout du chemin.

— Je sais où », remarqua Paul.

Coll lui jeta un coup d'œil. « Elles ont accepté parce qu'elles pensaient que Diarmuid était une fille et moi un seigneur de Paras Derval. Nous avons passé trois heures sur cette plage. Je n'ai jamais tant ri de ma vie que lorsqu'il s'est déshabillé pour aller nager et que j'ai vu l'expression de ces filles. »

Ils souriaient tous deux ; Paul commençait à comprendre, mais quelque chose continuait à lui échapper.

« Plus tard, quand sa mère est morte, il a été nommé gardien des marches du Sud. Je crois qu'on le voulait surtout loin de Paras Derval. Il était encore plus déchaîné, en ce temps-là. Plus jeune. Et il adorait la reine. Il est venu à Taërlindel et m'a demandé d'être son second, et je l'ai suivi. »

La lune voguait à l'ouest, comme pour leur montrer le chemin. « Il a eu de la chance de vous avoir, dit Paul tout en la contemplant. Pour lui servir de ballast. Et Sharra aussi, maintenant. Elle est son égale, je crois. »

Coll acquiesça : « Je le crois aussi. Il l'aime. Il aime avec beaucoup d'intensité quand il aime. »

Paul absorba cette déclaration, et au bout d'un moment elle commença à illuminer ce qu'il n'avait pas compris jusque-là.

Il jeta un coup d'œil à Coll ; il pouvait distinguer son honnête visage carré et son grand nez trop souvent cassé. « La nuit où nous avons discuté tous les deux, vous m'avez dit que si vous en aviez le pouvoir, vous maudiriez Ailéron. Vous n'étiez pas censé prononcer son nom, à cette époque, c'était interdit. Vous vous en souvenez ?

— Bien sûr », dit Coll avec calme ; autour d'eux, les bruits paisibles du navire semblaient seulement rendre plus profond le silence nocturne.

« Est-ce parce qu'il a capté tout l'amour de leur père ? »

Coll lui rendit son regard, toujours calme : « En partie, dit-il. Vous avez toujours été habile à deviner, je m'en souviens. Mais il y a autre chose, que vous devriez être capable aussi de deviner. »

Paul réfléchit. « Eh bien... », commença-t-il.

La musique d'un chant leur parvint, flottant à la surface des eaux.

« Écoutez ! » s'écria Averrèn, bien inutilement.

Ils écoutèrent tous, les sept hommes éveillés à bord du *Prydwèn*. Le chant s'élevait devant eux, loin à tribord. Averrèn appuya sur le gouvernail afin de les en rapprocher. Fugace et légère, d'une beauté dépouillée, la mélodie se tissait tel un réseau fragile dans l'obscurité pour venir les trouver, un mélange de tristesse douce et de séduction. Des voix nombreuses s'y entrelaçaient.

Paul avait déjà entendu ce chant : « Nous allons avoir des ennuis », dit-il.

Le visage de Coll se tourna brusquement vers lui : « Quoi ? »

La tête du monstre jaillit des eaux à tribord, sur un cou interminable qui ne cessait de monter, immense, au-dessus des mâts du *Prydwèn*. La lune illuminait la gigantesque tête plate : les yeux sans paupières, les mâchoires béantes hérissées de crocs, la peau tavelée, grise et verte, luisante de vase visqueuse. La coque du *Prydwèn* racla un obstacle. Averrèn se débattait avec le gouvernail et Coll se précipita à son aide. L'un des guetteurs hurla un avertissement.

Dans la lumière indistincte de la lune, Paul entraperçut quelque chose de blanc, comme une corne, entre les yeux terribles du monstre. Il entendait toujours le chant, très clair, d'une beauté douloureuse. Une nausée de prémonition le traversa.

D'instinct, il se retourna : de l'autre bord du *Prydwèn*, occultant le ciel austral, la queue du monstre s'était dressée et se recourbait, prête à réduire le navire en miettes !

Des ailes de corbeau. À l'instant, il sut.

« Le Trafiqueur d'âmes ! hurla Paul. Lorèn, créez un bouclier ! »

Il vit l'énorme queue atteindre sa pleine hauteur et s'abattre avec toute la force malfaisante de la mort pour les détruire. Et frapper, brutalement, mais sans rien toucher. Le *Prydwèn* rebondit comme un jouet sous le choc, mais le bouclier du mage avait tenu bon. Lorèn arriva en courant sur le pont, avec Diarmuid et Arthur qui soutenaient Matt Sören. Paul entrevit le visage convulsé du Nain puis il se coupa délibérément de toute sensation. Il n'avait pas de temps à perdre. Il alla chercher en lui la pulsation qui était Mörnir.

Et la trouva, d'une désespérante faiblesse, aussi faible que la lueur des étoiles comparée à celle de la lune — ce qui était le cas, d'une certaine façon. Il était trop loin, Liranan avait dit vrai. Comment contraindre le dieu de la mer dans son propre élément ?

Il essaya. Perçut la troisième pulsation et, avec la quatrième, s'écria : « Liranan ! »

Il sentit plutôt qu'il ne vit avec quelle parfaite aisance le dieu l'évitait, et le désespoir menaça de l'engloutir. Il plongea en esprit, comme il l'avait fait sur la plage. Le chant l'environnait de toutes parts et, de très loin dans les profondeurs, il entendit la voix de Liranan : « Je suis navré, mon frère, réellement navré. »

Il fit une autre tentative. Y mit toute son âme. Comme s'il avait été sous l'eau, il pouvait voir au-dessus de lui l'ombre de la coque du *Prydwèn*, et il put apprécier la véritable taille du monstre qui gardait Cadèr Sédat. Le Trafiqueur d'âmes, pensa-t-il de nouveau. Une rage terrible l'envahit, et il en capta toute la force pour la concentrer dans son appel. Il était si désespérément tendu qu'il en explosait. Et ce n'était encore pas assez.

Il entendit le dieu de la mer : « Je t'avais dit qu'il en serait ainsi. » Très loin, un poisson d'argent s'échappait dans l'eau noire ; il n'y avait pas d'étoiles dans cette mer. Au-dessus de Paul, le *Prydwèn* rebondit encore une fois sauvagement, et il sut que Lorèn avait réussi à bloquer le deuxième coup assené par la queue du monstre. Mais pas un troisième, il ne pourrait pas bloquer le troisième.

Et dans son esprit une voix s'éleva : *Il doit toujours y avoir une troisième fois, Deux-fois-né. C'est Géreint qui te parle. Invoque-le maintenant, à travers moi. J'ai mes racines dans la terre.*

Paul établit le contact avec le chaman aveugle qu'il n'avait jamais rencontré. La puissance jaillit en lui, la pulsation divine de Mörnir, plus forte que celle de son propre cœur. Dans les eaux de son esprit, il tendit la main vers les profondeurs obscures de l'océan et sentit son pouvoir exploser et atteindre son apogée, enraciné désormais dans la Plaine par Géreint, tandis qu'au-dessus de lui la queue immense se dressait de nouveau. « Liranan ! » s'écria Paul pour la dernière fois. Sur le pont du *Prydwèn*, ils l'entendirent comme la voix du tonnerre.

Et le dieu de la mer répondit à son appel.

Paul sentit les eaux se soulever. Il entendit le dieu crier sa joie de pouvoir agir enfin, tandis que son lien avec Géreint se défaisait : avant de pouvoir lui parler encore, avant de lui communiquer une seule autre pensée, l'esprit du chaman avait disparu. Si loin, songea Paul. Il est venu si loin. Et il a tant de chemin à faire pour revenir.

Puis il se retrouva sur le navire, avec ses propres yeux pour voir, dans la lueur vague de la lune, comment le Trafiqueur d'âmes de Maugrim combattait Liranan, le dieu de la mer.

Et pendant tout ce temps, le chant ne s'était jamais interrompu.

Lorèn avait laissé se dissiper le bouclier protecteur. Matt gisait sur le pont. Coll, au gouvernail, luttait pour guider le *Prydwèn* à travers les énormes vagues suscitées par les titans à tribord. Le navire plongea comme un cheval se cabre dans la mer écumeuse et Paul vit un homme passer par-dessus bord.

Le dieu se battait sous sa propre forme, dans son étincelante tunique liquide. Il pouvait voler dans l'air telle une vague, il pouvait creuser l'océan de tourbillons, et il fit l'un et l'autre. Suscité par un pouvoir que Paul pouvait à peine imaginer, un vortex apparut soudain dans la mer. Le *Prydwèn* rebondit et tangua au bord de cette gueule béante, dans le hurlement grinçant de toutes ses membrures. Paul vit le tourbillon s'accélérer. Dans cette frénésie croissante, la masse immense du Trafiqueur d'âmes lui-même ne saurait soutenir le poids de la mer en furie.

Le monstre s'enfonçait. La bataille aurait lieu dans les profondeurs. Paul savait que c'était pour les protéger, eux et le navire. Il contempla le dieu qui scintillait d'un éclat lumineux, suspendu sur une haute vague qui les surplombait tandis qu'il façonnait le tourbillon avide qui aspirait le monstre sous les eaux.

La tête du monstre s'abaissa, visqueuse, tout incrustée de déchets, presque aussi grande que le navire. Paul aperçut de tout près les énormes yeux sans paupières, les crocs de la taille d'un homme, découverts par la rage.

Diarmuid dan Ailell sauta du pont pour atterrir sur la surface plane de la tête monstrueuse. Coll poussa un cri. Le chant les environnait de toutes parts, dominant même le rugissement de la mer. Incrédule, Paul regarda le prince glisser, se rattraper promptement, puis se hisser entre les yeux du Trafiqueur d'âmes et, d'un seul geste puissant, arracher la corne blanche.

La traction le déséquilibra. Le monstre plongeait,

les eaux le recouvraient. En tombant, Diarmuid fit un saut de carpe vers le *Prydwèn*.

Pour attraper, d'une seule main, le filin qu'Arthur Pendragon lui avait lancé.

Ils le halèrent à bord, luttant contre la mer qui se refermait. Paul se retourna juste à temps et vit Liranan laisser retomber la vague sur laquelle il se tenait pour plonger à la suite de la créature qu'il pouvait enfin combattre parce qu'on l'avait appelé, pour le contraindre à le faire.

Le chant se tut.

Un millier d'années, se dit Paul, la mort dans l'âme. Depuis que Rakoth avait pour la première fois usé de Cadèr Sédat lors du Baël Rangat. Pendant mille ans, le Trafiqueur d'âmes s'était tapi dans les abîmes marins, sans qu'on pût s'y opposer. Immense et invincible.

Paul, tombé à genoux, pleurait les âmes capturées. Pleurait les voix de tous les radieux lios alfar qui avaient vogué vers leur chant, vers l'univers créé pour eux seuls par le Tisserand.

Pas un d'entre eux n'y avait jamais abordé, il le savait maintenant. Pendant mille ans, les lios étaient partis, seuls et en couples, sur une mer sans lune.

Et ils avaient rencontré le Trafiqueur d'âmes de Maugrim. Et ils étaient devenus sa voix.

Eux que les Ténèbres haïssaient plus que tout, car leur nom signifiait Lumière.

Il pleura longtemps, lui dont les yeux sans larmes avaient causé tant de peine autrefois et, plus tard, avaient pleuré la pluie. Au bout d'un moment, il prit conscience d'une sorte de luminescence. Il leva les yeux. Il se sentait très faible, mais Coll le soutenait d'un côté et Diarmuid, en boitant, de l'autre.

Tous les hommes du *Prydwèn*, y compris Matt, étaient rassemblés à tribord ; dans un silence respectueux, ils s'écartèrent pour le laisser passer. Il s'approcha du plat-bord et vit Liranan dressé sur les eaux ; la lumière était celle de la lune, concentrée par les millions de gouttelettes qui la retenaient captive dans la tunique liquide du dieu.

Ils se regardèrent, l'humain et le dieu, et Liranan dit à haute voix : « Il est mort. »

Un murmure s'éleva sur tout le navire, retomba.

Paul songeait au chant et aux lios lumineux dans leurs frêles vaisseaux. Ils avaient pris la mer pendant mille ans à la rencontre du chant haut et clair qui les appelait. Un millier d'années, et aucun d'entre eux n'avait jamais su la vérité.

Il remarqua, glacial : « Ceinwèn a fait don d'un cor. Tu aurais pu les prévenir. »

Le dieu de la mer secoua la tête : « Je ne le pouvais. Quand le Dévastateur est pour la première fois venu en Fionavar, on nous a enjoints de ne pas interférer de notre propre volonté. Ceinwèn la Verte devra répondre avant peu de ses actes, et c'est plus que le simple don d'un cor. Mais je ne voulais pas quant à moi transgresser la volonté du Tisserand. » Il fit une pause : « Et pourtant, c'était un amer chagrin. Il est mort, mon frère. Je ne pensais pas que tu réussirais à m'invoquer. Les étoiles de la mer brilleront de nouveau ici grâce à toi.

— Je n'étais pas seul », dit Paul.

Après une autre pause, Liranan, comme Cernan avant lui longtemps auparavant, s'inclina devant Paul. Puis le dieu disparut dans les noires profondeurs marines.

Paul regarda Lorèn, vit les larmes qui sillonnaient son visage. « Vous savez ? » demanda-t-il ; Lorèn eut un hochement de tête saccadé.

« Quoi donc ? » dit Diarmuid.

Il fallait leur dire. Paul le fit, luttant contre son chagrin. « Le chant, c'était celui des lios alfar. Ceux qui ont pris la mer. Ils ne sont jamais allés plus loin à l'ouest depuis le Baël Rangat. Pas un seul d'entre eux. » Brendel, songeait-il. Comment l'apprendrai-je à Brendel ?

Il entendit les hommes de la forteresse du Sud,

leur rage impuissante. Mais c'était Diarmuid qu'il regardait.

« Qu'êtes-vous allé chercher ? demanda-t-il au prince.

— Oui, quoi donc ? » répéta Lorèn.

Diarmuid se tourna vers le mage : « Vous n'avez pas vu ? » Il lâcha le bras de Paul et boita vers l'escalier menant au gouvernail. Il revint avec un objet qui brillait d'un éclat blanc sous la lune et le tendit au mage.

« Oh », dit Matt Sören.

Lorèn garda le silence. Son expression parlait pour lui.

« Seigneur premier mage du Brennin, déclara Diarmuid en exerçant sur son émotion un contrôle rigide, accepterez-vous de moi ce présent sans prix ? Voici le bâton d'Amairgèn Blanchebranche, que Lisèn lui avait façonné il y a si longtemps. »

Paul serra les poings. Tant de nuances dans la souffrance. Amairgèn, un autre qui n'avait jamais dépassé cet endroit, apparemment ; ils savaient maintenant quel avait été le destin du premier et du plus grand de tous les mages.

Lorèn prit le bâton et le tint devant lui. Malgré toutes ces années dans la mer, le bois blanc n'était ni usé ni souillé, et Paul sut qu'un grand pouvoir y résidait.

« Portez-le, Mantel d'Argent ! dit Diarmuid. Vengez Amairgèn, vengez tous les morts. Que son bâton serve à Cadèr Sédat. C'est pour cela que je suis allé le prendre. »

Les doigts de Lorèn se resserrèrent sur le bois.

« Qu'il en soit ainsi », dit-il seulement ; mais il y avait dans sa voix un accent terrible et fatal.

« Qu'il en soit ainsi, alors », répéta une voix plus grave ; ils se retournèrent : « Le vent a changé, dit Arthur.

— Au nord », acquiesça Coll l'instant d'après.

Arthur ne regardait que Lorèn. « Nous atteindrons Cadèr Sédat en voguant plein nord, avec en proue un vent du nord. Pouvez-vous y voir, mage ? »

Lorèn et Matt se firent face comme Paul leur avait souvent vu faire auparavant ; ils échangèrent un regard d'une profonde intimité, sans hâte, comme s'ils avaient eu tout le temps du monde. Matt était désespérément las, et Lorèn devait l'être également, mais Paul savait que cela ne compterait pas.

Le mage leva les yeux vers Coll, avec un sourire lugubre. « À vos postes, dit-il. Dirigez le navire vers le nord. »

Ils n'avaient pas remarqué que c'était l'aube. Mais tandis que Coll et les hommes de la forteresse du Sud bondissaient pour s'exécuter, le soleil surgit derrière eux de la mer.

Puis il glissa à tribord tandis que Coll de Taërlindel tournait son navire droit dans le fort vent du nord. Lorèn avait disparu dans la cale. Quand il revint, il était vêtu du manteau aux mouvantes teintes argentées qui lui valait son nom. Dressé de toute sa haute taille, l'air sévère, il s'avança vers la proue, et il portait le bâton d'Amairgèn Blanchebranche. Son heure était venue, son heure et celle de Matt Sören qui marchait à ses côtés avec la même sévère gravité, la même fierté, Matt Sören qui avait été roi sous le Banir Lök et avait répudié cette destinée pour celle qui l'avait conduit en ces lieux.

« *Cénolan !* » s'écria Lorèn ; il tendit le bâton à l'horizontale. « *Sed Amairgèn, sed rémagan, dèn sédath irèn !* » Il jeta ces paroles sur les vagues et la puissance y déferlait telle une vague plus haute. Paul entendit un rugissement, celui des vents qui se précipitaient. Comme issus de tous les coins de la mer, ils tournoyaient autour du *Prydwèn* tel le tourbillon de Liranan. Mais, après un moment de chaos vertigineux, Paul constata que le navire voguait à présent sur une mer de verre, silencieuse, complètement étale, alors que de part et d'autre les vents furieux faisaient rage.

Et devant eux, à peu de distance, illuminée par le soleil du matin, se trouvait une île où se dressait un château, et cette île tournoyait lentement sur la mer de verre. Les fenêtres du château étaient noircies et souillées, et les murailles l'étaient aussi.

« Autrefois, il étincelait », dit Arthur à mi-voix.

De la plus haute tour du château, un panache de fumée noire s'élevait tout droit dans le ciel. L'île était rocailleuse, dépourvue de toute végétation.

« Autrefois, elle était verte, dit encore Arthur. Cavall ! »

Le chien grognait et se ramassait comme pour bondir, les crocs découverts ; il se calma en entendant la voix d'Arthur.

Lorèn n'avait pas bougé. Il tenait toujours le bâton rigidement pointé devant lui. Il n'y avait pas de gardes. Le Trafiqueur d'âmes avait été une protection bien suffisante. Quand ils s'approchèrent, l'île cessa apparemment de tournoyer et Paul devina qu'ils devaient maintenant la suivre au même rythme, mais il n'avait pas la moindre idée de l'endroit où ils se trouvaient. Ce n'était pas en Fionavar, toutefois, cela du moins il le comprenait.

Coll ordonna de jeter les ancres.

Lorèn baissa le bras. Il regarda Matt. Le Nain hocha la tête, une seule fois, et se trouva une place où s'asseoir. Ils avaient jeté l'ancre dans une mer d'huile, à quelques encablures seulement de Cadèr Sédat.

« Très bien, déclara Lorèn Mantel d'Argent. Diarmuid, Arthur, peu m'importe comment vous vous y prendrez, mais voici ce qu'il me faut. »

C'est un lieu de mort, lui avait dit Arthur. Alors qu'ils s'en approchaient, Paul se rendit compte que l'expression n'était pas une figure de style. Il régnait dans le château une atmosphère de tombe. Des portes — quatre, avait dit Arthur — étaient percées dans les pentes du promontoire gris où se dressait

Cadèr Sédat. Les murailles montaient à l'assaut du ciel, mais les voies d'accès s'enfonçaient dans la terre.

Ils se tenaient devant l'une de ces grandes portes de fer, et pour une fois Paul vit Diarmuid hésiter. Lorèn et Matt avaient emprunté un autre chemin pour se rendre à une autre porte ; il n'y avait pas de garde en vue ; la profondeur du silence était inquiétante.

Rien ne vivait aux alentours, Paul le constata, et il en fut épouvanté.

« La porte s'ouvrira, dit Arthur avec calme. Ressortir, voilà ce qui a été difficile la dernière fois. »

Diarmuid sourit alors ; il parut sur le point de parler, mais s'avança plutôt et poussa la porte de Cadèr Sédat. Elle s'ouvrit sans faire de bruit. Le prince s'écarta et, d'un geste, fit signe à Arthur de prendre leur tête. Le Guerrier tira son épée et entra. Quarante d'entre eux le suivirent, passant du soleil à l'obscurité.

Il faisait très froid ; Paul lui-même le sentit, un froid qui passait outre à la protection de Mörnir et contre lequel il n'était pas immunisé. Les morts, songea Paul : c'était le centre, ce lieu où ils se trouvaient, tout tournait en spirale autour de cette île. Où qu'elle se trouvât, en quelque univers qu'elle fût.

Les passages étaient pleins de poussière et de toiles d'araignée où l'on s'empêtrait ; des embranchements s'ouvraient partout et la plupart menaient vers le bas. Il faisait très sombre, Paul ne pouvait rien voir dans les corridors. Leur propre chemin montait en pente douce et, après ce qui leur sembla une éternité, ils dépassèrent un tournant et aperçurent non loin de là l'éclat d'une lumière verdâtre.

Tout près, à deux mètres à peine, il y avait un autre embranchement, à gauche, qui montait. Un svart alfar en sortit en courant.

Il eut le temps de les voir. Le temps d'ouvrir la bouche. Pas celui de crier. Six flèches le transpercèrent. Levant les bras au ciel, il mourut.

Paul plongea, à l'horizontale, sans réfléchir. Une intuition, sur un coup d'œil. D'une main désespérément tendue, il attrapa la fiasque portée par le svart avant qu'elle pût s'écraser au sol. Il roula sur lui-même en retombant, aussi silencieusement que possible.

Ils attendirent. Au bout d'un moment, Arthur hocha la tête. Aucune alarme ne résonnait.

Paul se releva et rejoignit les autres. Sans un mot, Diarmuid lui rendit son épée.

« Désolé », murmura Paul — il l'avait jetée sans prévenir quand il avait plongé.

« Je vais saigner à mort, murmura Diarmuid en lui montrant la main égratignée qui avait exécuté la prise. Qu'est-ce qu'il transportait, ce svart ? »

Paul lui tendit la fiasque ; Diarmuid la déboucha, renifla le goulot et releva la tête en feignant la stupeur, visible même dans cette faible lumière glauque.

« Par le sang de Lisèn ! souffla-t-il. Du vin de la forteresse du Sud ! » Il souleva la fiasque et but une longue gorgée. « Quelqu'un d'autre ? » demanda-t-il d'un ton poli.

Comme il fallait s'y attendre, il n'y avait aucun amateur, mais Arthur lui-même se permit un sourire.

L'expression de Diarmuid se modifia : « Bien joué, Pwyll, dit-il d'un ton bref. Carde, enlève ce cadavre du passage. Seigneur Arthur, irons-nous jeter un coup d'œil à un mage renégat ? »

Dans les ombres, Paul eut l'impression de voir un bref éclair étoilé dans les yeux du Guerrier ; il regarda Cavall : un souvenir lui revenait. Puis il suivit en silence les deux chefs dans le dernier couloir. Avant d'être arrivés complètement au bout, ils se mirent à genoux et rampèrent. Diarmuid fit de la place près de lui et Paul se tortilla sur le ventre pour s'approcher de la porte avec le prince. Ils restèrent étendus là tous les trois, avec derrière eux les hommes de la forteresse du Sud, et ils contemplèrent une scène d'épouvante.

Cinq marches descendaient de l'entrée voûtée où ils se trouvaient ; de nombreux autres passages conduisaient dans l'immense salle en contrebas. La voûte du plafond était si haute qu'elle se perdait dans l'obscurité, mais le plancher était illuminé ; des torches enfoncées dans les murs flambaient de l'étrange lueur verdâtre qu'ils avaient aperçue depuis le corridor. L'entrée qu'ils avaient atteinte se trouvait à peu près à mi-chemin sur le pourtour de la Grande Salle de Cadèr Sédat ; à l'autre extrémité de la salle, sur une plate-forme surélevée, se tenait Métran, autrefois premier mage du Brennin, et près de lui le Chaudron de Khath Meigol suspendu au-dessus d'un brasier rugissant.

Il était énorme. C'étaient les Géants qui l'avaient façonné, Paul s'en souvint, et s'il ne l'avait pas su il aurait pu le deviner. Le Chaudron était noir, pour autant qu'on pouvait en juger dans cette lumière, avec des mots gravés sur son rebord extérieur et maculés de saleté. Quinze svarts alfar au moins se tenaient sur la plate-forme qui l'encerclait et ils maniaient un filet où d'autres de leur race étaient déposés et jetés, un par un, sans vie, dans le Chaudron bouillant.

Cette lumière verte rendait la vision difficile, mais Paul fit attention pour voir comment on tirait de l'eau l'une des hideuses créatures ; les autres éloignèrent avec précaution celle-ci de la gueule fumante du Chaudron et l'aidèrent à se tenir debout.

Et une créature qui l'instant d'avant avait été morte s'avança en trébuchant, avec l'aide des autres, pour aller se tenir derrière le deuxième humain qui se trouvait là.

Denbarra, la source de Métran. En voyant la silhouette de la source, sa mâchoire pendante, la bave qui en dégoulinait, Paul comprit ce que Lorèn avait voulu dire en remarquant que Denbarra n'avait désormais plus le choix.

Il y avait bien plus d'une centaine de svarts derrière lui, dépourvus de la moindre étincelle de conscience, épuisant leur énergie vitale pour nourrir le pouvoir de Métran, tout comme Denbarra inconscient lui servait de conduit. Paul vit deux des svarts s'écrouler sur place ; d'autres les ramassèrent aussitôt, ceux qui ne faisaient pas partie du réseau de force, et ils les portèrent au Chaudron tandis qu'on continuait à en mener d'autres à Denbarra.

Paul se sentit soulevé par une vague de haine. Il lutta pour se maîtriser et regarda enfin bien en face le mage qui avait créé l'hiver, l'hiver auquel Kevin avait mis fin par sa mort.

Quand ils étaient arrivés à Paras Derval, la première fois, Métran avait été une figure sénile, trébuchante, à la barbe rare. Comédie, une impeccable comédie que personne n'avait percée à jour, destinée à masquer une pure trahison. L'homme qui se tenait maintenant devant eux manifestait une maîtrise totale dans la lumière glauque et la fumée du Chaudron noir. Il n'avait plus du tout l'air d'un vieillard. D'une voix lente, il psalmodiait au-dessus d'un livre ouvert.

Paul avait ignoré porter en lui tant de rage.

Une rage impuissante, apparemment.

« Nous ne pouvons pas », entendit-il Diarmuid gronder au moment où il en prenait conscience lui-même.

Voici ce qu'il me faut, avait déclaré Lorèn sur le *Prydwèn* à l'ancre près de l'île.

D'un côté, ce n'était pas grand-chose, de l'autre c'était tout. Mais lorsqu'ils étaient venus ici, ils n'avaient pas escompté en repartir, avait pensé Paul, et il s'en souvint.

Métran serait doublement occupé, avait expliqué Lorèn avec un laconisme inhabituel chez lui. Il consacrerait la majeure partie de son pouvoir amplifié à un autre assaut contre Fionavar. Mais une partie de sa force servirait à maintenir une protection autour de lui, de ses sources et du Chaudron. On ne devait pas s'attendre à trouver beaucoup de gardes, si même il y en avait, car le bouclier de Métran, comme celui de Lorèn qui avait arrêté le Trafiqueur d'âmes, constituerait une protection suffisante.

Si Lorèn devait avoir un espoir de détruire le Chaudron, il fallait forcer Métran à baisser ce bouclier. Ils eurent tous la même idée : il faudrait attaquer les svarts alfar. Non pas ceux qui étaient utilisés comme sources, mais ceux qui en assuraient la manutention, et il devait y en avoir beaucoup.

Si l'on pouvait susciter assez de chaos et de panique parmi les svarts, Métran serait peut-être forcé de transformer son bouclier défensif en une attaque ponctuelle contre les envahisseurs de la forteresse du Sud.

« Et quand il le fera, avait sombrement dit Lorèn, si je m'organise bien et qu'il ignore ma présence parmi vous, Matt et moi nous aurons une chance d'attaquer le Chaudron. »

Nul ne dit mot de ce qui arriverait quand le pouvoir de Métran, nourri par les svarts alfar et la puissance inhérente à Cadèr Sédat, s'abattrait sur les hommes de la forteresse du Sud.

Il n'y avait rien à dire. C'était ce qu'ils étaient venus faire.

Et ils en étaient incapables. Avec sa ruse prudente, produit de décades de manigances secrètes, Métran avait anticipé ce stratagème désespéré. Ils n'avaient pas de svarts de soutien à attaquer. Ils pouvaient distinguer le bouclier, un tremblement semblable à celui de la chaleur estivale au-dessus de champs en friche ; il protégeait la salle dans toute sa largeur, et tous les svarts se trouvaient derrière ; seul parfois un coureur, comme le porteur de vin qu'ils avaient tué, se risquait à une sortie rapide. Contre si peu d'ennemis, ils ne parviendraient pas à monter une attaque qui constituerait une menace réelle. Impossible d'agir. S'ils attaquaient de front, les svarts se divertiraient beaucoup à les abattre l'un après l'autre en leur décochant des flèches, à l'abri du bouclier ; Métran ne lèverait même pas les yeux de son livre.

Frénétiquement, Paul examina la salle, vit Diarmuid faire de même. Ils étaient venus si loin, Kevin était mort pour le leur permettre, Géreint leur avait offert son âme même — et tout cela pour rien ! Il n'y avait aucune porte derrière l'écran protecteur, aucune fenêtre au-dessus de la plate-forme surélevée où se trouvait le Chaudron avec Métran et tous les svarts alfar.

« Le mur ? souffla-t-il, désespéré. À travers le mur, au fond ?

— Cinq pieds de large, répondit Diarmuid. Et il l'aura protégé aussi, de toute façon. »

Paul ne lui avait jamais vu une telle expression. Il devait avoir la même ; il se sentait pris de nausée et s'aperçut qu'il tremblait.

Derrière eux, il entendit Cavall gémir, une seule fois, tout doucement.

Le souvenir qui lui était revenu dans le corridor obscur lui revint de nouveau. Il jeta un bref regard par-dessus Diarmuid ; Arthur, allongé près du prince, lui rendit son regard. En disant, dans un murmure : « Je crois que c'est pour cela que Kim m'a appelé. Je ne vois jamais la fin, de toute façon. »

Son visage avait une expression insoutenable. Paul entendit Diarmuid retenir soudain son souffle, vit qu'Arthur reculait de l'entrée pour pouvoir se lever sans être vu ; il le suivit, avec le prince.

Le Guerrier s'accroupit devant son chien. Cavall avait su, Paul le comprit ; sa propre rage avait disparu ; il souffrait, plutôt, comme il n'avait pas souffert depuis qu'il avait vu les yeux du chien gris sous l'Arbre de l'Été.

Arthur avait plongé les mains dans la fourrure de l'encolure du chien ; ils se contemplaient, l'homme et l'animal. Incapable de les regarder plus longtemps, Paul se détourna, entendit Arthur : « Adieu, mon grand cœur, ma joie. Tu voudrais venir avec moi, je le sais bien, mais c'est impossible. On aura encore besoin de toi, grand cœur. Un jour arrivera peut-être... où nous n'aurons plus à nous séparer. »

Paul ne pouvait toujours pas les regarder ; sa gorge était tellement serrée qu'il avait du mal à respirer. Il entendit Arthur se relever, le vit poser une large main sur l'épaule de Diarmuid.

« Puisse le Tisserand vous accorder le repos », dit Diarmuid. Rien d'autre. Mais il pleurait. Arthur se tourna vers Paul ; il avait dans les yeux les étoiles de l'été. Paul ne pleura pas ; il avait été dans l'Arbre, Arthur lui-même l'avait averti que cela pourrait arriver. Il tendit les mains, sentit qu'Arthur les étreignait.

« Que lui dirai-je, demanda-t-il, si j'en ai l'occasion ? »

Arthur le dévisagea. Il y avait tant de gris dans ses cheveux bruns et dans sa barbe ! « Dites-lui... » Il s'interrompit, secoua la tête avec lenteur : « Non. Elle sait déjà tout ce qui pourrait jamais être dit. »

Paul hocha la tête, et finalement, malgré tout, il pleurait. Comment pouvait-on se préparer à une telle situation ? Au froid, il sentit qu'Arthur lui lâchait les mains, que les étoiles de ses yeux se détournaient. Dans le passage, Arthur dégaina son épée, et il descendit seul les cinq marches qui menaient dans la salle.

Le seul butin de prix qui pouvait attirer la puissance de Métran et sa force mortelle.

Il s'avança d'un pas vif et il était presque arrivé à la plate-forme quand il s'arrêta. Paul, qui s'était approché de nouveau en rampant avec Diarmuid, vit que Métran et les svarts étaient si absorbés qu'ils ne l'avaient même pas aperçu.

« Esclave des Ténèbres, entends-moi ! » s'écria

Arthur Pendragon de cette voix sonore qui s'était fait entendre dans tant d'univers. Elle se réverbéra à travers Cadèr Sédat. Les svarts alfar poussèrent des cris alarmés. Paul vit la tête de Métran se relever brusquement, mais aussi que le mage n'éprouvait aucune crainte.

Métran examina Arthur tout à loisir de sous ses sourcils blancs dans son front osseux. Et, se dit amèrement Paul, à l'abri de son bouclier.

« J'ai bien l'intention de t'entendre, répliqua le mage, tranquille. Avant de mourir, tu vas me dire qui tu es et comment tu es arrivé ici.

— Ne parle pas légèrement de mourir en ce lieu, déclara Arthur. Tu es ici parmi les grands du monde. Et ils peuvent être éveillés. Quant à mon nom, sache que je suis Arthur Pendragon, fils d'Uther, roi de Bretagne. Je suis le Guerrier condamné, amené ici pour te combattre, *et je ne peux mourir* ! »

Une seule flèche, se disait Paul, épouvanté. Une seule flèche pouvait le tuer à l'instant même. Mais les svarts alfar bégayaient de panique, et le regard de Métran lui-même semblait moins assuré.

« Nos livres content une autre histoire, dit-il.

— Sans nul doute, répliqua Arthur. Mais avant de courir les consulter, sache ceci : je t'ordonne de quitter ces lieux sur l'heure, ou je descendrai réveiller les morts qui, dans leur fureur, te jetteront à la mer ! »

Métran hésita, le regard indécis. Il contourna lentement la haute table. Puis, d'une voix tranchante mais aux échos fragiles dans cette salle immense, il déclara : « Il est dit qu'on peut vous tuer. Que vous avez été tué, encore et toujours. Je déposerai votre tête en offrande devant le trône de Starkadh ! »

Il leva le bras. Cavall gémit tout bas. Arthur attendait, le menton haut. Nous y voilà, se dit Paul, et il se mit à prier.

Puis Métran baissa la main avec lenteur et éclata d'un rire brutal.

Il rit longtemps, un rire corrosif, méprisant. C'est un acteur, se rappela Paul en tressaillant intérieurement sous les coups cinglants de cette moquerie ; il les a tous leurrés pendant si longtemps !

« Lorèn, Lorèn, Lorèn, dit enfin Métran d'une voix étranglée, vaincu par son propre amusement. Parce que tu es un imbécile, dois-tu penser que j'en suis un ? Viens me dire comment vous avez échappé au Trafiqueur d'âmes, et laisse-moi ensuite vous tuer en guise de charité. » Son rire s'interrompit ; sa voix était empreinte d'une sombre malveillance.

La voix de Lorèn s'éleva de l'autre côté de la salle : « Métran, tu as eu un père, mais je ne troublerai pas son repos en t'appelant par ton vrai nom. Sache que le Conseil des Mages a décrété ta mort, tout comme le très haut roi du Brennin. Tu as été maudit au Conseil et tu vas maintenant mourir. Sache aussi que nous n'avons pas échappé au Trafiqueur d'âmes. Nous l'avons exterminé.

— Ha ! aboya Métran. Vas-tu toujours prétendre, Mantel d'Argent ?

— Je n'ai jamais fait rien de tel », répliqua Lorèn ; et, avec Matt, il s'avança dans la lumière glauque de la Grande Salle. « Vois le bâton d'Amairgèn qui en est la preuve ! » Et il brandit bien haut la Blanchebranche.

Métran recula d'un pas, avec sur le visage une véritable expression de crainte. Mais un instant seulement.

« Bellement tissé, alors ! dit-il, sarcastique. Un haut fait digne d'être chanté ! En récompense, Lorèn, je vais te laisser rester là et regarder. Regarder sans rien pouvoir faire, toi et ceux que tu as contraints à ce voyage, quels qu'ils soient, pendant que je précipite à travers les montagnes sur le Grand Royaume la pluie de mort qui s'abat depuis trois jours sur Éridu.

— Par le Tisserand ! » s'exclama Diarmuid horrifié, tandis que Métran tournait délibérément le dos à Lorèn et revenait à sa table près du Chaudron. Les svarts recommencèrent à alterner les vivants et les morts. Et pendant tout ce temps Denbarra se tenait là, les yeux dans le vide, la bouche béante, molle et muette.

« Regardez », dit Paul.

Matt parlait avec insistance à Lorèn ; le mage resta un moment indécis, les yeux fixés sur le Nain, puis Matt parla encore et Lorèn hocha la tête.

Il se retourna vers la plate-forme et brandit le bâton d'Amairgèn pour le pointer sur le Chaudron. Métran lui jeta un coup d'œil et sourit. Lorèn prononça un mot, puis un autre. Quand il prononça le troisième, un éclair argenté jaillit du bâton, les aveuglant tous.

Les pierres de Cadèr Sédath en furent ébranlées. Paul rouvrit les yeux : Métran se relevait avec peine. Le château oscillait toujours ; l'énorme Chaudron de Khath Meigol se balançait sur sa base au-dessus du feu.

Mais il s'immobilisa bientôt, et tout redevint comme avant.

Le bouclier de Métran avait tenu. Paul se détourna pour regarder Matt qui se relevait lentement. Même à cette distance, il le voyait trembler de ce que lui avait coûté cette éruption de puissance. Et il se rappela soudain que Matt avait servi de source pour la création du bouclier contre le Trafiqueur d'âmes, ce jour même, et qu'il avait aussi servi à écarter d'eux tous les vents du monde tandis qu'ils voguaient vers l'île. Ce que subissait le Nain, il avait peine à le concevoir. Quels mots, quelles pensées même, en face d'un tel martyre ? Et comment supporter que ce fût insuffisant ?

Ébranlé mais intact, Métran s'avança de nouveau : « Tu viens de t'attirer la mort que tu es venu chercher, déclara-t-il sans la moindre trace de plaisanterie désormais. Ensuite, je recommencerai à filer la pluie de mort. L'ordre des événements importe peu, en fin de compte. Je réduirai tes os en poudre et placerai ton crâne près de mon lit, Lorèn Mantel d'Argent, laquais d'Ailell. » Il referma le livre posé sur la table et ses bras se mirent à faire des gestes de rassemblement.

Il ralliait son pouvoir, comprit Paul ; il allait s'en servir contre Lorèn et Matt. C'était la fin, alors. Et s'il en était ainsi...

Paul bondit de l'entrée dans les marches, courut vers Matt, se laissa tomber à genoux près de lui : « Une épaule peut aider, dit-il. Appuyez-vous sur moi. »

Sans un mot, Matt le fit, et Paul sentit Lorèn effleurer ses cheveux en un geste d'adieu. Puis il vit la Blanchebranche se lever de nouveau, pointée sur Métran qui se tenait maintenant entre eux et le Chaudron. Métran pointa à son tour un long doigt sur eux.

Puis les deux mages parlèrent, ensemble, et la Grande Salle trembla sur ses fondations tandis qu'explosaient l'un vers l'autre deux faisceaux de puissance fulgurante. L'un était d'argent, comme la lune, comme le manteau que portait Lorèn, et l'autre du même vert maléfique que les lumières environnantes. Ils se heurtèrent entre les deux mages et une flamme jaillit de leur choc.

Paul entendit Matt Sören qui essayait de maîtriser son souffle ; il pouvait voir le bras rigide de Lorèn qui tenait le bâton, luttant pour concentrer la puissance que lui transmettait le Nain. Et sur la plate-forme, il vit Métran, à qui tant de svarts alfar servaient de source, abattre sur eux la puissance qui avait créé l'hiver en plein été. Aisément, sans effort.

Matt commençait à trembler ; le Nain s'appuyait plus lourdement sur Paul. Celui-ci n'avait rien d'autre à leur offrir. Seulement son épaule. Sa compassion. Son amour.

Avec des crépitements sauvages, les deux faisceaux de puissance étaient arc-boutés l'un contre l'autre tandis que le château continuait à trembler sous leur force déchaînée. Ils tenaient bon, l'argent et le vert, immobiles dans l'air embrasé, et des univers attendaient dans la balance. Cela dura si longtemps, Paul eut l'impression que le temps s'était arrêté. Il aidait le Nain à se tenir debout — les deux bras de Matt l'étreignaient à présent — et il priait de toute son âme ce qu'il connaissait de la Lumière.

Puis il vit que rien de tout cela ne suffisait, ni le courage ni la sagesse, ni la prière ni la nécessité. Pas contre tant d'ennemis. Lentement, mais avec une cruelle évidence, l'éclair de la puissance argentée reculait. Pouce par pouce, en un âpre combat, Lorèn était forcé de céder. Le mage haletait, le souffle court, le visage inondé de sueur. Près de lui, Matt se tenait toujours debout, mais son corps tout entier tremblait maintenant, comme secoué par une fièvre mortelle.

Une épaule. La compassion. L'amour. Que pouvait-il leur donner d'autre ici, au bout de la route ? Et avec qui d'autre aurait-il préféré mourir ?

Matt Sören prit la parole. Dans un effort si total que Paul en eut presque le cœur brisé, le Nain se força à émettre des sons : « Lorèn, dit-il d'une voix étranglée, le visage convulsé, Lorèn... maintenant ! »

L'éruption verte de la puissance de Métran gagna brusquement du terrain. Paul pouvait en sentir la brûlure, à présent. Lorèn ne disait rien ; son souffle était affreusement rauque.

« Lorèn, marmonna de nouveau Matt. C'est le but de toute ma vie. Fais-le, maintenant. » Le Nain avait fermé son œil unique ; il était secoué d'un tremblement continu. Paul ferma lui-même les yeux et soutint Matt le plus fermement possible.

« Matt, entendit-il le mage dire. Oh, Matt. » Son nom, rien d'autre.

Puis le Nain s'adressa à Paul : « Merci, mon ami. Vous feriez mieux de vous éloigner, maintenant. »

Et, avec un immense chagrin, Paul s'exécuta. En

levant les yeux, il vit le visage de Lorèn se tordre de la haine la plus furieuse ; le mage poussa un cri quand il capta sa puissance la plus profonde, dont la source était en Matt Sören le Nain, et la concentra toute dans la Blanchebranche d'Amairgèn. Le cœur et l'âme de Lorèn Mantel d'Argent passèrent tout entiers dans ce cri et dans l'explosion qui le suivit.

Il y eut un éclair écrasant de lumière. L'île même trembla cette fois, et quand Cadèr Sédat fut ainsi ébranlée, une vague se propagea à travers tous les univers du Tisserand.

Métran poussa un hurlement aigu et bref, comme tranché net. Des pierres se détachèrent des murs au-dessus de leurs têtes. Matt s'écroula, Lorèn se laissa tomber près de lui. Puis Paul leva les yeux vers la plate-forme : le Chaudron de Khath Meigol explosait, dans un fracas de montagne qui se déchire.

Le bouclier était détruit. Métran était mort, Paul le savait. Un autre l'était aussi. Il vit les svarts alfar, ces créatures conçues pour tuer, se précipiter vers eux en brandissant poignards et épées. Avec un cri, il se dressa et tira sa propre épée pour protéger ceux qui avaient accompli ce qu'ils avaient accompli, Lorèn et Matt.

Les svarts ne les atteignirent jamais. Quarante hommes du Brennin s'interposèrent, conduits par Diarmuid dan Ailell, et les soldats de la forteresse du Sud se frayèrent un chemin de pure furie dans les rangs des Ténèbres. Paul fonça dans la bataille, l'épée haute, l'amour dans le cœur comme une marée, l'amour, et le désir de charger à grands coups à travers son chagrin.

Les svarts étaient nombreux et il fallut du temps, mais ils les exterminèrent. Saignant de mille blessures sans gravité, Paul se retrouva avec Diarmuid et Coll dans l'un des passages menant à la Grande Salle ; aucun autre endroit ne les attendait, aussi y retournèrent-ils.

À l'entrée, ils s'arrêtèrent pour contempler le carnage. Comme ils se trouvaient près de la plateforme, ils en gravirent les marches. Métran gisait sur le dos, le visage éclaté, le corps défiguré par de hideuses brûlures. Près de lui, Denbarra ; pendant tout le combat, la source avait balbutié des mots sans suite, avec les yeux fixes de qui est fou sans espoir de guérison, jusqu'à ce que Diarmuid lui transperçât le cœur de son épée et le laissât avec son mage.

Non loin d'eux, rougeoyant encore, se trouvaient les myriades de fragments du Chaudron fracassé de Khath Meigol. Brisé comme un cœur, se dit Paul, et il chercha un chemin pour les contourner. Il dut contourner aussi des cadavres, ou marcher dessus, et sur les pierres des murs et du plafond délogées par le cataclysme final. Un grand calme régnait à présent. Les lumières verdâtres avaient disparu ; les hommes de Diarmuid allumaient de vraies torches sur le pourtour de la salle. Dans leur éclat, Paul distingua une silhouette à genoux qui se balançait lentement d'avant en arrière au milieu de la dévastation, avec sur les genoux une tête aux cheveux noirs. Il s'en approcha.

C'est le but de toute ma vie, avait dit Matt Sören. Et il avait contraint son mage à aller puiser en lui la force la plus puissante, celle qui tuait. Et il avait péri.

En le regardant en silence, Paul vit alors sur le visage du Nain mort ce qu'il n'y avait jamais aperçu de son vivant : Matt Sören souriait au milieu des ruines de Cadèr Sédat, non la grimace qu'ils avaient appris à connaître mais le véritable sourire de qui a vu exaucer son désir le plus profond.

Des milliers de fragments, des milliers, tel un cœur brisé. Paul regarda Lorèn.

Il effleura l'homme agenouillé, une seule fois, comme le mage l'avait touché lui-même, puis il s'éloigna. En jetant un coup d'œil par-dessus son épaule, il vit que Lorèn s'était voilé la face de son capuchon.

Arthur se trouvait avec Diarmuid et il alla les rejoindre. Toutes les torches étaient maintenant allumées autour de la salle. « Nous avons le temps, dit Arthur, tout le temps dont nous avons besoin. Laissons Lorèn seul un moment. »

Ensemble, avec Cavall, ils s'éloignèrent tous les trois par les passages noirs et rougeoyants de Cadèr Sédat. Il faisait humide et froid ; un vent glacé, sans provenance discernable, semblait souffler sur les pierres branlantes.

« Vous avez parlé des morts ? murmura Paul.

— Oui. Le Château du tourbillon recèle, sous le niveau de la mer, les morts les plus puissants de tous les univers. »

Ils dépassèrent un tournant. Un autre passage encore plus sombre.

« Vous avez parlé de les éveiller », dit Paul.

Arthur secoua la tête : « Je ne le puis. J'essayais d'effrayer Métran. Ils ne peuvent être éveillés que par leur nom et, la dernière fois que je suis venu ici, j'étais très jeune et je ne savais pas... » Il s'interrompit alors et resta figé sur place.

Non, pensa Paul, c'est assez. Sûrement, c'est assez !

Il voulut parler mais constata qu'il en était incapable. Le Guerrier reprit son souffle, lentement, comme s'il le tirait du fond de son passé, du tréfonds de son être. Puis il hocha la tête, une seule fois, et avec effort, comme si elle avait porté le poids des univers.

« Venez », dit-il simplement.

Paul échangea un regard avec Diarmuid et vit la même expression d'appréhension sur le visage rigide du prince. Ils suivirent Arthur et le chien.

Cette fois, ils descendirent. Le passage qu'emprunta Arthur était en pente abrupte et ils durent s'appuyer sur les parois pour garder l'équilibre. Les pierres étaient froides et humides. Il y avait pourtant de la lumière, une faible luminescence du couloir lui-même qui faisait luire la tunique blanche de Diarmuid.

Ils prirent conscience de chocs répétés contre les murailles, venant de l'extérieur.

« La mer », murmura Arthur ; le Guerrier s'arrêta devant une porte que Paul n'avait pas vue, se tourna vers eux : « Vous préférez peut-être attendre ici. »

Il y eut un silence.

Paul secoua la tête : « J'ai déjà goûté à la mort », dit-il.

Diarmuid sourit, un bref éclair de son ancien sourire : « Il vaut mieux que l'un de nous soit normal si nous entrons là-dedans, non ? »

Ils laissèrent donc le chien à la porte et entrèrent, dans le martèlement incessant de la mer contre les murailles.

Il y avait moins de gisants que Paul ne l'avait pensé. La salle n'était pas très vaste ; le sol de pierre était dépourvu d'ornements. Au centre se dressait un unique pilier sur lequel une unique bougie brillait d'une flamme blanche qui ne tremblait pas ; les murs luisaient d'un éclat pâle. Tout autour de la salle, vaguement éclairées par la bougie et la phosphorescence des murs, se trouvaient des niches où une vingtaine de corps reposaient sur des lits de pierre.

Une vingtaine seulement, songea Paul, parmi les morts de tous les univers. Il faillit s'approcher pour les contempler, pour voir la face de ces nobles élus, mais une hésitation le saisit, le sentiment d'être un intrus dans leur sommeil. Puis il sentit la main de Diarmuid sur son bras et il vit Arthur devant l'une des niches, se couvrant le visage de ses mains.

« C'est assez ! » s'écria Paul, et il s'approcha d'Arthur.

Devant eux, comme endormi, mais il ne respirait pas, était étendu un homme de taille moyenne. Il avait les cheveux noirs, les joues rasées ; ses yeux clos étaient bien écartés sous son front haut. On pouvait voir la ligne ferme de son menton et de sa bouche, et ses mains qui étreignaient le pommeau d'une épée étaient fort belles. Il semblait avoir été un seigneur parmi les humains et, s'il gisait en ce lieu, il l'avait bel et bien été, Paul en avait la certitude. Il savait aussi de qui il s'agissait.

« Seigneur Arthur, énonça Diarmuid avec peine, vous n'avez nul besoin de le faire. Ce n'est ni écrit ni prédestiné. »

Arthur laissa retomber ses mains. Son regard était rivé au visage de l'homme qui reposait sur la pierre.

« On aura besoin de lui, dit-il. C'est inévitable. J'aurais dû savoir qu'il n'était pas encore temps pour moi de mourir.

— Vous voulez votre propre malheur », murmura Paul.

Arthur se tourna vers lui, avec un regard plein de compassion : « C'était voulu depuis longtemps. »

Et le visage d'Arthur Pendragon était empreint en cet instant d'une noblesse plus pure que ce que Paul avait jamais pu voir de toute sa vie. Plus encore qu'en Liranan ou en Cernan des Animaux. C'était la quintessence de la noblesse, et tout en Paul protestait contre le fatal destin qui découlerait de ce choix effroyable.

Diarmuid s'était détourné.

« *Lancelot !* » dit Arthur à la silhouette étendue sur la pierre.

Il avait les yeux bruns, et il était plus grand que Paul ne l'avait d'abord cru ; sa voix était basse et mesurée, d'une douceur inattendue. L'autre surprise, ce fut le chien ; Paul avait pensé que la loyauté de Cavall le rendrait hostile, mais il s'approcha plutôt de l'homme aux cheveux noirs avec un gémissement étouffé de joie. Lancelot s'agenouilla pour caresser la fourrure grise et déchiquetée ; Paul le vit remarquer les cicatrices. Puis, entre Paul et Diarmuid, Lancelot retourna en silence vers le monde des vivants.

Il n'avait parlé qu'au tout début, après s'être dressé au commandement du Guerrier. Comme si, en vérité, il n'avait fait que dormir et n'avait pas été mort depuis tant de siècles.

Arthur avait dit : « Sois le bienvenu. Nous sommes en guerre contre les Ténèbres en Fionavar, le premier de tous les univers. J'ai été invoqué, et maintenant c'est à ton tour. »

Et Lancelot avait répondu, courtois et triste : « Pourquoi nous avoir infligé cela à tous trois, seigneur ? »

Un instant, Arthur avait fermé les yeux. Puis, en les rouvrant, il avait dit : « Parce qu'il y a plus en jeu que nous trois. Je verrai si nous pouvons combattre dans des compagnies différentes. »

Et Lancelot avait répondu avec douceur : « Arthur, vous savez bien que je ne me battrai que sous vos ordres, et à vos côtés. »

Arthur s'était alors éloigné, et Diarmuid et Paul s'étaient présentés.

Ensuite, avec Lancelot, ils avaient suivi le Guerrier loin de la salle des morts, dans le battement incessant de la mer.

Lorèn s'était relevé. Son manteau recouvrait le corps de Matt Sören. Avec une expression hébétée de choc et d'épuisement, le mage écouta les plans de Diarmuid et d'Arthur pour leur départ ; il avait à peine remarqué la présence de Lancelot, même si les hommes de la forteresse du Sud murmuraient entre eux avec un effroi respectueux.

Il faisait encore jour dehors, sans doute. À peine midi passé, en réalité. Paul avait l'impression qu'ils se trouvaient sur l'île depuis toujours. D'une certaine façon, une partie de lui demeurerait à jamais sur cette île ; il s'était passé ici trop de choses. On allait repartir presque tout de suite, apparemment ; personne n'avait envie de passer une nuit dans cet endroit.

Lorèn se dirigea vers l'une des torches et commença à offrir une à une les pages d'un livre à la flamme, pour qu'elle les dévore. Paul alla le rejoindre. À travers la suie et la saleté soulevées par l'ultime éclair, des larmes et de la sueur sillonnaient le visage de Lorèn. L'ultime éclair de Matt, songea Paul. Et de Lorèn. La source du mage n'était plus. Il n'était plus un mage.

« Le Livre de Nilsom », dit l'homme qui leur avait demandé il y avait bien longtemps de traverser avec lui les univers ; il donna des pages à Paul ; tour à tour, ils les tendirent à la flamme pour les brûler.

Cela prit beaucoup de temps et ils le firent avec soin. Légèrement apaisé par cette tâche simple et partagée, Paul regarda se calciner la dernière page ; puis ils se retournèrent vers les autres.

Qui regardaient tous, fixement, le même point de la salle.

Il y avait là plus de quarante hommes, mais Paul ne pouvait en entendre un seul respirer. Il traversa leur cercle pour s'approcher de Lancelot, vit la volonté pure et indomptable de son regard, la couleur qui abandonnait peu à peu son visage ; il commença de saisir la grandeur de cet homme qui tentait de vaincre, par sa simple détermination, le mouvement de la roue du temps et de la Navette sur le Métier.

Il était tout près, il vit tout.

Lorèn émit une exclamation étranglée, avec un geste de dénégation. Paul entendit battre des ailes. Même en ces lieux. *Pensée, Mémoire*.

« Lorèn, attendez, dit-il. Il l'a déjà fait. Et c'est ici Cadèr Sédat. »

D'un pas lent, le mage s'avança et Paul avec lui, pour se tenir encore plus près. Plus près de l'endroit où Lancelot du Lac, nouvellement éveillé de sa propre mort, s'était agenouillé sur la pierre pour prendre les mains de Matt Sören et les presser contre son front.

Et parce qu'ils étaient plus près que les autres, ils furent les premiers à voir le Nain commencer à respirer.

Paul ne put jamais se rappeler qui avait crié ; le cri unanime des hommes du Brennin délogea encore d'autres pierres des murs de Cadèr Sédat, en tout cas. Lorèn tomba à genoux près du Nain en face de Lancelot, le visage illuminé. L'homme aux cheveux noirs était pâle et calme. Ils virent le souffle de Matt se faire lentement plus régulier.

Et le Nain ouvrit les yeux pour les regarder.

Il contempla longuement Lorèn, puis Lancelot. Il regarda ses mains, que l'autre tenait encore, et Paul put le voir comprendre ce qui s'était passé. Matt contempla leurs visages penchés sur lui, illuminés par les torches. Sa bouche se tordit d'une façon familière.

« Qu'est-il arrivé à mon autre œil ? » dit Matt Sören à Lancelot, et ils se mirent tous à rire et à pleurer de joie.

C'était à cause du lieu où ils se trouvaient, expliqua Lancelot, parce qu'il était si nouvellement ressuscité lui-même et parce que Matt n'était pas mort d'une blessure mortelle, seulement d'un épuisement de sa force vitale. Et, ajouta-t-il à sa manière courtoise et hésitante, parce qu'il l'avait déjà fait à Camelot.

Matt hocha lentement la tête. Il était déjà debout. Ils se rassemblèrent autour de lui, réticents à le laisser seul, à permettre de la distance entre eux. Le visage las de Lorèn resplendissait ; c'était un baume au cœur que de le voir.

« Eh bien, déclara Diarmuid, maintenant que nous avons de nouveau notre mage et sa source, reprendrons-nous la mer ? »

Tout le monde acquiesça en chœur.

« Nous devrions repartir, acquiesça Lorèn. Mais il vous faut savoir que Teyrnon est maintenant l'unique mage de Fionavar.

— Quoi ? » C'était le Nain.

Lorèn eut un sourire triste : « Essaie de me toucher, mon ami. »

Ils virent le visage de Matt perdre lentement toute couleur.

« Doucement, avertit Lorèn. Doucement. » Il se tourna vers les autres. « Ne nous désolons pas. Quand Matt est mort, notre lien a été détruit et j'ai cessé d'être un mage. Le rendre à la vie ne pouvait renouer ce qui a été tranché. »

« Oh, Lorèn », dit Matt d'une voix faible.

Lorèn fit volte-face pour lui jeter un regard enflammé : « Entends-moi ! » Il se tourna de nouveau pour faire face à la compagnie : « J'étais un homme avant d'être un mage. Je haïssais les Ténèbres lorsque j'étais enfant et je les hais encore aujourd'hui. Et je peux manier une épée ! » Il se retourna vers Matt et sa voix devint plus grave : « Tu as abandonné ton propre destin autrefois pour le lier au mien, et cela t'a conduit bien loin de chez toi, mon ami. Il semble maintenant que la révolution du cercle soit complète. M'accepteras-tu ? Suis-je un compagnon digne du légitime roi des Nains, qui doit maintenant revenir à Calor Diman pour réclamer sa couronne ? »

Et ils furent tous saisis de confusion et d'humilité devant ce qui irradiait de Lorèn en cet instant où il s'agenouillait sur les pierres devant Matt Sören.

Ils avaient rassemblé ce qui devait l'être et avaient commencé à quitter la salle. Il était arrivé tant de choses ; tous ressentaient une lassitude mortelle, qui les faisait trébucher. Tant de choses. Paul se disait qu'il pourrait dormir des journées entières.

Il ne restait plus que lui, semblait-il, et Arthur.

Les autres remontaient déjà dans le passage. Il y aurait de la lumière, dehors ; il s'en émerveilla ; il n'y avait ici que des torches et les braises rougeoyantes du feu qui avait flambé sous le Chaudron de Khath Meigol.

Arthur s'était immobilisé dans l'entrée pour jeter un dernier regard en arrière. Paul se retourna aussi. Et se rendit compte qu'ils n'étaient pas les derniers, malgré tout. Au milieu des ruines et de la dévastation se tenait une silhouette aux cheveux noirs, les yeux levés vers eux.

Ou pas vraiment vers eux. Arthur et Lancelot seuls se contemplaient, et entre eux passait une émotion si profonde que Paul n'aurait pu essayer même de la nommer. Puis Arthur prit la parole, et dans sa voix il y avait du chagrin, et de l'amour : « Oh, Lance, viens, dit-il. Elle sera en train de t'attendre. »

Ici s'achève

Le Feu vagabond,

le deuxième livre de

La Tapisserie de Fionavar

4860

Composition Nord Compo
Achevé d'imprimer en Europe (France)
par Brodard et Taupin à La Flèche (Sarthe)
le 14 septembre 1998. 6716U-5
Dépôt légal septembre 1998. ISBN 2-290-04860-7
Éditions J'ai lu
84, rue de Grenelle, 75007 Paris
Diffusion France et étranger : Flammarion